MIRA®

Umwelthinweis:
Dieses Buch wurde auf chlor- und säurefreiem Papier gedruckt.

Ich liebe, wen ich will

Als der Steuerprüfer Tom McAndrews an einem warmen Frühlingstag der Antiquitätenhändlerin Kathleen Marshall begegnet, weiß er, dass er endlich seine Traumfrau gefunden hat: Sie hat kornblumenblaue Augen und blondes Haar, ist zierlich und sexy – und offensichtlich ein kleines bisschen ausgeflippt. Also ungeheuer liebenswert in McAndrews Augen, und genau das würde er so gern tun: Kathleen lieben ...

Heiße Nächte in Colorado

Lindsay soll David Morrow dazu bewegen, seinen Romanerfolg „Velvet Nights“ zu einem Drehbuch umzuschreiben. Im Auftrag einer Filmgesellschaft fliegt sie nach Colorado. Bereits am Airport von Los Angeles begegnet sie einem Fremden, der wenig später zufällig neben ihr im Flugzeug sitzt. Es prickelt, es knistert – Lindsay ahnt nicht, dass sie auf dem besten Weg ist, sich in David Morrow zu verlieben ...

Sherryl Woods

Frühling der Liebe

MIRA®

MIRA® TASCHENBUCH
Band 25088
1. Auflage: Mai 2004

MIRA® TASCHENBÜCHER
erscheinen in der Cora Verlag GmbH & Co. KG,
Axel-Springer-Platz 1, 20350 Hamburg
Deutsche Taschenbucherstausgabe

Titel der nordamerikanischen Originalausgaben:
Yesterday's Love/Come Fly With Me

erschienen bei: Silhouette Books, Toronto
Published by arrangement with
Harlequin Enterprises II B.V., Amsterdam

Konzeption/Reihengestaltung: fredeboldpartner.network, Köln
Umschlaggestaltung: pecher und soiron, Köln
Titelabbildung: by Nonstock; Photonica, Hamburg
Autorenfoto: © by Harlequin Enterprise S.A., Schweiz
Satz: Berger Grafikpartner, Köln
Druck und Bindearbeiten: Ebner & Spiegel, Ulm
Printed in Germany
ISBN 3-89941-115-3

www.mira-taschenbuch.de

Sherryl Woods

Ich liebe, wen ich will

Roman

Aus dem Amerikanischen von
Brigitte Burkert-Hinojos

MIRA®

1. KAPITEL

Kathleen drückte auf den Knopf der Fernbedienung. Sie seufzte tief, Tränen liefen über ihre Wangen. Endlich war der rührselige Film zu Ende und der Bildschirm des Femsehers dunkel. Blindlings tastete sie nach den Papiertüchern, fand aber nur noch die Schachtel leer auf dem Nachttisch. Ungeduldig fegte sie die Hülle auf den Boden und fuhr sich mit dem Handrücken energisch über die Augen.

„Allmählich müsste ich doch abgehärtet sein, findest du nicht, Lancelot?" Der große graue Kater neben ihr auf dem breiten Messingbett schnurrte nur etwas lauter. Warum werde ich nur bei jeder Liebesszene zur Heulsuse? warf sich Kathleen vor.

Es war eben gar nicht so einfach, mit einem Kopf voller romantischer Ideen und einer ausgesprochen sentimentalen Gefühlslage in einer ganz normalen Welt, in der es nicht immer ein Happyend gab, zu bestehen. Mehr als einmal war es vorgekommen, dass nach einem Kinobesuch Kathleens jeweiliger Begleiter im Scherz meinte, ihr Verbrauch an Papiertaschentüchern würde ihn auf die Dauer ruinieren. Und jetzt hatte sie sich auch noch am frühen Morgen einen Film angesehen. Anscheinend war sie zu dieser Tageszeit noch empfindsamer als am Abend.

Entschlossen schob Kathleen Lancelot beiseite, ohne auf seine Protestlaute zu achten, und stieg aus dem Bett. Sie schlüpfte in den altrosafarbenen langen Rock und streifte die schulterfreie weiße Rüschenbluse über, die sie während ihres letzten Streifzuges durch Secondhandläden entdeckt hatte. Barfuß eilte sie nach unten in die Küche.

An der Schwelle blieb sie kurz stehen, wie fast jedes Mal, um den Raum auf sich wirken zu lassen. Die zarten Vorhänge kräuselten sich in der lauen Frühlingsbrise, die durch die geöffneten Fenster hereinwehte und den Duft von Flieder und frisch gemähtem Gras mitbrachte. Ah, wie herrlich, dachte Kathleen. Tief atmete sie die frische Luft ein.

Die Küche war ihr liebster Raum in dem alten Farmhaus, das sie seit einem Jahr bewohnte. Und gleich nach dem Kauf hatte sie auch mit der Renovierung begonnen. Ihre Eltern hatten zunächst abwertend von Kathleens Hütte gesprochen, aber nachdem sie sahen, wie hübsch Kathleen die Küche hergerichtet hatte, musste selbst ihr skeptischer Vater zugeben, dass die Umbauten und Schönheitsreparaturen doch kein so hoffnungsloses Unterfangen waren, wie es zunächst den Anschein gehabt hatte.

Kathleen hatte wirklich wahre Wunder vollbracht. Der zuvor unter Farbe und Wachsresten verborgene Holzfußboden schimmerte nun in mattem Naturton. Die einst rußgeschwärzten Kacheln glänzten weiß und wie neu. Die Löcher im Wandputz waren ausgebessert, die Wände in strahlendem Sonnengelb gestrichen, und durch die breiten Fenster fiel so viel Licht, dass der Raum selbst am düstersten Wintertag hell und freundlich erschien.

Auch den runden Eichentisch und die geschnitzten Stühle in der Mitte der Küche hatte sie selbst abgeschliffen und lasiert. Das Tüpfelchen auf dem i bildeten die blank polierten Kupferpfannen an den Wänden und auf dem Tisch eine antike blau-weiße Wasserkanne mit Osterglocken aus dem eigenen Garten.

„Na, alter Junge, was hättest du denn gern?“ fragte Kathleen den Kater, der sich zum Sonnen auf dem Fensterbrett ausstreckte. „Thunfisch? Leber? Hühnchen?“ Lancelot blickte ohne jegliche Spur von Ungeduld zu ihr hinüber. „Du bist nicht gerade eine große Hilfe bei der Auswahl“, beklagte sie sich und öffnete eine Dose Katzenfutter mit Leber. Die Hälfte löffelte sie in Lancelots Napf.

Der Kater rekelte sich erst einmal ausgiebig, ehe er mit einem eleganten Satz vom Fensterbrett sprang und sich zum Fressnapf bequemte.

„Du hast vielleicht einen eigenartigen Geschmack“, meinte Kathleen, während Lancelot genüsslich sein Futter verspeiste. „Da ziehe ich doch etwas anderes vor.“ Sie holte den Picknickkorb aus der Vorratskammer und legte Gouda, Chesterkäse, zwei Mohnbrötchen, eine Flasche eisgekühltes Mineralwasser und einen kleinen Behälter mit Erdbeeren hinein. Vor dem Spiegel rückte sie den breitrandigen Strohhut auf den langen blonden Locken zurecht, nahm noch einen abgegriffenen Gedichtband vom Regal und schritt, gefolgt von Lancelot, über die mit Butterblumen übersäte Wiese hinter dem Haus. Unter der großen alten Eiche in der hinteren Ecke ihres Grundstücks breitete sie ein rot-weiß kariertes Tuch im Gras aus. Bäuchlings streckte sie sich darauf aus, verzehrte das mitgebrachte Mahl und blätterte in dem Gedichtband. Laut las sie die Zeilen:

Wie sehr ich dich liebe, fragst du? Worte können nicht beschreiben, wie groß dieses Gefühl ist, das meine Seele kennt, wenn ich an dich denke. Endlos weit, heute und in Ewigkeit.

Zum zweiten Mal an diesem Tag traten Kathleen Tränen in die Augen. Würde sie jemals einen Mann so innig und leidenschaftlich lieben können, wie es die Poesie beschrieb? Sie war vierundzwanzig Jahre alt, doch nichts in ihrem bisherigen Leben deutete darauf hin, dass sie zu solch tiefen Gefühlen – wenn es um das andere Geschlecht ging – fähig war. Keiner der Männer, die ihr bisher begegnet waren, hatte bei ihr so etwas wie Leidenschaft erwecken können. Ihre Küsse und Zärtlichkeiten waren zwar nicht unangenehm gewesen, aber auch nicht gerade aufregend. Vielleicht bin ich mein Leben lang zu nichts sagenden Beziehungen verurteilt, sagte sie sich traurig. Dieser Gedanke deprimierte Kathleen noch mehr. Wie sehr sehnte sie sich im Grunde nach einer romantischen Liebe.

Kathleen seufzte. Sie legte das Buch beiseite und schaute auf. Im selben Augenblick bemerkte sie, wie Lancelot mit für sein Alter und seine Größe erstaunlicher Wendigkeit die alte Eiche erklomm, anscheinend ein Eichhörnchen verfolgend.

„Nein, Lancelot!“ Kathleens Aufschrei verhallte wirkungslos. Der Kater befand sich schon hoch über ihr auf einem Ast. „Und was machst du jetzt? Schließlich bist du nicht schwindelfrei!“ Lancelot stieß ein klägliches Miauen aus. „Du hast dir die Suppe eingebrockt, alter Knabe", schimpfte Kathleen. „Jetzt sieh zu, wie du sie auslöffelst."

Lancelot saß ganz still und miaute höchstens noch mitleiderregender.

„Also schön, ich hole dich", versprach Kathleen schließlich seufzend.

Sie raffte den Rock hoch und hangelte sich mühsam von Ast zu Ast. Wie lange war es her, seit sie sich das letzte Mal in luftige Höhen gewagt hatte? Im Grunde war sie genauso wenig schwindelfrei wie der Kater, mit einem einzigen Unterschied, dass das bei Menschen keine ungewöhnliche Eigenschaft ist. Zu allem Überfluss entzog sich Lancelot auch noch ihrem Zugriff. Rückwärts schob er sich auf das dünnere Ende des Zweiges.

„Bleib sitzen, sonst kann ich dir beim besten Willen nicht helfen", wies sie ihn zurecht.

Sie klammerte sich der Länge nach an den Ast und streckte die Hand nach dem völlig verängstigten Tier aus. Er war und blieb unerreichbar. Zentimeter um Zentimeter arbeitete sich Kathleen vorwärts. Der Ast schwankte mehr und mehr.

„Komm, Lancelot, komm her zu mir", lockte sie. In diesem Moment ächzte und schwankte der Ast bedrohlich. „Lancelot, komm sofort hierher!" schrie Kathleen erschreckt auf.

Der Kater rührte sich nicht vom Fleck, dafür senkte sich der Ast unter dem Gewicht wieder ein Stück tiefer. Kathleen blickte beunruhigt nach unten. Der sichere Grund und Boden schien unerreichbar weit entfernt.

Kathleen umklammerte den Ast und wagte kaum zu atmen. Während sie noch fieberhaft überlegte, ob sie den Rückzug riskieren oder in dieser Stellung bis zum Sankt Nimmerleinstag ausharren sollte, entdeckte sie zu ihrer grenzenlosen Erleichterung einen Mann. Wie ein rettender Engel schritt ein Unbekannter über die Wiese direkt auf sie zu.

Er kommt nicht nur als Helfer in der Not im richtigen

Moment, er sieht auch noch ungemein gut aus, registrierte Kathleen. Neugierig musterte sie ihn. Er trug einen dunkelblauen Anzug, das pastellblaue Hemd spannte sich über eine breite Brust. Obwohl er das Jackett wegen der Hitze lässig über die Schultern gelegt hatte, vermutete sie, dass er aus einem ganz bestimmten Grund hier war. Sein Schritt war ausgesprochen zielstrebig, der Ausdruck entschlossen.

Kathleen schirmte die Augen mit einer Hand ab. „Lieber Himmel, wenn ich träume, dann möchte ich jetzt lieber nicht aufwachen", flüsterte sie. Sie hielt den Atem an. Genauso hatte sie sich immer ihren Traummann vorgestellt.

Der Fremde war inzwischen an der Eiche angekommen und betrachtete erstaunt die Tischdecke, den Picknickkorb und das Buch.

„Hallo!" meldete sich Kathleen aus luftiger Höhe.

In diesem Moment knackte es wieder verdächtig im Holz, und der Ast neigte sich noch ein Stück weiter zur Erde. Beinahe kopfüber hing Kathleen jetzt daran, die blonden Locken verdeckten ihr Gesicht fast ganz.

Überrascht sah sich der Mann um, konnte jedoch niemanden entdecken.

„Hier oben", flüsterte sie verlegen werdend.

Der Unbekannte blickte nach oben – und geradewegs in zwei strahlend blaue Augen. Ihm war, als setze sein Herz einen Schlag lang aus.

„Gleichfalls hallo", erwiderte er. Und augenblicklich war seine eben noch so schlechte Laune verflogen. Vielleicht nahm diese unangenehme Aufgabe, die man ihm heute Morgen übertragen hatte, eine überraschend angenehme Wende. „Halten Sie Ihr Mittagsschläfchen grundsätzlich oder nur ausnahmsweise auf diesem Baum?"

„Weder noch", entgegnete Kathleen. Selbst in dieser unangenehmen Lage konnte sie lachen. „Sie kommen wie gerufen. Wie Sie sehen, befinde ich mich in Schwierigkeiten. Ich bin übrigens Kathleen Marshall."

Tom seufzte. Schade, hier hörte der Spaß wohl auf. „Ich hätte es mir denken können", murmelte er vor sich hin.

„Bitte?" fragte Kathleen. „Stimmt etwas nicht?"

„Wie man's nimmt. Gerade Sie habe ich gesucht."

„Wirklich? Müsste ich Sie kennen?"

„Noch nicht, aber das wird sich bald ändern. Mein Name ist Tom McAndrews. Ich komme vom Finanzamt."

Normalerweise gerieten die Leute in Panik, wenn sie hörten, dass ein Finanzbeamter sie aufsuchte. Aber bei Kathleen Marshall war davon nichts zu spüren.

„Angenehm", bemerkte sie weiterhin gut gelaunt, und Tom kam der Gedanke, dass sie nicht die leiseste Ahnung hatte, warum er hier war. „Könnten Sie mir freundlicherweise hier herunterhelfen? In meinem Kopf dreht sich schon alles."

„Was machen Sie eigentlich da oben?"

„Lancelot hat wohl ein Eichhörnchen verfolgt."

„Lancelot? Ein Eichhörnchen?" Tom war plötzlich so seltsam zumute, als hätte er ein Glas Champagner auf einen Zug ausgetrunken. Vielleicht lag es an der warmen Witterung? Oder am Ende gar an dieser munteren jungen Frau, die da mit hochgerutschtem Rock beinahe kopfüber am Baum hing? Tom zog es vor, das leichte Schwindelgefühl dem Wetter oder dem intensiven Training am Morgen im Fitnesscenter zuzuschreiben.

„Lancelot ist mein Kater. Er ist schon zwölf, und meistens liegt er nur faul auf dem Fensterbrett. Aber jedes Mal, wenn er ein Eichhörnchen sieht, ist er nicht mehr zu bremsen und jagt auf und davon."

„Aha." Tom hatte das unbestimmte Gefühl, dass dieser Auftrag, der ihm von seinem Chef Pete Harrison übertragen worden war, doch kein Zuckerschlecken werden würde. Eigentlich war ihm das von Anfang an schon klar gewesen. Denn welche normale Geschäftsfrau fordert vom Finanzamt über fünftausend Dollar mehr zurück, als sie an Steuern entrichtet hat? Bei Kathleen Marshall musste irgendwo eine Schraube locker sein, und alles, was in den letzten Minuten geschehen war, hatte seine Erwartungen nur noch bestätigt.

Zunächst jedoch hing dieses eigenartige Frauenzimmer noch hilflos im Baum, und solange sie da oben war, konnte die Sache mit der Rückforderung nun einmal nicht bereinigt werden.

„Lassen Sie den Ast los", schlug Tom vor und streckte ihr die Arme entgegen.

„Ich bin doch nicht lebensmüde", protestierte Kathleen entsetzt. In diesem Moment knackte es erneut bedrohlich im Geäst, und sie wagte nur noch zu flüstern: „Bis dort unten sind es bestimmt dreieinhalb Meter. Ich breche mir ja sämtliche Knochen."

„Keine Angst, ich fange Sie auf."

„Dann sind Ihre Knochen die Leidtragenden."

„Dieses Risiko nehme ich auf mich", erwiderte er. „Kommen Sie, lassen Sie schon den Ast los."

„Und was ist mit Lancelot?"

„Um den brauchen Sie sich keine Sorgen mehr zu machen", bemerkte Tom trocken.

Kathleen folgte seinem Blick. Mitten auf dem Tischtuch saß der Kater und verspeiste gelassen den letzten Rest Gouda.

„Wie konntest du mir das nur antun, du Verräter?" stöhnte Kathleen unterdrückt.

„Also, springen Sie."

Kathleen schob die Beine vorsichtig zu einer Seite, bis sie frei in der Luft baumelten. Krampfhaft klammerte sie sich an dem schwankenden Ast fest und blickte skeptisch auf Tom McAndrews hinunter. „Soll ich wirklich?"

„Ja, natürlich."

„Also schön." Sie schloss die Augen und versuchte sich einzureden, sie sei leicht wie ein zarter Schmetterling. Aber diese Vorstellung half nicht viel. Sie ließ sich fallen und plumpste wie ein Stein nach unten. Der schmerzhafte Aufprall, der sie und Tom McAndrews krankenhausreif machen würde, war unvermeidbar.

Jedoch – Wunder gibt es immer wieder. Zwei starke Arme

fingen sie auf, und instinktiv klammerte sie sich an die breiten Schultern.

„Sie können jetzt die Augen wieder aufmachen." Die Stimme war tief, das Lachen volltönend.

Kathleen spürte seinen warmen Atem auf ihrer Wange. Augenblicklich bedauerte sie, dass Tom sie jeden Moment absetzen würde. Sie schaute ihn offen an. Von nahem sah er noch besser aus als von oben. Plötzlich war sie verwirrt. Seine Nähe und sein besonderer Duft blieben ebenfalls nicht ohne Wirkung auf ihre Sinne. Was für ein Mann, dachte Kathleen und seufzte unwillkürlich leise auf.

Tom hörte das Seufzen, und schlagartig wurde ihm bewusst, dass es Kathleen ebenso erging wie ihm. Auch er war zutiefst verwirrt. Eine derartige Reaktion war, wenn man den Grund seines Hierseins betrachtete, völlig unangebracht.

Seit zehn Jahren war Tom McAndrews bei der Finanzbehörde als Steuerprüfer tätig, und diese Tätigkeit hatte ihn gegen jede Gefühlsregung im Dienst abgehärtet. So dachte er bisher jedenfalls. Schließlich war es seine Aufgabe, dafür zu sorgen, dass jeder Staatsbürger ordnungsgemäß seiner Steuerpflicht nachkam. Und dabei waren Emotionen nur von Nachteil.

Manchmal dauerte es Monate, bis er einen Fall abgewickelt hatte und die Zahlen stimmten. Oft gelangte er während seiner Nachforschungen zu Einblicken in das persönliche Leben eines Steuerzahlers. Dennoch waren die durch seine Arbeit geknüpften Kontakte bisher immer unpersönlich und rein geschäftlicher Natur geblieben. Zugegebenermaßen war Tom dabei auch nie an jemanden wie Kathleen Marshall geraten.

Behutsam setzte er die junge Frau neben dem rot-weiß karierten Tischtuch ab und nahm dann ihr gegenüber im Gras Platz. In ihrer etwas altmodischen Kleidung scheint sie gar nicht recht in diese Zeit zu passen, sinnierte Tom. Seiner Ansicht nach wirkte sie eher, als sei sie geradewegs einem Renoirgemälde entsprungen. Die üppigen Locken fielen lose auf ihre bloßen Schultern, und obwohl ihn die strahlend blauen Augen mit unverhohlenem Interesse musterten, drehte Kathleen doch den weißen Strohhut nervös zwischen den Fingern.

„Sei auf der Hut, alter Junge", warnte sich Tom insgeheim. Kathleen Marshall war unter Umständen raffinierter, als sie auf den ersten Blick wirkte. Vielleicht legte sie es absichtlich darauf an, ihn zu becircen, damit er in ihrer Steuerangelegenheit womöglich beide Augen zudrückte. Sie wäre nicht die erste Frau, die mit weiblichen Tricks versuchte, ihn zu ihren Gunsten zu beeinflussen.

Kathleen beobachtete verwundert Toms Miene. Eine ganze Skala widersprüchlicher Gefühle zeichnete sich im schnellen Wechsel ab. Anfängliche Sympathie schien in Verärgerung und dann in Entschlossenheit umzuschlagen. Und plötzlich funkelten seine Augen so kalt und der Blick war so abweisend, dass Kathleen angst und bange wurde. Sie hoffte inbrünstig, dass sein Stimmungswandel nichts mit ihr zu tun habe.

„Bringen Sie einen Scheck für mich mit?" fragte sie.

Er schüttelte den Kopf. „Leider nicht. Sie können wohl kaum erwarten, dass das Finanzamt für Ihre Geschäftsschulden aufkommt. Warum haben Sie auf keinen unserer Briefe geantwortet?"

„Briefe? Ich habe keine gesehen", entgegnete sie. Nachdenklich fuhr sie nach einer Pause fort: „Ach, da liegt ein ganzer Stapel ungeöffneter Post im Schreibtisch meines Ladens. Wahrscheinlich sind sie dabei. Vielleicht können Sie mir sagen, was drinsteht?"

„Allerdings. Es wurde Ihnen darin mitgeteilt, dass wir die Absicht haben, Sie einer Steuerprüfung zu unterziehen, und dass Sie zu diesem Zweck mit sämtlichen Unterlagen auf dem Finanzamt vorsprechen sollen."

„Du liebe Güte! Und wann?" Sie strich sich die Hände am Rock ab.

„Letzte Woche."

„Du liebe Güte", wiederholte sie zerknirscht. „Möchten Sie auch gern ein Stück Käse?"

„Wie bitte?"

„Ob Sie ein Stück Käse möchten." Kathleen hielt Tom eine dicke Scheibe Chester hin, die Lancelot bei seiner Attacke auf den Picknickkorb übersehen hatte. „Er schmeckt sehr gut, probieren Sie."

„Nein, danke. Um nun wieder auf die Steuerprüfung zu sprechen zu kommen ..."

„Können wir uns darüber nicht später unterhalten?"

„Miss Marshall ..."

„Kathleen."

Tom schloss einen Moment lang fast schon resignierend die Augen. In seinem Kopf begann sich erneut alles zu drehen.

„Also schön, Kathleen. Ich bin die weite Strecke von Cincinnati hierher gefahren, um Ihre Steuersache in Ordnung zu bringen. Ich habe keine Zeit, stundenlang unter einem Baum zu sitzen, Käse zu essen und mit Ihnen ein Schwätzchen zu halten." Die Schärfe im Ton unterstrich seine Worte. Kathleen sah erschreckt zu ihm auf.

Dieser Blick stimmte ihn augenblicklich etwas milder. „So gern ich das auch täte", fügte er abschwächend hinzu. Sie sieht aus, als würde sie jeden Moment in Tränen ausbrechen, stellte er fest. Das fehlte mir gerade noch!

„Aber ich habe meine Steuererklärung doch rechtzeitig abgegeben", wandte sie unsicher ein. „Oder doch nicht? Papierkram langweilt mich, Sie nicht auch? Eigentlich bin ich ziemlich sicher, dass ich pünktlich war."

„Ja, das schon, deshalb bin ich ja hier. Aber Sie verlangen eine Rückzahlung von Geldern, die Sie nie bezahlt haben." Er schüttelte missbilligend den Kopf.

Sie sah ihn entrüstet an. „Wie können Sie so etwas sagen? Ich habe im letzten Jahr ein eigenes Geschäft eröffnet, und dabei habe ich mehr Geld verloren, als ich tatsächlich verdient habe."

„Und jetzt meinen Sie, der Staat sollte Ihnen bei der Tilgung Ihrer Schulden unter die Arme greifen?"

Hoffnungsvoll lachte sie auf und nickte. „Ja, warum denn nicht? Schließlich hat er in den nächsten Jahren einige Summen an Steuern von mir zu erwarten, wenn mein Laden läuft."

Zu seinem Entsetzen stellte Tom fest, dass er dieser „Logik" durchaus folgen konnte. Eigentlich hörte sich das ganz vernünftig an.

„Leider geht das so nicht."

„Nicht?"

„Nein."

Kathleen lächelte wehmütig. „Nun ja, ich werde es schon irgendwie schaffen. In der letzten Zeit gehen die Geschäfte etwas besser. Jetzt im Frühling fahren die Leute gern hinaus aufs Land, und viele können nicht widerstehen, in Antiquitäten zu stöbern."

„Kaufen die Leute gern bei Ihnen?" Tom wusste selbst nicht recht, warum er diese Frage stellte.

Kathleen zuckte die Schultern. „Ich weiß nicht recht. Oft trinken sie auch nur eine Tasse Kaffee, wir unterhalten uns, tauschen Erfahrungen aus und dann fahren sie weiter. Aber das gehört eben dazu."

„Sie bieten Ihren Kunden Kaffee an?"

Sie war offensichtlich verunsichert. „Meistens gibt es auch noch selbst gebackenen Kuchen dazu", erwiderte sie in einem Tonfall, als müsste sie sich verteidigen. „Gestern habe ich Apfelkuchen angeboten, aber der Boden war nicht so recht mürbe. Vielleicht lag es am Fett oder am Obst. Die Äpfel waren sehr saftig."

Tom schüttelte ungläubig den Kopf. Offensichtlich hatte er sich viel zu lange mit schwerreichen, unpersönlichen Unternehmen abgegeben. Wie ging man mit jemandem um, der an manchen Tagen mehr Geld für die Bewirtung seiner Kunden ausgab, als das Geschäft einbrachte? Mit jemandem, der sich obendrein noch mehr Gedanken um die eigenen Backkünste als um die finanzielle Sicherheit machte? So etwas hatte er noch nicht erlebt.

„Könnten wir jetzt bitte einen Blick in Ihre Bücher werfen?" fragte er schließlich sehr sachlich.

Je eher er diese Sache hinter sich brachte, desto besser. Diese Frau hatte eine Wirkung auf ihn, die seiner Aufgabe ganz und gar nicht zuträglich war. Und wenn sie ihn, wie jetzt, mit ihren himmelblauen Augen ansah, dann kam er sich geradezu wie ein Schuft vor. Und zu allem Überfluss schlug sein Herz schneller. Am liebsten hätte er sie in die Arme genommen und ihr gesagt, sie solle sich keine Sorgen machen, er würde die Angelegenheit schon regeln.

„Natürlich", erklärte Kathleen sich bereit. Ihr erster Eindruck bestätigte sich also leider doch. Dieser Mann hatte eine Aufgabe zu erfüllen, die er ohne Rücksicht auf Verluste ausführen würde. Wie schade, dass er so ernst und sachlich war. So wie er aussah, war er ihr eine Zeit lang wie ein Traummann vorgekommen. Aber stattdessen war er nur ein verstaubter Bürokrat mit lauter anonymen Zahlen im Kopf. Sicher bekam er mit vierzig Magengeschwüre wie alle anderen, die dem Leben keine angenehmen Seiten abgewinnen konnten.

Enttäuscht packte Kathleen die Überreste ihres Picknicks zusammen, setzte den Hut auf und eilte, den langen Rock leicht geschürzt, über die Wiese zurück zum Haus. Sie sah sich erst gar nicht nach Tom McAndrews um. Sie wusste auch so, dass er ihr folgte und sie keine Sekunde aus den Augen ließ. Schließlich hielt er sie für kriminell, oder etwa nicht? Nun, ihretwegen konnte er die „Bücher" durchsehen, bis er schwarz wurde. Er würde nichts Unrechtmäßiges finden. Und sobald er fertig war, konnte er sich entschuldigen – oder auch nicht – und seiner Wege gehen.

Im Haus angelangt, öffnete Kathleen die Küchentür, trat einen Schritt beiseite und ließ Tom eintreten.

„Nehmen Sie bitte Platz. Ich hole die Unterlagen", schlug sie vor. „Im Kühlschrank steht Limonade. Falls Sie welche möchten, bedienen Sie sich bitte."

Tom sah ihr lächelnd nach. Wann hatte ihm das letzte Mal jemand Limonade angeboten? Die Frauen, die er kannte, warteten mit „Scotch on the Rocks“ auf, wenn er einen Fuß über ihre Schwelle setzte.

Er nahm zwei Gläser vom Abtropfblech, öffnete das Gefrierfach und gab einige Eiswürfel in die Gläser. Aus dem Kühlschrank holte er den Krug und goss den Saft über die Eiswürfel.

Durstig wie er war, wartete er nicht auf Kathleen. Er trank das süßsaure Getränk in großen Schlucken. Ah, das tat gut bei dieser Hitze! Er hatte schon fast vergessen, wie erfrischend Limonade schmecken konnte.

Und jetzt die Beine ausstrecken! Er setzte sich auf einen der geschnitzten Stühle und bewegte die Zehen in den Schuhen. Sein Blick wanderte durch die anheimelnd wirkende Küche. Das war doch etwas ganz anderes als diese hochmodernen, mit allen technischen Schikanen ausgestatteten Chromküchen! Sicher gehörte Kathleen Marshall noch zu den wenigen Frauen, die die Zitronen und Apfelsinen noch mit der Hand auspressten. Dieser Gedanke hatte für Tom etwas Faszinierendes und Aufregendes.

„Immer mit der Ruhe, McAndrews, und Hände weg von dieser Frau“, sagte er laut zu sich selbst.

Er war hier, um gewissenhaft ihre Steuern zu prüfen, nicht mehr und nicht weniger. Und außerdem passte sie überhaupt nicht zu ihm. Was ihren Geschmack in Sachen Mode betraf, so war sie eindeutig hundert Jahre zu spät geboren, von ihrer Weltanschauung ganz zu schweigen. Welche Frau setzte sich heute am helllichten Tag in einem bodenlangen Rüschenrock unter eine Eiche ins Gras und las Liebesgedichte? Hätte er es nicht selbst erlebt, er würde es kaum glauben.

Zu leugnen war aber nicht, er fühlte sich ungemein zu ihr hingezogen. Sie wirkte so zerbrechlich wie die antike Porzellanpuppe, die seine Mutter auf einem Ehrenplatz in ihrem Schlafzimmer sitzen hatte. Die Puppe stammte noch von seiner Urgroßmutter und würde einmal seiner Tochter gehören, falls, wie seine Mutter ihm immer und immer wieder vorhielt, „es ihm endlich einmal einfiele zu heiraten“.

Eine Erkenntnis traf ihn plötzlich wie ein Schock: Seine Mutter wäre mit einer Frau wie Kathleen als Schwiegertochter mehr als einverstanden.

„Halt, halt!" stieß er mit Nachdruck aus.

Es ging nicht an, dass seine Gedanken in eine solche Richtung abschweiften! Er brachte diese Steuersache besser so schnell wie möglich unter Dach und Fach, sonst tat er am Ende noch etwas Unüberlegtes und bat Kathleen, mit ihm auszugehen. Seine Mutter würde sich dann wahrscheinlich vor Freude die Hände reiben, aber Pete Harrison wäre über ein derartiges Nachlassen der Arbeitsmoral sicher entsetzt.

„Wo bleibt sie denn nur?"

Tom erhob sich ungeduldig und ging hinaus auf den Flur. Er warf einen Blick ins Nebenzimmer, dann in den Raum gegenüber, und sein Unbehagen wuchs. Wie konnte jemand nur in einem derart heruntergekommenen Haus leben? Kein Wunder, dass Kathleen ihn in die Küche geführt hatte. Die anderen Räume waren unbewohnt, die Tapeten hingen in Fetzen von den Wänden. Die Fußböden wirkten so verwittert, als hätten sie jahrelang unter Flutwasser gelegen, und sah man von dem zerschlissenen Sofa einmal ab, aus dessen Löchern schon Federn und Füllung quollen, so befand sich nirgendwo ein Möbelstück.

„Kathleen!"

„Ich komme gleich runter. Ich suche nur rasch alles zusammen", ertönte es undeutlich.

„Bleiben Sie, wo Sie sind. Ich komme nach oben."

„Nein, nicht, die Treppe ..."

Aber die Warnung kam bereits zu spät. Kaum setzte Tom einen Fuß auf die dritte Stufe, da gab sie unter dem Gewicht nach. Ein stechender Schmerz zuckte durch seinen Knöchel, und polternd fiel Tom hintenüber auf den Boden.

Sein Fluchen schallte durchs ganze Haus. „Von wegen, dieser Fall ist ein Pappenstiel!" Eine Frau wie Kathleen Marshall konnte einem das Leben wirklich schwer machen.

„Da lebt man ja ungefährlicher, wenn man sich mit der Mafia anlegt“, brummte er und rieb sich das schmerzende Hinterteil. Gleichzeitig wünschte er Pete Harrison, der ihm diesen „Bagatellfall“ aufgetragen hatte, wütend auf den Mond.

2. KAPITEL

Kathleen bekam einen mächtigen Schrecken. Der Krach und die Flüche hörten sich Furcht erregend an. Vorsichtig trat sie aus ihrem provisorischen Büro und schaute die Treppe hinunter.

„Ist es sehr schlimm?"

Tom warf ihr einen finsteren Blick zu, ehe er sich mühsam erhob und den Knöchel abtastete. „Es scheint nichts gebrochen zu sein, falls Sie das meinen."

„Tut mir Leid. Ich wollte Sie gerade noch warnen", entschuldigte sie sich.

„Ja, ja, schon recht", erwiderte er trocken. „Mir ist unbegreiflich, dass man so leben kann."

„Wie meinen Sie das?" fragte Kathleen ehrlich erstaunt. Sie mochte dieses alte Haus sehr und hätte es um nichts in der Welt gegen die modernste Wohnung der Welt eingetauscht.

„In einer solchen Bruchbude, meine ich."

Kathleen betrachtete die ausgetretene Treppe, die farblosen Tapetenreste und die Glühbirne, die einsam und ohne Schirm an der Decke baumelte. Selbst sie musste sich in diesem Augenblick eingestehen, dass ihr geliebtes Haus noch keinen guten Eindruck machte.

„Haben Sie keine Phantasie? Sie müssen sich vorstellen, was daraus werden kann."

„Mir fällt außer einem Steinbruch nichts ein", kommentierte er mürrisch.

„Sehen Sie sich die Küche an", protestierte sie.

Tom McAndrews gehörte anscheinend zu jenen einfallslosen Menschen, denen man mit konkreten Beispielen aufwarten musste. Ohne Probleme gelangte sie nach unten.

„Wollen Sie damit sagen, die Küche sah genauso schlimm aus wie der Rest des Hauses?"

„Schlimmer", gab sie zu. „Es war der dritte Raum, den ich

renoviert habe. Sie ist doch besonders gut gelungen, oder etwa nicht?“

„Sie haben sie selbst in Ordnung gebracht?“

Kathleen wusste nicht recht, ob sie sein Erstaunen als Schmeichelei oder als Beleidigung auffassen sollte. Sie entschloss sich, sachlich zu bleiben. „Sie haben meine Steuererklärung gesehen. Schließen Sie daraus etwa, dass ich mir Handwerker leisten kann?“

„Nein. Da haben Sie auch wieder Recht.“

„Tja, wenn ich die Rückzahlung bekommen hätte ...“ Kathleen seufzte.

„Nichts zu machen“, wandte Tom ein. „Sie sagten, die Küche war der dritte Raum? Was waren die ersten beiden?“ Es interessierte ihn wirklich.

„Das Schlafzimmer und das Badezimmer.“

Tom verstand selbst nicht recht, warum er sich nicht ausschließlich auf die Steuersache konzentrierte, um sich dann auf dem schnellsten Weg in sein Büro in Cincinnati in Sicherheit zu bringen. Stattdessen hörte er sich fragen: „Darf ich sehen?“

„Sie wollen den Aufstieg tatsächlich noch einmal wagen?“

„Vorausgesetzt, Sie verraten mir, wie Sie es schaffen, unbeschadet nach oben zu gelangen.“

„Ich habe jede zweite Stufe repariert“, erklärte sie so gut gelaunt, als sei das die selbstverständlichste Sache von der Welt.

Tom sah sich die Treppe genauer an und bemerkte, was ihm sofort hätte auffallen müssen: Jede zweite Stufe bestand aus solidem neuen Holz. Die Bretter dazwischen wirkten morsch und brüchig und sahen keinen Deut besser aus als der Holzfußboden in den unteren leeren Räumen. Und die berüchtigte dritte Stufe war vollends dahin, nachdem Tom unangenehme Bekanntschaft mit ihr gemacht hatte.

„Dass ich darauf nicht gleich gekommen bin.“ Mit Riesenschritten folgte er Kathleen nach oben. „Gehen Sie voraus, dann können Sie mich vor den Fußangeln warnen.“

„Nicht so laut", flüsterte Kathleen verschwörerisch. „Sonst nimmt Ihnen das Haus diese Bemerkung womöglich übel." Sie legte den Finger auf die Lippen.

„Gebäude haben keine Gefühle."

„Sind Sie da ganz sicher? Jedenfalls hat jedes Haus seinen eigenen Charakter, besonders dieses hier. Und das ist der Grund, warum ich es gekauft habe."

„Vielleicht eher eine gespaltene Persönlichkeit."

„Wie kommen Sie denn darauf?"

„Ganz einfach: teils renoviert, teils in katastrophalem Zustand."

„Sehr witzig."

„Das dachte ich auch."

„Im Grunde sind Sie ein Ekel, wissen Sie das?"

„Es kann ja nicht jeder so tolerant sein wie Sie", gab er zurück und lächelte entwaffnend. Kathleen konnte nicht anders, sie erwiderte das Lächeln.

„Möchten Sie den Rest des Hauses nun sehen oder nicht?" fragte Kathleen herausfordernd.

Toms Augen funkelten plötzlich so eigentümlich, dass Kathleen ein ganz seltsames Gefühl hatte.

War es das, wovon sie die ganze Zeit geträumt hatte? In einem Moment führte man ein ganz beschauliches und ruhiges Leben, und im nächsten tauchte ein absolut unmöglicher Mann auf, der so sexy war, dass er die bisher so geruhsame Welt aus den Angeln hob! Dieser Gedanke war aufregend und gleichzeitig beängstigend für sie.

„Doch, gern", erwiderte er, die Stimme gesenkt und verhalten. Sein Blick wanderte über ihren schlanken Hals, über die bloßen Schultern bis zu den Rundungen ihrer Brüste.

Zweifellos bezog sich seine Antwort nicht nur auf das Haus, und verlegen bemerkte Kathleen, wie sich ihre Brustspitzen verräterisch unter der duftigen Baumwollbluse abzeichneten. Sie hatte plötzlich das völlig absurde Verlangen, einerseits meilenweit davonzulaufen und andererseits an dieser Stelle auszuharren und abzuwarten, was Tom McAndrews als Nächstes tun würde. Ob er tatsächlich ausführte, was sein Blick verhieß? Hoffentlich bildete sie sich alles nicht nur ein.

Beinahe zögernd hob er die Hand. Kathleen klopfte das Herz bis zum Hals, aber schnell gewann ihre Vernunft die Oberhand. Sie seufzte bedauernd, und ehe Tom ihre Wange streicheln konnte, wandte sie sich entschieden um, ging auf eine Tür zu und öffnete sie.

„Das hier ist das Badezimmer“, erklärte sie betont forsch. Tom sollte keinesfalls merken, wie aufgewühlt sie war. Schließlich war er nicht zum Vergnügen hier, sondern zum Überprüfen ihrer Steuerunterlagen. Vielleicht hatte sie sich nur eingebildet, dass er sie küssen wollte? Jedenfalls war es besser, auf Nummer Sicher zu gehen und sich nicht unüberlegt auf etwas einzulassen, das ja doch keine Zukunft hatte.

Überraschend gelassen zeigte sie ihm das Badezimmer mit den hübschen altmodischen Kacheln, der altertümlichen Badewanne und dem Rosettenfenster, durch das bei Tag die Sonne und bei Nacht der Mond – wenn sie schienen – interessante Muster auf den gefliesten Fußboden zeichneten.

Beim Blick in ihr Schlafzimmer blieb sie jedoch längst nicht so gleichgültig. Unwillkürlich drängte sich ihr die Vorstellung auf, wie es wohl sein müsste, mit diesem starken, gut aussehenden Mann das Messingbett zu teilen und mit ihm unter die farbenfrohe, selbst genähte Bettdecke zu schlüpfen. Verlegen wandte sie sich ab.

„Sehr schön“, lobte Tom mit sanfter Stimme.

Kathleen war sich nicht sicher, ob er das Schlafzimmer meinte oder ob er am Ende ihre Gedanken erraten hatte. Forschend musterte sie ihn von der Seite, aber Tom sah sich nur im Raum um, die Miene völlig unschuldig.

„Wie lange werden Sie voraussichtlich zur restlichen Renovierung brauchen?“ fragte er beiläufig. Kathleen wusste nicht recht, ob sie über die Gleichgültigkeit erleichtert oder enttäuscht sein sollte.

„Wenn es in derselben Geschwindigkeit vorangeht wie bisher, bin ich vielleicht zu Beginn des einundzwanzigsten Jahrhunderts fertig", erwiderte sie wenig begeistert.

„Sie können doch unmöglich so weiterleben", reagierte er verständnislos, wenn nicht gar ärgerlich.

„Aber warum denn nicht?"

„Es ist viel zu gefährlich."

„Überhaupt nicht. Nur weil die Tapete von den Wänden hängt, bedeutet das noch lange nicht, dass das Haus einstürzt. Die Balken sind ausgesprochen stabil."

„Da wäre ich mir nicht so sicher."

„Aber ich."

„Also schön", lenkte Tom ein.

Offensichtlich hatte es wenig Sinn, sich mit Kathleen Marshall zu streiten, so eigensinnig wie sie war. Zudem konnte es ihm völlig einerlei sein, wie sie lebte – außer natürlich, wenn ihr Lebensstil die dem Finanzamt angegebenen Verhältnisse überstieg. Aber nach allem, was er gesehen hatte, war das kaum der Fall.

„Und wo sind die Bücher, die Sie holen wollten?" erinnerte Tom Kathleen an den Grund seines Besuches. „Ich glaube, wir sollten die Angelegenheit jetzt endlich hinter uns bringen."

„Sie sind hier drin." Sie deutete auf die Tür, die sie eilig geschlossen hatte, als Tom nach oben kam. „Ich schlage vor, Sie gehen zurück in die Küche und ich bringe die Papiere hinunter."

„Aber warum denn so umständlich? Oder haben Sie etwas zu verbergen?" Jahrelange Übung hatten sein Misstrauen geschult.

Kathleen sah ihn vorwurfsvoll an. „Natürlich nicht! Aber ich glaube, dass Sie der Schlag trifft, wenn Sie in dieses Zimmer hineingehen."

„Ich habe die anderen Räume gesehen. Das heißt also, ich bin auf alles gefasst. Ich bin gerüstet."

„Es ist nicht deswegen."

„Nicht? Weswegen denn?"

„Sie sind sicher sehr ordnungsliebend?" Es war eher eine rhetorische Frage.

„Ja. Aber was hat das damit zu tun?"

„Nun, meine Bücher ... Ich meine ..." Sie zögerte. „Es sind eigentlich gar keine Bücher ..."

„Und wie sind sie? Oder besser: was sind sie?" Allmählich war er auf alles gefasst.

Kathleen seufzte ergeben. „Sehen Sie selbst."

Tom trat ein – und glaubte seinen Augen nicht zu trauen. „Heiliger ...", stieß er hervor, dann blieb ihm die Stimme weg.

Er tat ihr geradezu Leid. Erstarrt stand er immer noch am gleichen Fleck.

„Es ist bestimmt besser, wenn Sie in die Küche zurückgehen", schlug sie vor und zupfte ihn am Ärmel. „Trinken Sie ein Glas Limonade, und ich bringe, was Sie brauchen, nach unten."

„Und wie, wenn ich fragen darf? Mindestens fünf Buchhalter sind nötig, um Ordnung in dieses Chaos zu bringen", wandte er schwach ein. Offensichtlich hatte er den Schock noch nicht überwunden.

„Ich brauche bestimmt nicht lange", versprach Kathleen. „Ich weiß genau, wo ich suchen muss."

Tom schüttelte ungläubig den Kopf. „Das kann ich mir beim besten Willen nicht vorstellen."

„Warum denn nicht? Ob Sie's glauben oder nicht, ich habe ein System."

„Das muss ich gesehen haben", erwiderte er skeptisch. Er nahm den Stapel alter Kunstmagazine von dem einzig vorhandenen Stuhl und nahm Platz. „Wenn Sie die Unterlagen tatsächlich finden, die Sie für die letzte Steuererklärung brauchen, dann lade ich Sie ins teuerste Restaurant von Cincinnati zum Essen ein."

Diese Herausforderung klang wirklich verlockend. Aber war es auch ratsam, einen Abend mit Tom McAndrews zu verbringen? Er hatte, ohne sich darum zu bemühen, Gefühle in Kathleen erweckt, an deren Existenz sie noch am heutigen Vormittag gezweifelt hatte. Bei einem romantischen Abendessen zu zweit verliebte sie sich womöglich Hals über Kopf in ihn. Und später ging Tom munter seiner Wege und bearbeitete den nächsten „Fall". Keine sehr tröstlichen Aussichten!

Aber sie konnte diese Wette ja schlecht absichtlich verlieren. Sie musste ihm beweisen, dass ihr zugegebenermaßen etwas außergewöhnliches System genauso akkurat funktionierte wie Rechnungsbücher oder Computerausdrucke.

.Abgemacht, Mr. McAndrews", stimmte sie entschlossen zu. „Wie viel Zeit habe ich?"

Tom lächelte selbstgefällig. „In Kleinigkeiten bin ich heute ausnahmsweise einmal großzügig. Lassen Sie sich so viel Zeit, wie Sie wollen."

„Sie glauben nicht, dass ich es schaffe."

„Erraten."

„Und was geschieht, wenn ich verliere?"

„Dann heuern Sie einen Buchhalter an, der Ihre Finanzen in Ordnung bringt."

„Meine Finanzen sind in Ordnung, danke. Bisher bin ich keinen einzigen Betrag schuldig geblieben. Man hat mir weder das Telefon noch den Strom abgestellt, noch verfüge ich über Scheckkarten."

Sie brauchte ihm ja nicht gerade auf die Nase zu binden, dass sie die Scheckkarten verlegt oder verloren und bisher keine neuen beantragt hatte.

„Danke, das ist beruhigend." Tom atmete sichtlich auf.

Kathleen starrte ihn entrüstet an. „Was soll denn das schon wieder heißen? Wollen Sie mich beleidigen?"

„Um Himmels willen, nein! Ich meinte damit nur, dass Leute, die mehr Ordnungssinn haben als Sie, bis zum Hals in Schulden stecken. Es ist ja heute so einfach und so bequem, per Scheckkarte oder auf Kredit einzukaufen."

Kathleen hatte nicht die Absicht, mit Tom McAndrews die Vor- und Nachteile von Kreditkäufen zu erörtern. Jetzt galt es erst einmal, ihn zu überzeugen, dass sie jede ihrer Forderungen belegen konnte. Sie holte tief Luft, blickte sich einen Moment lang suchend im Zimmer um und machte sich an die Arbeit.

Unzählige Tüten und Schachteln lagen überall im Zimmer verstreut. Konzentriert nahm Kathleen eine nach der anderen zur Hand, zog Papiere und Zettel daraus hervor und prüfte sie. Hin und wieder reichte sie Tom ganze Pakete und lächelte triumphierend.

„So", verkündete sie endlich, stellte sich herausfordernd vor Tom auf und stemmte die Hände in die Hüften. „Das war's." Sie hatte ganze zwanzig Minuten gebraucht.

„Sind Sie sicher?" fragte er skeptisch.

„Ihre ironischen Bemerkungen dürfen Sie sich sparen." Sie ließ sich nicht aus der Ruhe bringen.

„Entschuldigung. Was ist hier eigentlich drin?" Er deutete auf die vier Schuhkartons, zwei prall gefüllte Einkaufstüten, drei große braune Briefumschläge und eine zerschlissene Handtasche zu seinen Füßen.

„In diesen beiden Kartons sind die Quittungen von allen Gegenständen, die ich für den Laden gekauft habe. In den beiden anderen Schachteln sind die Rechnungen für die Renovierung des Hauses, die Mietunterlagen für den Laden und so weiter."

„Und in den Einkaufstüten?"

„Meine Kassenzettel. In den Briefumschlägen ist alles andere, Arztrechnungen, Zinsbelege, Versicherungen."

„Darf ich fragen, was sich in der Handtasche befindet?"

„Spenden. Sie wissen schon, wenn einem jemand auf der Straße eine Blechbüchse hinhält, die Heilsarmee und so, für wohltätige Zwecke eben."

„Das haben Sie tatsächlich alles notiert? Ich bin mächtig beeindruckt von Ihrer Genauigkeit."

Tom drückte den verbogenen Bügel der Handtasche auseinander. Zwischen zwei Fingern zog er einen Holzspatel von einem Stieleis hervor, auf dem mit Kugelschreiber „2 Dollar – Heilsarmee“ geschrieben stand. Dann folgte eine Quittung vom Roten Kreuz über fünfzig Cent. Des Weiteren fand Tom in der Tasche mindestens ein Dutzend Belege von Einkäufen auf Wohltätigkeitsbazaren und drei leere Schachteln mit Pfefferminzplätzchen von den Pfadfindern. Er stöhnte verzweifelt auf und schaute Hilfe suchend zur Decke empor.

„Es ist doch alles ordnungsgemäß belegt, oder nicht?“ bemerkte Kathleen unsicher.

„Ja, ja. Es ist nur ...“

„Sie sind nur an Bücher mit langweiligen Zahlenkolonnen gewöhnt.“ So wie Kathleen das sagte, klang es wie ein Vorwurf.

„So hat man es mir während meiner Ausbildung nun einmal beigebracht. Das hier ist alles andere als – als ...“ Er fand nicht die rechten Worte, ihr klar zu machen, dass ihre Art der Buchhaltung allen Prinzipien widersprach.

„Mr. McAndrews“, erklärte Kathleen zurechtweisend. Ihre Wangen waren gerötet, und ihre Augen funkelten zornig. „Ich habe Besseres zu tun, als Zahlen in ein Buch zu schreiben. Letzten Endes kommt beim Zusammenzählen ja doch dasselbe heraus, ob sie in einem Buch oder auf Zetteln in dieser Handtasche stehen.“

In Toms Kopf drehte sich wieder alles, genau wie zuvor, als er zu seinem Erschrecken feststellte, dass er ihrer verdrehten Logik bezüglich der Steuerrückzahlung durchaus – wenn er sich Mühe gab – folgen konnte.

„Im Grunde haben Sie Recht“, stimmte er zögernd zu. Er erhob sich, balancierte den Stapel Schuhkartons auf einem Arm und ergriff mit der freien Hand die beiden Einkaufstüten und die Handtasche. Mit einer Kopfbewegung wies er auf die drei braunen Umschläge. „Tragen Sie die bitte? Ich kann leider nichts mehr nehmen.“

„Wohin wollen Sie denn damit?“

„Ich nehme die Sachen mit in mein Büro und versuche, das Beste daraus zu machen. Der Staat vergewissert sich, dass man ihn nicht hinters Licht führt."

Kathleen war über sein anhaltendes Misstrauen sichtlich enttäuscht. „So etwas würde ich nie tun", murmelte sie leise.

Tom nickte bestätigend. Auch wenn sie anderer Meinung war und annahm, er vertraute ihr nicht, so glaubte er ihr doch aufs Wort. Jemand, der so voller Idealismus steckte, war bestimmt nicht fähig, wissentlich Unrecht zu begehen.

Kathleen folgte Tom die Treppe hinab und hinaus zu seinem Auto. Hatte sie es sich doch gedacht! Wie sie vermutet hatte, fuhr er einen soliden, konservativen Mittelklassewagen. In einem Punkt musste sie jedoch ihren ersten Eindruck revidieren. Tom wirkte längst nicht mehr so selbstbewusst und unnahbar wie am Anfang, als er auf den Baum zukam. Zeigte sich da nicht sogar eine Spur Wehmut in seinem Ausdruck, als sie sich voneinander verabschiedeten?

„Was wird aus unserem gemeinsamen Essen?" wagte Kathleen in einem Anflug von Übermut zu fragen. „Wie Sie wissen, habe ich die Wette gewonnen."

„Sobald ich klar sehe, melde ich mich bei Ihnen", versprach er und lächelte dabei so charmant, dass Kathleen glaubte, ihre Knie würden weich. „Wir werden Ihren Sieg über die Finanzbehörde gebührend mit Champagner, Kaviar und Beef Wellington feiern."

Er winkte ihr zu und fuhr davon. Verträumt blickte Kathleen dem Wagen nach. Wenn Tom McAndrews auch noch Kerzen und Rosen dazu bestellte, war es um sie endgültig geschehen. Daran war nicht zu zweifeln.

3. KAPITEL

Lange Zeit saß Kathleen am nächsten Morgen am Eichentisch in der Küche und dachte bei einer Tasse Tee über Tom McAndrews nach. Sosehr sie sich auch bemühte, ihn aus den Gedanken zu verbannen – die Anzugjacke, die er über einen Küchenstuhl gehängt und dort vergessen hatte, half auch nicht gerade, ihn aus ihrem Leben zu streichen.

Behutsam fuhr Kathleen über den glatten Stoff und hielt gleich darauf die Finger unter die Nase. Sie schnupperte, schloss die Augen und war in einer anderen Welt. Genau diesen Duft hatte sie festgestellt, als Tom sie unter dem Baum auffing! Sie stellte sich wieder vor, wie er sie in den Armen gehalten hatte. Der Geruch von Sandelholz und Eau de Toilette wurde immer intensiver.

Warum nur hatte ausgerechnet Tom McAndrews eine dermaßen verwirrende Wirkung auf sie? Von allen Männern, die Kathleen jemals begegnet waren, war er der denkbar ungeeignetste. Er war so schrecklich geradlinig und vernünftig. Ganz offensichtlich mangelte es ihm an jedweder Spur von Spontaneität. Bei allem, was er tat, wog er bestimmt erst lang und breit sämtliche Vor- und Nachteile ab. Und erst wenn er sich absolut sicher war, genehmigte er sich wahrscheinlich einige Minuten lang ein Freizeitvergnügen.

Kathleen dagegen ließ sich andauernd von wesentlichen und unwesentlichen Dingen ablenken. Sie konnte sich beim besten Willen nicht daran erinnern, jemals schnurstracks von Punkt A zu Punkt B gelangt zu sein. Das Leben war viel zu kurz und zu aufregend, um es ereignislos an sich vorbeistreichen zu lassen. Ihrer Meinung nach barg jedes noch so kleine Ereignis die Chance auf ein unerwartetes Abenteuer in sich. Und nach allem, was sie von Tom gesehen und gehört hatte, war das Wort „Abenteuer" bestimmt ein Fremdwort für ihn.

Kathleen atmete tief durch. Sie und Tom passten nicht zueinander, wozu sich also über ihn den Kopf zerbrechen? Und dennoch ... Sie warf einen beschwörenden Blick auf das kanariengelbe Wandtelefon. Dann schüttelte sie energisch den Kopf.

„Du jagst Gespenster!“ wies sie sich zurecht. „Es ist noch nicht einmal acht Uhr morgens. Kein Mann, und wenn er noch so von dir fasziniert ist, ruft um diese Uhrzeit an. Außerdem war Tom McAndrews alles andere als hingerissen.“ Ihr fiel ein, dass er sie ein- oder zweimal auf höchst eigenartige Weise angesehen hatte.

„Nein, nein, der Mann hält dich im besten Fall für hoffnungslos verrückt. Wahrscheinlich ruft er überhaupt nicht an ... Höchstens wenn ihm auffällt, dass er seine Jacke vergessen hat. Oder wenn er dich wegen Steuerhinterziehung zur Rechenschaft ziehen will. Vergiss ihn!“ Energisch schlug sie mit der Faust auf den Tisch.

Jedoch war wie immer leichter etwas gedacht als getan. Unglücklicherweise hörten Traumtänzer wie sie selten auf den Verstand.

Lancelot, der sein Frühstück beendet und sich zu einem Sonnenbad auf den Fenstersims zurückgezogen hatte, miaute. Wollte er damit den Überlegungen seines Frauchens zustimmen? Kathleen traute es ihm zu.

„Sei still, Lancelot! Was weißt denn du?“ brummte sie gereizt. Energisch stellte sie die Teetasse auf den Tisch, griff nach der Tageszeitung und blätterte so schwungvoll um, dass gleich eine Seite zerriss. Im gleichen Augenblick klingelte das Telefon, und sie sprang wie von einer Tarantel gestochen auf. Sie starrte den Apparat an, als sei er eine Höllenmaschine. Endlich überwand sie sich doch, den Hörer abzunehmen.

„Hallo“, meldete sie sich, und ihre Stimme klang ungewollt rau und sexy.

„Kathleen? Bist du's? Hast du dich erkältet?“

„Ach, du bist es, Mutter.“ Kathleens Enttäuschung war durchaus hörbar.

„Liebe Güte, womit habe ich diese überaus begeisterte Begrüßung verdient?“ fragte ihre Mutter ironisch. „Wo brennt's denn diesmal, liebe Kathleen?“

„Nirgends“, versicherte Kathleen hastig. Das fehlte gerade noch, wenn ihre Mutter mit Hühnersuppe und guten Ratschlägen herbeieilen würde. „Mir geht es ausgezeichnet. Was gibt es bei dir Neues?“

„Ich wollte dich nur fragen, ob ich dir im Laden ein wenig Gesellschaft leisten soll. Wir haben uns schon eine Weile nicht mehr gesehen.“

„Ganze drei Tage.“

„Mir kommt es schon wie eine halbe Ewigkeit vor.“

Kathleen lachte leise, wusste sie doch, wie gern ihre Mutter im Laden half. Sie unterhielt sich gern mit Kunden, und wenn sie mit ihnen um Preise feilschen konnte, war sie erst recht in ihrem Element.

„Also gut. Fahr du voraus zum Laden. Ich komme dann so gegen zehn.“

„Ich könnte dich abholen, dann brauchen wir nicht mit zwei Wagen zu fahren.“

„Darf ich daraus schließen, dass du den ganzen Tag dort bleiben willst?“ neckte Kathleen sie.

Victoria Marshall ließ sich nicht beirren. „Warum auch nicht? Dein Vater hat geschäftlich in Columbus zu tun, und du wolltest sowieso den Waschständer restaurieren, den du letzte Woche gekauft hast, oder?“

„Warum redest du um den heißen Brei herum, Mutter?“ Wie leicht durchschaubar Victoria war!

„Was meinst du?“

„Du bildest dir ein, du seist geschäftstüchtiger als ich.“

„Du musst doch zugeben, dass du viel zu wenig handelst, mein Schatz. Manchmal glaube ich, du würdest ein Stück am liebsten verschenken, nur weil jemand es bewundert.“

„Ich möchte eben, dass meine Ware an Leute geht, die sie zu schätzen wissen“, verteidigte sich Kathleen. „Und nicht nur an den Meistbietenden.“

„Ist dir noch nie der Gedanke gekommen, dass jemand etwas

sehr mögen muss, um einen hohen Preis dafür zu bieten?" gab Victoria zu bedenken.

„Schon möglich. Trotzdem kommt mir diese Haltung so ... Also, wie soll ich sagen ..."

„Geschäftstüchtig?"

„Eins zu null für dich", gestand Kathleen ein. Warum klang ihre Mutter nur so sehr wie Tom McAndrews. Wenn sich die beiden jemals gegen sie verschwören würden, dann gute Nacht! Ihr ganzes Leben bestünde fortan dann nur noch aus langweiliger, genau durchgeplanter Buchführung. „Wenn du versprichst, deiner Gardinenpredigt ein Ende zu setzen, dann kannst du herkommen und mich abholen."

„Bin schon unterwegs", erwiderte Victoria Marshall erfreut. „Aber versprechen tue ich gar nichts."

Sie hängte ein, ehe Kathleen noch etwas erwidern konnte.

Kathleen schlüpfte in einen mit Farbklecksen übersäten Overall. In Gedanken war sie schon bei der Restaurierung des gedrechselten Waschständers. Im Hinterzimmer ihres Ladens konnte sie diese Arbeit gut ausführen.

Kathleen hatte das Geschäft auf Zureden ihrer Eltern eröffnet. Auf Flohmärkten und Auktionen hatte sie so viele Kuriositäten und Antiquitäten aufgetrieben, dass der Platz in der Garage am Haus ihrer Eltern dafür allmählich zu klein geworden war. Und als ihr Vater mitten im tiefsten Schnee seinen Wagen aus Platzmangel im Freien parken musste, wurden seine schon unmissverständlichen Bemerkungen immer deutlicher. Die „gesammelten Werke", wie er sie nannte, seien doch bedeutend besser an einem Ort aufgehoben, an dem sie vorteilhafter zur Geltung kämen, zum Beispiel im Wohnzimmer von Kunstliebhabern.

Die Vorstellung, sich von Dingen zu trennen, an denen ihr Herz hing, war Kathleen am Anfang schwer gefallen. Da sie jedoch letzten Endes einsehen musste, dass sie nicht sämtliche Antiquitäten von Ohio zu ihrem bloßen Vergnügen horten konnte, erklärte sie sich bereit, die Sache zu überdenken. Je mehr sie sich damit beschäftigte, desto besser gefiel ihr die Idee, aus dem Hobby einen Beruf zu machen.

Allmählich nahm der Plan dann Formen an. Mit dem Geld, das ihr die Großmutter hinterlassen hatte, mietete Kathleen eine alte unbenutzte Scheune am anderen Ende der Stadt und renovierte sie. Am Anfang war der Laden nur am Wochenende geöffnet, da sie während der Woche an der Universität in Cincinnati Kunst studierte. Nach erfolgreichem Abschluss des Studiums kaufte Kathleen die heruntergekommene Farm als eigenes Heim und konzentrierte sich ganz auf das Geschäft und das Renovieren. Ihre Mutter sprang nur zu gern ein, wenn Kathleen eine Auktion besuchen oder ganz einfach einmal außer der Reihe freinehmen wollte.

„Kathleen!" Ihre Mutter unterbrach den Gedankengang.

„Ich komme gleich!" Sie bürstete in Windeseile das Haar und band es im Nacken zu einem Pferdeschwanz zusammen. Schnell lief sie die Treppe hinunter in die Küche.

Victoria Marshall war bereits eingetreten und hielt Toms Jacke an spitzen Fingern weit von sich, als handle es sich dabei um ein ekelhaftes Reptil.

„Die gehört nicht deinem Vater", stellte sie mit Nachdruck fest.

Kathleen konnte sich das Lachen kaum verbeißen. „Sehr richtig." Sie öffnete den Kühlschrank und suchte nach einem Joghurt, den sie zum Mittagessen mitnehmen wollte.

„Kathleen!"

Sie streckte ganz langsam den Kopf um die Kühlschranktür. „Ja, Mutter?"

„Wem gehört diese Jacke?"

Sie hatte keine Lust, Victoria auf die Nase zu binden, dass Tom McAndrews ihre Steuern überprüfte. Sicher würde sie sofort ein halbes Dutzend Anwälte engagieren, um ihrer Tochter aus der Patsche zu helfen.

„Sie gehört einem Bekannten", erwiderte sie deshalb ausweichend und wandte sich, um Zeit zu gewinnen, erneut dem Inhalt des Kühlschranks zu.

„Was für einem Bekannten?"

Seufzend schlug Kathleen die Tür zu. Offensichtlich gab Victoria erst Ruhe, wenn ihre Neugierde befriedigt war. „Einem Mann eben."

„Das kann ich mir denken. So, so. Du hast doch vor deinem Vater und mir nichts zu verbergen? Ist es ernst? Wann stellst du uns den jungen Mann endlich vor?" Victoria hätte am liebsten noch mehr Fragen gestellt.

„Ich habe ihn gestern erst kennen gelernt", unterbrach Kathleen sie.

„Du kennst ihn erst einen Tag, und er vergisst schon seine Kleidung bei dir?" Die Frage klang ausgesprochen spitz.

„Es ist nicht so, wie du denkst."

Victoria Marshall musterte ihre Tochter skeptisch. „Bist du dir da ganz sicher?"

„Jetzt bist du enttäuscht. Willst du mich etwa so schnell loswerden?"

„Unsinn. Aber ich würde es recht gern sehen, wenn du einen netten jungen Mann findest, der auf dich aufpasst und Ordnung in dein Leben bringt."

Sicher traf diese Vorstellung auf Tom zu, aber Kathleen wollte die Hoffnungen ihrer Mutter lieber nicht schüren. Diese Frau war in der Lage, Himmel und Hölle in Bewegung zu setzen, um aus ihr und dem stockkonservativen Finanzbeamten ein Paar zu machen, das wusste sie.

„Ich komme ganz gut allein zurecht. Immerhin habe ich ein eigenes Heim ..."

„In dem ein guter Handwerker fehlt", ergänzte Victoria schnell.

Kathleen warf ihr einen zurechtweisenden Blick zu. „Außerdem habe ich ein eigenes Geschäft ..."

„Das du wie eine Imbissbude betreibst."

„Und ich habe Freunde."

„Von denen einer verrückter ist als der andere."

„Ach Mutter, ich bin ja so froh, dich voll und ganz auf meiner Seite zu wissen."

Victoria ignorierte den ironischen Tonfall und strahlte. „Das solltest du auch. Aber ich bin ja nicht ewig da, und es wäre für mich eine Beruhigung, wenn du einen ordentlichen Mann heiraten würdest."

„Du bist gesünder und in besserer körperlicher Verfassung als ich, also brauchen wir uns darum vorläufig noch keine Gedanken zu machen. Aber was hältst du davon, wenn wir das Thema jetzt auf sich beruhen lassen und zum Laden fahren? Sonst entgeht dir womöglich ein guter Abschluss." Kathleen musste sie auf andere Gedanken bringen.

„Ja natürlich, Schatz, du hast Recht." Victoria hängte die Jacke zurück über die Stuhllehne. „Aber versprich mir, dass du uns deinen jungen Mann bald vorstellst."

„Mutter, ich versichere hiermit feierlich, dass Vater und du die Ersten sein werden, die erfahren, wenn dieser Mann jemals ‚mein junger Mann' werden sollte." Was so gut wie ausgeschlossen ist, vervollständigte Kathleen den Satz insgeheim. „Aber eines möchte ich gleich klarstellen: In diesem Fall ist jedes Vetorecht eurerseits ausgeschaltet."

Als Kathleen wenige Minuten später den Wagen in der Auffahrt zu der umgebauten Scheune parkte, wartete dort sehr zu ihrem Missvergnügen bereits jener besagte junge Mann auf sie. Tom wirkte in dem tadellos sitzenden blauen Nadelstreifenanzug vor dem ländlichen Hintergrund völlig fehl am Platz. Zudem waren seine bestimmt teuren Lederschuhe über und über mit angetrocknetem Schmutz bedeckt.

Wenn Besuche dieser Art öfter auf seinem Terminkalender stehen, muss er sich dringend eine passendere Garderobe wie Jeans, Gummistiefel und ein Arbeitshemd zulegen, falls er von seiner Nobelkleidung noch einige Zeit was haben will! überlegte Kathleen insgeheim amüsiert.

„Ist er das?" erkundigte sich Victoria Marshall sichtlich interessiert, während Kathleen die Wagentür öffnete und ausstieg. Verzweifelt verdrehte sie die Augen nach oben. Die zweite Begegnung mit Tom hatte sie sich unter anderen Voraussetzungen vorgestellt.

„Kommen Sie immer eine Stunde zu spät zur Arbeit?" fragte er stirnrunzelnd. Seine Augen drückten tiefste Missbilligung aus.

„Ich verstehe mich gut mit dem Besitzer", erwiderte sie ironisch. Sie schloss die Ladentür auf und trat ein.

„Das ist keine Art und Weise ..."

„... ein Geschäft zu führen", fiel ihm Victoria ins Wort. „Das sage ich auch immer. Guten Tag, ich bin Kathleens Mutter, Victoria Marshall."

Tom ergriff die dargereichte Hand und blickte überrascht von der Mutter zur Tochter und wieder zurück. Das hätte er nicht erwartet. Was für ein Unterschied! Im Gegensatz zu Kathleen wirkte Victoria wie aus dem Ei gepellt. Man merkte gleich, dass sie, im Gegensatz zur Tochter, mit beiden Füßen auf der Erde stand.

Diese elegante und kultivierte Frau hob die Quittungen bestimmt nicht in Einkaufstüten auf! Und wie Kathleen wieder aussah! Pferdeschwanz und bekleckerter Overall! Nicht älter als fünfzehn, würde er schätzen, wüsste er es nicht besser.

„Tom McAndrews", stellte er sich höflich vor. „Ich komme vom ..."

„Tom ist ein Bekannter aus Cincinnati", schnitt Kathleen ihm rasch das Wort ab, begleitet von einem warnenden Blick. „Was für eine Überraschung, Sie so schnell wiederzusehen."

„Ich wollte mit Ihnen sprechen, und zwar wegen ..."

„... des Abendessens."

„Oh, hat Kathleen Sie für heute Abend zum Essen eingeladen?" fragte Victoria voller Freude. „Wie nett. Wie wär's, wenn Sie zum Dessert dann beide zu uns kommen? Mein Mann wird sich sicher auch freuen, Sie kennen zu lernen."

„Mutter!"

„Sehr gern, Mrs. Marshall."

„Sind Sie noch bei Trost?“ fauchte Kathleen Tom an. Endlich war sie mit ihm allein im Hinterzimmer des Ladens.

„Warum sind Sie so aufgebracht? Ich wollte Ihre Mutter nur nicht vor den Kopf stoßen.“

„Sie haben keine Ahnung! Meine Mutter bringt es fertig, nächste Woche das Aufgebot zu bestellen, wenn wir heute Abend gemeinsam zu meinen Eltern fahren. Sie denkt ohnehin schon, wir hätten etwas miteinander.“

„So?“ Tom schüttelte verblüfft den Kopf. „Wie kommt sie denn darauf?“

„Sie hat Ihre Jacke gesehen.“

„Wie?“ Diese Frau! Irgendwie unterbrach sie seine Gehirnströme. In seinem Kopf drehte sich wieder alles.

„Sie haben Ihre Jacke bei mir vergessen, und meine Mutter hat sie heute Morgen entdeckt. Natürlich hat sie gleich das Schlimmste angenommen.“

Tom lachte auf. „Sie scherzen!“

„Keineswegs. Sie hört schon die Hochzeitsglocken läuten.“ Kathleen setzte sich hinter den Schreibtisch.

„Aber sie kennt mich doch gar nicht!“

„Na und? Das lässt sich ändern. Meine Mutter wirkt nur oberflächlich so ruhig und ausgeglichen. Im Grunde sucht sie verzweifelt nach einem perfekten Ehemann für mich.“

„Warum sollte sie so verzweifelt suchen? Sie sind doch keine alte Jungfer.“

„Danke. Aber sie glaubt, ohne einen Mann, der auf mich aufpasst, sei ich rettungslos verloren.“

„Der Gedanke ist mir auch schon gekommen.“

„Da haben wir's!“ stieß Kathleen hervor. „Wenn Mutter dahinter kommt, dass Sie mit ihr einer Meinung sind, haben Sie in der ganzen Sache nichts mehr zu sagen. Dann können Sie gleich in Cincinnati das Tafelsilber aussuchen.“

„Wieso in Cincinnati? Ich habe da vorne in Ihrem Laden eins gesehen, das mir sehr gut gefällt“, stichelte Tom.

Stöhnend verbarg Kathleen das Gesicht in der Armbeuge auf dem Schreibtisch. „Das ist doch nicht zu fassen!“

Gebannt starrte Tom auf die fein geschwungene Linie ihres Nackens. Wie verletzlich Kathleen in diesem Moment wirkte! Behutsam strich er ihr übers Haar.

„Ich fasse es selbst kaum“, entgegnete er leise mit eigentümlich rauer Stimme.

Kathleen blickte verwundert zu ihm auf. Da beugte er sich über sie und küsste sie ganz sacht.

„Oh“, hauchte sie.

Und schon senkten sich seine Lippen erneut, diesmal jedoch etwas forscher, auf ihren Mund. Der Kuss ging Kathleen durch und durch. Ihr war heiß und kalt zugleich, und zu gern hätte sie ihn noch länger ausgekostet. Aber im schönsten Moment richtete sich Tom unvermittelt wieder auf und räusperte sich.

„Entschuldigen Sie“, bat er verlegen.

„Aber warum denn?“

„Das hätte ich nicht tun dürfen.“

„Hat es Ihnen nicht gefallen?“ fragte sie ganz unschuldig. Dabei wusste sie ganz genau, dass ihm dieses Verhalten peinlich war, weil es sich eben für einen strengen Finanzbeamten nicht geziemte.

„Doch, natürlich hat es mir gefallen.“

„Weshalb entschuldigen Sie sich dann?“ Sie ließ nicht locker.

„Es ist einfach nicht ...“

„Angebracht? Ich verspreche, dass ich Sie nicht wegen versuchter Nötigung anzeigen werde.“ Sie hob feierlich die Hand zum Schwur. Ihre Mundwinkel zuckten verdächtig. „Tun Sie sonst nie, worauf Sie im Augenblick Lust haben?“

„Ab und zu schon“, erwiderte er steif. Das ist vielleicht das ganze Dilemma! überlegte er. Seine bisherigen Beziehungen zu Frauen entsprangen Augenblickslaunen und waren dementsprechend oberflächlich und nur von kurzer Dauer. Warum bereitete ihm diese Tatsache auf einmal Kopfzerbrechen?

„Dann ist bei Ihnen ja noch nicht Hopfen und Malz verloren", entgegnete Kathleen augenzwinkernd.

„So, meinen Sie?"

„Tom, warum sind Sie eigentlich heute wirklich hier?" wechselte sie das Thema.

„Ich wollte mit Ihnen einige Fragen in Ihrer Steuersache abklären."

„Und Sie hätten nicht einfach anrufen können?"

„Hm, eigentlich schon", murmelte er gedehnt.

„Warum haben Sie es nicht getan?"

„Ich weiß auch nicht recht", entgegnete er ehrlich.

Kathleen legte eine Hand beruhigend auf seinen Arm. „Sei's drum. Machen Sie sich deshalb keine Sorgen. Aber nehmen Sie doch endlich Platz. Ich bringe Ihnen eine Tasse Tee, und wir können, so lange Sie wollen, über Steuern sprechen."

Die Vorstellung, mit ihr eine derart trockene Materie zu erörtern, war plötzlich ganz und gar nicht verlockend für ihn. Was er wirklich wollte? Sie in die Arme nehmen und küssen und vielleicht noch mehr ...

„Ich glaube, ich gehe jetzt besser", überlegte er laut.

„Aber Sie sind doch eben erst gekommen."

„Nein", korrigierte er. „Sie sind gerade erst gekommen. Ich warte schon über eine Stunde, und jetzt muss ich zurück ins Büro."

„Sie haben mich noch gar nichts gefragt."

„Ich werde Sie beim Abendessen ausfragen."

Kathleen horchte überrascht auf. „Sie wollen wirklich heute Abend zum Essen kommen?"

„Natürlich."

Er lächelte. „Und Dessert gibt's bei Ihren Eltern."

„Vielleicht sollte ich einen Brief ans Finanzamt schreiben, dass ich auf die Rückzahlung der 5591 Dollar verzichte."

„Vergessen Sie die zwölf Cent nicht", fügte er trocken hinzu. „Aber dazu ist es zu spät."

„Das habe ich befürchtet", stöhnte sie.

Tom beugte sich vor und küsste sie auf die Stirn. „Bis heute Abend dann."

Kathleen nickte nur stumm.

„Passen Sie gut auf sich auf, damit Sie inzwischen nicht in andere Schwierigkeiten geraten." Er wandte sich zur Tür um und verließ das Hinterzimmer.

Wenig später hörte Kathleen ihn und ihre Mutter herzlich lachen.

„Warum habe ich nur das ungute Gefühl, dass ich bereits bis über beide Ohren in Schwierigkeiten stecke?" Sie seufzte und schloss einen Moment lang die Augen.

4. KAPITEL

Kathleen stieg aus der Badewanne, und im selben Augenblick klingelte es an der Haustür. Rasch wickelte sie ein Badetuch um sich und eilte durchs Schlafzimmer zum Fenster. Von dort aus konnte sie den Hauseingang überblicken. Natürlich, sie hätte sich ja gleich denken können, dass Tom Punkt sechs und keine Minute später hier auftauchen würde!

Sicher musste sie sich jetzt gleich den Vorwurf anhören, sie sei zu allem Überfluss auch noch unpünktlich.

Und dabei hatte sie sich wirklich Mühe gegeben. Aber jedes Mal, wenn sie glaubte, sie würde endlich etwas rechtzeitig schaffen, schien sich alles gegen sie zu verschwören.

Heute, zum Beispiel, war sie frühzeitig vom Geschäft weggekommen, obwohl ein Regenschauer kurz vor Ladenschluss die Auffahrt in ein Schlammbad verwandelt hatte. Der Wagen ihrer Mutter wäre um ein Haar stecken geblieben. Trotzdem ging noch alles nach Plan.

Sie hatte sich vorgenommen, einen herzhaften Eintopf und dazu selbst gebackene Brötchen zuzubereiten, sich anschließend in einem duftenden Schaumbad zu entspannen und sich in aller Ruhe zu überlegen, was sie zu dieser absurden Verabredung mit Tom anziehen sollte.

Aber beim Kleinschneiden der Zwiebeln und Karotten entdeckte sie vom Küchenfenster aus einen herrlichen Regenbogen über den Hügeln hinter dem Garten. Sie konnte einfach nicht der Versuchung widerstehen, barfuß durch das regennasse Gras zu laufen und das schillernde Farbspiel zu bewundern. So kam es, dass ihr Zeitplan außer Kontrolle geriet – wie immer.

Kathleen riss das Schlafzimmerfenster auf und beugte sich hinaus. „Kommen Sie rein“, rief sie fröhlich. „Die Tür ist offen.“

Tom blickte nach oben. Was er sah, war aufregend schön. Blonde Locken fielen ungebändigt auf bloße, feucht glänzende Schultern, die blauen Augen strahlten. Ihm war sofort klar, dass sie keine Ahnung hatte, wie verwirrend sie, lediglich mit einem Badetuch bekleidet, auf ihn wirkte. Diese Ahnungslosigkeit war ein durchaus liebenswerter Charakterzug, aber sonst? Es war nicht zu fassen! Von ihrer Unpünktlichkeit einmal abgesehen – welch ein Leichtsinn, die Tür nicht abzuschließen, als könne man aller Welt blind vertrauen. Las sie denn keine Zeitung? Hatte sie noch nie etwas von Dieben und Einbrechern gehört?!

„Ich bin in einer Minute unten“, versprach sie.

Tom schluckte den Ärger hinunter und fand sich damit ab, mindestens eine halbe Stunde warten zu müssen.

Er öffnete die Haustür und ging durch zur Küche. Aber anstatt des erwarteten verlockenden Essensdufts deuteten lediglich eine geschälte Zwiebel und einige klein geschnittene Karotten auf einem Brett auf ein bevorstehendes Essen hin.

Es roch nach Flieder und ganz leicht nach Fisch. Angewidert verzog er das Gesicht. Das war doch hoffentlich kein Vorgeschmack aufs Abendessen!

In diesem Augenblick hörte er ein leises Miauen, und er spürte, wie etwas um seine Beine strich. Das Miauen erklang wieder, diesmal bedeutend ungeduldiger als zuvor.

„Na, alter Junge, du bist wohl auch kurz vor dem Verhungern?“ fragte er Lancelot, den Kater. Doch gleich darauf wurde ihm bewusst, dass der Fischgeruch von Lancelots Futter stammen musste. „Ah, du hast wohl gedacht, du könntest mich dazu überreden, dich noch einmal zu füttern, du Schlingel?“

Lancelot, der offensichtlich merkte, dass seine Zutraulichkeit verlorene Liebesmüh war, warf Tom einen beleidigten Blick zu, reckte den Schwanz hoch empor und stolzierte davon.

„Wenn es Ihnen nichts ausmacht, könnten Sie vielleicht die Zwiebel klein hacken?“ rief Kathleen unbekümmert von oben durch den Flur. „Ich brauche nicht mehr lange.“

Für diese Stimme, so klangvoll und melodiös, könnte ich sogar Bäume ausreißen, dachte Tom. Zwiebelschneiden war gar kein Problem. Irgendwann musste er das ja auch mal lernen.

Er ging hinaus zur Treppe und schaute nach oben. „Kann ich sonst noch etwas tun?“

„Irgendwo müssen ein paar Kartoffeln sein. Würden Sie die inzwischen auch schälen?“

„Haben Sie eine Ahnung, wo sie sind?“

„Wer?“

„Die Kartoffeln!“

„Im Kühlschrank“, rief sie Tom nach, der sich bereits auf dem Weg zurück in die Küche befand. „Halt, nein, ich glaube, sie sind in der Vorratskammer.“ Tom blieb ahnungsvoll stehen. „Wenn ich es recht überlege ... Sehen Sie lieber zuerst unter der Spüle nach.“

Tom schüttelte verzweifelt den Kopf. „Sind die Kartoffeln wirklich wichtig?“

„Natürlich. Ein Eintopf ohne Kartoffeln ist kein Eintopf. Eigentlich müsste er schon seit einer Stunde auf dem Herd stehen.“

„Und wieso tut er das nicht? Sind Sie im Laden aufgehalten worden?“

„Nein, nein. Ich war rechtzeitig zu Hause, aber da war dieser Regenbogen ...“ Sie sprach nicht weiter, denn Tom schlug sich fassungslos mit der flachen Hand vor die Stirn und knallte die Küchentür hinter sich zu.

Sagte er sich nicht seit gestern ununterbrochen, dass diese Frau nicht sein Typ war? „Warum bist du dann überhaupt hier, McAndrews?“ stellte er sich zur Rede. Unwillkürlich hatte er das Bild vor Augen, wie Kathleen oben an der Treppe gestanden hatte, spärlich bekleidet und aufregend sexy, und sein Herz klopfte gleich schneller. „Das ist eine denkbar schlechte Antwort“, brummte er vor sich hin.

Er öffnete die Kühlschranktür und suchte die Kartoffeln. Genauso vergeblich durchwühlte er die Speisekammer, und auch unter der Spüle war nichts zu finden. Schließlich gab er auf, entdeckte die Tüte mit den Kartoffeln dann aber doch noch auf der Gartentreppe, als er die Hintertür für Lancelot öffnete.

„Der Ort ist so gut wie jeder andere“, seufzte Tom und machte sich daran, die Schalen in dicken Stücken abzuschneiden.

Als Kathleen endlich nach unten kam, hatte Tom längst umständlich die Zwiebeln geschnitten und die Kartoffeln geschält. Das Endprodukt kam ihm zwar eigenartig vor, aber was verstand er schon vom Kochen?

„Sie brauchen zum Meisterkoch noch viel Übung“, stimmte Kathleen seiner Überlegung zu und warf das Gemüse in einen großen Topf. Sie gab Wasser dazu und Rindfleischwürfel, die sie bereits angebraten im Kühlschrank aufbewahrt hatte. Dann streute sie aus verschiedenen Gläschen großzügige Mengen Gewürze hinzu.

„Haben Sie eine Köchin?“ fragte sie etwas spitz.

„Ich gehe oft auswärts essen.“

„Das Frühstück bewältigen Sie doch sicher allein, oder?“

„Wie man's nimmt.“

Erst jetzt fiel ihr auf, wie doppeldeutig ihre Frage ausgefallen war, und unwillkürlich wurde sie rot.

Offensichtlich erriet er ihre Gedanken, denn er lächelte hintergründig. „Ich esse normalerweise Cornflakes mit Milch. Zu Hause. Und zwar allein.“

„Ach so.“ Das klang tatsächlich erleichtert, und Tom lachte offen auf. Kathleens Wangen röteten sich noch stärker.

„Haben Sie eigentlich nichts anderes zum Anziehen?“ wechselte sie abrupt das Thema, um ihre Verlegenheit zu verbergen. Er trug denselben Anzug wie am Morgen, die Krawatte saß noch immer tadellos, nur die Schuhe waren frisch geputzt. Das einzige Zugeständnis an Bequemlichkeit war, dass Tom zum Kartoffelschälen und Zwiebelschneiden die Ärmel des Jacketts ein wenig hochgeschoben hatte.

„Doch, aber das ist meine Arbeitskleidung.“

Verwundert zog Kathleen die Augenbrauen hoch. „Wollen Sie damit sagen, Sie sind dienstlich hier?“

„Natürlich. Bis die Steuerprüfung abgeschlossen ist, gehört jedes unserer Treffen zu den Untersuchungen.“ Das klang ernst und amtlich.

„Sollte ich dann nicht lieber einen Rechtsanwalt einschalten?“ hänselte sie ihn.

„Ich verhafte Sie ja nicht gleich.“

„Und ich dachte, auf Steuerhinterziehung steht Gefängnis.“

„Sehr witzig. Auch wenn ich Ihnen keine Straftat zutraue, so muss ich mich doch an meine Vorschriften halten.“

„Sie haben bestimmt noch nie im Leben einen Strafzettel wegen überhöhter Geschwindigkeit bekommen.“ Der Ton war vorwurfsvoll.

„Nicht oft.“ Tom wünschte sich plötzlich, er könnte sich wenigstens mit einer gebührenpflichtigen Verwarnung für Falschparken brüsten.

„Verspüren Sie nicht wenigstens ab und zu einmal den Wunsch, ein kleines bisschen über die Stränge zu schlagen?“

„Für jeden Grundsatz und jede Vorschrift im Leben gibt es Gründe.“

„Und Sie stimmen diesen Gründen immer zu?“

„Natürlich nicht.“

„Und was tun Sie, wenn Ihnen etwas ganz gegen die Überzeugung geht?“

„Dann versuche ich, die Regeln zu ändern.“

Kathleen konnte sich beim besten Willen nicht vorstellen, dass Tom jemals an einem Protestmarsch teilnehmen würde. Sicher ließ er sich eher auf der jeweils zuständigen Behörde einen Termin geben und versuchte, die Angelegenheit durch vernünftige Argumente zu bereinigen. Wahrscheinlich hörte man ihn sogar an. Kathleen hatte das Gefühl, dass er eine Menge Überzeugungskraft besitzen konnte, wenn er wollte.

Tom lehnte sich auf dem Stuhl zurück und verschränkte die Arme hinter dem Kopf. Amüsiert musterte er Kathleen. Sie dagegen wurde von Minute zu Minute ärgerlicher. Welche Mühe hatte sie sich gegeben, sexy und verführerisch zu wirken! Aus der hintersten Ecke des Kleiderschranks hatte sie ein gelbes Satinkleid herausgekramt. Das eng anliegende Oberteil betonte die Brust und die schmale Taille, der angesetzte weite Rock mit Petticoat raschelte bei jeder Bewegung. Und jetzt lachte dieser Kerl sie aus, anstatt ihr Komplimente zu machen!

Verärgert schnitt Kathleen eine Tomate mit solcher Wucht in zwei Hälften, dass das Messer eine Kerbe im Brett hinterließ.

Tom fuhr erschrocken zusammen. „Erinnern Sie mich daran, Sie nie in Wut zu bringen."

Kathleens Groll war nie von langer Dauer. Schon lächelte sie wieder. „Bereits geschehen."

„Wieso denn?"

„Sie haben über mich gelacht."

„Das stimmt nicht. Ich habe lediglich gelächelt."

„Ja, meinetwegen."

„Ich dachte nur darüber nach, wie ungewöhnlich Sie sind. Mir ist noch nie eine Frau wie Sie begegnet." Tom hätte in diesem Moment selbst nicht sagen können, ob das ein Vor- oder Nachteil war.

„Und deshalb haben Sie gelacht?"

„Gelächelt", korrigierte er erneut.

„Keine Haarspaltereien", bat Kathleen ziemlich steif. Nach kurzem Überlegen gab sie jedoch zu: „Dabei wollte ich sexy wirken."

„Ach so." Tom schmunzelte jetzt wirklich unverschämt. „Ich verstehe."

Kathleen attackierte wieder erbarmungslos eine Tomate.

„Sie sind sexy", stellte Tom wie beiläufig fest.

Kathleen rutschte das Messer unkontrolliert aus der Hand. Der scharfe Stahl schnitt in einen Finger.

„Autsch!"

Tom sprang auf und war im Nu an Kathleens Seite. „Was ist passiert? Haben Sie sich verletzt?"

„Nichts Schlimmes."

„Lassen Sie mich sehen."

„Es ist nur ein kleiner Schnitt. Nicht der Rede wert. Das passiert mir andauernd", schwindelte sie.

„Ich möchte es sehen", forderte er eindringlich.

Zögernd hielt sie ihm die Hand hin. Der winzige Schnitt hatte bereits aufgehört zu bluten.

„Haben Sie eine desinfizierende Tinktur im Haus? Und Pflaster?"

„Jetzt übertreiben Sie aber."

„Sind Sie gegen Tetanus geimpft?" Er ließ nicht locker. In Kathleen keimte der Verdacht, er wäre vielleicht lieber Arzt geworden statt Finanzbeamter.

„Ich glaube ja."

„Wann war das?"

„Ich weiß nicht."

„Dann bringe ich Sie ins Krankenhaus", bestimmte er energisch.

Kathleen wurde es allmählich zu bunt. „Mr. McAndrews!" fuhr sie auf. „Setzen Sie sich!"

Tom war so überrascht, dass er sofort dem Befehl nachkam.

Resolut stemmte sie die Hände in die Hüften. „Nun aber mal langsam", wies sie ihn zurecht. „Machen Sie es sich bequem, lockern Sie Ihre Krawatte, nehmen Sie einen Drink. Oder meinetwegen gehen Sie nach oben und sortieren Sie meine Quittungen. Aber überlassen Sie um Himmels willen das Vorschriftenmachen meinen Eltern!"

„Ich wollte Ihnen nicht zu nahe treten", versicherte er mit Unschuldsmiene. „Apropos, ich habe Ihren Eltern eine Flasche Scotch mitgebracht."

„Das wäre nicht nötig gewesen. Außerdem trinken sie keine scharfen Getränke."

Tom blickte einen Moment lang so enttäuscht drein, dass sie ihn am liebsten tröstend in die Arme genommen hätte. „Pralinen wären also doch besser gewesen."

„Wenn Sie auf meine Eltern unbedingt einen guten Eindruck machen wollen, dann tun Sie mir bitte einen Gefallen."

„Was Sie wollen."

„Bitte erwähnen Sie die Steuerprüfung mit keinem Wort."

Tom sah sie prüfend von der Seite an. „Es kam mir heute Morgen schon so vor, als wollten Sie es als Geheimnis hüten. Und warum wollen Sie Ihren Eltern diese Angelegenheit verschweigen?"

„Weil sie sich nur unnötige Sorgen machen würden. Ich komme schon allein damit klar."

„Und wenn nicht?"

Kathleen sah ihn durchdringend an. „Ich dachte, Sie trauen mir?"

„Tu ich auch. Aber ich bin nicht der einzige Steuerprüfer der Welt."

„Aber Sie bearbeiten diesen Fall. Vertrauen Ihre Kollegen Ihnen etwa nicht?"

Tom zögerte. „Normalerweise schon."

„Also, da sehen Sie's." Kathleen strahlte ihn an. „Ich habe nicht das Geringste zu befürchten."

Tom brachte es einfach nicht über sich, ihr zu sagen, dass sein Chef, Pete Harrison, von Natur aus sehr misstrauisch war. Wenn der dahinter kam, wie sehr er sich zu Kathleen hingezogen fühlte, würde Pete mindestens vier weitere Prüfer auf sie ansetzen. Alles, was mit Gefühlen zu tun hatte, war dem Behördenboss äußerst verdächtig.

Tom beobachtete fasziniert, wie Kathleen einen Löffel an die Lippen hob und den Eintopf kostete. Unschlüssig schüttelte sie den Kopf, kramte im Gewürzschränkchen, nahm zwei Gläser heraus und streute daraus etwas in den Topf. Eine erneute Kostprobe, und noch immer war sie nicht zufrieden.

„Irgendetwas fehlt noch. Probieren Sie."

Sie ging zu Tom und hielt ihm den Löffel hin. Tom öffnete gehorsam den Mund, kaute und schluckte. Unwillkürlich leckte sie sich die Lippen.

Tom hatte plötzlich das heftige Verlangen, ihr den Löffel aus der Hand zu nehmen und sie zu umarmen. Ihre Blicke trafen sich, und er bemerkte, dass Kathleen ganz ähnliche Wünsche haben musste. Erschreckt wandte sie sich jedoch gleich ab und ging zurück zum Herd. Ihre Hand zitterte so sehr, dass der Löffel unkontrolliert gegen den Topf klapperte.

„Der Eintopf schmeckt wirklich ausgezeichnet", versicherte Tom leise.

„Sind Sie sicher?"

„Ganz sicher."

Kathleen zuckte die Schultern. „Wenn Sie meinen. Dann können wir gleich essen. Eigentlich wollte ich noch Brötchen backen, aber dazu ist es zu spät."

Sie stellte selbst gebackenes Brot zu dem dampfenden, lecker duftenden Eintopf auf den Tisch und füllte zwei Teller.

Während des Essens plauderten sie über die unterschiedlichsten Themen, und ihm fiel auf, dass sie wenigstens in mancher Hinsicht einer Meinung waren. Aber auffälliger als ihre Übereinstimmungen waren ihre hitzigen Auseinandersetzungen.

Hinter Kathleens lockerer, ungezwungener Art verbarg sich ein messerscharfer Verstand. Sie hörte Toms Argumenten aufmerksam zu und versuchte, seiner Denkweise zu folgen. Dann jedoch erhob sie auf den ersten Blick völlig unlogisch erscheinende Einwände. Und wenn er ihrem Gedankengang plötzlich doch folgen konnte, hätte er sich am liebsten vor Schreck die Haare gerauft, dass man ihn auf solche Ideen bringen konnte.

Immerhin ist es ein Anfang, dachte er. Aber ein Anfang wovon? Einer Freundschaft vielleicht? Oder einer kurzen Romanze? Er war überzeugt, dass nicht mehr daraus werden konnte. Kathleen und er würden sich ständig streiten. Gaben seine eigenen Eltern nicht das abschreckendste Beispiel? Seine Mutter und Kathleen hatten einiges gemeinsam. So sehr Tom seine Mutter auch liebte, er musste seinem Vater Recht geben, wenn dieser behauptete, sie lebe nur für den Augenblick. Aber das Leben bestand nun mal nicht nur aus der Gegenwart, sondern auch aus Vergangenheit und Zukunft, und die Zukunft war nur dann zu meistern, wenn man vorausschauend Ordnung hielt.

Tom sah zu Kathleen hinüber und beobachtete, wie sie das Geschirr in wilder Unordnung auf der Spüle stapelte. Habe ich es mir nicht gleich gedacht? freute er sich rechthaberisch, als wenig später ein Teller zu Boden fiel und klirrend zerbarst.

„Ich helfe Ihnen“, bot er an. Rasch erhob er sich und bückte sich nach den Scherben.

„Nicht nötig“, wehrte sie ab.

Gleichzeitig griffen sie nach einem Stück, seine Finger umklammerten ihre Hand. Im gleichen Augenblick kreuzten sich ihre Blicke. Wie unter Zwang beugte sich Tom vor und küsste Kathleen. Aber statt des erwarteten, behutsam sich vortastenden Kusses war diese Zärtlichkeit voll knisternder Leidenschaft.

Die Porzellanscherbe fiel zu Boden, und ohne den Kuss zu unterbrechen, erhob sich Tom und zog Kathleen mit sich. Sie schmiegte sich an ihn, spürte die starken Arme um sich. Wie sehr hatte sie immer in Liebesfilmen Held und Heldin beneidet, wenn sie sich zum Happyend in die Arme sanken! Jetzt erlebte sie selbst solch eine wundervolle Szene. Kathleen seufzte unwillkürlich auf und öffnete unbewusst die Lippen. Gleich tastete sich Toms Zunge suchend in ihre warme Mundhöhle vor.

Kathleen überlief es heiß. Sie sehnte sich danach, Toms Hände überall auf ihrem Körper zu spüren. Gleichzeitig wünschte sie, er möge aufhören, damit sie Luft holen und ihre verwirrten Sinne ordnen konnte.

Toms Lippen lösten sich von ihrem Mund und zogen eine feuchte Spur federleichter Küsse über ihren Hals. Wenn sie ihm erlaubte, so weiterzumachen, konnte sie bald für nichts mehr garantieren!

„Bitte, Tom“, hauchte sie. „Es ist gleich acht Uhr.“

„Na und?“

„Wir haben meinen Eltern versprochen, um acht bei ihnen zu sein.“

„Sie denken ohnehin, wir seien ein Liebespaar, also haben sie vollstes Verständnis dafür, wenn wir etwas zu spät kommen.“

Seine Lippen befanden sich dicht über ihren Brüsten. Kathleens Körper spannte sich bereits in Erwartung einer überaus erregenden Liebkosung, aber der Verstand siegte über die Gefühle. „Nein, das verstehen sie nicht“, stieß Kathleen, so energisch sie konnte, hervor.

Tom hielt sie mit einem Arm fest und warf einen Blick auf seine Armbanduhr. „Wir haben noch fünfzehn Minuten Zeit.“

„Die Fahrt dauert zwanzig Minuten.“

„Dann fahren wir eben schneller.“

„Ich denke, das Einhalten von Vorschriften ist das A und O des Lebens.“

„In diesem Fall könnte man einmal eine Ausnahme machen.“

„Ich möchte nicht an der Zerrüttung Ihrer Moral schuld sein, Mr. McAndrews“, hielt sie ihm kess entgegen und wand sich aus seiner Umarmung. „Außerdem müssen wir uns über den Besuch bei meinen Eltern unterhalten. Sie haben keine Ahnung, worauf Sie sich da einlassen.“

„Das stimmt nicht ganz“, widersprach Tom und seufzte ergeben. „Als ich gestern hierher kam, war ich völlig ahnungslos. Aber jetzt weiß ich, dass ich in Schwierigkeiten stecke. Und Ihre Eltern sind nur die Spitze eines Eisbergs.“

5. KAPITEL

Während der Fahrt zum Haus ihrer Eltern versuchte Kathleen Tom zu erklären, dass ihm ein Kreuzverhör bevorstand, das seine Steuerfahndungen wie ein Kinderspiel erscheinen ließ. Aber als Tom ihr zum wiederholten Mal gebot, sich deshalb keine Gedanken zu machen, gab sie es auf und schwieg. Sollte er doch sehen, wie er mit Victoria fertig wurde!

Sie überlegte, was ihr mehr Kopfzerbrechen bereitete: Die Tatsache, dass ihre Mutter voller Begeisterung vermutete, ihre Tochter und Tom McAndrews seien ein Paar, oder die Befürchtung, die Eltern könnten herausfinden, dass Tom ihre Steuererklärung überprüfte.

Wie hatte er Victorias Einladung bloß annehmen können? Entweder stand sie, Kathleen, nach dem Besuch mit einem völlig unpassenden Verlobten da, oder man trieb ihn so sehr in die Enge, dass ihm nichts weiter übrig blieb als zu gestehen, aus welchem Grund er sie tatsächlich aufgesucht hatte.

„Wir sollten das Dessert lieber vergessen, Tom“, schlug sie vor. „Ich sage meinen Eltern, dass du einen Malariaanfall hattest und deshalb leider absagen musstest.“ Der Kuss in der Küche hatte ihre Beziehung auf eine andere, eine intimere Ebene gerückt.

Er warf ihr einen zurechtweisenden Blick zu. „Ich bin noch nie von einer Tsetsefliege gestochen worden.“

„Das wissen meine Eltern nicht.“

„Warum machst du eigentlich so viel Wirbel um diesen Besuch?“

„Weil Vater und Mutter in der Lage sind, einen Sturm im Wasserglas heraufzubeschwören. Du kannst dir nicht vorstellen, was für peinliche Fragen Eltern stellen können.“

„Sag das nicht. Ich habe genügend Lebenserfahrung, um sämtliche Fragen taktvoll beantworten zu können.“ Selbstsicher lehnte er sich zurück und lächelte überlegen.

„Aber ich möchte auf keinen Fall, dass sie auch nur ein Sterbenswörtchen über den Grund unseres Zusammentreffens erfahren."

„Wieso sollte ich verschweigen, dass ihre Tochter mir sympathisch ist?" Ein verschmitztes Lächeln umspielte seine Lippen.

„Dieser Besuch ist also nicht nur geschäftlicher Natur?" fragte Kathleen so freudig überrascht, als hätte sie sich das die ganze Zeit über nicht schon selbst denken können.

„Glaubst du wirklich, ich lasse mich bei jeder Steuerprüfung zum Abendessen einladen?"

„Sicher nicht." Jetzt wünschte Kathleen sich, im letzten Moment selbst an Malaria zu erkranken, um sich mit einer Entschuldigung aus der Affäre ziehen zu können. Aber dazu war es bereits zu spät. „Hier ist es", wies sie Tom an.

Er parkte den Wagen vor einem wunderschönen großen Haus, das früher einmal ein Ranchhaus gewesen war. Der Mond tauchte die alten Eichen, die das Haus umstanden, in ein fahles Licht. Selbst im Zwielicht konnte man erkennen, wie solide und gepflegt das Haus war, sodass es ohne weiteres noch einmal hundert Jahre überstehen konnte.

Kaum hatte Tom den Motor des Wagens abgestellt, da öffnete auch schon Victoria Marshall die Haustür. Voll fiel das Licht der Eingangslampe auf sie. Sie strahlte und winkte ihnen zu.

In dem schlichten Leinenkleid mit der umgebundenen Rüschenschürze war Victoria genau so, wie sich Tom seine Mutter immer gewünscht hatte. Aber seine Mutter hatte ihn lieber zum Drachenfliegen mitgenommen, anstatt Schokoladenplätzchen für ihn zu backen. Und das hatte ihn als Kind oft reichlich verwirrt.

„Wie schön, dass Sie gekommen sind. Mein Mann und ich freuen uns sehr darauf, Sie näher kennen zu lernen." Sie streckte Tom beide Hände entgegen.

Tom sah keine versteckte Anspielung in dieser freundlichen Begrüßung, aber Kathleen raunte ihm zu: „Ich habe dich gewarnt."

Victoria hängte sich bei Tom ein und zog ihn mit sich ins Wohnzimmer, wo Kathleens Vater ihnen entgegenkam.

Die Begrüßung war ausgesprochen herzlich.

Kathleens Eltern waren Tom auf Anhieb sympathisch, und die wiederum waren von ihm geradezu hingerissen. Offensichtlich konnten sie ihr Glück kaum fassen, dass Kathleen einen soliden Mann mit nach Hause brachte, mit dem der Vater sich vernünftig unterhalten und den Victoria nach Herzenslust bemuttern konnte.

Es dauerte nicht lange, da tischte Victoria selbst gebackenen, ofenwarmen Apfelkuchen mit Schlagsahne auf, und da wusste Kathleen, was die Stunde geschlagen hatte. Apfelkuchen nach dem Rezept einer Urgroßmutter war Victorias Spezialität, und sie bereitete ihn nur zu ganz besonderen Anlässen zu. Das letzte Mal hatte sie die Torte einem reichen, aber geizigen Möbelfabrikanten aus der Umgebung aufgetischt, als sie aus ihm zehntausend Dollar für die Verschönerung des Stadtparks herauslocken wollte. Der Erfolg war ihr sicher gewesen.

Tom wunderte sich zwar ab und zu über Kathleens verschlossene Miene, hatte aber keine Zeit, sich darüber den Kopf zu zerbrechen, da Mr. Marshall ihn mit den verschiedensten interessanten Themen fesselte. Er erinnerte Tom in seiner ganzen Art und Weise fast schmerzlich an seinen eigenen, inzwischen leider verstorbenen Vater.

Es tat Tom sichtlich wohl, sich endlich wieder einmal mit einem älteren, an Lebenserfahrung reichen Mann über Groß- und Kleinstadtpolitik, über Wirtschaft und Literatur, eben über Gott und die Welt zu unterhalten.

Und was Mrs. Marshall betraf, so bestätigte sich Toms erster Eindruck im Verlauf des Abends. Sie war eine Frau, die mit beiden Beinen fest auf der Erde stand und die nicht lange fragte, sondern zupackte, wenn Not am Mann war. Zudem verfügte sie über ein gesundes Maß an Gottvertrauen und einen ausgeprägten Sinn für Humor.

Nur einmal gab es einen etwas unangenehmen Moment, und

zwar als Victoria wissen wollte, wie Kathleen und Tom sich kennen gelernt hatten.

„Also das war so", begann er und warf ihr einen Hilfe suchenden Blick zu. Ausflüchte lagen ihm ganz und gar nicht, und er hatte keine Ahnung, wie er es anstellen sollte, die Steuerprüfung geschickt zu umgehen.

„Ich bin gewissermaßen verunglückt, Mutter", kam Kathleen ihm nach unendlich scheinenden Sekunden zur Hilfe.

Mrs. Marshall sah Kathleen besorgt an. „Verunglückt? Doch nicht etwa mit dem Wagen? Ich habe dir schon immer gesagt, du sollst dich von diesem gefährlichen alten Klapperkasten trennen. Was hat diesmal versagt? Die Bremse?"

„Mein Wagen stellt für niemanden eine Gefahr dar. Außerdem war es kein Autounfall. Ich wollte Lancelot vom Baum holen, und dann bin ich selbst nicht mehr heruntergekommen. Tom kam vorbei und hat mich gerettet."

„Wie romantisch", schwärmte Mrs. Marshall. „Was für ein Glück, dass Sie zufällig vorbeigekommen sind, Tom!"

„Ja, nicht wahr?" stimmte Kathleen, ohne mit der Wimper zu zucken, zu. Tom wich bewusst ihrem Blick aus, um nicht laut aufzulachen.

John Marshall hatte bedächtig seine Pfeife gestopft und den Tabak angezündet. Nach einigen Zügen schaltete er sich wieder in das Gespräch ein. „Darf ich fragen, womit Sie Ihr Geld verdienen, Tom?"

„Tja, ich ... äh ..."

„Er hat mit Finanzberatung zu tun", warf Kathleen ein.

„Hm – dabei verdient man sicher recht gut." Er tat, als interessiere ihn die Pfeife mehr als alles andere.

„Vater!"

Tom lächelte. „Ich kann nicht klagen."

„Und Sie wohnen in Cincinnati?"

Das Kreuzverhör ist in vollem Gange, stöhnte Kathleen still.

„Sehr richtig." Tom ließ sich nicht aus der Ruhe bringen.

„Gefällt es Ihnen dort?"

„Ja, ich bin dort aufgewachsen."

„Sie haben also die Absicht, dort zu bleiben?"

„Ich denke schon."

„Wünschen Sie sich eigentlich eine große Familie?" erkundigte sich Victoria Marshall mit Unschuldsmiene und schob ihm ein zweites Stück Apfelkuchen auf den Teller.

Tom schluckte. „Darüber habe ich mir, ehrlich gesagt, noch keine Gedanken gemacht", erklärte er zögernd.

Kathleen warf ihm einen Blick zu, der besagte: Habe ich es dir nicht gleich gesagt?

„Ein Mann sollte nicht zu spät mit der Familiengründung anfangen", warf John Marshall nicht gerade sehr taktvoll ein und blies den Rauch zur Decke.

Tom nickte höflich. Allmählich verstand er, was Kathleen gemeint hatte. Seltsamerweise fand er den Gedanken, von den Marshalls in eine Heirat mit ihrer Tochter hineinmanövriert zu werden, gar nicht so furchtbar, wie zunächst zu erwarten gewesen wäre.

Abgesehen von diesen Anspielungen, genoss Tom die Gesellschaft der Marshalls außerordentlich. Nur Kathleen wurde zusehends nervöser. Beim Abschied atmete sie sichtlich auf.

Tom musste noch ihren Eltern in die Hand versprechen, bald wieder einmal – natürlich beide zusammen – vorbeizukommen.

Während der Heimfahrt stellte Tom Kathleen wegen ihres eigenartigen Verhaltens zur Rede.

„Du hast gehofft, ich würde mich mit deinen Eltern nicht vertragen, stimmt's? Welchen Grund gibt es dafür, Kathleen?"

„Warum sollte ich das hoffen?" wich sie bewusst einer Antwort aus.

„Das hätte ich gern von dir gewusst."

Sie schüttelte den Kopf. „Du irrst dich. Im Gegenteil. Ich habe erwartet, dass du dich mit meinen Eltern auf Anhieb verstehst. Ihr seid auf der gleichen Wellenlänge." So wie sie das sagte, klang es, als litten alle drei an derselben unheilbaren Krankheit.

„Ist das schlimm?"

„Nur wenn du dir für den Rest deines Lebens etwas anderes vorstellst als eine Ehe mit mir und meine Eltern als Schwiegereltern."

„Ach ja. Sie wollen ihre Tochter unter die Haube bringen." Er schwieg einen Moment lang nachdenklich. „Man kann uns beide zu nichts zwingen."

„Da wäre ich mir nicht so sicher. Du bist genau der Typ Mann, den sich meine Eltern als Schwiegersohn wünschen. Glaubst du wirklich, du kommst ungeschoren davon?"

Sie warf ihm einen finsteren Seitenblick zu und seufzte. „So wie ich Mutter kenne, ist sie schon dabei, die Gästeliste für die Hochzeit zusammenzustellen. Aber das ist dir natürlich nicht aufgefallen. Du warst ja viel zu sehr damit beschäftigt zu überlegen, warum ich nicht nach meinen Eltern geraten bin. Na, gibst du das zu oder streitest du ab?"

„Daran habe ich wirklich gedacht." Das Geständnis fiel ihm nicht leicht.

Kathleen blickte dann auch bei seinen Worten so traurig drein, dass er sich am liebsten die Zunge abgebissen hätte.

„Ich weiß auch nicht, warum ich nicht so bin wie sie." Anscheinend hatte sie sich diese Frage schon oft selbst gestellt.

„Ganz gleich, wie viel Mühe ich mir auch gebe – jedes Mal kommen mir hundert Dinge dazwischen, wenn ich mir etwas vornehme. Vielleicht hab ich zu viel von meiner Großmutter geerbt. Sie galt als skurril, weil sie nichts davon hielt, im Ohrensessel auszuharren. Sie ist mit einundachtzig gestorben und war bis zuletzt immer auf Achse. Keinen Deut hat sie sich darum gekümmert, was die Leute über sie sagten. Sie hat ihr Leben aus vollen Zügen genossen. Und genau das werde ich auch tun." Mit der Faust schlug sie dabei aufs Armaturenbrett und sah Tom herausfordernd an.

„Ich halte dich bestimmt nicht davon ab", gab er ruhig zurück.

„Nein, sicher nicht“, erwiderte sie nachdenklich. „Aber wie meine Eltern bist du der Überzeugung, Ordnung sei das halbe Leben. Wenn es nach euch ginge, müsste ich meine Buchführung per Computer erledigen. Und statt in meinem alten Haus müsste ich in einem supermodernen Apartment mit volltechnisierter Küche, Alarmanlage und Sicherheitsschlössern hausen.“ Sie schüttelte sich bei dem Gedanken.

Tom musste unwillkürlich lächeln. „Wäre das denn so schlimm?“

„Für mich schon. Ich brauche Platz und Licht. Mein Haus hat tausendmal mehr Charakter als die teuerste Wohnung. Es macht mir nichts aus, eine Zeit lang im Chaos zu leben. Sobald ich mit der Renovierung fertig bin, habe ich etwas erreicht, worauf ich stolz sein kann.“

Tom wusste nicht, was er darauf antworten sollte. Kathleen sah ihn erwartungsvoll an. Da er schwieg, gab sie der Unterhaltung eine andere Wendung. „Das Haus meiner Eltern hat dir gefallen, nicht wahr?“

„Ich weiß zwar nicht, was das eine mit dem anderen zu tun hat, aber ja, du hast Recht“, gab er zu.

Das Gebäude war außen wie innen in tadellosem Zustand. Die Einrichtung war dezent und geschmackvoll. Tom hätte nicht das Geringste daran geändert. Von der Fotosammlung, die Kathleen von Geburt an bis jetzt zeigte, bis zur Tageszeitung hatte alles seinen Platz. Ordnung und Stil, diese Kombination gefiel ihm.

Tom lächelte unwillkürlich. „Sehr gut sogar.“

„Das habe ich mir gleich gedacht“, murmelte sie niedergeschlagen und schwieg lange Zeit.

Vor ihrem Haus angekommen, verabschiedete sie sich knapp und versprach, am folgenden Tag gegen zwei Uhr in Toms Büro zu erscheinen. Ehe er sich darüber klar werden konnte, warum Kathleen plötzlich dermaßen abweisend wirkte, und noch vor jedem Versuch, ihr einen Gutenachtkuss zu geben, war sie schon ausgestiegen. Laut knallte die Tür zu.

Die ganze Nacht dachte Tom über den Besuch bei den Marshalls nach und suchte nach dem Grund für Kathleens Stimmungswechsel.

Der Abend war so viel versprechend angelaufen. Kathleen hatte sich nicht gegen seinen Kuss gesträubt, im Gegenteil. Tom merkte ganz deutlich, dass sie sich genauso zu ihm hingezogen fühlte wie er zu ihr. Aber als sich endlich die Gelegenheit zum Alleinsein bot, hatte sie sich nicht schnell genug von ihm verabschieden können. Dieses Verhalten passte so gar nicht zu ihrer spontanen Art. Doch hatte es überhaupt Sinn, dieser Frage auf den Grund zu gehen? Würde er Kathleen jemals verstehen? Und was hätte er dann davon?

Der darauf folgende Vormittag kam Tom wie eine Ewigkeit vor. Nervös schob er die Papiere auf dem Schreibtisch von einer Ecke zur anderen. Dadurch verging die Zeit jedoch auch nicht schneller.

Endlich war es zwei. Es wurde halb drei. Und Kathleen war immer noch nicht da.

„Kann sie nicht wenigstens einmal pünktlich sein?" brummte er ungeduldig. „Wozu gibt es Uhren?"

„Stimmt etwas nicht?" erkundigte sich Pete Harrison, der gerade hereinschaute, in dem für ihn so typischen barschen Tonfall. Tom war der einzige Kollege im Referat, der vermutete, dass sich hinter Petes rauer Art im Grunde ein recht umgänglicher Mensch verbarg.

„Ich dachte, die Verrückte, die von uns eine Rückzahlung über fünftausend Dollar verlangt, hätte heute Nachmittag einen Termin", bemerkte Pete. „Warum ist sie nicht hier?"

„Sicher hat sie sich verspätet."

Pete wirkte noch verärgerter als zuvor, aber sein überraschend sanfter Tonfall strafte diesen Eindruck Lügen. „Mach dir nichts draus, alter Junge. Was kann man von einer, die nicht alle Tassen im Schrank hat, anderes erwarten?"

„Ja, da hast du Recht", stimmte Tom zu und kam sich im selben Augenblick wie ein Verräter vor. „In ein bis zwei Tagen ist die Sache ganz bestimmt abgewickelt."

Pete nickte zufrieden. „Gut. Nächste Woche gibt es wieder jede Menge Arbeit. Vergeude deine Zeit nur nicht mit Kleinigkeiten." Er schloss die Tür hinter sich.

Ruhelos schritt Tom im Büro auf und ab und fragte sich zum x-ten Mal, wo Kathleen nur blieb. Es ist ihr doch hoffentlich nichts passiert, machte er sich schon Sorgen, da endlich sprang die Tür auf, und sie wirbelte freudestrahlend herein, als sei alles in bester Ordnung. Sie trug ein Kleid, das um die Jahrhundertwende in Mode gewesen sein musste. Doch Tom hatte sich anscheinend schon an ihre ausgefallene Kleidung gewöhnt. Sie fiel ihm nicht mehr unangenehm auf, im Gegenteil. Er musste sich sogar eingestehen, dass ihr das halblange Gewand mit den Puffärmeln und der eng geschnittenen Taille recht gut stand. Verstohlen blickte er auf ihre Füße. Ein Glück, dass sie zu dem Kleid wenigstens normale schwarze Pumps trug und keine hochgeschnürten Stiefel im Großmutterlook.

„Stell dir vor, was ich entdeckt habe!" rief sie atemlos, und die blauen Augen strahlten vor Begeisterung.

Aber Tom war alles andere als guter Laune. „Wo bleibst du nur so lange?" fuhr er sie ungehalten an.

Kathleen hielt es für klüger, seine offensichtliche Verstimmung zu ignorieren. Sicher hatte er Arger mit dem Chef gehabt, aber wenn er erst hörte, was sie mitzuteilen hatte, fühlte er sich bestimmt gleich besser.

„Ganz zufällig bin ich auf einen sagenhaften, gerade neu eröffneten Antiquitätenladen gestoßen", sprudelte sie aufgeregt hervor. „Der Besitzer ist ein pensionierter Lehrer. Was der während der Schulferien alles aufgestöbert hat! Jetzt verkauft er die Sachen in einem Anbau seines Hauses. Ich habe ihm eine wunderschöne Kommode abgekauft. Morgen lasse ich sie abholen. Warte nur ab, wenn ich die alte Lackschicht erst entfernt habe! Ich glaube, darunter ist Kirschbaumholz. Du wirst begeistert sein, Tom!"

Erwartungsvoll sah sie ihn an, er blickte allerdings zu ihrem Erstaunen immer noch finster drein.

„Was ist? Ich dachte, du freust dich mit mir?“ Enttäuschung und Unverständnis klangen in der Frage mit.

„Was gehen mich alte Möbel an“, schimpfte er. „Wenn dein Termin um zwei Uhr ist, hast du gefälligst um zwei da zu sein und nicht um Viertel vor drei!“ Er wies anklagend auf die Wanduhr.

„Ah, deshalb bist du so wütend!“ Sie lächelte charmant. „Aber jetzt bin ich hier, oder nicht?“

Ohne Eile nahm sie auf dem Besucherstuhl vor Toms Schreibtisch Platz. Warum war Tom nur so schrecklich kleinlich? Wirklich eine üble Eigenschaft. Schade!

„Kathleen“, begann Tom in schulmeisterlichem Tonfall. Doch gleich darauf seufzte er resigniert. Es hatte ja doch keinen Sinn. Eine Frau wie Kathleen ändert sich nie!

„Lassen wir's gut sein, bringen wir die Angelegenheit endlich hinter uns. Ich habe keine Lust, heute Überstunden zu machen.“

Sosehr Tom sich auch bemühte, bei der Sache zu bleiben, es war unmöglich, mit Kathleen länger als fünf Minuten über eine trockene Materie wie Einnahmen und Ausgaben zu sprechen. Zunächst ärgerte sich Tom über ihre Abschweifungen, aber nach einer Weile ertappte er sich dabei, wie er interessiert einer ihrer wilden Geschichten über einen Sitzstreik in der Cafeteria der Uni zuhörte.

„Und was wolltet ihr damit erreichen?“

„Wir protestierten gegen das Vorhaben, keine Hamburger und Pommes frites mehr zu servieren.“

„Nicht zu fassen!“

„Ja, nicht wahr? Hättest du in dem Alter ohne Hamburger, Pommes frites und Cola existieren können?“ Kathleen hatte sich in Rage geredet.

„Ich schon“, meinte er trocken und brachte sie so auf den Boden der Tatsachen zurück.

„Natürlich. Das war eine dumme Frage“, stellte sie kopfschüttelnd fest. Sie sah Tom einen Moment lang aufmerksam an, dann lächelte sie kaum merklich.

„Ist dir eigentlich aufgefallen, dass wir uns seit einer halben Stunde nicht mehr über langweilige Steuern unterhalten?“

„Ja, du hast Recht“, stimmte er ihr zu.

„Herrlich!“ Kathleen klatschte begeistert in die Hände wie ein kleines Kind.

„Das sagst du jetzt. Wart’s nur ab. Wenn ich nicht in der Lage bin, deine Steuersache in Ordnung zu bringen, landest du noch vor Gericht.“

„Das heißt, du musst mir jetzt stumpfsinnige Fragen stellen?“ Sie stöhnte theatralisch.

Tom nickte. „Es wäre mir sehr recht, wenn ich darauf auch ehrliche Antworten bekäme.“

„Ich bin immer ehrlich. Nie würde ich dich anlügen.“ Wirklich unschuldig blickte sie bei dieser Feststellung drein.

„So habe ich es nicht gemeint. Du sollst nur nicht immer vom Thema abschweifen. Das verwirrt mich völlig. Am Ende stimme ich deinen verdrehten Überlegungen noch zu.“

„Ist dir bisher nie der Gedanke gekommen, dass ich wenigstens ab und zu einmal Recht haben könnte?“

„Eigentlich nicht.“

„Vielen Dank“, entgegnete sie gereizt.

Seine Antwort hatte sie verletzt. Also schön, wenn er diese Meinung hatte, war das sein Problem! Sobald sie hier fertig waren, würde sie nach Hause fahren und einen dicken schwarzen Strich unter die Angelegenheit „Tom McAndrews“ ziehen.

Aber als sie aufblickte und geradewegs in seine braunen Augen sah, wusste sie, dass dies leichter gedacht als getan war. Warum wirkte er auf sie nur so schrecklich anziehend?

„Also, versuchen wir’s noch einmal?“ fragte er und nickte ihr aufmunternd zu.

„Wenn’s sein muss“, entgegnete Kathleen wenig begeistert.

„Vielleicht könntest du mir als Erstes einmal erklären, welche Art von Wohlfahrtsorganisation eine gewisse Jeannie darstellt?“

„Wenn’s weiter nichts ist“, versicherte Kathleen leichthin.

„Jeannie ist eine frühere Studienkollegin. Bei Gelegenheit werde ich sie dir einmal vorstellen. Sie töpfert, Tonvasen und so. Und dann bemalt sie ihre Kunstwerke in den herrlichsten Blau-, Grün- und Grautönen." Kathleen schwieg einen Moment lang nachdenklich. „Obwohl ich ihr schon hundertmal zugesehen habe, ist es mir unerklärlich, wie sie diese wunderschönen Töne hinbekommt."

„Kathleen", wies Tom sie warnend zurecht.

„Ja, ist schon gut." Sie schnitt eine Grimasse, fuhr jedoch folgsam fort: „Einmal wollte sie einem Waisenhaus in Columbus eine Spende zukommen lassen, aber sie hatte kein Geld. Da habe ich ihr einen Tonkrug abgekauft, und sie hat den Erlös gespendet." Offensichtlich erwartete Kathleen, dass Tom dieser Logik folgen konnte.

„Aha. Und jetzt rechnest du damit, dass ich den Betrag als absetzbar anerkenne", schloss er.

„Genau."

Er schüttelte den Kopf. „Tut mir Leid. Ist beim besten Willen nicht zu machen."

„Das Waisenhaus gilt als Wohltätigkeitsorganisation", wandte sie ein.

„Aber Jeannie nicht."

„Da kennst du sie aber schlecht", murmelte sie.

„Wie meinst du das?"

Kathleen sah ihn herausfordernd an. „Jeannie lebt im Existenzminimum, und sie wollte etwas Gutes tun. Ich wollte ihr nur dabei helfen."

„Eine sehr lobenswerte Geste von dir, aber eben eine persönliche, keine amtlich anerkennbare."

„Also schön." Ihre Finger trommelten auf die Schreibtischplatte. „Ihr Finanzbeamten seid wirklich kleinlich."

„Ich halte mich lediglich an die Vorschriften." Ihm gefiel diese Antwort selbst nicht.

Kathleen schnaubte verächtlich.

In diesem Moment verfluchte Tom seinen Beruf aus tiefstem

Herzen. Nach dem Gespräch hier war er sicher mit den Nerven am Ende, und sein Bericht würde sich wie ein Auszug aus einer Fabel anhören. Unmöglich, dass Pete Harrison nicht an meinem Verstand zweifelt, wenn er das gelesen hat, dachte er.

Diese Frau konnte ihn nicht nur an den Rand des Wahnsinns, sondern auch in den Ruin treiben. Verglich er sie jedoch mit den anderen Frauen, denen er bisher begegnet war, so wirkte sie herzerfrischend und belebend. Er musterte Kathleen eingehend und lächelte plötzlich. Er verstand es selbst nicht recht, aber seit er sie kannte, fühlte er sich irgendwie freier und glücklicher.

Ihre Wangen röteten sich unter Toms forschendem Blick. „Sind wir fertig?“ fragte sie schließlich.

„Für jetzt ja.“

„Ich kann also gehen?“

„Wenn's unbedingt sein muss.“ Er wirkte enttäuscht. „Aber ich habe dir ein Essen versprochen.“

„Du willst immer noch mit mir ausgehen?“ Jetzt war sie doch überrascht.

„Natürlich. Ich habe für heute Abend fest damit gerechnet.“ Er musste ihr ja nicht gleich verraten, dass er den ganzen Tag ununterbrochen an sie gedacht hatte. Und eine Frau, die es fertig brachte, ihn dermaßen von der Arbeit abzulenken, musste er unbedingt näher kennen lernen.

Oder sollte er sich vielleicht doch lieber vor ihr in Sicherheit bringen? In dem hellblauen, mit schwarzen Biesen eingefassten Kleid wirkte sie wie ein Phantasiegebilde aus einer anderen Welt. Und solche Wesen waren gefährlich. Unwillkürlich hielt Tom den Atem an. Gab es für ihn schon kein Entrinnen mehr?

6. KAPITEL

Wenige Stunden später saß Kathleen Tom in einem exklusiven Restaurant gegenüber. Die romantische Atmosphäre blieb nicht ohne Wirkung auf sie, und bald vergaß sie über dem anregenden Gespräch mit ihm, wie wenig sie im Grunde zueinander passten.

Auch Tom war wesentlich gelöster als am Nachmittag. Endlich hörten sich seine Fragen nicht mehr an wie ein Kreuzverhör, sondern sie verrieten echtes Interesse an ihrer Person. Nie hätte sie vermutet, dass sich hinter dem geschäftsmäßigen Auftreten ein dermaßen charmanter und humorvoller Gesprächspartner verbarg.

Allmählich beschlich Kathleen eine Ahnung, wie es sein könnte, mit Tom enger bekannt zu sein, und diese Vorstellung hatte plötzlich etwas Aufregendes.

Im Grunde ist dieser Gedanke gar nicht so neu, rief sich Kathleen ins Gedächtnis. Hatte sie Tom damals, als er sie unter dem Baum auffing und in den Armen hielt, nicht in einem ähnlichen Licht gesehen? Und war sein Kuss gestern nicht aufwühlend und verwirrend gewesen? Es überlief sie heiß, und sie hätte sonst etwas darum gegeben, diese Empfindungen noch einmal voll und ganz auszukosten.

Aber wie sollte sie es anstellen, ohne sich Tom in die Arme zu werfen? Zweifellos reizte es sie, ihn zu schockieren, aber sicher würde es Tage dauern, bis er sich von diesem Schrecken erholen würde. Daher besann sie sich auf die mindestens ebenso wirksame Methode des Flirtens.

Obwohl sie nicht viel Übung in dieser Verführungskunst hatte, schienen ihre Bemühungen doch von Erfolg gekrönt. Die Art und Weise, wie er ihren Blick erwiderte, verriet ihr, dass sie seine ungeteilte Aufmerksamkeit besaß. Und seine leicht geröteten Wangen ließen darauf schließen, dass er so nervös und aufgeregt war wie sie selbst. Kathleen spürte, dass er den Abend mit ihr auch als etwas Besonderes empfand.

„Tom?“ fragte sie leise, als er sie wieder besonders intensiv anschaute.

Er räusperte sich verlegen. „Ja?“

„Könnten wir nicht irgendwo hingehen, wo man tanzen kann?“ Sie ergriff seine Hand und sah ihn erwartungsvoll an. „Bitte.“

„Du willst in eine Diskothek?“ fragte er so erschrocken wie über ein unanständiges Angebot.

„Nein, nicht in eine Disco.“ Sie hatte wirklich keine Lust, Tom unter gleißenden Lichtblitzen auf der überfüllten Tanzfläche suchen zu müssen. Ihr schwebte eher vor, sich zu leiser Musik in seinen Armen zu wiegen.

„Ich möchte viel lieber Walzer tanzen.“

„Walzer?“ Tom machte ein Gesicht, als hätte er dieses Wort zum ersten Mal gehört.

„So alt bist du doch nun auch wieder nicht, dass du dich nicht an die Tanzstunde erinnern kannst, oder?“ Wollte oder konnte er nicht verstehen?

„Natürlich erinnere ich mich“, gab er wenig begeistert zurück. „Wir Jungs standen mit vor Aufregung feuchten Händen auf der einen Seite des Saals, und die Mädchen verlegen auf der anderen Seite und warteten darauf, von uns aufgefordert zu werden.“

„Ist das alles, was dir zum Tanzunterricht einfällt?“

„Alles andere habe ich aus dem Gedächtnis verdrängt.“ Tom schwieg eine Weile nachdenklich, dann schüttelte er den Kopf. „Außerdem glaube ich, in Cincinnati gibt es seit der Jahrhundertwende keinen Tanzsaal mehr.“

„Doch, bestimmt. Du weißt bloß nicht, wo man suchen muss“, widersprach sie.

„Schon möglich.“ Er atmete tief durch. „Sollen wir uns auf die Suche nach einem Tanzcafé machen, oder würdest du dich mit meiner Wohnung zufrieden geben?“

Im Grunde hätte Kathleen ihm kein besseres Stichwort geben können. Den ganzen Abend hatte er überlegt, wie er es anstellen sollte, um mit ihr allein zu sein. Der Vorschlag, auf einen Drink in seiner Wohnung Halt zu machen, war ihm jedoch allzu leicht durchschaubar gewesen.

„Diese Masche ist jedenfalls noch nicht so abgegriffen wie der berühmte Kaffee zum Abschluss des Abends in der Höhle des Löwen", erriet sie seinen Gedankengang.

Tom erschrak, aber als er ihr offenes Lachen hörte, fiel ihm ein Stein vom Herzen. Offensichtlich war sie ihm nicht böse.

„Also?" hakte er nach, ohne auf die Stimme der Vernunft zu hören, die ihn eindringlich vor einem solchen Schritt warnte, falls er seinen Junggesellenstatus behalten wollte.

Kathleen hielt kurz die Luft an. Hatte sie auf diese Gelegenheit nicht die ganze Zeit gewartet? Kein Mann hatte sie je so verwirrt wie Tom McAndrews. Jetzt wollte sie endlich wissen, was hinter der ganzen Aufregung steckte. Es galt, ihre Lebenserfahrung in Sachen Liebe zu erweitern.

Und vielleicht sah sie ihn nie wieder, wenn die Steuersache erst einmal abgewickelt war. Wenn ihr Herzklopfen als Maßstab galt, stand ihr zweifellos eine aufregende Nacht voller Leidenschaft bevor, und es gab keinen Grund, darauf zu verzichten.

„Warum auch nicht?" stimmte sie forsch zu.

In Toms Wohnung sah sich Kathleen zunächst einmal erschrocken um. Nie zuvor hatte sie eine dermaßen ordentliche und dabei langweilige Einrichtung zu Gesicht bekommen. Sie merkte gleich, dass der Stoffbezug der Polstermöbel lediglich nach praktischen Gesichtspunkten ausgewählt worden war, und an den eintönig weiß getünchten Wänden hingen abstrakte Bilder in denselben langweiligen Beige- und Grautönen, wie sie in der übrigen Einrichtung vorherrschten.

Die vorhandenen Grünpflanzen blühten und grünten wie frisch aus dem Gewächshaus. Kathleen kam es vor, als ob sie sich nicht trauten, diese sterile Umgebung durch ein welkes Blatt zu verunstalten oder gar zu vertrocknen.

Sie hätte sonst etwas darum gegeben, wenn sie auf einem der Beistelltische aus Chrom und Glas wenigstens ein Staubkörnchen oder einen winzigen Wasserfleck entdeckt hätte. Aber nichts dergleichen war vorhanden.

Schließlich gelangte Kathleen zu der erschreckenden Überzeugung, dass Tom sogar seinen Müll sortieren und mit Aktennummern versehen musste.

„Lässt du nicht wenigstens ab und zu einmal ein Kleidungsstück fallen, wo du gerade stehst?“ fragte sie betroffen und sah sich immer noch nach einem Schönheitsfehler um.

In Toms Augen blitzte es auf, hintergründig lächelte er. Betont langsam zog er die Jacke aus. „Doch“, versicherte er, ohne Kathleen aus den Augen zu lassen.

Ihr kam alles so unwirklich vor, als träume sie, und es war ihr unmöglich aufzuwachen. Gebannt sah sie zu, wie das Jackett zu Boden fiel.

„Jetzt, zum Beispiel“, fuhr Tom fort, und seine Stimme klang ungewöhnlich rau.

Plötzlich klopfte Kathleen das Herz bis zum Hals. „So habe ich es nicht gemeint“, erwiderte sie verwirrt und stellte sich im selben Atemzug vor, wie es sein müsste, wenn sie sich nackt umarmten. Zu allem Überfluss schien er ihre Gedanken erraten zu haben.

„Bist du dir da ganz sicher?“ Langsam, wie in Zeitlupe, trat er auf sie zu.

Eigentlich hatte Tom sie nur necken wollen, aber mit einem Mal wurde aus dem Wortgeplänkel Ernst. Er sehnte sich mit jeder Faser seines Körpers danach, erst Kathleen und dann sich selbst auszuziehen, ihre Haut zu erfühlen, ihre Brüste zu streicheln und sich in ihrer Umarmung zu verlieren. Aber an dem halb erschreckten, halb hoffnungsvollen Ausdruck in den blauen Augen erkannte er, dass Kathleen dazu noch nicht bereit war. Er stand vor ihr, ohne sich zu rühren.

Warum ist Tom mir in seinem Wesen nicht ein klein bisschen ähnlicher? dachte sie in diesem Moment verwirrt.

Zum ersten Mal in ihrem Leben hatte sie Vorbehalte, das zu tun, worauf sie gerade Lust hatte. Aber sie wünschte sich, dass sie mit ihrem ersten Liebhaber mehr verband als nur ein flüchtiges Abenteuer. Nach allem, was sie inzwischen von Tom wusste, war ihre Beziehung zueinander von vornherein zum Scheitern verurteilt.

Ja, sie wünschte sich Romantik bei Kerzenlicht und Rosen, ungestüme Abenteuer zu zweit, unbeschwerte Tage und leidenschaftliche Nächte. Aber mit Tom würde sie kaum mehr verbinden als Leidenschaft, als bloßer Sex für kurze Zeit.

„Ich glaube, ich gehe jetzt besser." Unglücklich wandte sie sich ab.

„Aber warum denn? Wir sind doch eben erst gekommen."

„Es war keine gute Idee, mit dir in deine Wohnung zu kommen." Diese Erkenntnis tat ihr selbst weh.

„Wir haben noch nicht einmal getanzt", versuchte Tom sie zu überreden.

Er wollte sie auf keinen Fall gehen lassen, ehe er sie nicht wenigstens einmal in den Armen gehalten hatte. Wenn er dabei nur fest genug an Pete Harrison dachte, konnte er sich sicher beherrschen und sich mit Tanzen begnügen. Er hatte doch sonst immer einen kühlen Kopf besessen – zumindest bis zu dem Zeitpunkt, als er Kathleen kennen lernte.

„Du willst wirklich tanzen?" fragte sie zweifelnd.

„Natürlich. Deshalb sind wir hierher gekommen, oder nicht?"

Nein, hätte sie am liebsten laut geschrien. Du weißt so gut wie ich, dass wir in Wahrheit aus einem ganz anderen Grund hier sind …

Aber die Kehle war ihr plötzlich wie zugeschnürt. Hilflos und unbeweglich beobachtete sie, wie Tom eine Kassette in das Stereogerät einlegte. Sanfte Geigenmusik erklang, und als Tom sich umdrehte und erwartungsvoll die Hände nach ihr ausstreckte, konnte sie einfach nicht widerstehen.

Seine starken Arme umfingen sie. Kathleen seufzte und schloss die Augen. Die Musik hüllte sie ein, und ihr war, als schwebe sie federleicht durch den Raum. Verträumt legte sie die Wange an Toms Schulter und lauschte dem starken Schlag seines Herzens. Dabei fragte sie sich zum hundertsten Male, ob es wirklich so falsch war, sich von Tom mehr zu wünschen als nur eine kurze Romanze.

„Du versuchst zu führen", flüsterte Tom Kathleen beim zweiten Tanz ins Ohr.

Diese Worte brachten sie auf den Boden der Tatsachen zurück.

„Tue ich nicht", erwiderte Kathleen heftiger als beabsichtigt. Sie bog den Kopf zurück und schaute Tom vorwurfsvoll an.

„Doch. Was ist? Hast du Angst, ich trete dir auf die Füße?" fragte er lächelnd.

„Nein. Wie kommst du darauf?"

„Dann vertraust du mir nicht genug, um dich von mir führen zu lassen", folgerte er trocken.

Sie hatte plötzlich das bestimmte Gefühl, als spräche er nicht nur vom Tanzen. „Wie kannst du so etwas sagen? Ich bin hier geblieben, oder etwa nicht?"

Zart berührte er ihre Wange mit den Fingerspitzen. „Ja. Tut es dir jetzt Leid?" fragte er sanft.

„Nein, ich bin gern hier", gestand sie ernst.

„In meinen Armen?"

„In deinen Armen."

Tom lächelte. „Dann lass mich bitte führen."

„Es ist nicht zu fassen!" stieß Kathleen hervor. „Glaubst du, dir fällt ein Zacken aus der Krone, wenn du nicht führst?"

„Kaum. Aber es ist bedeutend einfacher, wenn nur einer das Kommando führt."

„Bist du sicher, dass wir vom Tanzen sprechen?" hakte sie nach.

„Ich schon", versicherte er mit wahrer Unschuldsmiene.

„Heißt das, du hältst dich in Zukunft zurück, mir Anweisungen für das Leben zu geben?"

Völlig unerwartet bog er Kathleen über seinen Arm nach hinten. „Du gibst also zu, dass du ein wenig mehr Ordnung im Leben vertragen könntest?"

„Du brichst mir das Kreuz. Lass mich los."

„Erst wenn du ehrlich zustimmst."

„Das ist Erpressung. An meiner Lebensweise gibt es nichts auszusetzen."

Offensichtlich war Tom anderer Ansicht.

„Dann verrate mir doch bitte, warum du das Finanzamt am Hals hast? Warum geht dein Geschäft nicht besser? Und warum wollen dich deine Eltern unter die Haube bringen? Von deinem Haus ganz zu schweigen! Es steht kurz vor dem Zusammenbruch. Wenn du mir für alles eine plausible Erklärung geben kannst, glaube ich dir vielleicht, dass alles in Ordnung ist."

„Du bist ein unverbesserlicher Spießer, weißt du das?"

„Ach, wirklich?"

„Sonst würdest du nicht so reden."

„Es gefällt dir nur nicht, weil ich Recht habe."

„Lass mich gehen."

Tom zog sie hoch. „Wie du willst." Steif trat er einen Schritt zurück.

„Fein." Sie funkelte ihn böse an. Tom war so romantisch wie der Verfasser eines Mathematikbuches. Er hatte ja keine Ahnung, wie man eine Verführung inszenierte!

„Überlegst du dir jetzt einen wirkungsvollen Abgang?" fragte er spöttisch.

„Jetzt, da du es erwähnst, werde ich dir diese Genugtuung nicht geben." Sie ging zur Tür, sah sich jedoch noch einmal um. Betont höflich verabschiedete sie sich mit „Gute Nacht, Mr. McAndrews" und schloss so leise wie möglich die Tür hinter sich.

Tom schloss die Augen und zählte bis zehn. Wie erwartet klingelte es. Er öffnete und trat einen Schritt beiseite.

„Wenn du nichts dagegen hast, möchte ich ein Taxi rufen", erklärte Kathleen steif und befangen.

Tom schmunzelte zufrieden. „Ich fahre dich selbstverständlich nach Hause."

„Nicht nötig."

„Doch, es ist nötig."

Er ließ die Wohnungstür einrasten, nahm Kathleen am Arm und zog sie mit sich nach draußen zu seinem Wagen. Erst auf dem Parkplatz ließ er sie los.

Während der Fahrt durch die Stadt herrschte zwischen Tom und Kathleen eisernes Schweigen. Am liebsten hätte Tom sie so lange geschüttelt, bis sie sich endlich bereit erklärte, nicht mehr gedankenlos in den Tag hineinzuleben wie bisher. Es lief ihm kalt über den Rücken, wenn er an die lebensgefährliche Treppe und die herabhängenden Tapeten in ihrem Haus dachte. Aber sicher würde sich Kathleen eher die Zunge abbeißen, anstatt ihm einzugestehen, dass sie seine Hilfe benötigte.

Sie war die dickköpfigste und eigenwilligste Frau, die ihm jemals über den Weg gelaufen war.

Ihre Eltern hatten auf jeden Fall Recht. Sie brauchte einen Mann wie ihn, der auf sie aufpasste und sie beschützte. Der einzige Haken bei der Sache war, dass sie ihn als Gegenleistung wahrscheinlich zum Wahnsinn treiben würde.

Er warf ihr einen verstohlenen Seitenblick zu. Sie saß kerzengerade wie auf einem Marterstuhl und blickte stur geradeaus auf die Straße. Er stellte sich vor, wie wundervoll es sein müsste, sie auf der Stelle in die Arme zu nehmen und zu küssen, bis sie wieder jenes für sie typische, leicht verträumte Lächeln zeigte. Aber er hatte das unbestimmte Gefühl, dass sie ihn ohrfeigen würde, wenn er jetzt auch nur den leisesten Versuch wagte.

Vielleicht ist Kathleen vernünftiger als ihre Eltern, was uns beide betrifft, überlegte er weiter. Sicher wäre es klüger, wenn wir uns nie wiedersehen würden ...

Er konnte ihr das Ergebnis der Steuerprüfung ja per Post zusenden. Aber je mehr er einsah, dass Kathleen nicht zu ihm passte, desto größer wurde sein Verlangen nach ihr.

„Wo ist dein Wagen?“

„In der Nähe deines Büros.“

„Und wo in der Nähe?“ fragte er geduldiger, als er es je für möglich gehalten hätte.

„Ich weiß nicht recht. Irgendwo auf einem Parkplatz. So viele kann es ja dort nicht geben.“

Tom atmete tief durch. Es galt, mindestens ein halbes Dutzend Parkplätze abzufahren. Ein Glück, dass sie das Auto nicht in einem der Parkhäuser abgestellt hatte, sonst müssten sie die ganze Nacht damit verbringen, sämtliche Geschosse durchzukämmen.

„Stell dir die Suche doch einfach als Jagd nach einem verlorenen Schatz vor“, riet Kathleen zaghaft.

„Du hast Nerven“, sagte Tom mehr zu sich selbst als zu ihr und fand sich notgedrungen damit ab, sämtliche Häuserblocks in der Nähe des Finanzamtes umrunden zu müssen. Glücklicherweise fiel es zu dieser späten Stunde nicht schwer, den verbeulten blauen Volkswagen ausfindig zu machen, der allein auf einem leeren Parkplatz stand.

Kaum hielt Tom an, stieg Kathleen schon eilig aus, und ohne sich noch einmal umzublicken, setzte sie sich in den eigenen Wagen und fuhr davon.

Erst jetzt entspannte sich Tom. Er seufzte und lehnte sich zurück. Während Kathleens Auto um die nächste Ecke bog, überfiel ihn ein bisher völlig unbekanntes Gefühl: Nie im Leben war er sich so einsam und verlassen vorgekommen wie in diesem Augenblick.

7. KAPITEL

Tom litt sehr unter der Trennung von Kathleen. Tag um Tag grübelte und grübelte er und wurde dabei so ungewöhnlich wortkarg, dass sich selbst seine Freunde und Kollegen fragten, was in ihn gefahren sei.

Die Skala der Mutmaßungen über den Grund seines veränderten Verhaltens rangierte von Kranksein über ein Problem in der Familie bis hin zu finanziellen Schwierigkeiten. Keiner schien sich vorstellen zu können, dass eine Frau hinter Toms Dilemma steckte. Jeder, der ihn kannte, wusste, dass er bisher sämtliche Beziehungen zu Frauen auf die leichte Schulter genommen hatte.

Auf Toms Schreibtisch häufte sich die Arbeit, sodass sogar Pete sich eines Kommentars über diese Unordnung nicht enthalten konnte. Zu Hause ließ Tom benutzte Kaffeetassen mit braunem Rand in der Spüle stehen, und die Kleidung ließ er dort fallen, wo er sich auszog. Ihm entging völlig, dass eine seiner Grünpflanzen urplötzlich verwelkte und einen erbarmungswürdigen Anblick bot. Ja, er war nicht einmal mehr in der Lage, die Tageszeitung zu lesen. Wie blind starrte er auf jede Seite und ließ die Blätter dann dort liegen, wo er gerade gesessen hatte.

Immer und immer wieder kreisten seine Gedanken um dasselbe Thema: Kathleen. Er dachte an die erste Begegnung, als er sie mit dem Kopf nach unten im Baum hängend kennen lernte, wie er sie aufgefangen und in den Armen gehalten hatte und wie er sie in ihrer Küche geküsst hatte. Jedes Mal, wenn er sich ihre blauen Augen vorstellte, die so naiv-verführerisch dreinblicken konnten, spürte er eine seltsame Unruhe, und seine Handflächen wurden feucht.

So geht es nicht weiter, sagte sich Tom nach einer weiteren schlaflosen Nacht; die wievielte es war, wusste er schon nicht mehr. Wenn er Kathleen nicht vergessen konnte, dann half vielleicht nur, so viel Zeit mit ihr zu verbringen, bis er ihrer überdrüssig wurde. Und sobald sie ihn am laufenden Band zur Weißglut brachte, sah er sicher endgültig ein, dass sie nicht zueinander passten. Schließlich war Tom felsenfest davon überzeugt, dass dies die einzige Möglichkeit war, um seinen inneren Frieden wieder zu finden. Und gleich heute, am Samstag, wollte er den Heilungsprozess starten.

Wenig später wartete er ungeduldig vor dem Heimwerkerladen in der Nähe seiner Wohnung. Als ein Angestellter schließlich die Ladentür öffnete, ging Tom schnurstracks auf die Holzabteilung zu. Er suchte einige Latten aus und trat dann vor das Regal mit den Wandfarben. Nachdenklich sah er auf die Eimer mit weißer Farbe. Weiß war praktisch und passte zu allem. Tom hatte immer Weiß gekauft. Schließlich holte er tief Luft und nahm einen Eimer veilchenblauer Wandfarbe heraus. Wenn schon bunt, dann wenigstens passend zu Kathleens Augen, entschied er beinahe wütend.

Um auf Nummer Sicher zu gehen, kaufte er eine Leiter, Pinsel, eine Bürste, zwei Rollen, Verdünnung sowie Nägel und Schrauben in verschiedenen Größen. Vor der Kasse sah er sich die Auswahl noch einmal aufmerksam an. Wer weiß, was Kathleen überhaupt im Hause hatte?! Besser nahm er noch einen Hammer, einen Schraubenzieher und eine Säge dazu.

„Ah, Sie renovieren Ihr Haus", bemerkte der Kassierer beiläufig.

„Nein, ich baue eins", erwiderte Tom missmutig, nachdem er den Preis für seine Einkäufe auf der Registrierkasse gesehen hatte. Kathleen kam ihn teuer zu stehen, so viel stand fest.

Während er die Brieftasche hervorzog und die Geldscheine hinblätterte, fragte er sich doch wieder, ob das, was er da tat, überhaupt Sinn hatte. Womöglich war es Kathleen gar nicht recht, wenn er als unbestellter Handwerker bei ihr auftauchte, und sie warf ihn in hohem Bogen vor die Tür. Das heißt, falls sie ihm überhaupt erlaubte, auch nur einen Fuß über die Schwelle zu setzen.

„Na und?" brummte er. „Ich tue es ja nicht für sie, sondern für mich, damit ich nicht vollends den Verstand verliere."

„Wie meinen Sie?" fragte der Kassierer misstrauisch und schaute vom Geldzählen auf.

„Ach, nichts."

Tom verstaute alles im Wagen und fuhr los. Auf dem Weg zu Kathleens Haus wuchs seine Zuversicht. Er würde diese Bruchbude schon auf Vordermann bringen. Und danach brauchte er sich wahrscheinlich um Kathleen nicht mehr zu sorgen und konnte sie vergessen. Das war es wert, ein Wochenende und ein wenig Geld dafür zu opfern, oder etwa nicht? Toms Laune besserte sich zusehends, und als er schließlich vor dem alten Farmhaus ankam, pfiff er bereits fröhlich vor sich hin.

Es wunderte ihn ein wenig, dass Kathleen nicht gleich in der Tür oder an einem Fenster erschien, sobald der Wagen hielt. Aber vielleicht war es sogar besser, wenn sie seine Ankunft erst bemerkte, nachdem er alle Utensilien ausgeladen hatte. Dann war es zu spät, ihn einfach wieder wegzuschicken.

Tom wollte gerade die Leiter vor dem Haus abstellen, als Lancelot plötzlich zwischen seinen Beinen hindurchstrich und zur Begrüßung miaute. Der verflixte Kater! dachte Tom noch, und schon stolperte er so ungeschickt, dass die Oberkante der Leiter gegen das Wohnzimmerfenster schlug. Die Scheibe zerbarst mit lautem Klirren.

Drinnen im Haus saß Kathleen vor Schreck senkrecht im Bett. Gerade hatte sie sich umdrehen und weiterschlafen wollen, da machte scheppernder Lärm ihrem Traum ein Ende. Und sie hatte so wunderschön geträumt! Der Mann ihrer Wünsche wusste genau, wie er ihr Herz gewinnen konnte, er war so ganz anders als Tom McAndrews.

„Was war das?" fragte sie sich laut, um sich Mut zu machen. Eigentlich hätte sie es nach den schlaflosen Nächten der letzten Zeit endlich einmal wieder richtig nötig gehabt auszuschlafen, aber anscheinend war ihr das nicht gegönnt. Da hatte es nicht einmal viel genutzt, dass sich ihre Mutter freundlicherweise bereit erklärt hatte, sie an diesem Samstag im Laden zu vertreten.

Angespannt lauschte sie, aber anstatt eines erwarteten zweiten

Klirrens vernahm sie ein Gezeter, das zweifellos von Lancelot stammte. Gleich darauf hörte sie ein Fluchen, das sie sehr an jenen Tag erinnerte, als Tom durch die morsche Stufe der Treppe gebrochen war.

Tom? Sie hörte genauer hin. Kein Zweifel. Es war Tom. Von keinem anderen hatte sie jemals einen solchen Schwall an Schimpfwörtern gehört wie von ihm. Aber was, um Himmels willen, hatte er hier verloren, dazu noch an einem Samstagmorgen?

Kathleen schlüpfte in den Morgenrock, verknotete den Gürtel und lief zum Fenster. Der Anblick, der sich ihr unten vor der Haustür bot, war so unerwartet komisch, dass sie am liebsten laut gelacht hätte. Tom lag der Länge nach auf dem Boden und versuchte verzweifelt, sich aus dem Gewirr von Holzlatten und einer Leiter zu befreien. Nur sein schmerzverzerrtes Gesicht riet ihr, das Lachen zu unterdrücken.

Rasch lief sie die Treppe hinunter und öffnete die Tür. Erst jetzt bemerkte sie, dass das obere Ende der Leiter das Wohnzimmerfenster durchstoßen hatte. Aber ohne sich weiter darum zu kümmern, kniete sie neben Tom nieder und untersuchte ihn auf Verletzungen. Glücklicherweise blutete er nicht. Lediglich eine Beule an der Stirn wuchs und verfärbte sich zusehends.

„Tut's sehr weh?“ fragte Kathleen besorgt.

„Überhaupt nicht“, entgegnete Tom grimmig.

Besser Abstand halten, ermahnte sie sich, trat einen Schritt zurück, hockte sich auf die Fersen und musterte ihn erwartungsvoll. Dabei fiel ihr auf, dass er tatsächlich Jeans und ein kariertes Hemd trug. Dass er so etwas überhaupt besaß! Der ausgeblichene schwere Baumwollstoff spannte sich wie eine zweite Haut über die muskulösen Beine und die schmalen Hüften. Erst nach Sekunden wurde Kathleen bewusst, wovon ihr Blick wie magisch angezogen wurde, und sie errötete. Zum Glück schien Tom davon jedoch nichts zu bemerken.

„Ich habe zwar nichts dagegen, dass du hier bist, aber darf ich fragen, was du vorhast?“ erkundigte sie sich.

„Ich wollte dir helfen."

„Wobei? Beim Abreißen meines Hauses?"

„Nein. Beim Renovieren", erwiderte er mit Galgenhumor und verzog wieder das Gesicht vor Schmerzen.

„Das war ein gekonnter Anfang." Sie warf einen viel sagenden Blick auf das zerbrochene Fenster. „Ich dachte, wir hätten unlängst geklärt, dass ich keine Hilfe brauche."

„Ja, schon", stimmte er besänftigend zu. „Aber wenn ich dir helfe, geht es schneller."

„Und was geht schneller?" Misstrauisch starrte sie auf die Bretter.

Tom konnte ihr schlecht seinen Plan, sie durch eine Radikalkur zu vergessen, verraten. „Das Renovieren, natürlich. Du kannst doch unmöglich so weiterleben. Mir ist viel wohler, wenn ich weiß, dass dein Haus weniger gefährlich ist."

Kathleen schüttelte skeptisch den Kopf.

„Ich weiß, ich weiß", murmelte er.

„Was weißt du?"

„Was du gerade sagen wolltest: Es geht mich nichts an, wie du lebst."

„Sehr richtig."

„Trotzdem. Ich fühle mich für dich verantwortlich." Es hatte nicht viel Sinn, den Grund dafür finden zu wollen. Tom versuchte sich weiterhin einzureden, Kathleen aus seinen Gedanken verbannen zu können, wenn er sich keine Sorgen mehr um sie zu machen brauchte.

„Das ist doch absurd."

Er nickte zustimmend. „Ich weiß."

Kathleen erkannte an Toms verwirrtem Ausdruck, dass er selbst nicht recht wusste, wie ihm geschah. Unwillkürlich musste sie lächeln.

„Also, komm endlich rein, wenn du schon hier bist. Wir frühstücken zusammen", schlug sie vor. Sie erhob sich und nahm den erschrockenen Lancelot auf den Arm.

„Ich muss die restlichen Sachen noch aus dem Wagen holen." Kathleen war wenig begeistert. Sie konnte sich nicht noch mehr zerbrochene Fenster leisten. „Lass das erst mal. Ich helfe dir später."

Vielleicht ist Kaffeetrinken wirklich keine schlechte Idee, dachte Tom. Der Schreck über seinen Sturz und die zerbrochene Fensterscheibe saß ihm noch in den Gliedern, und an allem war nur diese dumme Katze schuld! Wenn sie nicht im Weg gewesen wäre, schliefe Kathleen noch, und er hätte die Überraschung richtig vorbereiten können. Er stellte sich Kathleen schlafend in dem breiten Messingbett vor, das Haar zerzaust, die Brüste lediglich von dünnem Leinen halb bedeckt. Tom schluckte hastig. Plötzlich wünschte er sich nichts sehnlicher, als zusammen mit ihr in dem Bett zu liegen.

Tom schüttelte sich, um das Wunschbild zu verscheuchen, und folgte Kathleen gefügig in die Küche. Wie sich der seidig glänzende Morgenrock aufreizend über ihren Po und ihre Hüften spannte! So kam er wirklich nicht auf andere Gedanken. Tom schluckte noch einmal heftig und starrte stur auf seine Fußspitzen. Bisher entwickelte sich der Besuch bei Kathleen ganz anders als erhofft. Anstatt sein Interesse abzuschwächen, fachte ihre Nähe seine Sehnsucht nach ihr nur noch mehr an.

„Willst du dich nicht erst anziehen?" schlug er vor. Seine Stimme war rau wie Sandpapier. Da Kathleen ihn nur verständnislos ansah, räusperte er sich und fügte hinzu: „Ich könnte inzwischen das Frühstück zubereiten, wenn du mir sagst, was du gern möchtest."

„Am Wochenende genehmige ich mir immer ein ausgiebiges Frühstück mit Eiern, Speck und Pfannkuchen."

„Was hältst du davon, wenn ich inzwischen die Kaffeemaschine in Gang setze?" bot er verlegen an. Ihre Vorstellung von einem ausgedehnten Frühstück dieser Art überstieg seine Möglichkeiten bei weitem, wie er leider feststellen musste.

Kathleen lächelte verständnisvoll. „Gute Idee. Ich bin gleich wieder da."

Während ihrer Abwesenheit bemühte sich Tom vergeblich, sich nicht jede ihrer Bewegungen vorzustellen: Wie sie ihren Morgenrock auszog und in die Duschwanne stieg, wie das dampfende Wasser über ihren bloßen Körper rann und wie sie sich schließlich abtrocknete und mit einem winzigen Höschen und einem Spitzenbikini bekleidete. Vor lauter Aufregung hätte Tom um ein Haar das Kaffeepulver in eine Kanne Orangensaft, die er im Kühlschrank fand, gelöffelt.

Selbst die einfachsten Aufgaben schienen ihm nicht recht von der Hand gehen zu wollen. Nur mit äußerster Konzentration schaffte er es, Eier und Speckscheiben bereitzulegen und den Tisch zu decken. Erst nachdem er in sämtlichen Küchenschränken nachgesehen hatte, fand er die Pfanne schließlich im Herd. Abschätzend betrachtete er Eier und Pfanne und schüttelte resigniert den Kopf.

„Nein, sie möchte ein Frühstück, kein missratenes chemisches Experiment", murmelte er, setzte sich auf einen Stuhl und wartete ungeduldig auf Kathleen.

Wenig später eilte Kathleen in die Küche. Tom stockte schon wieder der Atem. Sie trug abgeschnittene Jeans, die ihren Po nur spärlich bedeckten. Die rote Bluse hatte sie lediglich lose unter der Brust geknotet. Tom bemühte sich redlich, in eine andere Richtung zu sehen, aber wie magisch angezogen blieb sein Blick immer wieder an ihrem schlanken Hals und an ihrer bloßen Taille hängen. Er stellte sich vor, wie es wohl sein müsse, diese samtweiche Haut zu küssen, erneut hatte er Schluckbeschwerden. Wenn er sich nicht eingehend mit dem Anblick der Küchenkacheln befasste, konnte er womöglich für nichts mehr garantieren.

„Ich dachte, du wolltest dich anziehen", raunte er. Im selben Moment hätte er sich am liebsten die Zunge abgebissen. Musste er ihr unbedingt verraten, wie sehr sie ihn verwirrte?

„Ich bin angezogen." Prüfend musterte sie ihn kurz.

„Wenn du das so nennen willst."

„Soll ich etwa ein Abendkleid zum Tapezieren tragen?"

„Nein, aber du hättest etwas anderes anziehen können, mehr ... Wie soll ich sagen, weniger ..."

Kathleen lachte leise. „Also, was nun? Mehr oder weniger?"

Er senkte den Kopf. „Ach, mach doch, was du willst."

„Wenn dich mein Aufzug von der Arbeit ablenkt, gehe ich nach oben und ziehe mich um."

„Dein Aufzug lenkt mich nicht ab", leugnete er.

Demonstrativ stellte sie sich vor ihn hin. „Bestimmt nicht?"

Warum duftet sie nur so verführerisch? dachte Tom. „Zum Teufel mit dir", seufzte er. Rührend hilflos sah er zu ihr empor. „Komm her."

Kathleen rührte sich nicht vom Fleck. Das herausfordernde Lächeln war verschwunden, und der Ausdruck in ihren Augen verriet, dass sie sich so unbändig nach ihm sehnte wie er nach ihr.

„Nein, komm du her", forderte sie Tom auf, die Stimme tief, fast gurrend.

Er sprang auf, wie von unsichtbaren Fäden gezogen. Er stöhnte und zog Kathleen in die Arme. Seine Lippen brannten auf den ihren, seine Zunge drängte sich fordernd in ihren Mund. Wie von selbst glitten seine Hände über ihre bloße Taille, legten sich auf ihren Po und pressten sie fest an sich.

Am liebsten hätte er ihr diese lächerliche Kleidung vom Leib gerissen und jeden Millimeter ihres Körpers geküsst, bis sie vor Leidenschaft dahinschmolz. Niemals hatte er sich mehr nach einer Frau gesehnt als in diesem Moment nach Kathleen.

Erstickt flüsterte er ihren Namen und vergrub das Gesicht an ihrer Halsbeuge. Seine Finger fuhren durch ihr volles blondes Haar, strichen über den Hals und die Schultern.

Kathleen überfiel ein unbändiges Glücksgefühl. Tom war plötzlich kein verstaubter Beamter mehr, der ihr mit seiner Übergenauigkeit und seinem anscheinend unerschütterlichen Selbstvertrauen Ehrfurcht einflößte. Er wirkte plötzlich so überaus menschlich und verletzlich, dass sie sich nichts Schöneres vorstellen konnte, als sich ihm hinzugeben.

Überall dort, wo er sie berührte, schien ihre Haut vor Erregung zu brennen. Wie im Fieber, ohne sich dessen bewusst zu sein, knöpfte sie sein Hemd auf und küsste seine muskulöse, behaarte Brust. Sie hoffte inbrünstig, dass Tom nicht plötzlich zur Vernunft kam. In den Tagen ihrer Trennung hatte sie sich nach diesem Moment gesehnt, und jetzt zielten die aufreizenden Bewegungen ihrer Hüften, ihre leidenschaftlichen Küsse und ihre tastenden Hände einzig und allein darauf ab, endlich, endlich zum Ziel zu gelangen.

In den vielen schlaflosen Nächten hatte sie den festen Entschluss gefasst, ihre eigene Weiblichkeit mit Toms Hilfe zu entdecken, falls sich ihr die Gelegenheit dazu bot. Sie war zu der Überzeugung gelangt, dass sie mit Tom Leidenschaft teilen konnte, ohne sich dabei selbst zu verlieren.

Sie war jetzt ganz liebevolle Verführerin. Absichtlich streifte sie mit den nackten Beinen seine Schenkel, und Tom stöhnte vor Verlangen leise auf. Zunächst hatte sie befürchtet, dass sie zu ängstlich und zurückhaltend sein würde, wenn dieser kritische Augenblick kam. Aber zu ihrer Erleichterung war sie völlig ungehemmt und wusste intuitiv, wie sie ihn am besten erregen konnte.

„Tom?"

„Hmm", antwortete er wie in Trance.

„Gehen wir nach oben."

„Was gibt es oben?" Offensichtlich war er viel zu beschäftigt, um klar denken zu können.

„Das Schlafzimmer", erklärte sie amüsiert.

„Schlafzimmer?" Er hob den Kopf und sah sie erstaunt an, als sei ihm erst jetzt bewusst geworden, was zwischen ihnen geschah.

Kathleen stellte sich auf Zehenspitzen und küsste ihn. Einen eventuell erwachten Wunsch zum Rückzug musste sie im Keim ersticken.

Hatte Tom wirklich noch Bedenken gehabt, so war er nun

rettungslos verloren. Trotz der Kleidung, die die letzte Barriere zwischen ihren erhitzten Körpern darstellte, spürte Kathleen, wie erregt er war.

Endlich ist es so weit, dachte sie. Jetzt gibt es kein Zurück mehr.

In diesem Augenblick zerriss das schrille Klingeln des Telefons die atemberaubende Spannung.

8. KAPITEL

„Du verhörst dich. Das Telefon klingelt nicht", raunte Tom Kathleen ins Ohr.

Kathleen hielt den Atem an. Sie hätte nie geglaubt, dass ein Ohrläppchen dermaßen empfindlich sein konnte. Die federleichten Liebkosungen von Toms Zungenspitze dort vibrierten Flammen gleich durch ihren ganzen Körper. Sie bedauerte, dass ihr Gehör nicht gleichzeitig außer Betrieb gesetzt war.

„Ich wünschte, du hättest Recht", murmelte sie enttäuscht. Zu gern hätte sie noch herausgefunden, ob das andere Ohr für Zärtlichkeiten ebenso zugänglich war – und vieles mehr. Aber offensichtlich bot sich ihr diese Gelegenheit am heutigen Vormittag nicht mehr.

Trotz ihrer romantischen Ader konnte Kathleen durchaus realistisch sein, und sicher würde es nicht mehr lange dauern, bis das durchdringende Läuten des Telefons auch Tom auf den Boden der Tatsachen zurückholte.

„Geh nicht ran", bat er.

Sie sah ihn überrascht an. „Wie? Du willst es wirklich weiterklingeln lassen? Ich dachte eher, du würdest mir jetzt einen Vortrag über Verantwortungsbewusstsein halten. Meine Mutter vertritt mich im Laden. Wer weiß, vielleicht ist etwas nicht in Ordnung. Es könnte ja auch einer deiner Kollegen sein. Oder jemand ist krank. Möglicherweise habe ich im Lotto gewonnen, oder der Himmel stürzt ein."

„Wenn dein Vater über den sechsten Sinn verfügt, ist er es."

Kathleen streichelte besänftigend seine Hand. „Dann würde er in diesem Moment eher ein Dankgebet zum Himmel schicken, anstatt uns zu stören. Das, was wir gerade tun wollten, wäre ihm sehr recht."

„Das möchte ich bezweifeln. Außer er kann es nicht erwarten, sein neues Jagdgewehr an mir auszuprobieren." Tom fuhr sich nervös mit den Fingern durchs Haar. „Nimm endlich den Hörer ab. Allmählich geht mir der Krach auf die Nerven."

„Immer die Ruhe. Wer es auch sein mag, ich bin felsenfest davon überzeugt, dass derjenige keine Ahnung hat, womit wir beschäftigt waren." Kathleen bemerkte zu ihrem Unwillen, dass sie errötete.

Tom lachte leise über ihre plötzliche Befangenheit.

„Lach nicht! Schließlich habe ich in solchen Sachen keine Übung", wies sie ihn zurecht und griff energisch nach dem Telefonhörer.

„Ein Glück." Zärtlich zog er sie erneut in die Arme.

Kathleen warf ihm einen zurechtweisenden Blick zu, räusperte und meldete sich. „Marshall, ja bitte?" Das klang kurz angebunden und ärgerlich, aber die Person am anderen Ende der Leitung schien es nicht zu merken. Kathleen wurde mit Fragen bombardiert, auf die anscheinend keine Antworten erwartet wurden.

„Das hat ja lange gedauert. Warst du noch im Bett? Oder unter der Dusche? Ist ja auch egal. Ich wollte dich nur daran erinnern, dass ich dich in zehn Minuten abhole."

Da Tom auf aufreizende Weise ihren Bauch streichelte, wäre Kathleen beinahe entgangen, dass die Stimme verstummt war und jemand auf ihre Reaktion wartete.

Geistesabwesend fragte Kathleen: „Mit wem spreche ich eigentlich?"

„Wie, mit wem spreche ich?" kam die Gegenfrage aus dem Telefonhörer. „Hier ist Jeannie! Was ist? Sitzt du auf den Ohren?"

„Jeannie?"

„Jeannie?" wiederholte Tom und zog die Augenbrauen hoch. „Das hätte ich mir gleich denken können."

„Pst", wies Kathleen ihn zurecht.

„Irgendetwas stimmt da nicht. Nun sag schon! Du erinnerst dich doch? Hier spricht Jeannie, deine beste Freundin, der du deine Tagebücher zu lesen gegeben hast. Die Freundin, der du deine tiefsten Geheimnisse anvertraust", fügte sie in verschwörerischem

Tonfall hinzu. Nach einer wirkungsvollen Pause sprach sie weiter: „Einmal hast du sogar gesagt, ich könne deine Gedanken lesen."

Hoffentlich habe ich mich damals geirrt, dachte Kathleen, während sie die Bluse vor der Brust zusammenraffte und sich aus Toms Umarmung löste. Es kam ihr schamlos vor, mit der besten Freundin zu telefonieren, während sie von einem Mann geküsst und gestreichelt wurde. Auch wenn Jeannie dieses „Geheimnis" noch nicht kannte, so ahnte sie längst, dass etwas Ungewöhnliches vorging.

„Tut mir Leid", entschuldigte sich Kathleen rasch. „Ich war gerade beschäftigt."

In diesem Moment zog Tom sie auf den Schoß und küsste die nur halb bedeckten Brüste. Kathleen stöhnte unwillkürlich auf.

„Kathleen Marshall! Du bist nicht allein, habe ich Recht?" Offensichtlich war Jeannie schnell von Begriff. „Wenn du etwas Besseres zu tun hast, vergessen wir die Ausstellung heute", schlug sie zwar großzügig vor, doch eine gewisse Schadenfreude war deutlich hörbar. Sie ahnte, was los war.

Kathleen wünschte ihre beste Freundin augenblicklich auf den Mond. Oder Tom. Oder vielleicht sogar beide, aber keinesfalls zusammen auf dieselbe Mondhälfte.

„Sag ihr, das sei eine gute Idee", bat Tom leise.

„Ja." Kathleen sah ihn unverwandt an. „Ich meine, nein. Welche Ausstellung?"

„Vergiss es. Ich rufe morgen wieder an."

„Nein", wiederholte sie, diesmal jedoch nachdrücklicher, ohne sich um Toms Protest zu kümmern. Zur Abwechslung war sie einmal die Vernünftige. „Von welcher Ausstellung redest du eigentlich?"

„Von der Kunsthandwerkermesse", erklärte Jeannie geduldig. „Ist nicht schlimm, wenn du nicht mitgehst. Ich komme schon allein zurecht, Kathleen."

„Nein, ich habe dir versprochen, dass ich dir helfe", bekräftigte Kathleen, wenn auch bedauernd.

„Du willst wirklich mitkommen?“

„Ja.“ Vielleicht ist es so besser, dachte sie, obwohl sie davon selbst nicht recht überzeugt war. Auch wenn es sich als der größte Fehler ihres Lebens erweisen sollte, sie wollte unbedingt mit Tom schlafen. Aber wenn sie beide erst einmal vernünftig darüber nachdachten, geschah es vielleicht nie, da sie dann erkannten, dass es keine gemeinsame Zukunft für sie geben konnte. Dazu waren sie viel zu verschieden. Jedenfalls sagte ihr das der Verstand. Andererseits hoffte sie aus ganzem Herzen, dass ihr Verstand Unrecht hatte.

„Also in zehn Minuten?“ vergewisserte sich Jeannie.

„Sagen wir lieber, in einer halben Stunde“, antwortete Kathleen atemlos, da Tom jetzt aufreizend ihre empfindlichen Brustwarzen massierte.

„Die Zeit ist viel zu kurz“, raunte Tom ihr ins Ohr, nachdem sie den Hörer eingehängt hatte.

„Mehr Zeit haben wir nicht. Es reicht gerade für ein Bad“, entgegnete Kathleen forsch.

Es überraschte sie, dass sie es offensichtlich fertig brachte, nach oben zu gehen, sich anzuziehen und das Haus zu verlassen, obwohl sie viel lieber bei Tom geblieben wäre.

„Mit mir?“ fragte er hoffnungsvoll.

Sie lächelte verzagt. „Das ist keine besonders gute Idee.“

„Dann kann ich dir nur raten, kalt zu duschen“, meinte er trocken.

„Sehr witzig.“

Tom folgte Kathleen nach oben und setzte sich auf die Kante ihres Messingbettes. Seltsamerweise war es ihr kein bisschen peinlich, dass er dort saß. Er gehört in dieses Zimmer, ja es ist, als hätten wir schon jahrelang unter dem gleichen Dach gelebt, dachte sie.

So muss es sein, wenn man verheiratet ist, überlegte sie weiter. Der Gedanke hatte etwas Aufreizendes an sich. Aber aller Voraussicht nach wird es nie so weit kommen, stöhnte sie still. Auch wenn Tom McAndrews vielleicht eine kurze Romanze mit ihr einging, zu gegebener Zeit heiratete er sicher eine Buchhalterin, die bestimmt auch ihre privaten Einnahmen und Ausgaben peinlich genau verzeichnete.

„Und was soll ich machen, während du auf der Ausstellung bist?“ So, wie Tom das sagte, hörte er sich an wie ein kleiner Junge, den man an einem Regentag mutterseelenallein ohne Spielzeug zu Hause ließ.

„Du kannst gern mitkommen.“

„Und mir den lieben langen Tag Tonmuster und Häkeldeckchen ansehen? Nein, danke.“

„Wie wär's, wenn du die zerbrochene Fensterscheibe reparierst? Oder tu das, was du ursprünglich vorhattest. Wozu hast du die Sachen schließlich mitgebracht?“

„Das frage ich mich allmählich auch.“

„Du hättest ja vorher anrufen können.“

„Ich dachte, es wäre dir recht, wenn ich impulsiver handle.“

„Das schon“, bestätigte sie, küsste ihn im Vorbeigehen auf die Lippen und ging weiter zum Badezimmer. „Eins musst du dir merken: Wenn du das Unerwartete tust, musst du dich darauf gefasst machen, dass das Ergebnis anders ausfällt als erwartet.“

Tom zwinkerte verständnislos. „Was? Wie kannst du diese zwei Worte in einem einzigen Satz verwenden? Kein Wunder, dass alles, was du sagst, verwirrend klingt.“

Kathleen schloss die Badezimmertür hinter sich, und ihre Stimme hallte gedämpft aus dem Raum. „Du musst mir nur richtig zuhören, dann funktioniert es.“

„Ich höre zu, und trotzdem.“ Er schüttelte die Kopfkissen auf, minutenlang und in Gedanken verloren, und legte sie ordentlich zurück. „Absolut unmöglich“, fügte er etwas leiser hinzu.

„Nichts ist unmöglich.“ Kathleen öffnete die Tür. „Du musst deinen Mathematikerverstand einmal beiseite lassen und es mit mehr Gefühl versuchen.“

„Im Augenblick sagt mir mein Gefühl, dass ich bei dir im Badezimmer sein sollte.“

„Das ist nicht dein Gefühl, das sind deine Hormone."

„Vielleicht könntest du zu mir kommen und mir Nachhilfeunterricht in Biologie geben."

„Nichts zu machen. Hätte ich Lehrerin werden wollen, wäre mein Studienfach Pädagogik und nicht Kunst gewesen", erwiderte sie trocken. „Kauf dir ein Biologiebuch."

„Ich glaube nicht, dass ich aus einem Buch dasselbe lernen könnte wie bei dir."

„Oh doch", versicherte sie und kam ins Schlafzimmer zurück. „Aus einem Buch macht es nur nicht so viel Spaß." Überrascht sah sie von Tom zum Bett und wieder zurück. „Du hast es gemacht."

„Ich musste meine Hände beschäftigen, und du warst gerade nebenan", erklärte er bedauernd.

„Wenn es dir langweilig wird, während ich weg bin, kannst du ja meine Wäsche bügeln", schlug sie ungerührt vor, während sie eine Bürste zur Hand nahm und damit durch die blonden Locken fuhr.

„Eigentlich bin ich nicht hergekommen, um bei dir Hausmädchen zu spielen", brummte er.

Sie legte bedächtig die Bürste beiseite, wandte sich zu Tom um und musterte ihn abschätzend. „Dann verrate mir endlich, aus welchem Grund du gekommen bist."

„Ich habe es dir doch schon gesagt: Ich wollte dir beim Renovieren helfen."

„Möglich." Ungläubig zog sie das Wort in die Länge.

„Du glaubst mir nicht."

„Doch, aber ich denke, es steckt mehr dahinter." Traurig fuhr sie fort: „Es fällt dir schwer, die Wahrheit zu gestehen, nicht wahr?"

„Die Wahrheit?"

„Ja, dass du mich sehen wolltest."

Tom hüstelte verlegen. Sie hatte den Nagel auf den Kopf getroffen, auch wenn er es sich zuvor nicht eingestehen wollte. „Also ..."

„Warum sprichst du es nicht aus? Vielleicht weil du genauso gut weißt wie ich, dass unsere Situation hoffnungslos ist?“

Er zögerte sichtlich. „Tja, ich glaube, wir passen nicht zusammen.“

„Da kann ich dir nur zustimmen.“

„Vielleicht kannst du mir erklären, warum es mich mit aller Macht zu dir zieht?“ Es klang so bekümmert, dass Kathleen ihn am liebsten tröstend in die Arme genommen hätte, aber sie wusste genau, wohin das führen würde. Ob sie nun zueinander passten oder nicht – da war etwas zwischen ihnen, das eine Stange Dynamit im Vergleich dazu harmlos wie einen Knallfrosch erscheinen ließ.

„Vielleicht weil du mit mir ins Bett gehen willst?“ bot sie als Lösung an.

Im Spiegel der Frisierkommode beobachtete sie ihn aufmerksam. Erst wirkte er entsetzt, dann schuldbewusst. Schließlich lächelte er wie erlöst. „Vielleicht hast du Recht.“

Wäre das nicht die einfachste Erklärung? Möglicherweise bedurfte es lediglich einer leidenschaftlichen Nacht, um sich Kathleen ein für alle Mal aus dem Kopf zu schlagen. Er betrachtete sie und erinnerte sich der Gefühle, als er sie in den Armen hielt. Sie hatte ihn erregt, gewiss, aber darüber hinaus hatte er das Bedürfnis gehabt, sie zu beschützen und für sie zu sorgen. Anwandlungen dieser Art waren ihm bisher völlig unbekannt gewesen. So ungern er es sich eingestehen wollte – er war sicher, dass dieser neu erwachte Beschützerinstinkt nicht weichen würde, wenn er mit Kathleen schlief. Im Gegenteil. Er würde höchstens noch verstärkt zum Vorschein treten.

„Jetzt kommen wir endlich zum Kernpunkt aller Fragen“, unterbrach sie seinen Gedankengang.

Tom wollte sie warnen, ihr sagen, dass die Sachlage wesentlich komplizierter war, als sie ahnte. Aber der Zeitpunkt war für lange Erklärungen denkbar ungünstig, denn jeden Moment konnte Jeannie auftauchen und sie stören.

„Das scheint mir nicht so." Er bemühte sich um einen scherzhaften Unterton. „Du bist ja gleich weg."

„Aber ich komme zurück."

„Und dann?"

Sie seufzte. „Ich weiß nicht." Sie sah ihn offen an und fügte leise hinzu: „Vielleicht sollten wir uns darüber Gedanken machen, während ich fort bin, jeder für sich. Später können wir dann darüber sprechen."

Sie drehte sich um und verließ das Schlafzimmer. Verblüfft sah Tom ihr nach. Offensichtlich verstand sie doch, fühlte wie er und erkannte auch die Probleme. Es gab eine Unmenge ungeklärter Fragen für sie beide. Seltsamerweise beruhigte ihn die Erkenntnis ein wenig, dass Kathleen genauso um eine Antwort verlegen war wie er.

„Also komm schon, Kathleen. Lass dir nicht jedes Wort aus der Nase herausziehen. Wer ist er?" drängte Jeannie. Sie konnte sich kaum darauf konzentrieren, Keramikkrüge und Vasen auf dem Tisch ihres Ausstellungsstandes dekorativ aufzubauen, so ungeduldig und neugierig war sie. Nur Kathleen war die Ruhe selbst.

„Wer ist wer?" fragte sie fast gelangweilt.

„Tu doch nicht so, Kathleen, du weißt genau, wen ich meine. Ich spreche von dem Mann, der dich dermaßen durcheinander brachte, dass du nicht einmal meine Stimme erkannt hast, als ich dich anrief."

„Wie kommst du darauf, dass ein Mann bei mir war?"

Beinahe achtlos schubste Jeannie den wunderschönen grünlasierten Krug über den Tisch. „Ich höre dir sofort an, wenn du ein schlechtes Gewissen hast. Erinnerst du dich noch daran, als du deiner Mutter weismachen wolltest, wir hätten die Erdbeeren nicht von ihrem Kuchen heruntergepickt? Dabei waren wir von oben bis unten mit Erdbeersaft bekleckert. Damals habe ich diesen Tonfall zum ersten Mal bei dir gehört. Glaub ja nicht, du kannst mir irgendwelche Märchen erzählen."

Kathleen erwiderte finster ihren Blick. Jeannie war schon viel zu lange ihre Freundin und kannte sie viel zu gut.

„Warum hätte ich ein schlechtes Gewissen haben sollen?“ versuchte sie trotzdem noch abzulenken.

„Das hätte ich gern von dir gewusst. Vielleicht weil du versuchst, die Existenz eines Mannes in deinem Leben zu verheimlichen? Gib es ruhig zu. Ich habe ihn sogar gesehen, seinen nackten Oberkörper übrigens auch. Ein Mann kam gerade mit einer Säge und einer Holzlatte in den Händen aus der Küche, als ich dich abholen wollte. Alle Achtung, der Knabe sieht wirklich nicht schlecht aus.“ Sie sah Kathleen durchdringend an. „Es ist bestimmt keine Schande, wenn du dir einen Handwerker angelacht hast. Im Gegenteil. Allmählich wird es Zeit, dass du deine Ansprüche zurückschraubst. Auf einen Traummann wie Clark Gable, Albert Schweizer und Prinz Löwenherz in einer Person kannst du lange warten.“ Jeannie hatte ihre Tirade noch lange nicht beendet.

„Ich bin ehrlich froh, dass du dich mit dem zufrieden gibst, was unsereinem geboten wird. Und denk nur an dein Haus. Auf längere Sicht bist du besser bedient, wenn du dich an einen praktisch veranlagten Mann bindest.“ Emsig polierte sie eine blaue Schale.

Kathleen lachte hell auf. „Du bist lieb. Danke für dein Verständnis und dein Vertrauen, aber leider bist du völlig auf dem Holzweg. Erstens habe ich vorläufig nicht vor, mich zu binden, und zweitens ist Tom kein Handwerker. Aber selbst wenn er einer wäre, würde mich das nicht stören.“

„Aha, das heißt also, dass du etwas mit ihm hast“, schloss Jeannie triumphierend. „Es wird aber auch langsam Zeit, sonst wirst du noch eine alte Jungfrau. Wie ist er? Ich meine seine Art. Von außen wirkt er jedenfalls hervorragend. Hast du ihn schon deinen Eltern vorgestellt? Wann wollt ihr heiraten?“ Jeannie war nicht mehr zu bremsen.

Kathleen stöhnte auf. „Du bist schlimmer als meine Mutter.“

„Dann hat sie ihn also schon kennen gelernt?“

„Ja, sie hat ihn getroffen und auch bereits eingeladen. Die ganze

Zeit dachte ich, ihr sei kein Mann gut genug für ihre Tochter, aber sie war von Tom auf den ersten Blick hingerissen. Und ehe du lange weiterfragst: Mein Vater hat ihm seinen Segen auch schon gegeben."

„Daraus schließe ich, dass man sich mit ... Wie heißt er? Tom? über Politik unterhalten kann und dass er einen anständigen Beruf hat."

„Anständig ist gut", entgegnete Kathleen trocken.

Jeannie horchte auf. „So, wie du das sagst, klingt es, als sei das, was er tut, nicht unbedingt seriös." Wieder vergaß sie völlig, dass sie eigentlich einen Verkaufsstand aufbauen wollte.

„Wie man's nimmt. Er ist Steuerfahnder."

„Herrje!" Jeannie fiel einen Moment lang kein passender Kommentar ein, bei ihr eine durchaus ungewöhnliche Situation. Jedoch bald fasste sie sich wieder und erklärte betont fröhlich: „Das ist wirklich ein anständiger Beruf."

„Ja, wirklich."

„Warum werde ich das unbestimmte Gefühl nicht los, mir sei eine wesentliche Kleinigkeit entgangen?" Ziellos schob sie die Ausstellungsstücke über den Tisch.

„Wenn du es genau wissen willst: Tom führt eine Steuerprüfung bei mir durch." Kathleen beschäftigte sich weiterhin mit der Salatschüssel, für die sie bereits seit fünf Minuten einen geeigneten Platz suchte.

„Was tut er?" Man merkte Jeannie deutlich an, dass sie Schwierigkeiten hatte, die ganze Wahrheit zu begreifen.

„Natürlich liegt dafür kein ernster Grund vor." Kathleen machte eine wegwerfende Handbewegung. „Nur weil ich eine Steuerrückzahlung gefordert habe, die das Finanzamt für leicht überhöht hält."

Jeannie rutschte vor Überraschung eine Vase aus der Hand. Kathleen fing sie gerade noch rechtzeitig auf und stellte sie wohlbehalten in ein Regal am hinteren Ende des Standes. Dann sah sie Jeannie vorsichtig an und wartete auf ihre Reaktion.

„Du lieber ...“ Weiter kam Jeannie nicht. Sie konnte nur hilflos den Kopf schütteln.

„Sieh mich nicht so an. Ich habe nichts Unrechtes getan.“

.Aber eine Steuerprüfung ... Und du hast dein Geschäft erst seit einem Jahr!“

„Na ja, durch meine Rückforderung bin ich eben aufgefallen. Trotzdem ist alles halb so schlimm. Tom sagt, in ein oder zwei Tagen dürfte alles geklärt sein.“

„Bist du sicher? Vertraust du ihm?’

Kathleen überlegte nur kurz. Diese Frage konnte sie klar bejahen. Und seltsamerweise vertraute sie ihm nicht nur im Zusammenhang mit Steuern. Bedenkenlos hätte sie ihr Leben in seine Hände gelegt. „Ja. Es geht bestimmt alles glatt.“ Sie senkte die Stimme und fügte verschwörerisch flüsternd hinzu: „Falls sie mich wider Erwarten doch einsperren sollten, tu mir einen Gefallen: Bring mir eine Säge und eine Feile in einem Kuchen eingebacken mit.“

„Das finde ich nicht sehr komisch.“

„Wem sagst du das?“

Minutenlang arbeiteten die beiden Freundinnen schweigend, und jede hing ihren Gedanken nach, bis plötzlich Jeannie eine neue Idee zu haben schien. Sie erstarrte in der Bewegung und betrachtete Kathleen so durchdringend, bis diese das Gefühl hatte, der angespannten Situation durch einen Schrei Luft machen zu müssen.

„Was hast du? Ich bin kein Gangster“, fuhr sie Jeannie heftig an.

„Das weiß ich. Nur eins ist mir schleierhaft.“

„Was denn?“

„Wieso marschiert dann der Herr Steuerfahnder unbekleidet durch deinen Garten? Ist das eine neue Art Service des Finanzamtes?“

„Himmel noch mal, er hatte seine Hose ja noch an. Er war nicht komplett ausgezogen.“

„Noch ist gut. Jedenfalls sah er nicht so aus, als sei er im Begriff gewesen, deine Quittungen durchzusehen oder deine Bücher zu prüfen."

„Als du ihn gesehen hast, hat er gerade damit angefangen, die Treppe im Haus zu renovieren."

„Was? Wie?" stieß Jeannie ungläubig hervor. „Das wird ja immer schöner."

„Du bist doch nicht taub, oder?" entgegnete Kathleen, obwohl sie längst einsah, dass die ganze Geschichte reichlich seltsam klang. „Er repariert die Treppe", erklärte sie erneut, diesmal besonders deutlich.

„Ich hatte keine Ahnung, dass das Finanzamt dafür zuständig ist", gab Jeannie ironisch zurück. „Ich werde es mir für die Zukunft merken."

„Sei nicht albern. Natürlich nicht. Tom repariert die Treppe, weil er mir helfen will. Ich habe ihm gesagt, dass ich es allein schaffe, aber es geht ihm zu langsam voran. Außerdem ist er schon über eine kaputte Stufe gestolpert."

„Ach so." Jeannie zog die Silben auseinander.

„Was soll denn das nun wieder heißen?"

„Clark Gable, edler Ritter und gefallener Knabe in einem. Hat er etwa auch noch Verstand?"

Kathleen wurde es allmählich zu bunt. „Jeannie, mach nur so weiter."

„Gern", erwiderte Jeannie mit Unschuldsmiene. „Wenn mich nicht alles täuscht, hast du Feuer gefangen. Stimmt's oder habe ich Recht?"

„Vielleicht beides."

Jeannie lachte leise. „Das klang aber nicht sehr zuversichtlich."

„Die ganze Sache ist reichlich verwirrend. Würdest du mir in diesem Punkt zustimmen?"

„Allerdings. Ausgerechnet ein Beamter vom Finanzamt! So etwas hätte ich am allerwenigsten erwartet."

„Ich auch nicht."

„Aber?"

„Er hat eben etwas an sich ... Ich weiß auch nicht recht. In einem Moment könnte ich ihn auf den Mond schießen, im nächsten würde ich mich ihm am liebsten an den Hals werfen. Verrückt, nicht?“

„Finde ich nicht.“

„Nein?“

„Nein. Dafür gibt es eine ganz simple Erklärung.“

„Und die lautet?“

„Du bist verliebt“, frohlockte Jeannie.

„Aber wir passen nicht zusammen“, erwiderte Kathleen niedergeschlagen. Und wieder einmal schob sie die Salatschüssel von einer Ecke in die andere.

„Das macht nichts.“

„Ich habe nur kein gutes Gefühl dabei.“

„Warum denn nicht?“

„Ich weiß auch nicht.“

„Falls das eine Erklärung sein soll, ist sie etwas dürftig. Man sagt nicht umsonst, Gegensätze ziehen sich an.“

„Aber ich wollte immer einen Mann, bei dem ich vor Verzückung in Ohnmacht falle. Stattdessen bin ich hier, und er repariert zu Hause meine Treppenstufen.“ Und was tat sie eigentlich hier? fragte sie sich.

„Du bist aber auch mit nichts zufrieden. Wenn du genug von ihm hast, schick ihn zu mir, ja?“

„Das könnte dir so passen!“

„Also doch. Es ist um dich geschehen, wie es so schön heißt“, neckte Jeannie. „Das freut mich. Ich kann es kaum erwarten, ihn kennen zu lernen.“

„Ich warne dich.“ Drohend ballte Kathleen die rechte Hand zur Faust.

„Was hast du nur? Warum denn nicht?“ konnte sich Jeannie trotzdem nicht zurückhalten.

„Um mich herum sind schon genug Leute, die Himmel und Hölle in Bewegung setzen, um mich unter die Haube zu bringen.“

„Das wäre jedenfalls nicht das Schlechteste“, gab Jeannie spöttisch zurück.

„Kümmere du dich lieber um deine Tonvasen und pass auf, dass deine Töpferscheibe nicht stehen bleibt“, meinte Kathleen mürrisch.

„Worauf du dich verlassen kannst“, versprach Jeannie und lächelte hintergründig. „Und als Nächstes fabriziere ich dein Hochzeitsgeschenk.“

9. KAPITEL

Um vier Uhr nachmittags gönnte sich Tom endlich eine Pause. Sämtliche Glieder schmerzten, einschließlich einiger Muskeln, von deren Existenz er bisher keine Ahnung gehabt hatte. Er gelangte zu der Überzeugung, dass die Gesundheitsapostel statt Gymnastik und Körpertraining in teuren Fitnesszentren lieber den Gebrauch von Haushaltsleitern und Malerpinseln predigen sollten. An diesem einen Nachmittag in Kathleens Haus hatte er sich jedenfalls mehr und ausgiebiger bewegt als in den vergangenen Wochen im „Trimm-dich-fit-Studio“ auf Fahrrädern und Laufbändern, am Rudergerät und beim Gewichteheben.

Die verwitterten Treppenstufen hatte er durch neue ersetzt. Ein dumpf stechender Schmerz im Kreuz erinnerte ihn an diese ermüdende Arbeit. Anschließend waren die morschen Bodenbretter im Wohnzimmer von ihm ausgewechselt worden. Zweifellos rührten die Verspannungen in Schultern, Schenkeln und Waden von dieser Tätigkeit her. Danach hatte er die Löcher in der Wand zugegipst, wobei er die Arme oft nach oben strecken musste. Kein Wunder, dass diese sich jetzt anfühlten, als seien sie einen halben Zentner schwer und würden jeden Augenblick abfallen.

Tom war es nicht auf Anhieb leicht gefallen, sich mit den ungewohnten Renovierungsarbeiten vertraut zu machen. Dank seines methodischen Vorgehens konnte er jedoch gröbere Fehler vermeiden. Und als er sein vollendetes Werk schließlich müde und erschöpft betrachtete, entschied er mit plötzlich wiedererwachtem Selbstbewusstsein: Das hast du richtig gut gemacht!

Jetzt verstand er auch, warum Kathleen darauf bestand, alles selbst zu machen. Es gab beinahe keine größere Befriedigung, als nach getaner Arbeit festzustellen, dass sich alle Mühe gelohnt hatte.

Sogar das Wohnzimmer sah einigermaßen bewohnbar aus. Nur das alte Sofa hätte Tom am liebsten auf direktem Weg zur nächsten Müllkippe gefahren. Aber wahrscheinlich hätte Kathleen ihm das nie verziehen. Sicher hielt sie das zerschlissene Möbelstück mit der teilweise herausquellenden Füllung für ein seltenes Sammlerobjekt.

Tom streckte sich, stöhnte jedoch im selben Moment vor Schmerz auf. Offensichtlich war der menschliche Körper nicht für derlei Verrenkungen, wie sie Heimwerkerarbeit erforderte, geschaffen.

Sein Blick fiel auf die am Boden liegende Farbrolle. Nein, nichts geht mehr, sagte er sich entschieden. Für heute hatte er wahrlich genug geschuftet. Nur eine einzige Sache konnte ihn jetzt noch reizen – eine heiße, lange Dusche.

Warum eigentlich nicht? fragte er sich. So, wie er Kathleen kannte, dauerte es bestimmt noch eine halbe Ewigkeit, bis sie nach Hause zurückkehrte. Hatte sie nicht gesagt, das Badezimmer sei eines ihrer ersten Projekte beim Renovieren gewesen? Sicher gab es dort jede Menge heißes Wasser zum Duschen.

Etwas steif ging er zum Wagen und holte frische Kleidung und Wäsche zum Wechseln, die er von zu Hause mitgebracht hatte. Voller Vorfreude auf die bevorstehende Wohltat stieg er die Treppe hinauf, nahm gleich drei Handtücher aus dem Schrank im Flur und betrat das Badezimmer.

Er drehte die Wasserhähne an der Badewanne weit auf, zog sich aus, kletterte in die Wanne und suchte nach dem Knopf, mit dessen Hilfe man normalerweise das Wasser zum Duschen umstellen kann. Aber er fand weder einen Knopf noch einen Hebel. Suchend blickte er nach oben, wo sich – wenn alles mit rechten Dingen zugeht – der Duschkopf befindet. Außer blank polierten Kacheln war dort nichts zu sehen.

Es hätte nicht viel gefehlt, und Tom wäre vor Wut in Tränen ausgebrochen. Dennoch musste er sich eingestehen, dass es nicht weiter verwunderlich war, wenn ein altes Haus wie dieses keine Duschvorrichtung besaß. Zudem aalen sich Frauen wie Kathleen ohnehin lieber stundenlang in einem duftenden Schaumbad, anstatt sich auf hastiges Abduschen zu beschränken, redete er sich beruhigend zu. Und das war ein absolut falscher Gedanke.

Kathleen in der Badewanne – dieses Bild stand plötzlich vor seinem inneren Auge. Er dachte daran, wie es sein müsse, wenn die Schaumberge, aus denen zunächst nur ihr Kopf herausblickte, nach und nach knisternd in sich zusammenfielen und zusehends mehr von ihrem Körper enthüllten. Diese Vorstellung war alles andere als entspannend. Junge, reiß dich zusammen, ermahnte er sich, du kannst noch nicht mal kalt duschen.

Er fluchte leise, steckte den Stöpsel ins Abflussloch und beobachtete, wie sich die Wanne mit dampfend heißem Wasser füllte. Endlich konnte er das Wasser abdrehen und sich langsam und tief durchatmend in die Wanne gleiten lassen.

Ah, das tat gut. Das Wasser hüllte ihn ein, wärmte und lockerte seine Muskeln, und allmählich fiel alle Anspannung von ihm ab. Er versuchte, an gar nichts zu denken, aber das war unmöglich. Er lag in Kathleens Badewanne, nebenan war ihr Schlafzimmer … Dieses unmögliche Mädchen ging ihm einfach nicht aus dem Kopf. Hatte sie heute Vormittag nicht gesagt, er solle sich während ihrer Abwesenheit über ihre Beziehung Gedanken machen?

Eine ganz simple Frage drängte sich ihm auf: Was erhoffe ich mir eigentlich von ihr? Wenn er es recht bedachte, kam es ihm vor, als hätte er erst zu leben begonnen, seit er Kathleen kannte. Es machte ihm plötzlich Freude, Neues zu erkunden und auszuprobieren. Vielleicht lernte er mit der Zeit sogar, gewisse Risiken einzugehen und das Leben, wie Kathleen, in vollen Zügen zu genießen.

Sicher würde es nicht einfach sein, mit eingefahrenen Gewohnheiten zu brechen. Konnte er lebenslang eingeübte Vorsicht und Vorplanung aufgeben? Konnte er so ungestüm in den Tag hineinleben wie Kathleen, ohne Angst zu haben, die Polizei säße ihm ständig im Nacken? Wohl kaum, aber einen Versuch war es wert. Immerhin war das doch bedeutend besser, als das Leben ereignislos an sich vorbeiziehen zu lassen! Was hatte er bisher schon erlebt? War er der Routine nicht längst überdrüssig? Da war nichts gewesen, außer seiner Arbeit und gelegentlichen Affären mit

Frauen, die ihm im Grunde nichts bedeuteten. Ohne Risiken war das Leben wahrscheinlich sicherer – aber bestimmt langweiliger. Ihre Freude und Begeisterung über Kleinigkeiten steckte an und veränderte auch seinen Blick.

Mit Kathleen dagegen war alles ganz anders. Der Höhepunkt ihrer Beziehung bestand nicht im Besuch eines Nobelrestaurants, wie es ihm mit anderen Frauen passiert war.

Wenn es eine höhere Fügung gab, dann hatte sie Tom auf einen aufregenden, viel versprechenden Weg gebracht, als die Wahl, die Steuererklärung einer gewissen Kathleen Marshall zu überprüfen, ausgerechnet auf ihn gefallen war.

An dieser Stelle seines Gedankengangs wurde Tom bewusst, dass das Wasser inzwischen kalt geworden war. Draußen näherte sich die Sonne dem Horizont, und rotgoldene Strahlen fielen durch das Bogenfenster.

Tom stieg aus der Wanne, trocknete sich ab und zog saubere Jeans und ein Polohemd an. Beschwingt ging er nach unten. Er hatte während des Bades einen Entschluss gefasst: So wahr er Tom McAndrews hieß, so wahr würde er sich ab sofort ändern. Und die beste Gelegenheit, Kathleen davon zu unterrichten, war, wenn er ein leckeres Essen ihr zu Ehren zubereitete und anschließend sein Anliegen vortrug.

Kurz vor sieben kam Kathleen endlich nach Hause. Es überraschte sie, dass Tom noch da war. Den ganzen Tag über hatte sie halb befürchtet, halb gehofft, dass er einsah, wie aussichtslos ihre Beziehung war, und dorthin zurückkehrte, wohin er gehörte: in die Großstadt Cincinnati.

Stattdessen stand er mitten in der Küche. Er hatte Mehl auf der Nase, Flecken auf Hemd und Hose, und vor ihm auf der Konsole lag ein Kochbuch. In der Spüle stapelten sich schmutzige Töpfe und Pfannen. Kathleen wusste nicht recht, ob sie sich über dieses heillose Durcheinander freuen oder ärgern sollte.

„Ich habe dich zwar dazu ermutigt, weniger penibel und ordnungsliebend zu sein, aber musst du ausgerechnet in meiner Küche üben?“ neckte sie.

„Ruhe!“ murrte er. „Der Koch muss sich auf sein Handwerk konzentrieren. Ich habe auch ohne deine spitzen Bemerkungen genug Schwierigkeiten.“

„Hast du schon jemals eine vollständige Mahlzeit zubereitet, wenn ich fragen darf? Neulich hatte ich den Eindruck, als hättest du zum ersten Mal Karotten geschnitten und Zwiebeln geschält“, forschte sie vorsichtig nach.

„Richtig beobachtet.“

„Hättest du dann nicht lieber mit etwas Einfacherem anfangen sollen?“

„Das, was ich zubereite, ist einfach, so steht es auf jeden Fall im Buch.“

Kathleen warf einen viel sagenden Blick auf das Chaos. „Wie du meinst“, entgegnete sie trocken. „Aber es geht bestimmt leichter.“

„Wenn du Hamburger meinst, vergiss es.“

„Eigentlich dachte ich eher an gekochte Eier.“

„Sehr witzig.“ Sie lehnte sich gegen den Küchenschrank und sah Tom ernst an. „Was bezweckst du eigentlich damit?“

„Das siehst du doch. Ich bereite das Abendessen zu. Wenn mich nicht alles täuscht, bist du zu müde zum Kochen.“ Mit klebrigen Fingern blätterte er eine Seite um.

„Du weißt genau, dass ich etwas anderes gemeint habe.“

Etwas unsicher schaute er sie von der Seite an und zuckte die Schultern.

„Also schön. Ich will dir beweisen, dass ich mich ändern kann, um lockerer und unternehmungslustiger zu werden.“

Kathleen brachte es einfach nicht übers Herz, ihm auseinander zu setzen, was für ein großer Schritt zwischen Kochen und Drachenfliegen lag. Jedenfalls waren seine Bemühungen schon mal ein Anfang, und das musste sie anerkennen.

„Und warum?“ fragte sie nach.

Tom erwiderte ernst ihren Blick. „Weil du mehr Spaß am Leben hast als ich."

Leise lachte sie auf. „Mit Sicherheit, aber ich hatte bisher immer den Eindruck, du hättest an meiner Lebensauffassung einiges auszusetzen."

„Nun ja ..."

„Siehst du?"

„Nein. Was denn?" Er runzelte die Stirn. „Glaubst du, ich könnte mich nicht ändern? Ich schaffe alles, was ich mir vornehme, Kathleen Marshall. Mach dich auf eine Verwandlung gefasst, die ihresgleichen sucht!"

„Nein, Tom. Wenn du dich meinetwegen änderst, bist du nicht mehr der, der du bist. Niemand kann so etwas von dir verlangen. Kannst du deine Erfahrungen und deine Vorstellungen vom Leben, die dich geformt haben, über Bord werfen?"

Ihn überraschte immer wieder, wie direkt sie sich ausdrückte. „Du gibst also zu, dass es kein Fehler wäre, wenn ich mich ändere?"

„Ich gebe gar nichts zu. Meiner Meinung nach geht es auf Dauer nicht, wenn du dich einem anderen zuliebe umkrempeln willst. Du handelst gegen deine Natur, gibst dein Ich auf, verleugnest es."

„Nein, ich tue es für mich selbst."

Kathleen sah ihn skeptisch an. „Du bist der geborene Planer. Du brauchst das Gefühl, die Zukunft, wenn nicht zu steuern, so doch wenigstens beeinflussen zu können. Und jetzt willst du mir weismachen, du könntest dich dabei wohl fühlen, wenn du in den Tag hineinlebst?"

„Vielleicht hast du in gewissem Sinn Recht. Aber könnten wir nicht einen Kompromiss schließen und einfach einmal abwarten, wie sich alles entwickelt?"

„Schöner Kompromiss."

„Für jemanden, der in den vergangenen zehn Jahren sein Leben bis aufs i-Tüpfelchen plante, ist das ein gewaltiger Schritt."

Sie musste unwillkürlich lächeln, verbiss sich jedoch einen ironischen Kommentar.

„Lass mir Zeit“, bat Tom eindringlich. „Bitte. Ich möchte herausfinden, ob es außer Steuern, Fitnesszentrum und oberflächlichen Bekanntschaften noch etwas anderes in meinem Leben gibt.“

„Da bin ich mir ganz sicher. Allerdings hast du bestimmt andere Frauen gekannt, die viel besser zu dir passen als ich, oder? Außerdem gefällt dir doch deine Arbeit.“

„Das ist es ja eben! Bisher war ich nur mit Menschen zusammen, die ähnliche Interessen haben wie ich. Im Grunde konnte ich voraussagen, worüber wir sprechen und wie die Treffen ablaufen würden. Und du hast Recht, ich liebe meinen Beruf, aber Karriere ist doch nicht alles. Heute habe ich endlich einmal etwas außer der Reihe gewagt, und ich kann nur sagen, es war wundervoll.“

„Du meinst doch nicht etwa hier?“ Kathleen schaute sich besorgt um. „Was denn? Hoffentlich hat nicht noch eine Fensterscheibe dran glauben müssen.“

„Nein, nein, keine Angst“, beruhigte er sie. „Wart's nur ab, bis du alles siehst.“

Kathleen ahnte Schlimmes. Dennoch forderte sie ihn betont fröhlich auf: „Zeig's mir.“

Er schüttelte den Kopf. „Erst nach dem Abendessen. Dann machen wir eine Hausbesichtigung.“

„Bist du nicht ein wenig zu optimistisch?“

„Inwiefern?“

„Ich spreche von diesem Durcheinander in der Küche. Glaubst du wirklich, daraus wird ein vernünftiges Abendessen?“

„Geduld, mein Schatz, Geduld. Es wird dir noch Leid tun, dass du dich über mich lustig gemacht hast.“

„Ich habe mich nicht lustig gemacht, ich versuche nur, realistisch zu sein.“

„Oh Wunder! Ich wusste gar nicht, dass du diese Kunst beherrschst, das hätte ich nicht gedacht.“

„Bitte keine dummen Bemerkungen, ich unterdrücke sie ja auch. Wo darf ich mich hinsetzen?"

Galant rückte Tom für Kathleen den Stuhl zurecht und schüttelte übertrieben servil und mit vielen Verbeugungen die Serviette auseinander. Stilvoll wie ein geborener Oberkellner füllte er ihr Glas mit Wein. In diesem Moment summte die Zeituhr am Herd.

Überrascht blickte Kathleen auf. Sie hätte nie und nimmer geglaubt, dass Tom die Uhr überhaupt beachten, geschweige denn bedienen würde.

„Nein, nein!" stöhnte er enttäuscht.

„Was ist?"

„Es ist zu früh fertig. Ich habe den Salat noch nicht angerichtet."

„Wir brauchen keinen Salat", entschied sie schnell. Wahrscheinlich war keine saubere Schüssel mehr im Schrank – bei dem Geschirrberg, den Tom allein bei der Vorbereitung benutzt hatte.

„Meinst du?"

„Ja."

„Also gut." Man hörte ihm die Erleichterung förmlich an. Er öffnete die Ofentür. Offensichtlich gefiel ihm nicht, was er sah. Wie erstarrt hockte er vor dem Herd.

„Was ist denn jetzt wieder?" Langsam wurde Kathleen ungeduldig.

„Es sieht komisch aus."

„Was sollte es denn werden?"

„Ein Soufflee."

„Du hast dich an ein Soufflee gewagt?" Etwas Komplizierteres hätte er kaum im Kochbuch finden können!

„Sagen wir, ich hab's versucht. Aber so ein Soufflee habe ich noch nie gesehen."

„Lass sehen."

Zögernd nahm Tom die Kasserolle aus dem Herd. Kathleen blickte interessiert zu ihm hinüber, aber sie konnte beim besten

Willen nicht den für ein Soufflee typischen goldbraunen Rand aus der Backform herausragen sehen. Er kam zum Tisch und hielt ihr die Kasserolle hin.

„Muss es vielleicht noch länger im Ofen bleiben?"

Sie warf einen Blick in die Form und konnte nur mit Mühe ein Lachen zurückhalten. Nein, das Ganze sah bestimmt nicht nach einem ordentlich zubereiteten Soufflee aus.

„Ich glaube nicht, dass Weiterbacken hilft."

„Warum nicht?"

„Tut mir Leid, dich enttäuschen zu müssen, aber es ist nichts mehr zu machen."

„Aber ich habe alle fünf Minuten nachgesehen. Bis eben war alles noch in Ordnung."

Um Kathleens Mundwinkel zuckte es verdächtig. „Du hast die Ofentür aufgemacht?" Sie konnte den Lachreiz kaum noch unterdrücken. „Hast du sie auch ganz vorsichtig wieder geschlossen?"

„Warum fragst du?"

„Ein Soufflee ist sehr empfindlich. Die geringste Erschütterung – und schon hast du die Bescherung. Es fällt zusammen wie ein Kartenhaus."

„Ich habe mir solche Mühe gegeben." Wie ein begossener Pudel stand er vor ihr.

„Es schmeckt bestimmt trotzdem gut", versuchte Kathleen ihn nicht sehr überzeugend zu trösten. Sie lächelte tapfer, nahm eine Gabel und kostete von dem Soufflee. Noch hatte sie den ersten Bissen nicht heruntergeschluckt, da griff sie schon hastig nach dem Weinglas und leerte es beinahe in einem Zug.

„Was ist?"

„Nichts weiter." Sie schnappte nach Luft. „Aber darf ich fragen, womit du es gewürzt hast?"

Er zuckte die Schultern. „Ich konnte den schwarzen Pfeffer nicht finden, da habe ich den roten genommen."

„Du liebe Güte!"

„Wo brennt's denn?"

„Überall. Probier mal."

Zögernd kam er ihrer Aufforderung nach. Und schon flog die Gabel zurück auf den Tisch. Tränen schossen ihm in die Augen, und auch er griff schnell nach dem Weinglas.

„Pfui Teufel!"

„Jedenfalls ist es höllisch scharf. Du hast Chilipulver erwischt."

„Meine Kochkünste lassen wirklich noch zu wünschen übrig", bedauerte er enttäuscht. „Diese ‚Kreation' kann man nicht essen." Er brachte die Kasserolle zur Spüle. Jetzt nur nicht aufgeben, ermahnte er sich. „Weißt du was? Ich richte uns rasch ein paar Sandwiches."

Kathleen erhob sich eilig. „Nein, du bleibst, wo du bist. Du hast für heute entschieden schon genug getan. Ich belege die Sandwiches."

Tom lächelte. „Du traust mir nicht, habe ich Recht?"

„Na ja, schließlich hast du scharfen Chili in ein Spinatsoufflee gegeben."

„Ich würde bestimmt keinen auf die Sandwiches streuen", beteuerte er und hob die Hand zum Schwur.

„Schon möglich, aber ich gehe lieber auf Nummer Sicher."

„Vielleicht sollten wir erst den Rundgang durchs Haus machen?"

„Wie du meinst. Aber möglicherweise vergeht mir dann der Appetit vollends."

„Es tut dir noch Leid, dass du das gesagt hast", brummte er.

„Hoffentlich", meinte Kathleen mehr zu sich selbst als zu Tom, während sie sich zur Tür wandte.

„Was hast du gemurmelt?"

Sie schenkte ihm ihr liebenswürdigstes Lächeln. „Ich kann es kaum erwarten."

Der Rundgang durchs Haus begann auf der Terrasse. Hier zeigte Tom Kathleen das Fenster, das er am Nachmittag repariert hatte. Dann führte er sie zur Treppe. Jetzt war nicht nur jede zweite, sondern jede einzelne Stufe aus stabilem neuen Holz.

„Ich bin beeindruckt“, gab sie zu.

„Warte, das ist noch nicht alles.“ Tom war aufgeregt wie ein kleiner Junge vor seinem ersten Fußballspiel in einer Mannschaft. „Schließ die Augen.“

„Aber ich kann nichts sehen, wenn ich sie zumache.“

„Du darfst sie gleich wieder öffnen. Ich möchte nur, dass du den ganzen Effekt auf einmal aufnehmen kannst, und nicht schritt- oder blickweise.“

Kathleen machte eine recht unangenehme Entdeckung: Während Tom sie mit zunehmender Abenteuer- und Unternehmungslust überraschte, wurde ihr immer unwohler in der Haut. Jetzt hätte sie am liebsten bis ins Detail vorausgewusst, was auf sie zukam. „Was für einen Effekt?“

„Augen zu und komm mit, ich führe dich“, gebot Tom und nahm ihre Hand. „Aber nicht blinzeln.“

„Wenn ich sie noch weiter zusammenkneife, bekomme ich Falten um die Augen.“ Sie musste sich mit einer dummen Bemerkung selbst von ihrer Angst ablenken.

„Dann siehst du zumindest etwas reifer aus.“ Er nahm ihren lächerlichen Kommentar tatsächlich ernst. Wahrscheinlich hatte er so etwas schon von anderen Frauen gehört.

„Darauf kann ich verzichten.“

„Meinetwegen, aber wehe, du schummelst.“

Kathleen fiel auf, dass sich Toms Hand im Gegensatz zu heute Morgen viel rauer anfühlte. Beinahe bekam sie ein schlechtes Gewissen, Tom allein gelassen zu haben. Er hatte hart gearbeitet und sich viel Mühe gegeben. Doch dann fiel ihr das Durcheinander in der Küche ein. Sie rechnete sich aus, wie lange sie brauchen würde, dort Ordnung zu schaffen. An dem Zeitaufwand gemessen, waren sie und Tom demnach quitt.

Offenbar waren sie am Zielpunkt angelangt, denn Tom blieb unvermittelt stehen. Der Geruch von frischer Farbe war hier ausgesprochen intensiv. Eine schlimme Ahnung beschlich Kathleen: Sobald sie die Augen öffnete, würde sie langweilig weiß gestrichene

Wände vorfinden. Warum hatte sie Tom nur gestattet, allein ihr Haus zu renovieren?

„Augen öffnen“, forderte er sie auf. Sie hörte dem Tonfall an, dass er sich ein Lob erhoffte. „Ich bin gespannt, was du dazu sagst.“

Kathleen holte tief Luft und bereitete sich im Geiste darauf vor, eine entsprechend begeisterte Antwort zu geben, um ihn nicht zu enttäuschen. Zumindest hatte er für seine Bemühungen Anerkennung verdient. Sie machte die Augen auf und brachte vor Überraschung zunächst kein Wort heraus. War das die Möglichkeit? Sie holte tief Luft.

„Tom, es ist ...“

„Gefällt es dir nicht?“ fragte er besorgt und schaute sich selbst sehr kritisch um.

„Es ist so ... blau.“

„Ich dachte, die Farbe würde besonders gut zu deinen Augen passen“, sagte Tom leise.

Kathleen strahlte plötzlich, überwältigt von Glück. Er hatte die Farbe passend zu ihren Augen ausgesucht! So etwas Nettes hätte sie nie und nimmer erwartet. Vielleicht war bei ihm in Sachen Romantik doch nicht Hopfen und Malz verloren! Impulsiv stellte sie sich auf die Zehenspitzen und schlang die Arme um seinen Nacken.

„Lieber, lieber Tom“, rief sie aus, und das Blau ihrer Augen strahlte noch intensiver als sonst. „Das ist der schönste Raum, den ich je gesehen habe.“

Dann hat sich die Schufterei also doch gelohnt, dachte Tom. Angesichts ihrer Begeisterung fühlte er sich mit einem Mal lebendig wie nie zuvor in seinem Leben. War es nicht herrlich, jemandem, der sich dermaßen freuen konnte, eine angenehme Überraschung zu bereiten? In diesem Augenblick hätte er Kathleen zuliebe den höchsten Berg erklimmen oder todesmutig mit dem Fallschirm aus einem Flugzeug springen können, ohne auch nur einen Schritt vorauszuplanen oder gar an Konsequenzen zu denken.

Er küsste sie sanft auf die Lippen. Doch nur Sekunden vergingen, da wich das zärtliche Gefühl in ihm einem heißen Verlangen. Hatte er auf diesen Augenblick nicht eigentlich den ganzen Tag schon gewartet?

Behutsam reizte er ihre Lippen, bis sie den Mund öffnete, um seine Zungenspitze in die warme Höhle eindringen zu lassen.

Kathleen stöhnte unterdrückt auf und schmiegte sich an ihn. Er streichelte ihre Schultern, ihren Rücken, ihre Hüften und ihre Schenkel, und Kathleen spürte ein Prickeln auf ihrer Haut, wie sie es noch nie erlebt hatte. Sie war genauso ungeduldig und voller Sehnsucht wie Tom.

Wie von selbst und nur ihrem inneren Instinkt gehorchend, glitten ihre Finger rastlos über seine harten Muskeln. Die Spannung in ihm wuchs, und als Kathleens Hände sich bis zum Reißverschluss seiner Jeans vorgetastet hatten, schob er sie unwillkürlich zurück.

„Nein, mein Schatz, noch nicht", bat er. Es fiel ihm schon schwer genug, sich zu beherrschen.

„Tom, bitte nicht aufhören. Ich möchte, dass du mich mit Haut und Haaren liebst."

„Eigentlich sollten wir uns in Ruhe darüber unterhalten. Wir müssen uns erst darüber klar werden, was wir wollen." Einer muss noch einen Rest Verstand bewahren, rief er sich mit größter Willensanstrengung zur Ordnung.

„Ich weiß genau, was ich will. Es ist das erste Mal für mich, und ich habe mich die ganze Zeit danach gesehnt, in deinen Armen zu liegen, dich ganz und überall zu spüren."

Einen Augenblick lang fühlte sich Tom, als hätte sich das Paradies vor ihm geöffnet. Aber schon wurden Zweifel in ihm wach. Wusste Kathleen, was sie da sagte? Sie glaubte doch immer noch, dass sie nicht zueinander passten, und er musste ihr Recht geben. Es komplizierte die Lage sicher nur noch mehr, wenn sie miteinander schliefen.

Unvermittelt ergriff Kathleen seine Hand und legte sie auf

ihren Busen. Tom spürte, wie sich ihre Brustspitze in diesem Moment vor Erregung erhärtete. Sie blickte flehend zu ihm auf, und es kostete ihn alle Kraft, nicht sämtliche Vorbehalte fallen zu lassen und Kathleen auf der Stelle hier im blauen Zimmer zu lieben.

„Bitte“, flüsterte sie leise. „Bitte.“

Tom vergrub das Gesicht in ihren seidenweichen blonden Locken und drängte sich an sie, als suche er Halt.

„Tom?“

„Ja, ich will dich auch“, stieß er beinahe wild hervor. „Und jetzt kann ich einfach nicht mehr nein sagen.“ Er nahm sie fest in die Arme, hob sie hoch und trug sie die Treppe hinauf. „Wir müssen uns eben nachher alles durch den Kopf gehen lassen“, beruhigte er sich selbst leise.

Oben im Schlafzimmer setzte Tom Kathleen so behutsam ab, als sei sie die zerbrechliche Porzellanpuppe, an die sie ihn bei ihrer ersten Begegnung erinnert hatte. Er wandte sich um zu dem Messingbett und schlug die große bunte Überdecke zurück.

Wie oft hatte er sich diesen Vorgang in den letzten Tagen ausgemalt! Jede Bewegung schien bis in die kleinste Einzelheit vorgeplant. Halt, nicht vorgeplant, vorfantasiert, stellte er im Geiste richtig.

Er drehte sich zu Kathleen um, wollte sie wieder in die Arme nehmen. Doch sie hatte nicht auf ihn gewartet. Hastig knöpfte sie sich schon die Bluse auf. Schnell ergriff Tom ihre bebenden Hände und hielt sie fest.

„Nein“, meinte er leise. „Lass mich das machen.“ Der Ton war bestimmt und doch so voller Zärtlichkeit.

Kathleen zuckte zusammen. Wie hatte sie diesen Moment in langen schlaflosen Nächten herbeigesehnt! Sie konnte kaum fassen, dass es endlich so weit war.

Tom zog ihr die Bluse mit aufreizender Langsamkeit über den Kopf. Dort, wo seine Hände ihre bloße Haut berührten, entfachten sie eine aufregende Wärme, die sich wie ein Strom über ihren ganzen Körper hin ausbreitete.

Behutsam, beinahe andächtig, küsste Tom Kathleen auf die Schulter, während er ihren Spitzenbüstenhalter zu Boden gleiten ließ. Eine Spur feuchtwarmer Küsse zogen seine Lippen anschließend in kreisenden Bewegungen über ihren Hals zu ihren Brüsten. Kathleen durchzuckte ein heißes, bisher nie gekanntes Verlangen, das, wie sie wusste, nur Tom stillen konnte.

Gleich darauf fiel ihr Rock zu Boden. Kathleen hatte nicht einmal bemerkt, dass Tom den Reißverschluss geöffnet hatte, so sehr war sie damit beschäftigt gewesen, diese aufwühlenden Empfindungen, die Tom in ihr entfachte, auszukosten.

„Du bist wunderschön", raunte er ihr ins Ohr. Dabei glitten seine Hände über ihre Taille und ihre Hüften zu ihren Schenkeln. Nur federleicht war die Berührung, aber ihr kam es vor, als würde sie gebrandmarkt.

Sie schloss die Augen und stöhnte leise auf. Nie hätte sie geglaubt, dass die Zärtlichkeiten eines Mannes ihr so viel Lust bereiten konnten, dass sie befürchtete, jeden Moment ohnmächtig umzusinken. Die Sehnsucht trug sie wie ein Strudel davon.

„Du bist für mich bereit, nicht wahr?" drang Toms Stimme wie aus weiter Ferne an ihr Ohr. Kathleen kam es vor, als sei sie schon immer für ihn bereit gewesen, als hätte sie ihr ganzes Leben lang einzig und allein auf diesen Moment gewartet.

„Ja", hauchte sie atemlos. „Ja, Tom, ich bin bereit. Ich will dich."

Vorsichtig zog er ihr den Slip aus und drückte sie sanft aufs Bett. Als er sie nur einen Moment lang losließ, um sich das Hemd über den Kopf zu ziehen, stieg in Kathleen ein seltsames Gefühl der Leere auf. Aber kaum sah sie seinen nackten, muskulösen Oberkörper, da wurde ihr Verlangen wieder übermächtig.

Fasziniert beobachtete sie, wie Tom den Reißverschluss der Jeans öffnete und sie gleichzeitig mit der Unterhose die Beine hinunter und über die Füße streifte. Kathleen stockte der Atem, als sie Tom zum ersten Mal völlig nackt und offensichtlich erregt vor sich sah. Wie ungeheuer stark und männlich er wirkte! Sie streckte sehnsüchtig die Hände nach ihm aus, und er kam zu ihr.

Die beiden Körper berührten sich, Haut schmiegte sich an Haut, Finger tasteten zueinander und umklammerten sich. Einen Augenblick lang lauschten beide auf den Herzschlag des anderen. Es kam ihnen vor, als seien sie gemeinsam in eine Welt ohne Zeit, ohne jede Dimension eingetaucht.

Ganz langsam hob Tom den Kopf, stützte sich auf den Ellenbogen und betrachtete Kathleen. Seine Finger folgten seinen Blicken. Immer weiter glitten die Hände nach unten, bis sich Kathleen lustvoll stöhnend gegen ihn drängte.

„Jetzt, Tom, bitte“, flehte sie.

„Ich will sichergehen, dass du genügend Appetit auf mich hast“, murmelte er heiser, während seine Fingerspitzen den empfindlichsten Punkt an Kathleens Körper reizten. „Ich möchte dir nicht wehtun.“

„Das tust du nicht“, versicherte sie und bedeckte seine Brust mit Küssen. Sie umschloss die Brustwarze mit den Lippen und erregte sie einen Moment lang mit der Zunge. „Nichts, was du tust, könnte mir wehtun, gar nichts, aber bitte, bitte tu' s.“ Atemlos stieß sie jedes Wort hervor, als versage ihr jeden Augenblick die Stimme.

Tom kniete zwischen ihren Beinen und blickte ihr in die Augen. Kathleen nickte, öffnete den Mund, sprechen aber konnte sie nicht.

Er senkte sich auf sie herab und drang behutsam in sie ein. Gefühlvoll und eher verhalten bewegte er sich und hielt gleich inne, als Kathleen einen leisen Schmerzensschrei ausstieß. Zögernd wartete er auf ein Zeichen von ihr.

„Nein, bitte.“ Sie schlang die Beine um seine Oberschenkel und zog ihn tiefer in sich hinein.

Kaum war der kurze, schmerzvolle Moment vorbei, da überfluteten sie immer neue Empfindungen, die sich zu einer beinahe unerträglichen Spannung steigerten. Sie hörte, dass Tom heiser ihren Namen ausrief. Sein Körper erbebte über ihr, und im nächsten Moment versank sie selbst in einem purpurnen Strudel der Leidenschaft.

10. KAPITEL

Kathleen erwachte am nächsten Morgen mit dem Gefühl, beobachtet zu werden. Da sie vierundzwanzig Jahre lang allein in ihrem Bett geschlafen hatte, kam ihr diese Empfindung reichlich eigenartig vor. Doch schließlich fiel ihr ein, dass Tom neben ihr lag. Lächelnd räkelte und streckte sie sich.

„Guten Morgen", sagte sie leise und öffnete die Augen. Tatsächlich, Toms Blick ruhte forschend auf ihr. Aber warum machte er so ein ernstes Gesicht? „Was ist denn?" fragte sie besorgt.

„Wie habe ich nur so rücksichtslos sein können?!" stieß er vorwurfsvoll hervor.

„Wovon sprichst du?" Sie blinzelte, um schneller zu sich zu kommen. „Morgens bin ich immer etwas schwer von Begriff. Du musst mir schon genauer erklären, was los ist."

„Es war dumm von mir, einfach leichtsinnig." Er verbarg das Gesicht hinter den Händen. „Du warst noch Jungfrau. Ich hätte dich nicht anrühren dürfen. Was, wenn du nun schwanger wirst?" Schwer fielen die Hände zurück aufs Bettlaken, und mit Nachdruck beantwortete er seine Frage selbst. „Natürlich. Dann heiraten wir. Ganz klar. Am Anfang wird es zwar nicht ganz einfach sein, aber wir werden uns mit der Zeit zusammenraufen. Wir sollten uns überlegen, wann wir heiraten."

„Tom ..."

Mit einem Ruck hob er den Kopf. „Ja? Was ist?"

„Mach dir deshalb keine Gedanken."

„Du bist gut! Natürlich mache ich mir Sorgen. So etwas Gedankenloses und Unverantwortliches habe ich noch nie getan. Ich rede großartig davon, dass ich dir nicht wehtun will, und jetzt bist du durch mich womöglich schwanger. Gütiger Himmel!"

„Tom, es ist alles halb so schlimm." Ihre Finger strichen besänftigend über seine Schulter. Die Haut fühlte sich angenehm warm an, und Kathleen spürte, dass Tom bei ihrer Berührung zusammenzuckte. Gleich darauf schüttelte er energisch ihre Hand ab.

„Fass mich lieber nicht an, sonst verliere ich vielleicht noch einmal den Kopf und den letzten Rest von Verantwortungsgefühl. Es ist so schon alles schwierig genug."

„Tom McAndrews", wies Kathleen ihn scharf zurecht. „Ich lasse auf keinen Fall zu, dass du mir die schönste Nacht meines Lebens verdirbst!"

„Erzähl mir das in ein paar Wochen noch einmal, wenn der Schwangerschaftstest positiv ausgefallen ist. Dann reden wir weiter", brummte er.

„Ich werde nicht schwanger."

„Hast du neulich den Bericht in der Zeitung gelesen? Das hat die Vierzigjährige, die nachher Fünflinge bekommen hat, auch geglaubt."

„Jetzt hör mir einmal gut zu", forderte sie ihn ruhig auf. „Ich habe alles Notwendige in die Wege geleitet. Ich bin, also ich bin beim Arzt gewesen, gleich nachdem wir uns kennen gelernt haben." Sie wurde rot vor Verlegenheit. „Na ja, nicht sofort, aber sobald ich wusste, dass ..."

Er sah sie so verständnislos an, als hätte sie ihm eben gestanden, dass sie die Fruchtbarkeitsgöttin um Hilfe angefleht habe. „Wo warst du?"

„Beim Arzt", wiederholte sie. „Du hast doch sicher schon einmal von der Pille gehört?"

Tom ließ sich zurück in die Kissen fallen und stöhnte erleichtert auf.

„Jemand musste schließlich vernünftig bleiben", fügte sie beinahe entschuldigend hinzu.

Wie auf Kommando lachten beide los, und Tom zog sie übermütig in die Arme. „Du bist unglaublich, Kathleen."

„Ja, nicht wahr? Ich bin froh, dass du das endlich gemerkt hast." Sie hielt den Atem an, denn in diesem Moment zupfte er mit den Lippen behutsam an ihrer empfindlichen Brustspitze. „Tom? He, Tom!"

„Ja?"

„Wie spät ist es?"

„Ich versuche dich zu erregen, und du fragst nach der Uhrzeit."

„Ich muss um Punkt zehn Uhr auf einer Auktion sein." Sie schob ihn unerbittlich von sich.

„Jetzt kenne ich dich seit zwei Wochen, und nicht einmal warst du pünktlich", schalt er. „Und ausgerechnet bei einer dummen Auktion kommt es auf ein paar Minuten an? Ich weiß wirklich nicht, ob ich mich wundern oder deswegen beleidigt sein soll."

„Entscheide dich lieber für wundern. Dabei wird wenigstens dein männlicher Stolz nicht verletzt", entgegnete sie trocken. Sie beugte sich über ihn, um einen Blick auf die Uhr zu werfen. „Oje! Schon kurz vor neun. Bleibst du noch liegen, oder stehst du mit auf?"

Tom lächelte viel sagend. „Wenn du genau hinsiehst, merkst du, wie aufgestanden ich schon bin. Noch eine Bewegung, und du kommst mindestens eine Woche lang nicht mehr aus diesem Bett."

„Und wie soll ich aufstehen, wenn ich mich nicht bewegen darf?" fragte sie und hielt den Atem an. In diesem Moment war ihr deutlich bewusst geworden, wie sehr der Hautkontakt mit Tom sie selbst ebenfalls erregte.

„Lass mich zuerst aus dem Bett steigen. Ich werde dich ganz vorsichtig anheben, sonst gibt es zwischen uns zu viele gefährliche Reibungspunkte", erklärte er ironisch.

Kathleen konnte nicht widerstehen, die Hüften an seinem Bauch zu reiben.

„Kathleen!" warnte Tom.

Sie bewegte sich erneut und lächelte herausfordernd. „Die Welt geht bestimmt nicht davon unter, wenn ich fünf Minuten zu spät komme."

Gegen zwölf Uhr mittags kamen Kathleen und Tom schließlich auf dem Auktionsgelände an. Überall entdeckte Kathleen bekannte Gesichter, denn immer wieder dieselben Leute trafen sich zur gleichen Gelegenheit. Die ratternde Stimme des Auktionators erschallte weithin über den Platz.

Kathleen fühlte sich ganz in ihrem Element. Sie liebte Auktionen. Mit etwas Glück konnte sie einige rare Objekte aus den angebotenen Möbelstücken und Gebrauchsgegenständen herauspicken. Je unansehnlicher ein Stück war, desto mehr schien Kathleen zu interessieren, was sich unter dem Rost oder der abblätternden Farbe befand. Sie versuchte sich dann immer vorzustellen, durch wie viele Hände der Gegenstand bereits gegangen sein mochte. Vielleicht übten Antiquitäten deshalb einen so großen Reiz auf sie aus, weil jedes Stück eine eigene Geschichte hatte, der sie nur zu gern gelauscht hätte. Es reichte ihr aber schon, wenn sie sich selbst etwas ausmalen konnte – und Fantasie hatte sie ja genug.

Da sie bereits nach Beginn der Auktion angekommen war, blieb Kathleen keine Zeit mehr, die zu versteigernden Gegenstände in Ruhe zu begutachten, wie sie es sonst immer tat. Sie ließ sich rasch im Meldebüro eintragen und nahm ein Pappschild mit einer gut sichtbaren Nummer entgegen, ehe sie Tom mit sich durch die Menschenmenge zog. Trotz des Zu-spät-Kommens wollte sie noch einen möglichst guten Platz ausfindig machen.

„Ich bin kurz vor dem Verhungern", flüsterte Tom ihr ins Ohr. „Könnten wir nicht erst etwas essen, ehe wir uns hier niederlassen?"

„Du gern. Ich muss arbeiten", erklärte sie kategorisch, nickte hier jemandem zu, winkte dort über die Köpfe hinweg.

Toms skeptischer Blick wanderte über die Menschenmenge. „Sind etwa all diese Leute bei der Arbeit?"

„Warst du eigentlich schon einmal auf einer Auktion?" stellte Kathleen die Gegenfrage.

„Noch nie."

Verständnislos schüttelte sie den Kopf. „Siehst du, du hast

keine Ahnung, nur weil du den lieben langen Tag mit langweiligen Zahlen jonglierst. Du verpasst alles, was Spaß macht."

„Ich denke, das hier ist Arbeit."

„Für mich, ja. Aber viele Leute kommen auch einfach zum Spaß hierher, treffen sich mit Freunden und veranstalten eine Art Picknick."

Tom schaute sich erwartungsvoll um. „Sagtest du Picknick?" fragte er hoffnungsvoll.

Kathleen lachte leise. „Dahinten, wo die Tische stehen, gibt es alles Mögliche zu essen. Wenn du Hunger hast, geh einfach dorthin und hol dir etwas."

Er nickte ihr zu: „Gute Idee!" Er drängte sich entschlossen durch die Menge.

Wenige Minuten später kam er mit zwei voll beladenen Papptellern zurück. Von heißen Würstchen über Kartoffel- und Krautsalat sowie Kirsch- und Apfelkuchen hatte er an alles gedacht.

„Ich wollte doch gar nichts", stöhnte Kathleen.

„Sehr gut." Offensichtlich war er ihr deshalb kein bisschen böse. „Dann bleibt mir mehr. Seit gestern Mittag habe ich nichts mehr gegessen."

„Wir hätten Zeit zum Frühstück gehabt, wenn du nicht ..." Sie sprach nicht weiter.

„Wenn ich was nicht?" fragte er verschwörerisch. „Hab ich etwas getan, worüber man nicht sprechen darf?"

„Tom, du lenkst mich ab."

„So?" Seine Miene hätte einem Unschuldsengel zur Ehre gereicht. „Sehr gut."

„Gar nicht gut. Ich muss mich jetzt konzentrieren." Zur Bestätigung stellte sie sich auf die Zehenspitzen.

Während Tom mit Appetit aß, sah sie sich ausgiebig in der Menge um. Anscheinend war nur eine Hand voll der Leute Händler und ernsthafte Sammler. Alle übrigen Besucher schienen eher zum Vergnügen hier zu sein. Bei letzterer Kategorie wusste man nicht recht, was von ihnen zu erwarten war. Wenn einem

Gelegenheitsbesucher ein Gegenstand gut gefiel, konnte es vorkommen, dass er viel zu hoch bot. Dann hieß es vorsichtig sein, um sich nicht auf einen Preiskampf einzulassen, bei dem man letzten Endes den Kürzeren zog. Aber gerade dieses unerwartete Element machte für Kathleen den besonderen Reiz einer jeden Auktion aus. Sie liebte nun mal das Spiel mit unbekannten Größen – im Gegensatz zu einem Steuerbeamten.

Tom verfolgte mit Erstaunen, wie konzentriert Kathleen bei der Sache war. Bisher war er von der Annahme ausgegangen, sie betreibe ihr Geschäft nur zum besseren Zeitvertreib. Jetzt sah er sich in dieser Einschätzung getäuscht. Er kam zu dem Ergebnis, dass er völlig falsche Schlüsse gezogen hatte. Von der Art und Weise, wie sie die „Bücher" und das Geschäft führte, hatte er sich in die Irre leiten lassen. Ihrer angespannten Miene sah er jetzt an, dass sie zweifellos ganz genau wusste, was sie tat. Anscheinend hat sie mir auch in Sachen Menschenkenntnis einiges voraus, musste er sich eingestehen.

Da Tom seine Aufmerksamkeit ausschließlich auf Kathleen gerichtet hatte, entging ihm, was auf der aus Brettern provisorisch zusammengezimmerten Plattform unter der riesigen alten Eiche geschah. Erst als sie das Schild mit der Nummer hoch über den Kopf hob, wandte er sich dem schon beinahe heiseren Auktionator zu. Auf dem Tisch neben ihm stapelte sich Geschirr in schreienden Orange-, Rot- und Blautönen. Tom konnte sich beim besten Willen nicht vorstellen, von einem der grellbunten Teller mit Appetit zu essen.

„Das ist nicht dein Ernst!" stieß er aus. „Du willst dieses Gerümpel tatsächlich kaufen?"

„Von wegen Gerümpel! Das ist mexikanische Fiestaware", wies Kathleen ihn aufgeregt zurecht, als sei damit alles erklärt.

„Aha." Tom sah noch einmal genauer hin. „Aber das Geschirr passt überhaupt nicht zusammen."

„Das ist nicht nötig", erklärte sie und hob das Schild noch einmal hoch. „Die wenigsten sammeln ein komplettes Service, die meisten Leute sind hinter Einzelstücken her. Ich nehme alles, was ich finden kann."

Kathleen bot im Wechsel mit zwei anderen Auktionsbesuchern. In rascher Folge hob sie ihre Karte mit der Nummer hoch. Der Auktionator sprach so schnell, dass Tom nicht genau verstand, zu welchem Preis das bunte mexikanische Geschirr momentan gehandelt wurde. Aber anscheinend war er einem der beiden Mitbieter inzwischen zu hoch geworden. Jetzt hatte Kathleen nur noch einen Konkurrenten.

Sie zögerte einen Moment lang, dann wedelte sie wieder mit dem Pappschild. Der Konkurrent erhöhte sein Angebot prompt, und Kathleen verzog enttäuscht den Mund. Als gleich darauf der Auktionator zu ihr hinsah, schüttelte sie kaum merklich den Kopf.

„Du hörst auf?" fragte Tom ungläubig, während langsam „Zum Ersten, zum Zweiten ..." über den Platz schallte.

Plötzlich riss Tom Kathleen das Schild aus den Händen und hielt es hoch.

„Tom, was machst du denn?" rief sie entsetzt und reckte sich so hoch sie konnte.

„Du willst es, also sollst du es bekommen", verkündete er entschlossen.

Kathleen gelang es, ihm den Pappkarton wieder zu entreißen, da hielt Tom kurzerhand ihren Arm mit der Nummer hoch. Sein Gebot wurde überboten, und ehe es sich Kathleen recht versah, hatte er ihr das Schild wieder weggenommen und wedelte es hoch durch die Luft.

Allmählich wurden die Leute in ihrer Nähe aufmerksam und sahen belustigt zu ihnen hinüber. Aber das störte Tom keineswegs. Koste es, was es wolle, Kathleen sollte ihr heiß geliebtes Geschirr bekommen. Er war wie in einem Rausch, und der Preis war ihm egal.

„Hör sofort auf, Tom", flehte sie ihn an. „Ich kann nicht mehr bezahlen, es wird zu teuer."

„Das geht auf meine Rechnung."

„Bitte, Tom", versuchte sie es noch einmal. Da handelte er nun spontan, und dann gleich wirklich ohne Sinn und Verstand, so kam es ihr vor.

„Du willst diese kunterbunten Teller, oder nicht?"

.Aber doch nicht für mich!"

Erschreckt sah er sie an und ließ das Schild sinken. „Nicht für dich?"

„Nein, fürs Geschäft. Ich wollte sie weiterverkaufen. Was dachtest du denn?"

„Ach, natürlich. Wie konnte ich das völlig vergessen?" Endlich ließ er das Schild sinken. In diesem Moment erklang die Stimme des Auktionators: „Verkauft an den Herrn und die Dame in der fünften Reihe."

„Oh." Vor Überraschung brachte Tom kein weiteres Wort heraus.

Um Kathleens Mundwinkel zuckte es, und dann konnte sie sich beim besten Willen nicht länger beherrschen. Laut lachte sie auf und fiel ihm um den Hals. „Du bist wundervoll", jubelte sie, und das Lob hallte über den halben Platz.

„Ich komme mir vor wie ein Idiot", murmelte Tom und sah sich beinahe verschämt um.

Allmählich fasste sich Kathleen wieder. „Nein, du bist kein Idiot." Sie atmete tief durch und küsste ihn auf die Wange. „Du hast nur etwas völlig Verrücktes getan, um mir eine Freude zu machen. Du bist wundervoll!"

„Wirklich?"

„Ja", bestätigte sie lächelnd.

Freudestrahlend zwinkerte er ihr zu. „Soll ich so etwas bei nächster Gelegenheit noch einmal machen?"

„Lieber nicht. Sonst sind wir beide in null Komma nichts bankrott."

Die Tage vergingen, dem Frühling folgte der Sommer. Tom verbrachte mehr und mehr Zeit mit Kathleen. Es gelang den beiden nur mit Mühe, den neugierigen, wenn auch gut gemeinten Fragen seitens Kathleens Eltern und Jeannie zu entgehen. Es hätte Kathleen nicht weiter gewundert, wenn eines schönen Tages einer der drei aus dem Kleiderschrank gesprungen wäre, während sie und Tom einander liebten. Zu gern hätte vor allem Victoria den Hochzeitstermin bestimmt.

Obwohl Kathleen versuchte, Tom dazu zu bringen, sie wenigstens in seinen Tagesablauf in Cincinnati einzuplanen, bestand er fast eigensinnig darauf, erst ihre Lebensweise genau kennen zu lernen. Er trug ihr dieses Anliegen in derart blumenreichen Worten vor, dass Kathleen dabei ganz warm ums Herz wurde. Und mit der Zeit wurde ihr bewusst, dass genau das geschah, wovor sie sich eigentlich hatte hüten wollen: Sie verliebte sich immer mehr in Tom.

Aber allem Anschein nach hatten sich alle guten Geister dagegen verschworen, dass ihre Bemühungen, Romantik und Spontaneität in Toms eintönigen Tagesablauf zu bringen, erfolgreich verliefen. Es war, als arbeite das Schicksal, das sie auf wundersame Weise zusammen- und einander näher gebracht hatte, jetzt gegen sie. Insgesamt waren es zwar im Endeffekt harmlose Ereignisse, aber eben nicht gerade ermutigend.

Einmal hatte Kathleen Tom mitten am Tag im Büro aufgesucht und ihn zu einer Fahrt ins Blaue überredet. Nachdem er aufgehört hatte, über diese unerwartete Unterbrechung seiner Arbeit zu murren, war zunächst alles glatt gegangen. Sie hatte einen mit Leckerbissen gefüllten Picknickkorb mitgebracht, einen Gedichtband eingepackt und sich vorab nach einem idyllischen Ort umgesehen, wohin sie Tom brachte. Nach dem Essen lehnte sie sich gegen einen Baum, und Tom legte seinen Kopf in ihren Schoß. Dann las sie ihm romantische Liebesgedichte vor.

Alles war wunderbar – bis eine Biene auf Toms Lippe landete. Tom fluchte fürchterlich, und Kathleen würde nie die hektische Fahrt zum Krankenhaus vergessen, während der Toms Lippe auf die dreifache Größe anschwoll.

„Es tut mir schrecklich Leid", beteuerte sie immer wieder.

Er erwiderte etwas, das mit viel Phantasie als „Nicht deine Schuld" verstanden werden konnte.

„Doch. Wenn ich geahnt hätte, dass du gegen Bienengift allergisch bist ..."

„Und dann?" brachte er mühsam hervor.

„Ich weiß nicht. Aber vielleicht hätte ich etwas tun können." Sie berührte vorsichtig seine Lippe, bedauerte jedoch gleich, es getan zu haben, denn Tom zuckte vor Schmerz zurück. „Armer Schatz", bedauerte sie ihn und gab noch mehr Gas.

„Mach dir keine Sorgen."

Das war leichter gesagt als getan. Eigentlich passierte immer etwas mit Tom.

Wenige Tage später kam er zu ihr, um ihr beim Anlegen eines Gemüsegartens zu helfen. Sie wehrte sich mit Händen und Füßen dagegen, denn die Vorstellung, dass er nach dem Angriff eines Bienenschwarms wie ein Luftballon aufquellen würde, ließ ihr die Haare zu Berge stehen. Und die Bienen waren in diesen Tagen besonders rege, so kam es ihr vor.

„Kathleen", redete er geduldig auf sie ein. „Die Wahrscheinlichkeit, noch einmal von einer Biene gestochen zu werden, steht eins zu einer Million."

„Wenn du im Haus bleibst, trifft das bestimmt zu", versuchte sie es ein letztes Mal.

„Keine Widerrede. Ich helfe dir."

Da sie diesen Tonfall inzwischen nur zu gut kannte, überwand sie ihre Angst und reichte ihm eine Schaufel.

Sie machten sich daran, den Teil des Grundstücks, der auch früher einmal ein Gemüsegarten gewesen war, umzugraben.

Nachdem sie das Unkraut gejätet und Kompost in den Mutterboden eingearbeitet hatten, pflanzten sie einige Reihen Tomaten, Mais und grüne Bohnen.

„Wo sind die Wassermelonen?" fragte Tom und schaute sich suchend in dem großen Garten um.

„Ich mag keine Wassermelonen. Deshalb habe ich keine gekauft."

„Aber ich mag welche", erklärte er in einem Ton, der keine Widerrede zuließ.

Sie fuhren also zum Gartencenter, wo Tom drei Wassermelonenpflanzen aussuchte.

„Tom, eine ist genug."

„Und wenn eine eingeht?"

„Also schön, aber dann reichen zwei."

„Vielleicht kommst du doch noch auf den Geschmack." Er ließ sich nicht von seinem Vorsatz abbringen.

Kathleen gab sich geschlagen. „Mach, was du willst, nimm alle drei."

Kaum waren die Worte ausgesprochen, da hatte Tom die Pflanzen bereits bezahlt.

Nach der Heimfahrt arbeiteten sie ohne Meinungsverschiedenheiten friedlich Seite an Seite bis zur Abenddämmerung im Garten weiter.

Erst später im Haus bemerkte Tom, dass seine Haut eine allergische Reaktion zeigte. Unlogischerweise gab er die ganze Schuld den Tomaten – nicht gerade sein Lieblingsgemüse – und dachte nicht einen Wimpernschlag an die Wassermelonenpflanzen als Urheber der Allergie. Der Ausschlag juckte schrecklich, und Tom kratzte sich beinahe ununterbrochen. Schließlich verkündete Kathleen, sie würde seine Finger mit Pflaster zukleben, wenn er nicht endlich damit aufhöre, sich wund zu kratzen. Da endlich riss er sich zusammen.

Nach dem Zu-Bett-Gehen schmiedeten sie Pläne für den nächsten Tag.

„Vielleicht sollten wir einmal nach Cincinnati fahren?" schlug Kathleen vor. „Ich war schon lange nicht mehr im Kino."

„Eigentlich ist Cincinnati für mich nichts Besonderes. Ich bin jeden Tag dort. Was würdest du tun, wenn ich nicht da wäre?"

Sie zuckte die Schultern. „Keine Ahnung. Ich weiß nie recht, was ich tue, bis ich mittendrin bin."

„Was unternimmst du denn bei schönem Wetter?"

„Ich angle ganz gern."

Tom sah sie gequält an. „Angeln!" stieß er fast angewidert hervor.

„Ja."

„Und was machst du, während du darauf wartest, dass ein Fisch anbeißt?"

„Nichts. Angeln ist ein Geduldsspiel. Man sitzt einfach nur da, streckt die Füße ins kühle Wasser und lässt sich die Sonne ins Gesicht scheinen. Das ist fast so gemütlich wie bei dir", raunte sie und schmiegte sich enger an ihn.

Die Unterhaltung brach an dieser Stelle ab. Ihre Liebe, die Erregung und die Leidenschaft war für beide etwas Wunderbares und Aufregendes. Keiner von ihnen kam dabei auf den Gedanken, dass sie nicht zueinander passen könnten. In einer Einheit entdeckten sie zusammen eine neue Welt mit ungeahnten Dimensionen.

Schon das erste Bild am nächsten Morgen zeigte Kathleen, wie unterschiedlich sie und Tom waren. Sie schlug die Augen auf, bereit für einen neuen Tag und neue Erlebnisse, und Tom stand verlegen lächelnd neben dem Bett. Sein erstes Erlebnis war schon zum Fiasko geworden. Er hielt eine Angelrute in der Hand und zerrte daran, denn der Haken hatte sich in der Gesäßtasche seiner Jeans verfangen.

Bei diesem Anblick konnte sich Kathleen das Lachen kaum verkneifen.

„Spar dir deinen Kommentar", brummte Tom. „Mach lieber den Haken los."

Danach überredete Kathleen Tom schließlich – und es war nicht schwer, ihn vom Angeln abzubringen –, mit ihr zu einem Konzert nach Cincinnati zu fahren. Eine Stunde lang debattierten sie dann jedoch, ob sie sich einen weltbekannten Violinisten oder einen Punk-Rock-Star mit grell geschminkten Augen und rosa gefärbter Spikefrisur anhören sollten.

„Wir beide mögen klassische Musik", gab Tom zu bedenken. „Wieso schlägst du dann überhaupt vor, zu dem komischen Punker aufs Open-Air-Festival zu gehen?"

„Hast du je eine Punk-Rock-Gruppe live gesehen, gehört und die Atmosphäre erlebt?"

„Nein."

„Siehst du, ich auch nicht. Dann wird es langsam Zeit, dass wir es nachholen."

„Nenn mir einen guten Grund, warum dir das wichtig ist." Tom wollte und konnte einfach nicht verstehen.

„Der neuen Erfahrung wegen. Man lernt im Leben nie aus."

Er gab sich geschlagen. Was hätte er daraufhin erwidern können? „Also schön. Ich rufe an und frage nach, ob es noch Karten gibt."

Tom war dem Himmel dankbar, dass sie gar nicht erst Cincinnati erreichten. Auf dem Weg dorthin entdeckten sie einen Jahrmarkt, und gleich war Kathleen Feuer und Flamme.

„Wir müssen unbedingt anhalten."

„So, und warum?"

„Auf einer Kirmes ist immer etwas los."

„Ich finde Jahrmärkte abscheulich. Erstens ertrinkt man in der Menschenmasse und wird schwerhörig vor lauter Krach, und zweitens bekommt man dort nur minderwertigen Kitsch."

„Tom, bitte, sei doch kein Spielverderber."

„Meinetwegen."

Allmählich verstand er, warum Männer einer Frau zuliebe ganze Erdteile erobert hatten. Wenn Kathleen ihn auf diese Weise ansah, konnte er beim besten Willen nicht mehr nein sagen. Und wenn sie ihn, wie jetzt, mit den blauen großen Augen anstrahlte, fehlte nicht mehr viel, und er verlor vollends den Verstand.

Er parkte den Wagen, und Hand in Hand spazierten Tom und Kathleen über den staubigen Parkplatz zum Jahrmarktsgelände. Schon von weitem sahen sie das Riesenrad und hörten die blechern klingende Musik einer Kirmesorgel. Zuckerwatte, gebrannte

Mandeln, Popcorn, heiße Würstchen und Knoblauchsoße bildeten eine ganz unverwechselbare Geruchskomposition. Bunt dekorierte Schießstände, Losbuden und zahlreiche andere Attraktionen, bei denen die Geschicklichkeit auf die Probe gestellt werden konnte, lockten die Besucher in Scharen an.

Tom kam sich fehl am Platz vor, aber Kathleens Vergnügen und ihre beinahe kindliche Aufregung trösteten ihn etwas über sein Unbehagen hinweg. Als Erstes zog Kathleen ihn zu einem Stand mit blau gefärbter Zuckerwatte. Toms Kehle zog sich protestierend zusammen.

„Du willst doch dieses Zeug nicht wirklich essen, oder?" fragte er entsetzt. Kritisch beobachtete er, wie das feine Zuckergespinst um ein Holzstäbchen gewickelt wurde.

„Und ob, und zwar gemeinsam mit dir", entgegnete sie und nahm die blaue Watte entgegen.

Tom blieb nichts anderes übrig, als die Geldbörse aus der Hosentasche zu ziehen und zu bezahlen.

Kathleen riss ein Stück von der Watte ab und hielt sie ihm auffordernd hin.

„Das ist doch ..." Weiter kam er mit seinem Einwand nicht, denn in diesem Moment schob Kathleen ihm die Watte in den Mund.

„Reiner Zucker", vervollständigte er den angefangenen Satz, nachdem er die Süßigkeit hinuntergeschluckt und festgestellt hatte, dass sie längst nicht so schlecht schmeckte wie angenommen. „Alles leere Kalorien", fügte er noch ungehalten hinzu.

„Wir sind nicht der Diät wegen, sondern zum Vergnügen hier", wies sie ihn zurecht. Natürlich hatte sie auf alles eine Antwort.

„Und dieses Zeug bereitet Vergnügen?"

„Ja. Oder bist du etwa anderer Ansicht?"

„Wie du meinst", gab er geschlagen zurück. Wie konnte er gegen solche Ansichten argumentieren?! „Und womit bereiten wir uns als Nächstes Vergnügen?"

„Mit dem Riesenrad."

Tom sah skeptisch auf das Gebilde aus Eisen und Stahl. „Lieber nicht. Dieses Ding kommt mir nicht geheuer und schon gar nicht sicher vor."

„Natürlich ist es sicher. Wie oft hast du schon gehört, dass ein Riesenrad zusammenbricht?"

„Einmal genügt, wenn man zufällig drinsitzt."

„Tom, es bricht nicht zusammen." Sie ergriff seine Hand und zog ihn hinter sich her.

„Bist du dir da ganz sicher? Kennst du etwa den Mechaniker gut?"

„Kauf endlich die Eintrittskarten." Entschlossen schubste sie ihn vor das Kartenhäuschen.

„Das ist glatter Selbstmord", wehrte er sich immer noch.

„Gleich geschieht ein Mord im Affekt, wenn du so weitermachst. Willst du mir den ganzen Spaß verderben?"

Kaum waren Tom und Kathleen wenig später in ihrer Gondel auf dem höchsten Punkt des Rades angelangt, da blieb das Karussell stehen und sie mussten eine geschlagene Dreiviertelstunde in luftiger Höhe ausharren. Sie beschuldigten sich gegenseitig, einander nur Unglück zu bringen, wobei Kathleen die Auseinandersetzung eher aus Spaß am Wortwechsel mitmachte. Tom jedoch drohte ihr ernsthaft an, er werde ihr diese Panne bis ans Lebensende heimzahlen.

„Das klingt viel versprechend", meinte sie fröhlich.

„Inwiefern?"

„Das lässt darauf schließen, dass du ein Leben lang bei mir bleiben willst."

„Deins endet vielleicht, sobald wir wieder sicheren Boden unter den Füßen haben."

„Danke für die Warnung." Sie betrachtete ihn aufmerksam. „Sag mal ehrlich, findest du es wirklich so schlimm hier oben? Mir gefällt's."

Tom musste zugeben, dass er schon Schlimmeres durchgemacht hatte, zum Beispiel als er mit fünfundzwanzig Mumps bekam. Oder damals, als er gerade einen neuen Wagen beim Autohändler abgeholt hatte und ihm eine halbe Stunde später ein rücksichtsloser Autofahrer das Wagenheck eindrückte. Er behielt die Überlegung, dass er das Riesenraderlebnis dennoch unter „mittlere Katastrophen" einordnete, sicherheitshalber für sich. Kathleen hatte sich über den Bienenstich, die Pflanzenallergie und den falsch platzierten Angelhaken schon genug aufgeregt und auch lustig gemacht.

„Jedenfalls kann ich es kaum erwarten, bis wir wieder unten sind", meinte er und lächelte gezwungen. „Dann können wir uns ja weiter amüsieren."

„Oh ja. Wie wär's mit Ballwerfen? Vielleicht gewinnst du den großen Teddybären, den ich eben in der Bude gesehen habe, für mich. Ich habe mir schon immer einen Plüschbären gewünscht", gab sie versonnen zurück.

In diesem Moment wäre Tom bereit gewesen, sein Leben lang Bälle auf Blechbüchsen zu werfen, bis ihr Haus vor großen Plüschbären aus sämtlichen Nähten platzte, nur um sie glücklich zu machen.

Endlich war die Riesenradgondel wieder unten angelangt. Kathleen und Tom stiegen aus und schlenderten zu dem Stand hinüber, wo sie die Bären entdeckt hatte.

Toms erste Würfe waren Volltreffer, und Kathleen klatschte vor Freude in die Hände. Strahlend nahm sie den großen Pandabären mit der grünen Schleife am Hals entgegen.

„Braucht er Gesellschaft?" fragte Tom, zu allem bereit.

„Natürlich. Jeder braucht einen Freund."

Tom warf erneut, aber beim dritten Versuch verzog er plötzlich vor Schmerz das Gesicht. Aufstöhnend presste er die Hand gegen das Kreuz.

„Was ist?"

„Nichts weiter."

„Doch, ich sehe es dir an. Tom, was hast du? Geht es dir schlecht? Du atmest ja kaum."

„Nur, damit ich nicht aufschreie."

„Du hast dir das Kreuz verrenkt bei der ungewohnten Bewegung. Oder ist es die Bandscheibe?"

„Es ist nicht schlimm, wirklich", versicherte er nicht sehr glaubhaft. „Tut mir Leid, dass aus dem zweiten Bären nichts geworden ist."

„Das macht nichts. Lancelot kann dem Panda Gesellschaft leisten."

Tom hatte eher den Verdacht, dass Lancelot das Plüschtier bei nächster Gelegenheit eher in Stücke reißen würde, aber er sagte natürlich nichts.

Wie konnte er Kathleen die Freude verderben? Sie war so glücklich.

„Wolltest du noch etwas unternehmen?"

„Ja. Ehe wir weiterfahren, lassen wir uns die Zukunft voraussagen."

„Ist das dein Ernst?" fragte Tom überrascht. „Du glaubst doch nicht an solchen Unsinn?"

„Natürlich nicht. Trotzdem möchte ich mir wahrsagen lassen, nur so zum Spaß."

„Hoffentlich passiert nicht wieder was, wie beim Riesenrad. Vielleicht stürzt das Zelt ein."

„Spotte nur."

„Ich bin ja schon still."

Wenig später saßen sie einer Zigeunerin mit grell geschminkten Lippen, einem gelben Kopftuch auf den rabenschwarzen Locken und riesengroßen Goldohrringen gegenüber. Ihre dunklen Augen und ihr geheimnisvolles Mona-Lisa-Lächeln schienen sogar Tom Vertrauen einzuflößen.

Die Zigeunerin breitete die Tarockkarten vor sich auf dem Tisch aus, betrachtete sie eingehend, raffte sie jedoch plötzlich rasch wieder zusammen. Tom fand dabei nichts Außergewöhnliches, aber Kathleen stieß einen leisen Schrei aus.

„Was ist?" fragte sie zögernd.

„Nichts weiter", erwiderte die Wahrsagerin nicht sehr überzeugend. „Ich habe einen Fehler gemacht, daher versuche ich es noch einmal." Sie mischte die Karten hastig und murmelte Unverständliches.

„Sie haben etwas Unangenehmes herausgelesen, nicht wahr? Sagen Sie's mir!" forderte Kathleen eindringlich und lehnte sich aufgeregt vor.

Tom ergriff beruhigend ihre Hand. „Du hast selbst gesagt, dass alles nur Spaß ist, mein Schatz. Mach dir deswegen keine unnötigen Gedanken."

„Das ist kein Spaß mehr. Sie hat etwas gesehen, und ich möchte wissen, was."

Sie löste entschlossen die Hand aus Toms Griff.

„In Ihrem Leben gibt es einen gut aussehenden dunkelhaarigen Mann, nicht wahr?" fragte die Zigeunerin zögernd.

„Brillant, darauf wäre ich nie gekommen", brummte Tom ironisch.

Die Frau und Kathleen blickten ihn an, als hätte er den Verstand verloren.

„Weiter habe ich gesehen, dass es mit dieser Beziehung niemals gut geht."

Kathleen schluchzte auf und lehnte sich zurück. In ihren Augen standen Tränen. Tom erlebte die Szene wie einen Alptraum, konnte nicht fassen, was da vor ihm geschah.

„Ich habe es gleich gewusst", klagte Kathleen leise und sah Tom entmutigt an. „Wie konnte ich nur so dumm sein und die Augen vor der Wahrheit verschließen?"

Tom hätte die Wahrsagerin am liebsten auf der Stelle erwürgt. „Sehen Sie, was Sie angerichtet haben? Jetzt regt sie sich über diesen Unsinn auch noch auf." Seine Faust donnerte auf den Tisch, dass die Karten hochsprangen.

„Ich habe nur gesagt, was ich in den Karten gesehen habe", verteidigte sich die Zigeunerin.

„Von Anfang an habe ich gewusst, dass wir nicht zusammenpassen. Wir haben uns die ganze Zeit über etwas vorgemacht. Es war alles wie ein Traum, ein wunderschöner Traum. Aber jetzt wird es höchste Zeit, dass wir auf den Boden der Tatsachen zurückkehren." Allem Anschein nach meinte es Kathleen wirklich ernst.

Tom traute seinen Ohren nicht. „Das ist der größte Blödsinn, den ich je im Leben gehört habe", tobte er. „Willst du mir tatsächlich weismachen, dass du dich von den Lügen, die dir eine Wahrsagerin auftischt, vorschreiben lässt, was wir zu tun und zu lassen haben?" Er wollte Kathleen in den Arm nehmen, aber sie zog sich zurück.

„Mein Herr, ich lüge nicht." Offensichtlich fühlte sich die Zigeunerin in ihrer Ehre gekränkt.

„Seien Sie bitte still", fuhr Tom sie an. „Sie haben schon genügend Unheil angerichtet."

„Ich möchte nach Hause", meinte Kathleen kleinlaut.

„Und das Konzert?"

„Ich habe keine Lust mehr hinzugehen. Bitte bring mich nach Hause."

„So etwas Lächerliches! Nur weil ..."

„Du findest mich also lächerlich?"

Tom fuhr sich mit den Fingern durch die Haare. „Es ist nicht zu fassen!"

„Das meine ich auch. Ich dachte, du liebst mich, wenigstens ein ganz kleines bisschen. Dabei nimmst du mich überhaupt nicht ernst. Deiner Meinung nach gehöre ich in ein Panoptikum oder so etwas. Gib es ruhig zu!"

„Ich gebe gar nichts zu! Wie kommst du denn bloß auf solch absurde Ideen?"

„Du warst schon immer der Meinung, ich sei nicht ganz richtig im Oberstübchen."

„Wenn du es genau wissen willst: Ich halte dich für charmant und einzigartig. Du bist das liebenswerteste Geschöpf, das mir je begegnet ist, und ich liebe dich." Seine Stimme klang ernst und eindringlich, während er sie ruhig ansah.

„Das sagst du jetzt. Aber wenn der Reiz des Neuen vorbei ist, suchst du dir eine Frau, die dir in deinem Karrierestreben ähnlich ist und ihre Kleider in New York oder Paris anstatt in Secondhandläden einkauft."

„Es ist mir völlig gleichgültig, wo du deine Sachen kaufst, Kathleen."

„Du verstehst nicht, was ich meine."

„Dann erkläre es deutlicher. Ich weiß nicht, was in dich gefahren ist. Seit wir in dieses Zelt gekommen sind, bist du wie umgewandelt."

„Es wird nichts aus uns beiden. Denk doch nur einmal, was in letzter Zeit alles geschehen ist. Du hast dir solche Mühe gegeben, und alles ist schief gegangen. Um ein Haar wärst du sogar von einer Biene totgestochen worden."

„Jetzt übertreibst du aber."

„Und was war mit der Allergie? Und mit dem Angelhaken? Heute bist du im Riesenrad stecken geblieben und hast dir das Kreuz verrenkt. Wer weiß, was dir noch alles zustößt, nur weil du versuchst, mit mir Schritt zu halten und mein Leben zu leben."

Tom seufzte tief. Er hatte das Gefühl, dass es im Moment sinnlos war, mit Kathleen zu streiten. Sicher war es das Beste, wenn er sie erst einmal nach Hause brachte. Vielleicht ließ sie unterwegs wieder vernünftig mit sich reden.

Oder vielleicht wurde ihm wenigstens klar, wie es nun wirklich um sie beide stand.

11. KAPITEL

Ohne dass Kathleen es hätte verhindern wollen oder können, waren die Worte aus ihr herausgesprudelt, und sie hatte das ausgesprochen, worüber sie die ganze Zeit seit ihrem ersten Zusammentreffen nachgegrübelt hatte. Sie und Tom passten einfach nicht zusammen. Aber erst nachdem die Wahrsagerin ihre Zweifel bestärkt hatte, war sie in der Lage gewesen, reinen Tisch zu machen.

Die vergangenen Wochen waren wie ein wunderschöner, unwirklicher Traum gewesen. Nie hatte Kathleen mehr Glück, mehr Zärtlichkeit, mehr Leidenschaft und Lust am Leben erfahren als in der Zeit mit Tom. Er wiederum hatte mit allen Mitteln versucht, ihr eine Freude nach der anderen zu bereiten. Aber genau darin lag das Problem: Er hatte sich Mühe dabei geben müssen. Wäre er der perfekte Mann für sie, wäre auch keine Anstrengung notwendig gewesen, oder? Diese Idee wurde für sie zur festen Erkenntnis.

Als Tom den Wagen nach der schweigsam verlaufenen Fahrt vom Jahrmarktgelände in der Einfahrt zu Kathleens Grundstück anhielt, machte er keine Anstalten, den Motor abzuschalten. Er hatte die Hände ums Lenkrad geklammert, dass die Knöchel weiß hervortraten, und sah stur geradeaus. Anscheinend konnte er es kaum erwarten, bis sie endlich ausgestiegen war und ihn verließ.

„Tom“, begann sie zaghaft.

„Ja?“

„Es tut mir Leid.“

„In Ordnung.“

„Doch, wirklich. Aber du weißt genau, dass ich Recht habe. Du versuchst, dich zu ändern, und ich versuche, mich zu ändern. Dabei bleibt unser wahres Ich auf der Strecke. Keiner von uns ist mehr er selbst.“

Er schüttelte den Kopf und starrte sie finster an. „Ich habe nie von dir verlangt, dass du dich änderst. Offen gestanden ist mir nicht aufgefallen, dass du es je versucht hättest. Tut mir Leid, das sagen zu müssen, aber im Leben ist eben nicht immer alles auf Anhieb romantisch und wundervoll. Du bist und bleibst eine unrealistische Träumerin. Du schwebst so sehr in höheren Sphären, dass du meinst, dir müsste alles von selbst und problemlos in den Schoß fallen, sogar eine Beziehung mit einem Mann, an der es nicht das Geringste auszusetzen gibt. Es kommt kein edler Ritter auf einem Schimmel dahergeritten und legt dir die Welt zu Füßen. Wenn du das nicht endlich einsiehst, bleibst du bis an dein Lebensende allein."

„Darauf warte ich ja gar nicht", verteidigte sie sich. Aber selbst wenn, war es wirklich so schlimm, sich jemanden herbeizuwünschen, der ihre Phantasie beflügelte, anstatt sie zu bremsen, jemanden, mit dem sie lachen, Spaß haben und unbeschwert in den Tag hineinleben konnte?

„Wirklich nicht?" entgegnete Tom skeptisch. „Es kommt mir nicht vor, als würdest du dich mit einem ganz normalen Durchschnittsmann zufrieden geben, nur weil er dich zufälligerweise liebt. Leider liegt es mir nun einmal ganz und gar nicht, zu mitternächtlicher Zeit schmachtend unter dem Fenster Ständchen zu singen und in der Mittagspause Feuer speiende Drachen für das edle Fräulein zu erlegen."

„Denkst du, das erwarte ich?"

„Natürlich, du hast es mir ja immer wieder deutlich zu verstehen gegeben. Ganz gleich, wie sehr ich mich bemüht habe, du warst mit nichts zufrieden."

„Das stimmt nicht. Ich habe mich gefreut, dass du es wenigstens versucht hast."

„Trotzdem war alles nicht gut genug für dich", meinte er niedergeschlagen. „Die Wahrsagerin hat genau das ausgesprochen, was du die ganze Zeit gedacht hast, sonst hättest du dich von ihren Worten nicht dermaßen beeinflussen lassen. Es genügt dir nicht, dass ich dich liebe und mich um dich kümmern will. Wenn ich dir die Sterne vom Himmel holen würde, wäre es bestimmt auch nicht recht. Denn du würdest den Mond noch dazuhaben wollen."

Toms bildreiche Sprache rüttelte Kathleen auf. Erwartete sie wirklich zu viel? Hatte sie tatsächlich gedacht, er würde sich anstrengen und alles für sie tun, während sie tatenlos zusah und keine Gegenleistung erbrachte? Hatte sie ihn nicht mehr kritisiert als anerkannt?

„Ich kann einfach nicht mehr“, gestand Tom leise. „Die Wahrsagerin hat uns womöglich einen Gefallen getan. Jedenfalls habe ich eingesehen, dass ich bei dir meine Zeit vergeudet habe.“

„Ach, Tom“, seufzte Kathleen. Ihr war, als läge die ganze Welt um sie herum in Scherben. Sie hatte erwartet, Tom würde sich mit ihr streiten und um sie kämpfen. Auf dem Jahrmarkt hatte es jedenfalls den Anschein gehabt, als sei er aufgebracht darüber, dass sie so einfach aufgeben wollte. Anscheinend hatte er inzwischen jedoch ebenfalls eingesehen, wie Recht sie hatte.

„Ich wollte nicht, dass es auf diese Weise endet“, meinte sie niedergeschlagen. „Eine Zeit lang dachte ich, alles würde gut werden zwischen uns.“

„Ich auch“, stimmte er enttäuscht zu. Er sah ihr in die Augen, bis sie verwirrt den Atem anhielt. „Leb wohl, Kathleen.“ Seine Worte waren kaum zu verstehen.

Sie zögerte, die Wagentür zu öffnen und damit den letzten Schritt zu tun, der alles zwischen ihnen beendete. Doch als sie noch etwas sagen wollte, hinderte Tom sie am Sprechen, indem er ihr sacht den Finger auf die Lippen legte. Um ihre Mundwinkel zuckte es, sie musste schlucken.

„Ich glaube, wir haben genug geredet.“

Kathleen atmete tief durch und nickte. Sie stieg aus dem Wagen aus und schloss behutsam die Tür hinter sich. Der dumpfe Laut, der beim Einrasten des Schlosses hervorgerufen wurde, klang endgültiger, als wenn sie die Tür mit aller Wucht zugeworfen hätte. Sie stand wie erstarrt und lauschte. Worauf wusste sie selbst nicht.

Tom fuhr rückwärts aus der Einfahrt, und sie sah ihm mit tränenverschleierten Augen nach.

„Leb wohl“, flüsterte sie. Gleich darauf strich Lancelot leise miauend um ihre Beine. Sie hob ihn hoch und presste ihn so fest an sich, dass er lautstark protestierte. „Tut mir Leid, alter Junge“, entschuldigte sie sich bei ihm. „Du bist jetzt alles, was ich noch habe.“

Kathleen war in den folgenden Wochen unglücklich wie noch nie zuvor in ihrem Leben. Ganz gleich, wie oft sie sich auch sagte, dass die Trennung von Tom für sie beide auf Dauer das Beste und das einzig Richtige war, auf lange Sicht schien es ihr die Hölle, ein Leben ohne Freude, ohne jeden Sinn.

Immer wieder kam ihr Toms Vorwurf in den Sinn, ihre Erwartungen seien zu hoch und unrealistisch gewesen. Vielleicht hatte er Recht gehabt? Je länger sie über alles nachdachte, desto mehr gelangte sie zu der Überzeugung, dass er im Grunde viele ihrer romantischen Träume verwirklicht hatte. War er nicht zärtlich und rücksichtsvoll gewesen? Und hatte er ihre Verrücktheiten nicht nur toleriert, sondern sie sogar mitgemacht? Es war schließlich nicht seine Schuld, dass er auf Insektenstiche und bestimmte Pflanzen allergisch reagierte. Darüber hinaus hatte er riskiert, noch einmal bei der Gartenarbeit gestochen zu werden oder sich sogar den Hals zu brechen, nur um bei ihr sein zu können.

Sie sah ein, dass das Problem nicht bei ihm lag, sondern bei ihr ganz allein. Ihm war nichts zu viel gewesen, um sie glücklich zu machen. Aber sie hatte seine Zuverlässigkeit als Engstirnigkeit, seinen Wunsch, sich um sie zu kümmern, als Herrschsucht und seine Nüchternheit als Versuch, ihre Phantasie zu unterdrücken, betrachtet. Dabei war sie selbst engstirnig und intolerant gewesen.

Doch trotz all dieser Überlegungen gelangte sie zu der Erkenntnis, dass Tom ohne sie besser gestellt war. Ihre Lebensauffassung war einfach zu verschieden, um nicht Anlass für Streit und Schmerz zu geben. Jetzt war er noch verliebt, aber wie sollte es später werden, wenn die große Leidenschaft verraucht war? Und nichts und niemand schien Kathleens Meinung ändern zu können.

Als Kathleens Vater mit vorsichtigen Fragen bei seiner Tochter nicht weiterkam, nahm ihre Mutter sie bei einer Tasse Tee ins Gebet. Als das ebenfalls nicht fruchtete, schickte Victoria Jeannie mit Erdbeerkuchen, Schlagsahne und guten Ratschlägen zu ihr. Kathleen aß den Kuchen und die Schlagsahne, ignorierte die guten Ratschläge und behielt ihre Gedanken weiter für sich.

Nach dieser massiven Attacke entschloss sich Kathleen zumindest, alles zu versuchen, um sich von ihrem Kummer abzulenken. Sie besuchte nach langer Zeit endlich wieder einmal eine Auktion, aber dadurch wurde es auch nicht besser. Im Gegenteil. Immer wieder musste sie daran denken, wie Tom für die Fiestaware immer höher geboten hatte, nur um ihr eine Freude zu bereiten. Immer deutlicher wurde ihr bewusst, dass sie den Mann ihrer Träume an ihrer Seite gehabt hatte, ohne es zu würdigen. Sie, die sonst so offen war, hatte sich blind und taub gestellt.

Eines Tages kam dann ein Brief vom Finanzamt, und bei seinem Anblick brach Kathleen in bittere Tränen aus. Sie brachte es nicht übers Herz, den blauen Umschlag zu öffnen. Weinend saß sie hinter dem Ladentisch ihres Antiquitätengeschäfts und wischte sich immer wieder mit dem Handrücken die Tränen aus den Augen und von den Wangen.

Genau in diesem Moment betrat eine Frau, etwa Mitte fünfzig, den Laden. Sie war mit einem pastellgrünen Overall bekleidet, und um den Hals trug sie ein farbenfrohes Halstuch. Beim Anblick der weinenden Kathleen erschrak sie sichtlich.

„Du liebe Zeit", meinte sie mitfühlend. „Haben Sie eine schlechte Nachricht erhalten? Soll ich ein andermal wiederkommen?" Offensichtlich ahnte sie, dass Kathleens Kummer in dem vor ihr liegenden Brief begründet lag.

Kathleen wedelte den ungeöffneten Umschlag durch die Luft und schüttelte den Kopf, aber es gelang ihr einfach nicht, die Tränen zurückzuhalten.

Die Besucherin kramte in ihrer übergroßen Handtasche und brachte nacheinander eine Tüte zerkrümelter Kekse, den Düsenaufsatz eines Gartenschlauchs, ein Taschenbuch über Astrologie und eins über Geschichte, eine Brille und zu guter Letzt ein Papiertaschentuch zum Vorschein, das sie Kathleen reichte.

„Wer suchet, der findet", meinte die Dame mehr zu sich selbst.

Erst jetzt bemerkte Kathleen, dass die Tasche, die die Kundin bei sich trug, gar keine Handtasche im eigentlichen Sinn war, sondern eine olivgrüne Plastikeinkaufstüte mit der Aufschrift „Harrod's". Die Unbekannte setzte die Brille auf und griff nach dem Brief.

„Darf ich?" fragte sie freundlich, wobei sie Kathleen über den Rand der Gläser ansah.

Kathleen nickte. Was machte es schon, wenn eine Fremde den Brief las? Es stand doch nur drin, dass sie entweder ins Gefängnis musste oder noch einmal davongekommen war. Viel wesentlicher war die Tatsache, dass der Brief überhaupt abgeschickt worden war. Damit hatte Tom ihr überdeutlich zu verstehen gegeben, dass er mit ihr nichts mehr zu tun haben wollte. Sonst wäre er persönlich hergekommen oder hätte sie wenigstens angerufen, um ihr das Ergebnis seiner Nachforschungen mitzuteilen. Oder nicht?

Die Frau blickte erst auf den Umschlag, dann auf Kathleen, als wisse sie genau, wo das Problem lag. Kathleen vergaß ihren Kummer einen Augenblick. Sie wollte doch wenigstens wissen, wer diese überaus sympathische Frau war.

„Darf ich fragen, wer Sie sind?"

„Lisa McAndrews", erwiderte die Besucherin, als läge darin nichts Besonderes.

Augenblicklich klopfte Kathleens Herz schneller. „McAndrews? Sind Sie etwa Toms ..."

„Mutter. Sehr richtig", vervollständigte Mrs. McAndrews den Satz. Dabei lächelte sie auf so bezaubernde Weise, dass sie wie ein junges unbekümmertes Mädchen wirkte.

Kathleen sprang erschrocken auf und versuchte in Windeseile, ihr den Brief zu entwenden. Was würde Toms Mutter von ihr denken, wenn sie erfuhr, dass das Finanzamt ihre Steuerunterlagen überprüft hatte?

„Seien Sie nicht albern", meinte Mrs. McAndrews und hielt den Brief außer Reichweite. „Sie regen sich deswegen auf und wissen nicht einmal, was drinsteht." Ein nachdenklicher Blick traf Kathleen. „Aber im Grunde bereitet Ihnen etwas ganz anderes Sorgen, nicht wahr?"

Verwundert sah Kathleen sie an. „Woher wissen Sie ...?"

„Ich bin eine Frau. Außerdem weiß ich, was für ein Dickschädel mein geliebter Herr Sohn manchmal sein kann."

„Eigentlich bin ich der Dickschädel", gestand Kathleen traurig.

„Selbstvorwürfe helfen nicht weiter. Aber wenn Sie ihn wirklich wiedersehen wollen ..." Sie musterte Kathleen erneut über den Rand der Lesebrille. „Sie wollen ihn doch wiedersehen, oder?"

„Schrecklich gern."

„Dann wird es höchste Zeit, etwas zu unternehmen." Sie sagte es, als wäre es das Einfachste von der Welt.

„Wenn das so einfach wäre! Aber wahrscheinlich hat alles keinen Sinn. Wir sind wie Feuer und Wasser."

„Lieben Sie ihn?" fragte Toms Mutter ohne Umschweife.

Kathleen zögerte ein wenig. Aber warum sollte sie Lisa McAndrews gegenüber nicht ehrlich sein? „Ja", gestand sie und seufzte tief.

„Und er liebt Sie."

„Hat er das gesagt?" fragte Kathleen eifrig, und in ihr erwachte ein Hoffnungsschimmer.

„Nicht direkt", gab Mrs. McAndrews zu.

Die Enttäuschung war hörbar und offensichtlich. „Das hätte mich auch gewundert."

„Dennoch weiß ich genau, dass er Sie liebt. Alle Anzeichen sind da. Er lässt sogar seine Pflanzen eingehen. Wenn das nicht Bände spricht!"

„Er kümmert sich nicht mehr um seine Pflanzen?" Wenn Tom ihr in diesem Augenblick einen Rosenstrauß geschickt hätte, wäre ihre Freude nicht größer gewesen.

„Vor ein paar Tagen besuchte er mich nach der Arbeit. Er kam direkt aus dem Finanzamt. Mir fiel sofort auf, dass er zwei verschiedene Socken trug."

„Im Ernst?" fragte Kathleen aufgeregt.

Lisa McAndrews lachte leise. „Wenn Sie nicht bald etwas tun, wird aus ihm ein hoffnungsloser Fall. Es fehlt nicht viel, und er kündigt seinen Job. Womöglich kauft er sich bald ein Surfbrett und verbringt seine Tage als Gigolo am Strand oder macht sonst etwas Verrücktes."

Diese Vorstellung behagte Kathleen überhaupt nicht. „Steht es so schlimm mit ihm?" fragte sie besorgt.

„Vielleicht übertreibe ich ein wenig, aber ich habe ihn jedenfalls noch nie so erlebt. Er ist wie umgewandelt." Lisa lächelte verhalten. „Unlängst hat mich sogar Pete Harrison angerufen und gefragt, ob Tom an der Managerkrankheit leide und unter zu viel Stress stünde."

„Wie kommt denn ein Chef auf solche Gedanken?"

„Tom hat einen Auftrag abgelehnt, den er vor Wochen unbedingt bearbeiten wollte. Aus heiterem Himmel verkündete er, er habe es sich anders überlegt. Steuerprüfungen bei Aktiengesellschaften seien das Langweiligste, das er sich vorstellen könne. Pete war schockiert, das kann ich Ihnen sagen! Zum Glück ahnt er nicht, dass Toms Zustand etwas mit Ihnen zu tun hat, sonst würde er den ganzen Fall noch einmal aufrollen, alles genauestens überprüfen. Und dann müssten Sie monatelang auf ein Ergebnis warten."

„Woher wissen Sie, dass er den Fall nicht trotzdem selbst in die Hand genommen hat?"

„Wenn ich es mir recht überlege, haben Sie mit dieser Annahme gar nicht so Unrecht." Sie riss den Umschlag auf, ehe Kathleen sie daran hindern konnte. „Nein. Es ist alles in bester Ordnung. Man entschuldigt sich sogar, Ihnen Umstände bereitet zu haben", verkündete sie amüsiert. „Das ist aber auch das Mindeste! Jeder, der Augen im Kopf hat, sieht auf den ersten Blick, dass Sie eine ehrliche

Haut sind. Mein verehrter Sohn war nicht ganz gescheit, hierher zu kommen und Sie zu verdächtigen, etwas Unrechtes im Schilde zu führen."

„Er hat nur seine Pflicht getan", verteidigte Kathleen ihn eifrig.

„Schöne Pflicht! Ich habe nie recht verstanden, wie man mit einem derart langweiligen Beruf zufrieden sein kann. Nur Zahlen in ordentlichen Reihen ..." Sie schüttelte sich. „Jedenfalls wäre das nichts für mich. Ich brauche Leben um mich, Aufregung und immer etwas Neues."

„Ich weiß sehr gut, was Sie meinen."

„Dann bewahren Sie bitte meinen Sohn davor, ein vertrockneter, lebloser Schreibtischmensch zu werden", drängte Mrs. McAndrews. „Mir allein gelingt es nicht."

„Vielleicht schaffen wir es gemeinsam?" Kathleen seufzte und suchte in Gedanken nach einer Lösung.

„Ihr liebt euch", erinnerte Lisa schlicht. „Das ist die Hauptsache. Alles andere renkt sich dann schon ein."

„Aber wir passen nicht zusammen", brachte Kathleen ihr altes Argument vor.

„Wer behauptet das? Ich bestimmt nicht. Wissen Sie, ich habe meinen Mann auch erst auf Trab bringen müssen. Tom war immer der Meinung, sein Vater hätte sich die falsche Frau ausgesucht. Wahrscheinlich ist er deshalb bei Ihnen so vorsichtig."

„Meinen Sie?"

„Ja, ganz bestimmt. Ich habe mehr als einmal gehört, wie er zu seinem Vater gesagt hat, er verstünde nicht, warum er ausgerechnet mich geheiratet hat. Natürlich dachte er, ich sei nicht in der Nähe, sonst hätte er bestimmt nichts gesagt."

„Das ist ja schrecklich."

„Halb so schlimm. Wahrscheinlich wollte er seinen Vater nur ein wenig trösten, wenn er sich unnötig aufregte." Sie lachte. „Im Grunde waren wir füreinander wie geschaffen. Ich habe Aufregung und Abwechslung in sein Leben gebracht, und er hat mich vor allerlei Dummheiten bewahrt. Wir haben uns sehr geliebt." Sie seufzte. „Genauso wie Sie und Tom. Wenn Sie sich nur ein kleines bisschen bemühen, wird aus euch ein Paar. Gegensätze ziehen sich an, wissen Sie das nicht?"

„Und bedenken Sie nur", fügte Lisa verschwörerisch hinzu. „Sie brauchen sich dann am Ende des Monats keine Gedanken mehr zu machen, wie Sie die Rechnungen bezahlen."

„Zudem hätte ich den perfekten Steuerberater im Haus", führte Kathleen trocken fort.

Lisa schlang impulsiv die Arme um sie und drückte sie an sich. „Gehen Sie zu ihm. Ich habe mir immer eine Schwiegertochter wie Sie gewünscht. Wir beide werden noch viel Spaß zusammen haben."

Davon war Kathleen sofort überzeugt. Toms Mutter hatte mit ihr viel gemeinsam, und Tom war der ideale Schwiegersohn für ihre Eltern. Vielleicht war die ganze Sache doch nicht so aussichtslos, wie es zunächst den Anschein hatte.

„Sie tun es, nicht wahr?" fragte Lisa. Sie zwinkerte ihr zu, genauso, wie Kathleen es bei Tom gesehen hatte, wenn er sich über etwas freute.

„Ich lasse es mir durch den Kopf gehen", versprach sie.

„Nicht durch den Kopf, liebes Kind. Deshalb stecken Sie jetzt in Schwierigkeiten. Hören Sie lieber auf Ihr Herz", riet Lisa und stopfte die ausgepackten Gegenstände umständlich wieder in ihre provisorische Handtasche. So plötzlich, wie sie hereingekommen war, verließ sie den Laden wieder.

Nachdenklich sah Kathleen ihr nach. Zweifellos hatte Lisa den Nagel auf den Kopf getroffen.

12. KAPITEL

Tom wischte mit der Handfläche über den mit Wasserdampf beschlagenen Badezimmerspiegel und betrachtete sich darin einen Moment lang. Das, was er sah, gefiel ihm überhaupt nicht. Heute war sein dreißigster Geburtstag, aber er wirkte um mindestens zehn Jahre älter. Die letzten Wochen hatten sich wie Jahre um Mund und Augen eingegraben. Wenn er wenigstens ausgiebig gefeiert hätte! Aber in letzter Zeit rührte er keinen einzigen Tropfen Alkohol mehr an.

Nicht dass er nicht hin und wieder versucht gewesen wäre, seinen Kummer in Alkohol zu ertränken! Aber ein ausgewachsener „Kater" hätte seine Lage nur verschlimmert. Deshalb rührte er lieber erst gar keine Flasche an, sondern zwang sich, mit den quälenden Erinnerungen zu leben.

An dem Morgen, als Pete ihn aufforderte, er solle Kathleen Marshall den Standardbrief schicken, der besagte, dass die Überprüfung ihrer Steuersache abgeschlossen sei, dachte Tom, alles sei überstanden. Er stürzte sich auf einen anderen Fall und versuchte, sich auf andere Frauen zu konzentrieren. Aber jede, mit der er in Kontakt kam, wirkte auf ihn dermaßen durchschnittlich und uninteressant, dass er nicht die geringste Lust hatte, sich mit ihr zu verabreden. Er verbrachte lieber die Abende und Wochenenden allein zu Hause und dachte an nichts anderes als an Kathleen.

Mit ihr war das Leben keine Sekunde langweilig gewesen. Wenn sie in der Nähe war, geschah immer etwas Aufregendes.

„Das ist ein für alle Mal aus und vorbei", sagte er niedergeschlagen zu seinem Spiegelbild. Vielleicht sollte er seinen Geburtstag nutzen, einen Schlussstrich unter alles zu ziehen und ein neues Leben anzufangen? Vielleicht sollte er ins Auge fassen, seine berufliche Karriere auszubauen, den Job hier zu kündigen und Cincinnati zu verlassen.

Eine Stunde später saß Tom in seinem Büro und überlegte, wie er es Pete beibringen sollte, dass er in eine andere Stadt versetzt werden wollte. Aber kaum hatte er genügend Mut zu diesem entscheidenden Schritt gefasst, da hörte er von draußen Gelächter durch die Tür dringen. Es hörte sich an, als gäben sich sämtliche Angestellten der Finanzbehörde in der Empfangshalle ein Stelldichein.

Tom öffnete die Tür und sah hinaus. Pete stand stirnrunzelnd draußen und stieß einen leisen Fluch aus.

„Was ist denn hier los?“ erkundigte sich Tom.

„Das hätte ich gern von dir gewusst, alter Junge“, gab Pete in der für ihn typischen mürrischen Art zurück.

„Sieh doch mal im Aufzug nach“, fuhr er brummig fort.

„Im Aufzug?“ In Toms Kopf drehte sich plötzlich alles wieder wie zu Zeiten, wenn er in Kathleens Nähe gewesen war und sie etwas im Schilde führte. Seit Wochen hatte ihn dieses eigenartige Gefühl nicht mehr befallen.

Er durchquerte die Halle, und dabei fiel ihm auf, dass seine Kolleginnen und Kollegen entweder geflissentlich an ihm vorbeischauten oder aber ihm viel sagend zulächelten.

Kaum kam er beim Aufzug an, da verstand er die ganze Aufregung: In der Tür stand ein Clown in einem groß gepunkteten grellbunten Pluderkostüm. Auf dem Kopf trug er eine orangefarbene Perücke und an den Füßen übergroße Schuhe. Einen Fuß hatte er gegen die linke Aufzugstür gestemmt und den Rücken gegen die rechte, während er verzweifelt versuchte, ein Bündel mit Helium gefüllter Ballons aus der Aufzugskabine zu ziehen.

Der Anblick reizte Tom wie alle anderen zum Lachen, aber plötzlich blieb ihm der Ton im Halse stecken. Einer der Ballons schwebte aus dem Aufzug, und Tom konnte lesen, was darauf geschrieben stand. Vor Schreck stöhnte er auf und schloss einen Moment lang die Augen. Er hoffte inbrünstig, dass er sich geirrt hatte. Vorsichtig öffnete er die Augen wieder. Nein, er hatte richtig gesehen. Auf dem roten Ballon stand in für jedermann sichtbaren grünen Buchstaben: „Alles Gute zum Geburtstag, Tom.“

Kein Zweifel, in der Kabine befanden sich noch neunundzwanzig weitere Ballons mit gleicher Aufschrift. Tom betete zum Himmel, dass sich in dem engen Gehäuse keine Leute mit Platzangst befanden.

Ahnungsvoll sah er sich den Clown etwas genauer an, und plötzlich klopfte sein Herz merklich schneller. Trotz des überweiten Kostüms kam ihm die Figur und vor allem der Po des Clowns bekannt vor.

In diesem Moment wandte sich die kostümierte Gestalt zu ihm um und lächelte. „Sind Sie dieser gewisse Tom?“ fragte sie in einer ihm unbekannten Piepsstimme.

Tom musterte den Clown misstrauisch. Einen Moment lang war er sich absolut sicher gewesen, dass sich Kathleen unter dem Kostüm verbarg, aber vielleicht spielte ihm seine Phantasie einen Streich. Er hatte Kathleen die ganze Zeit so schrecklich vermisst, dass er allmählich Gespenster sah.

„Ja. Ich bin Tom“, gab er zögernd zu.

„Entschuldigen Sie, dass mein Auftritt nicht perfekt gelungen ist“, piepste der Clown. „Aber ich bin neu in diesem Metier. Könnten Sie einen Moment lang halten?“

„Natürlich, gern“, erwiderte Tom verlegen, da in diesem Moment hinter ihm erneut Gelächter ertönte.

Kaum hielt er alle dreißig Luftballons sicher in den Händen, da ließ der Clown die Aufzugtür los, die sich daraufhin lautlos schloss. Der Clown war im Aufzug, Tom stand draußen und blickte verdutzt auf die geschlossene Tür.

Gleich darauf öffnete sich die Tür wieder. In der Kabine stand immer noch der Clown.

„Entschuldigung, ich hätte fast vergessen zu singen.“

Der Clown räusperte sich und sang zwar nicht ganz tonrein, dafür umso forscher: „Happy Birthday to You.“

Das gesamte Büropersonal stimmte sogleich ein, und Tom hätte beim besten Willen nicht sagen können, ob er Kathleens melodische Stimme hörte oder nicht. Ehe er den Clown bei der Hand nehmen und sich vergewissern konnte, ob es sich dabei tatsächlich um Kathleen handelte, glitt die Aufzugtür wieder zu, und der Clown war endgültig verschwunden.

„Vielleicht könnten die Herrschaften allmählich wieder an die Arbeit gehen?“ brummte Pete, aber Tom entging nicht das amüsierte Blitzen in seinen Augen.

Doch Tom hatte etwas anderes im Sinn. Lächelnd drückte er dem sprachlosen Pete die Fäden mit den Luftballons in die Hand und spurtete zum zweiten Aufzug.

Als Tom in der Eingangshalle ankam, war von dem Clown keine Spur zu entdecken. Tom wusste zunächst nicht recht, was er als Nächstes unternehmen sollte. Er wusste nur, dass er den Clown finden musste. Inzwischen war er felsenfest davon überzeugt, dass es sich bei der Gestalt in dem Kostüm um niemand anderen als um Kathleen handeln konnte.

Es war höchste Zeit, dass er sich mit ihr aussöhnte. Sie liebten einander, und es war Tom immer noch unverständlich, wie sich zwei halbwegs vernünftige Menschen von einer Karten legenden Wahrsagerin ins Bockshorn jagen lassen konnten und ihr Glück leichtfertig verspielten.

Wo Liebe ist, ist ein Weg, sagte er sich entschlossen. Und sicher war in seinem Leben für beides Platz: für Ordnungsliebe und bunte Luftballons.

Er eilte zum Parkplatz, stieg in seinen Wagen und fuhr in Richtung Norden, als sei ihm der Teufel auf den Fersen. Zunächst machte er an Kathleens Laden Halt. Aber dort fand er lediglich Victoria vor, die sich bei Kaffee und Kirschkuchen in aller Ruhe mit einem Kunden unterhielt. Unwillkürlich drängte sich Tom die Frage auf, ob Kathleens Kuchenböden immer noch durchweichten oder ob sie ihre Backkünste inzwischen verbessert hatte.

Bei seinem Eintritt blickte Victoria Marshall überrascht auf und strahlte. „Es wird aber auch allmählich wirklich Zeit“, tadelte sie freundlich.

„Wo ist sie?“

„Waren Sie schon bei ihr zu Hause? Sie setzt kaum noch den Fuß vor die Tür. Jedenfalls hat sie sich seit Tagen nicht mehr bei uns blicken lassen."

„Ich bringe sie dazu, dass sie spätestens morgen herkommt", versprach er.

„Ehrlich gesagt, mir wäre es viel lieber, wenn Sie sie auf eine lange Hochzeitsreise mitnehmen würden." Victoria blinzelte ihm zu.

Er lachte. „Ich denke, das lässt sich einrichten." Und schon stürmte er aus dem Laden.

Bald darauf fuhr Tom vor Kathleens Haus vor und entdeckte in der Einfahrt den blauen zerbeulten Volkswagen. Er kam sich wie ein Amateurdetektiv vor, als er die Hand auf die Motorhaube legte. Sie fühlte sich warm an. Entweder war Kathleen zum Einkaufen im Supermarkt oder in Cincinnati gewesen. Er tippte auf Cincinnati.

An der Hintertür klopfte er einmal kurz an, wartete jedoch gar nicht erst auf eine Antwort, sondern trat unaufgefordert ein. Zwei Stufen auf einmal nehmend, spurtete er nach oben. Am Treppenabsatz angelangt, blieb er einen Moment lang zögernd vor der Badezimmertür stehen. Doch dann gab er sich einen Ruck und riss die Tür auf.

Sogleich blickten ihm aus dem Spiegel ein Paar weit aufgerissene blaue Augen entgegen. Er sah, dass Kathleen noch immer das Clownskostüm trug. Sie hatte sich bereits abgeschminkt und die Perücke vom Kopf gezogen. Die blonden Locken fielen wirr und ungebändigt über die Schultern. Tom stand ganz still, schaute sie nur an und lächelte liebevoll.

„Du hast gewusst, dass ich es bin?" fand Kathleen endlich nach dem Schreck die Sprache wieder.

„Natürlich", versicherte er so überzeugend, als hätte er nicht eine Sekunde daran gezweifelt. „Oder glaubst du, ich kenne eine Menge Leute, die es fertig bringen, mit dreißig Luftballons im Aufzug hängen zu bleiben?"

„Mir fallen auf Anhieb zwei ein."

Er lachte auf. „Mir auch. Soviel ich weiß, hast du meine Mutter inzwischen kennen gelernt?"

Sie nickte.

„Dachte ich mir doch gleich, dass sie dich irgendwie ausfindig macht."

Kathleen war Lisa dankbar, dass sie ihr die Augen geöffnet und ihr nahe gelegt hatte, Tom aufzusuchen.

„Sie hat sich deinetwegen große Sorgen gemacht", verriet Kathleen ihm.

„Und du?"

„Ich war leider viel zu sehr mit meinem eigenen Kummer beschäftigt."

„Mir ging's genauso", gestand er. „Und gleichzeitig war ich stur und uneinsichtig."

Sie lächelte verständnisvoll. „Stur sein liegt dir besonders", warf sie ihm leise vor.

„Ich bin froh, dass du den ersten Schritt getan hast."

Endlich wandte sich Kathleen um und kam langsam auf ihn zu. Sie neigte leicht den Kopf zur Seite und musterte ihn einen Moment lang aufmerksam. Ihre Hand hob sich automatisch und sacht berührte sie die dunklen Ringe unter seinen Augen.

„Ist es meine Schuld, dass du so mitgenommen aussiehst?" Ihre Stimme war nur ein Hauch.

„Nein, meine eigene."

Sie nickte. „Deine Mutter sagte, Selbstzerfleischung ist sinnlos. Wir sollten uns lieber darum bemühen, dass aus uns ein Paar wird."

„Meine Mutter ist eine kluge Frau."

„Vielleicht solltest du ihr das einmal sagen? Sie denkt, du hältst sie für nicht ganz richtig im Oberstübchen."

„Da hat sie Recht."

„Tom!"

„Na und? Deshalb liebe ich sie trotzdem heiß und innig. Genau wie dich. Nur bei dir hat es etwas länger gedauert, bis ich schließlich und endlich es gemerkt habe."

„Anscheinend ist bei dir doch noch nicht Hopfen und Malz gänzlich verloren.“ Kathleen sah ihm tief in die Augen. Die Antwort, die sie dort auf ihre unausgesprochene Frage erhielt, erfüllte sie mit inniger Freude.

„Haben dir die Ballons gefallen?“ fragte sie etwas befangen und schluckte.

In Toms Augen funkelte es. „Du hättest nicht einfach eine Karte schicken können?“

Entschlossen schüttelte sie den Kopf. „So etwas Einfallsloses! Wärst du etwa den ganzen Weg hier herausgefahren, wenn du eine simple Geburtstagskarte per Post erhalten hättest?“

„Wahrscheinlich. Aber Pete hätte dabei nicht so viel Spaß gehabt.“

„Pete?“

„Ich habe ihm die Ballons in die Hand gedrückt.“

„War er davon begeistert?“

„Ich denke schon. So wie es aussieht, hast du nicht nur einen, sondern zwei Menschen davor bewahrt, vor tödlicher Langeweile hinter dem Schreibtisch zu versauern.“

„Es war mir ein Vergnügen. Besonders seit ich weiß, dass ich dabei nicht schlecht abschneide.“

„So? Wie meinst du das?“

„Nun ja, immerhin bekomme ich als Gegenleistung einen Mann, der meine Finanzen unter Kontrolle hält.“

„Ist das alles, was dich an mir interessiert?“

Sie trat einen Schritt näher und schlang die Arme um seinen Nacken. „Da ist noch eine Kleinigkeit ...“

„Und die wäre?“ flüsterte er rau.

„Geduld, ich zeig’s dir gleich.“ Sie stellte sich auf Zehenspitzen und küsste ihn zärtlich auf den Mund.

Er stöhnte auf und zog sie fest an sich.

„Lass mich nie mehr allein“, raunte Tom beschwörend in Kathleens Ohr. „Ich könnte es nicht ertragen, dich noch einmal zu verlieren.“

„Ich wüsste etwas, wie du das verhindern kannst."

„Und das wäre?"

„Es zählt nicht, wenn ich dich erst darauf bringen muss." Sie rieb die Wange an seinem Kinn.

„Ach so, jetzt verstehe ich, was du meinst."

Ehe Kathleen ihn daran hindern konnte, kniete Tom vor ihr nieder und fragte theatralisch: „Edles Fräulein Kathleen Marshall, ich möchte hiermit in aller Form um Ihre werte Hand anhalten."

Sie betrachtete ihn schmunzelnd. „Fällt dir wirklich nichts Besseres ein?"

„Ich denke, Heirat sei das Beste." Er streckte ihr die Hände entgegen.

„Nein, ich meine die Art und Weise, wie du deinen Antrag vorbringst."

„Die Szene mit Clown und Luftballons hatten wir schon", erklärte er.

„Ich dachte eher an ein Flugzeug, das per Rauch Wörter in die Luft schreibt."

„Verrat mir, wo man ein solches Flugzeug chartern kann, und schon ist mir dein Wunsch Befehl."

„Würdest du das wirklich für mich tun?"

„Für dich würde ich fast alles tun. Das müsstest du aber allmählich wissen."

Das Klingeln des Telefons störte sie erneut in einer entscheidenden Phase. Tom seufzte. „Nicht schon wieder."

„Sei still", raunte Kathleen. „Ich wimmle den Anrufer ganz schnell ab."

Sie nahm den Hörer von der Gabel, aber offensichtlich kam sie gar nicht erst zu Wort. Lächelnd lauschte sie. „Ich sag's ihm", versprach sie schließlich und hängte ein.

„Was ist? Wer war das?"

„Deine Mutter."

„Woher wusste sie, dass ich hier bin?"

„Sie meinte, dein Auftauchen hier sei nur eine Frage der Zeit gewesen."

„Und was wollte sie?"

„Sie wartete mit einer fabelhaften Idee für unsere Flitterwochen auf."

„Ich höre wohl nicht recht? Woher weiß sie, dass wir heiraten wollen?"

„Sie sagte, sie sei nicht auf den Kopf gefallen und könne zwei und zwei zusammenzählen."

„Du lieber Himmel!" stöhnte Tom. „Worauf habe ich mich da nur eingelassen? Mit zwei von dieser Sorte werde ich nie fertig."

„Keine Sorge. Meine konservativen braven Eltern sind ganz auf deiner Seite."

„Wenigstens ein Trost. Darf ich fragen, was sich meine Mutter für unsere Flitterwochen vorgestellt hat?"

„Ausgrabungen."

„Was?"

„Ja, du weißt doch, Archäologie, buddeln und Scherben finden, und zwar gemeinsam mit ihr."

„Kathleen!"

„Das wäre bestimmt sehr lustig." Sie amüsierte sich köstlich über sein Entsetzen.

„Nein, kommt ja gar nicht in Frage! Was wäre denn das für eine Hochzeitsreise?"

„Eine archäologische."

Tom seufzte. „Hast du überhaupt eine Ahnung von Archäologie, überhaupt von Geschichte?"

„Nein, du?"

„Keinen blassen Schimmer."

„Das wäre doch ein guter Grund, sein Wissen in diese Richtung zu erweitern."

„Auch wenn ich nicht viel von Ausgrabungen verstehe, eins weiß ich genau und bin mir da sehr sicher: Mütter sind auf Hochzeitsreisen nun wirklich überflüssig."

„Wer sagt das? Steht es vielleicht im Knigge?"

„Nein. Es genügt, wenn ich das sage."

„Spielverderber."

„Wie wär's, wenn wir unsere Flitterwochen allein verbringen und anschließend meine Mutter bei ihrer Ausgrabungstour besuchen?" schlug er kompromissbereit vor.

„Also schön", stimmte sie schließlich zu. „Machen wir es so. Du hast manchmal wirklich gute Ideen."

„Danke für dein Verständnis. Aber da du schon die ersten aufregenden Wochen nach einer Eheschließung planst, bedeutet das, dass du meinen Antrag annimmst?"

„Oh. Sag nur, ich hätte dir noch keine Antwort gegeben?" fragte sie unschuldig.

„Nein, ich warte. Oder muss ich erst eine Mutprobe absolvieren und doch noch den Drachen erschlagen?"

„Du hast sämtliche Proben bestanden", versicherte sie leise. „Mit Bravour übrigens."

„Dem Himmel sei's gedankt! Dann macht es dir also nichts aus, mir auf die Beine zu helfen?"

„Auf die Beine? Kannst du nicht allein aufstehen?"

„Ich glaube nicht. Irgendetwas stimmt mit meinem Kreuz nicht."

„Nicht schon wieder, Tom!"

„Anscheinend doch. Aber es ist nicht so tragisch. Allmählich gewöhne ich mich daran."

„Vielleicht wird es besser, wenn ich dich küsse? Bestimmte Berührungen sollen wie heilende Stromstöße wirken, nicht nur für die Psyche."

Tom betrachtete sie skeptisch. „Und du meinst, das hilft auch bei Rückenschmerzen?"

„Wir könnten es ja wenigstens versuchen." Sie zwinkerte ihm viel sagend zu.

„Wenn du mich so ansiehst ..."

Sie berührte ihn vorsichtig, und plötzlich spürte Tom keine

Schmerzen mehr. Im Gegenteil. Ihm kam es vor, als schwebe er. „Nicht schlecht, mein Schatz. Mach weiter so.“

„Gern“, versprach sie. „Und zwar ein Leben lang.“

- ENDE -

Sherryl Woods

Heiße Nächte in Colorado

Roman

Aus dem Amerikanischen von
Dorothee Halves

MIRA®

1. KAPITEL

Lindsay griff zögernd nach der Tafel Schokolade, hielt dann aber inne und überlegte, ob sie nicht doch lieber die Schachtel mit den kandierten, schokoladenüberzogenen Mandeln nehmen sollte. Oder das Studentenfutter daneben? Es sah ebenfalls sehr verlockend aus.

Unschlüssig ließ sie den Blick über das gut sortierte Süßwarenregal des Flughafenkiosks wandern. Dafür, dass sie es gewohnt war, schnelle Entscheidungen zu treffen, schien dieser vergleichsweise einfache Fall sie hoffnungslos zu überfordern.

Kein Wunder, denn Lindsay war nicht nur erschöpft und überarbeitet, sondern ausgesprochen schlecht gelaunt. Sie hatte eine anstrengende und ergebnislose Geschäftsreise hinter sich, einen zermürbenden Arbeitstag mit endlosen, langweiligen Sitzungen und anstrengenden Gesprächen, und nun stand ihr auch noch dieser Wochenendtrip ins winterliche Denver bevor, von dem sie jetzt schon wusste, dass nichts dabei herauskommen würde.

Allein für dieses Unternehmen hätte Trent Langston ihr eine Gehaltserhöhung geben müssen. Eine gewaltige Gehaltserhöhung, wenn nicht gar eine Beförderung.

Da dies aber nicht geschehen war, musste zumindest sie selbst sich belohnen. Lindsay streckte die Hand nach den in Goldfolie verpackten Mandeln aus ...

„Nun greifen Sie schon zu!“ ertönte plötzlich eine rauchige männliche Stimme, in der ein belustigter Unterton mitschwang. „Nehmen Sie doch beides, wenn Ihnen die Entscheidung so schwer fällt.“ Eine Hand griff Lindsay über die Schulter, nahm beide Packungen aus dem Regal und hielt sie ihr vor die Nase.

„Sie haben gut reden“, erwiderte Lindsay, ohne sich nach dem Unbekannten umzusehen. „Sie müssen ja die Kalorien nicht zählen.“

Ein leises, amüsiertes Lachen war die Antwort, ein Lachen mit einem unerhörten Sex-Appeal. „Um Ihre Figur zu ruinieren, bedarf es wohl etwas mehr als eines Stückchens Schokolade", sagte die verführerische Stimme.

Das eindeutige Kompliment, das in dieser Bemerkung enthalten war, tat Lindsay ungemein wohl und machte sie neugierig auf denjenigen, der es ausgesprochen hatte. Sie drehte sich um und blickte in ein Paar sehr dunkle Augen, in denen unzählige Lichtfünkchen tanzten. Trotz des liebevollen Spotts, der in diesen Augen lag, schienen sie Lindsay zärtlich zu liebkosen.

Ihr Herzschlag beschleunigte sich, und die schlagfertige Antwort, die sie sich zurechtgelegt hatte, erstarb ihr auf den Lippen. Sie löste den Blick von den Augen des Fremden und musterte ihn diskret. Er war hoch gewachsen, breitschultrig und schmal in den Hüften, sein Aufzug sportlich-lässig und einfach. Die imposante Erscheinung hätte Lindsay beinahe ein bewunderndes „Oh!" entlockt.

Der Mann sah aus, als sei er einem Reklamefoto entsprungen, das einen kernigen, athletischen und keine Gefahr scheuenden Naturburschen darstellt: blau kariertes Flanellhemd, zerschlissene Jeans, markante, entschlossene Gesichtszüge, die innere Stärke und einen festen Charakter verrieten, schwarzes, dichtes Haar, das etwas länger als bei einem ordentlichen Bürger, aber dennoch gepflegt war, und eine gebräunte Gesichtsfarbe – die für die Jahreszeit ziemlich ungewöhnlich erschien.

Der braune Teint des Fremden ließ auf lange Sonnenstunden an den Stränden Hawaiis oder auf den Hängen der Rocky Mountains schließen. Seine Kleidung sprach eher für die letztere Vermutung. Lindsay war fast sicher, dass ihr ein schneebegeisterter Skiläufer gegenüberstand.

Sonderbar – eben noch war ihr beim bloßen Gedanken an die raue Bergwelt Colorados ein Schauer des Grauens über den Rücken gelaufen, und nun dachte sie plötzlich an den Duft von Kiefern und frisch gebrühtem Kaffee, der in einer abgestoßenen Emaillekanne über dem Lagerfeuer zubereitet wurde.

Wenn noch mehr solche Männer die Bergkulissen Colorados

bevölkerten, dann würde sie dieses gefürchtete Wochenende vielleicht doch noch genießen.

Lindsay wunderte sich über sich selbst. Ihre ungewöhnlich heftige Reaktion auf die sinnliche Ausstrahlung dieses Unbekannten irritierte sie, und sie ertappte sich dabei, dass sie ihn noch immer mit klopfendem Herzen anstarrte. Schnell blickte sie zur Seite.

Ihre Gedanken aber machten weiterhin wilde Sprünge. Die Tatsache, dass ihre kleine, wohlgerundete Figur vor den Augen dieses Mannes bestanden hatte, versetzte sie in einen Zustand prickelnder Erregung. Etwas Angenehmeres hätte ihr in diesem Moment der Frustration und Unlust nicht widerfahren können. Ausnahmsweise haderte sie einmal nicht mit ihrem Schicksal, das ihr die Idealfigur eines hoch gewachsenen, langbeinigen Mannequins versagt hatte.

Wortlos griff Lindsay nach der Tafel Schokolade, und ihre fast instinktive Geste wurde mit einem breiten, zustimmenden Lächeln quittiert. Die tiefen Grübchen, die auf den Wangen des charmanten Fremden erschienen, machten ihn noch anziehender. Lindsay konnte sich lebhaft vorstellen, dass allein dieses hinreißende Lächeln auch bei anderen Frauen außergewöhnliche Gefühle und Wünsche weckte.

Er lächelte noch immer, als er ihr die Schokolade in die Hand drückte. Ihre Hände berührten sich nur für den Bruchteil einer Sekunde, und doch fühlte Lindsay sich wie elektrisiert.

Ehe sie etwas sagen konnte, hatte der Mann sich umgewandt und ging wortlos davon. Und dann war er verschwunden – wie ein flüchtiger Traum. Nur der leichte Duft von Eau de Toilette, der noch in der Luft schwebte, bewies, dass Lindsay keinem Trugbild aufgesessen war. Sie war einem hinreißenden, außergewöhnlichen Mann begegnet. Für einen winzigen Moment hatte sie sich lebendig und leicht, beinahe glücklich gefühlt. Und nun spürte sie voller Beunruhigung, wie sich unvermittelt eine Leere in ihr ausbreitete – das quälende Gefühl eines Verlusts.

So etwas Verwirrendes hatte sie noch nie erlebt. Sie hatte mit diesem Mann nur wenige Blicke und noch weniger Worte getauscht, und doch fühlte sie sich ohne ihn einsam. Ihr war, als hätte ein sehr vertrauter Mensch sie allzu plötzlich und unvorbereitet verlassen.

Eine Sekunde lang erwog sie, die Schokoladentafel zurückzulegen und auf die Suche nach dem schönen Fremden zu gehen, als sei er eine Art Märchenprinz, der den Schlüssel zum ewigen Glück besaß.

„Lächerlich!" murmelte sie leise und wandte sich entschlossen dem Kioskverkäufer zu, der ungeduldig darauf wartete, dass sie endlich ihre Einkäufe bezahlte.

Lindsay zückte ihr Portemonnaie und zeigte auf die Tageszeitungen, Zeitschriften und das Wirtschaftsmagazin, die sie ausgewählt hatte. Ein schneller Griff, und zu der Tafel Schokolade gesellte sich die Schachtel mit den Mandeln. „Was macht das, bitte?"

Während Lindsay langsam zu der Abflughalle für den Flug nach Denver schlenderte, musste sie fortwährend an ihre flüchtige, traumartige Begegnung denken. Noch nie hatte ein Mann sie in einem so kurzen Zeitraum derartig fasziniert und gefangen genommen.

Sie sah seine dunklen, lachenden Augen vor sich, die vor Unternehmungslust sprühten und einfache, harmlose Vergnügungen versprachen, die in der Hektik der Großstädte entweder arrogant belächelt wurden oder in Vergessenheit geraten waren.

Auch Lindsay hatte sich den gefühlsarmen Trends der modernen Karrierewelt verschrieben und sich in all den vergangenen Jahren erfolgreich eingeredet, dass ihr in ihrem Leben nichts fehlte. Dieser Mann aber hatte verschüttete Sehnsüchte in ihr geweckt, die sie längst überwunden glaubte.

Als Anwältin einer großen Filmgesellschaft hatte sie jeden Tag mit Männern zu tun, die zwar intelligent und geistreich und auf ihre Weise nicht minder attraktiv waren als der ominöse Fremde. Aber die meisten dieser Herren waren egozentrische Kindsköpfe, die ständig nach Aufmerksamkeit verlangten und uneingeschränkt vergöttert werden wollten. Kein Einziger von ihnen hatte je auch nur einen Funken jener erotischen Ausstrahlung gehabt, mit der dieser eher raubeinig wirkende Fremdling Lindsay verzaubert hatte. Ein Blick von ihm hatte genügt, um Empfindungen in ihr wachzurufen, die sie noch nie in ihrem Leben verspürt hatte. Eine einzige flüchtige Berührung hatte es vermocht, sie mit einem schmerzlichen sinnlichen Begehren zu erfüllen.

Es war, als meldeten ihr Körper und ihre Weiblichkeit nach neunundzwanzig Jahren disziplinierten, strikt durchorganisierten und erfolggekrönten Lebens urplötzlich und fordernd ihre Rechte an, die bisher vernachlässigt wurden.

Lindsay war ihrem Traummann begegnet. Einem Traummann im wahrsten Sinne des Wortes. Denn war er nicht aus ihrem Leben verschwunden, kaum dass sie ihm begegnet war? Sie stieß einen resignierten Seufzer aus.

Tabor! schalt sie sich im Stillen. Deine Tagträume sind gefährlich! Wahrscheinlich leidest du unter akutem Schlafmangel – sonst würden deine Gedanken nicht verrückt spielen.

Traummann – das ist doch absurd ...

Dieser ständige Stress schadet offensichtlich meiner Gesundheit, dachte Lindsay, als sie die Wartehalle betrat. Allein in der letzten Woche war sie zweimal quer über den Kontinent geflogen. Vermutlich konnte sie wegen der schlechten Sauerstoffversorgung auf den Langstreckenflügen nicht mehr vernünftig denken ...

Sie lächelte in sich hinein. Vielleicht waren ihre Sinne nur noch fähig, auf starke Reize wie nachtschwarze Augen und erotisierende Wangengrübchen zu reagieren ...

Kein allzu schreckliches Schicksal, dachte sie, wenn es mit so angenehmen Gefühlen verbunden ist. War es nicht tausendmal erfreulicher, einem Phantom in Jeans und kariertem Holzfällerhemd nachzuträumen, als einem exaltierten Verrückten hinterherzujagen, der nicht den geringsten Wert auf ihren Besuch legte?

Aber unseligerweise wurde sie nun einmal für diesen Job und nicht für ihre Tagträumereien bezahlt. Sie musste ihre Mission erfüllen, ob sie wollte oder nicht.

„Schade!" murmelte Lindsay ziemlich laut. Dann suchte sie sich einen Platz und faltete seufzend das „Wall Street Journal" auseinander.

Lindsay hatte alle Mandeln verzehrt, sich die Hälfte der Schokolade gegönnt und sich durch die erste Seite ihrer Zeitung gearbeitet, als eine Lautsprecherstimme verkündete, dass die Maschine nach Denver sich wegen Nebels erheblich verspäten würde.

„Verehrte Fluggäste – wir bedauern diese unvorhergesehene Verzögerung und bitten Sie um Ihr Verständnis. Sobald der Flugplatz von Denver wieder geöffnet wird, geben wir die neue Abflugzeit bekannt. Bitte achten Sie auf die Lautsprecherdurchsagen."

Lindsay stöhnte auf. Oh nein! Nicht schon wieder – bitte nicht! Flugverspätungen waren bei Leuten, die geschäftlich viel unterwegs waren, zwar an der Tagesordnung, doch Lindsay konnte sie noch immer nicht gelassen hinnehmen. Störungen dieser Art bedeuteten nicht nur Zeitverlust und nervtötendes Warten – sie weckten vor allem stets von neuem Lindsays mühsam verdrängte Angst vorm Fliegen.

Diesmal war sie besonders aufgebracht. Eine Flugverspätung fehlte ihr noch zu ihrem ohnehin verpatzten Wochenende. Sie verfluchte nachhaltig ihren Chef, der ihr diese völlig sinnlose Reise zumutete.

Denver. Das bedeutete Schnee, Eis und Kälte. Und es bedeutete, mit einem gesprächsunwilligen Exzentriker zu verhandeln, der klar und deutlich zu verstehen gegeben hatte, dass er von dem Angebot ihrer Firma überhaupt nichts wissen wollte. Wie ihr vor diesem Mann graute!

Wieso bildete sich Trent Langston sich eigentlich ein, dass ausgerechnet sie David Morrow zu einem Vertragsabschluss überreden könne, wenn es nicht einmal dessen eigenem Agenten gelungen war?

Langston schien sich tatsächlich Erfolg von diesem unangekündigten Hausbesuch zu versprechen, während sie, Lindsay, nicht die geringste Chance sah, zumal Morrow auf seinem eigenen Grund und Boden in einer weitaus stärkeren Position war.

„Wir verschwenden nur unsere Zeit“, hatte sie zu protestieren versucht.

„Unsinn! Sie werden ihn umstimmen“, hatte der Chef im Brustton der Überzeugung erklärt. „Ich habe volles Vertrauen zu Ihnen, Lindsay.“

„Wie und womit soll ich ihn denn umstimmen?“ hatte sie aufgebracht entgegnet. „Er hat sämtliche Angebote ausgeschlagen, wie Sie wissen. Weder will er mehr Geld noch ist er an einer Limousine mit Chauffeur interessiert. Auch mit der Luxus-Suite am Drehort inklusive weiblicher Betreuung rund um die Uhr konnten Sie ihn nicht locken.“

„Sie meinen: inklusive einer persönlichen Sekretärin“, hatte Langston sie korrigiert.

„Okay – also eine Sekretärin“, hatte Lindsay grimmig eingeräumt. „Wie dem auch sei – der Vertragsentwurf für Mister Morrow ist ein Zuckerstückchen, nach dem sich jeder andere Autor die Finger lecken würde. Aber die entscheidende Klausel fehlt, und auf die hat der Mann es vermutlich abgesehen. Wenn Sie Morrow nicht die künstlerische Kontrolle über den Film überlassen, Trent, dann sehe ich keine Chance für einen Abschluss. Wie soll ich den Mann denn herumkriegen?“

„Mit Ihrem Lächeln, Lindsay. Sie müssen viel lächeln.“

„Vielen Dank für den Tipp!“ hatte sie Langston ärgerlich angefaucht. „Diese Methode, für die ich übrigens kein Jurastudium gebraucht hätte, habe ich bereits bei Morrows Agenten ausprobiert. Mit dem Ergebnis, dass der Kerl mir seine signierten Picasso-

Drucke zeigen wollte. In seiner Wohnung in Monte Carlo, wohlgemerkt."

„Es wäre bestimmt eine hübsche Reise geworden ..."

„Ach, Trent, gehen Sie zum Kuckuck!"

„Nur, wenn Sie nach Denver fahren." Trent Langston hatte sie mit seinem bohrenden Blick angesehen. „Ich will, dass Morrow dieses Drehbuch für uns schreibt, Lindsay!"

Sie hatte sich schließlich ins Unvermeidliche gefügt. Und nun saß sie hier auf dem Flughafen von Los Angeles fest, an einem kostbaren Freitagabend, wo andere Leute ausgingen und sich amüsierten. Wie hatte sie sich darauf gefreut, ihre müden Glieder in ein duftendes Schaumbad zu tauchen, ihren erschöpften Körper ausgiebig zu verwöhnen und ein Wochenende voller Nichtstun zu genießen.

An Tagen wie diesem bereute sie es manchmal, dass sie ins Showgeschäft gegangen war, statt in einer ruhigen Anwaltskanzlei in der Provinz einer regelmäßigen Arbeit nachzugehen. Aber zum Glück waren solche Momente der Reue selten. Meistens fand sie es aufregend und interessant, in der Unterhaltungsindustrie zu arbeiten, und auch diesen unangenehmen Auftrag würde sie irgendwie hinter sich bringen.

Noch mindestens eine Stunde Wartezeit! Seufzend raffte Lindsay ihre Zeitungen zusammen und machte sich auf den Weg zum Flughafencafé. Jetzt erst, nachdem sie ein Weilchen gesessen hatte, merkte sie, wie sehr ihre Füße schmerzten.

Kein Wunder – nach diesem nervenaufreibenden Sechzehnstundentag, in dessen Verlauf sie in den weitläufigen Etagen des Bürohochhauses von Langston GmbH und auf dem Gelände der Filmstudios etliche Kilometer zurückgelegt hatte. Und das in nicht allzu bequemen Pumps.

In der Cafeteria setzte Lindsay sich in die erstbeste freie Nische und streifte sich sofort die Schuhe von den Füßen. Welch eine Wohltat, was für ein himmlisches, befreiendes Gefühl! Sie schloss die Augen und lehnte sich aufatmend zurück.

„Stehen Sie auf", befahl eine Stimme, die ihr merkwürdig bekannt vorkam. Ihr Herz begann zu rasen. Das konnte doch nicht wahr sein! Sie öffnete die Augen. Er war es.

„Stehen Sie auf", sagte er noch einmal, diesmal allerdings in wesentlich sanfterem Ton. Seine Aufforderung war von einem Lächeln begleitet, das einen Kinosaal voller Frauen schwach gemacht hätte.

„Seien Sie vorsichtig!" warnte sie. „Sie wissen nicht, was Sie sagen."

„Wieso?"

„Weil meine Füße wahrscheinlich abfallen würden und Sie mich notgedrungen zu meiner Maschine tragen müssten."

Er maß sie mit einem kurzen abschätzenden Blick und grinste. „Kein Problem", lautete sein Kommentar.

„Komisch – ich dachte mir, dass Sie das sagen würden", brummte Lindsay, die sich natürlich nicht von ihrem Platz rührte. In Gedanken malte sie sich aus, wie der Fremde in der Bergeinsamkeit von Colorado Holzstämme von der Stelle bewegte, die dreimal größer und schwerer waren als sie.

„Aber ganz davon abgesehen würde mich interessieren, weshalb ich aufstehen soll."

„Weil ich gern sehen möchte, ob die Schokolade großen Schaden angerichtet hat. Sie haben sie doch sicher schon verputzt, oder nicht?"

„J ... ja, fast", gab Lindsay leicht verlegen zu.

„Und? Hat sie geschmeckt?"

„Und ob! Jeder Bissen war die Sünde wert."

Sein Blick schweifte über die leere Tischfläche. „Und nun scheinen Sie sich durch strenges Fasten zu bestrafen. Habe ich Recht?"

Lindsay lachte. „Nein. Ich habe mich mit letzter Kraft in diesen Stuhl fallen lassen und konnte mich noch nicht aufraffen, ans Büffet zu gehen und mir eine Tasse Kaffee zu holen."

„Wie möchten Sie ihn? Mit Milch und Zucker oder schwarz?"

„Schwarz", antwortete Lindsay abwesend.

„Dachte ich mir's doch! Bleiben Sie sitzen, ich bin gleich wieder da."

Im ersten Moment wollte Lindsay protestieren und ihn zurückhalten. Sie griff in ihre Handtasche, um ihr Portemonnaie hervorzuholen und dem Mann zumindest Geld mitzugeben.

Unsinn! dachte sie dann. Man durfte es mit der Emanzipation nicht übertreiben, schon gar nicht in einer Situation wie dieser. Zudem war sie sicher, dass dieser Mann ungeachtet ihrer Proteste auf seinem Kavaliersdienst bestanden hätte. Er hatte anscheinend beschlossen, sie unter seine Fittiche zu nehmen.

Lindsay nutzte seine Abwesenheit, um sich unauffällig die Füße zu massieren und sie dann wieder in die Schuhe zu zwängen. Die wenigen Minuten unerwarteter Freiheit hatten ihre Füße so stark anschwellen lassen, dass sie kaum noch in die schmalen Pumps passten.

Ich werde auf Strümpfen zum Flughafen laufen, dachte sie, oder mich von meinem ritterlichen Helden tragen lassen.

„Sie schmunzeln – was gibt es denn so Komisches?" drang die Stimme des Fremden wie aus weiter Ferne zu ihr.

Lindsay errötete. „Nichts. Gar nichts."

„Jedenfalls nichts, was Sie für mitteilenswert halten", berichtigte er. Er stellte das Tablett auf den Tisch und setzte sich ihr gegenüber.

„So ist es", stimmte sie ihm zu. „Vielen Dank übrigens für den Kaffee."

„Oh, nichts zu danken. Hoffentlich bringt er Sie wieder auf die Beine."

Lindsay lachte und beobachtete mit wachsendem Staunen, wie der Fremde eine Zuckertüte nach der anderen aufriss und in seine Tasse leerte. So sehr sie Schokolade liebte, so heftig verabscheute sie puren Zucker. Die Geschmäcker waren eben verschieden.

Nachdem er sein Gemisch gründlich umgerührt und den ersten Schluck getrunken hatte, sah er Lindsay mit dem ihr nun schon vertrauten liebevoll-spöttischen Lächeln an. „Verraten Sie mir eins: Verbringen Sie Ihre Freitagabende immer in Flughafenhallen?"

„So oft ich kann", erwiderte sie trocken. „Ich sehe für mein Leben gern Flugzeuge starten und landen."

„Ein sehr interessanter Zeitvertreib", bemerkte er mit unbewegter Miene. „Darf ich Ihnen einen bescheidenen Rat geben?"

„Selbstverständlich."

„Nehmen Sie einen Platz am Fenster. Dort hätten Sie einen etwas besseren Blick."

Mit gespielter Überraschung sah Lindsay ihn an. „Donnerwetter! Dass ich darauf noch nicht von selbst gekommen bin!"

„Nun geben Sie es schon zu – Sie sind hier, um sich einen attraktiven Herrn zu angeln und sich zum Wochenende an einen exotischen Ort einladen zu lassen."

„Verflixt! Woher wissen Sie das?" Lindsay riskierte einen verführerischen Augenaufschlag. „Darf ich fragen, wohin Sie reisen?"

„Nach Hause."

„Nehmen Sie mich mit?"

Sein langer, weicher Blick sprach Bände. „Das ist ein sehr verlockender Vorschlag", sagte er leise. Der warme Klang seiner Stimme umhüllte Lindsay wie eine intime, zärtliche Liebkosung.

Lindsays Puls raste. Das Blut brannte wie Feuer in ihren Adern. Ein harmloses Spielchen war plötzlich in Ernst umgeschlagen. Eben noch hatten sie herumgealbert, und nun ...

Ja, was denn eigentlich? Wie kam sie darauf, dass sich etwas geändert haben sollte? Zwei Menschen vertrieben sich die Wartezeit mit einem nichts sagenden Wortgeplänkel – das war alles.

Wo gab es das, dass wildfremde Reisende, die sich zufällig über den Weg liefen, beschlossen, zu einem der beiden „nach Hause" zu fliegen?

Lindsay fühlte den Blick des Fremden auf sich gerichtet. Als sie das Gesicht hob und in seine dunklen, unglaublich weichen und schönen Augen blickte, wurde sie unsicher. War es vielleicht für ihn denn doch kein Spiel?

„Sie trinken Ihren Kaffee ja gar nicht", sagte er ruhig. Lindsay griff geistesabwesend nach ihrer Tasse. Ihre Hand zitterte leicht.

Wenn er darüber auch nur eine einzige Bemerkung macht, bekommt er den Kaffee ins Gesicht geschüttet! dachte sie wütend. Wie kam er dazu, sich derart aufdringlich in ihr Leben zu drängen!

Aber ihn trifft doch keine Schuld! gestand sie sich ein. Konnte er etwas dafür, dass sie sich in einem alarmierenden nervlichen Zustand befand? Dass sie müde, erschöpft, mit den Nerven am Ende war? Nein, dieser Mann war vollkommen unschuldig.

Lindsay überlegte, seit wann sie sich so merkwürdig fühlte. Konnte es an der Schokolade oder an den Mandeln liegen? Vielleicht waren sie nicht mehr frisch gewesen.

Nein! Die sonderbare Veränderung hatte sich just in dem Moment vollzogen, als sie zum ersten Mal in diese fremden schwarzen Augen geblickt hatte.

Es lag also doch an ihm, dass ihre Sinne sich binnen einer Stunde auf bedenkliche Weise verwirrt hatten. Einen Vorwurf konnte sie ihm jedoch kaum machen.

„Wann geht Ihr Flug?" fragte Lindsay, voller Hoffnung auf einen baldigen Abschied.

„Noch lange nicht. Wir haben genug Zeit, um uns über die guten alten Zeiten zu unterhalten und Erinnerungen aufzuwärmen."

„Gute alte Zeiten? Erinnerungen?" wiederholte sie perplex. Sie verstand überhaupt nichts mehr! War sie im Begriff, verrückt zu werden, oder hatte sie in der gefühlsarmen und vernunftbetonten Welt der Bilanzen, Produktionsziffern und Wirtschaftstrends verlernt, die feineren und manchmal poetischen Zwischentöne zu verstehen?

Auf jeden Fall hatte sie Schwierigkeiten, den Gedankengängen ihres Gegenübers zu folgen.

„Nun – wir haben uns eine Ewigkeit nicht gesehen", erklärte er. „Wie ist es Ihnen in der letzten Stunde ergangen? Was haben Sie in der Zwischenzeit alles erlebt?"

Lindsay sah ihn unsicher an und fragte sich, ob er in einem ähnlichen gestressten Zustand wie sie selbst war. In seinem Gesicht konnte sie keine ungewöhnlichen Anzeichen entdecken. Sie blickte in Augen, die sie wach und ruhig, ein wenig amüsiert und – sehr interessiert ansahen.

„Haben Sie mich vermisst?" fragte er lächelnd.

„Nicht im Geringsten", erwiderte Lindsay kühl. Seine bestürzte Miene jedoch ließ ein Gefühl der Reue aufkommen. „Entschuldigung", hörte sie sich sagen, „ich wollte Sie nicht kränken." Sie nippte an ihrem Kaffee. „Und Sie – haben Sie mich vermisst?" fragte sie, ohne sich etwas dabei zu denken. Aber kaum hatte sie diese belanglosen Worte ausgesprochen, merkte sie zu ihrer eigenen Überraschung, dass sie seiner Antwort entgegenfieberte.

„Ja. Ich habe Sie schrecklich vermisst", sagte er voller Ernst.

Ehe Lindsay in spöttisches Lachen ausbrechen konnte, begegnete sie seinem Blick, und ihre Heiterkeit verwandelte sich unvermittelt in ein Gefühl prickelnder Erregung. Da war es wieder – jenes beunruhigende Kribbeln in der Magengrube, dieses nagende Verlangen, dieser Schmerz tief in ihrem Innern, der sich wie eine Welle in ihrem ganzen Körper ausbreitete. Wieder klopfte ihr Herz wie wild.

Der Mann war zu viel – einfach zu viel ...

Oder reagierte sie nur deshalb übermäßig heftig, weil die Warterei auf das Flugzeug an ihren Nerven zerrte und sie frustriert war?

War es vielleicht mehr als nur das Warten auf den Flug? War ihr ganzes Leben eine einzige Frustration? Hatte sie das Wesentliche versäumt?

Dieser Verdacht brach so unvermittelt in ihr auf, dass es ihr den Atem nahm. Sie hob zögernd den Blick und sah schnell wieder zur Seite, denn er fixierte sie noch immer.

Diese magischen schwarzen Augen ...

Undeutlich hörte Lindsay eine Lautsprecherdurchsage, die sie zum Vorwand nahm, sich davonzumachen. „Mein Flug", sagte sie und stand hastig auf. „Ich glaube, mein Flug ist aufgerufen worden.“

Sie streckte ihm die Hand hin. „Nochmals vielen Dank für den Kaffee.“

Sein warmer Händedruck, der lächelnde Mund, die hinreißenden Grübchen, die dunklen Augen mit dem spöttischen Funkeln ... Lindsay wurde von einem Taumel ergriffen, als sie sich von dem Fremden verabschiedete. Es musste sein. Jetzt und für immer.

„Gern geschehen, Rotschopf“, sagte er zärtlich und ließ nach zwei endlosen Sekunden ihre Hand los.

Lindsay stürmte hinaus und zwang sich, ihre Konzentration auf die Sache zu lenken, deretwegen sie hier war: auf ihren Flug nach Denver. Kopflos rannte sie den Gang entlang, als wäre der Teufel hinter ihr her.

„Hey ...!“

Sie blieb stehen und drehte sich um. Dort stand er, lächelnd, die Hand zum Gruß erhoben. Verschwörerisch zwinkerte er ihr zu. Allein dieses lässige, charmante, unverwechselbare Zwinkern hätte genügt, um jede Frau aus der Fassung zu bringen.

„Bis zum nächsten Mal, Rotschopf“, rief er, „dann essen wir in aller Ruhe den Kuchen.“

2. KAPITEL

„Was sagen Sie da? Sie haben keinen Platz mehr in einer anderen Maschine?“

Die Angestellte hinter dem Buchungsschalter schüttelte bedauernd den Kopf, doch um Lindsay ihren guten Willen zu beweisen, befragte sie noch einmal ihren Computer. „Nein, Miss Tabor, tut mir Leid.“

„Ich muss aber unbedingt morgen früh geschäftlich in Denver sein“, erklärte Lindsay und bemühte sich diesmal um einen höflicheren Ton. Was konnte die arme Person dafür, dass der Flug annulliert war? Es war unfair, dass sie ihre schlechte Laune ausgerechnet an ihr ausließ. Schließlich stand noch eine lange Schlange anderer Fluggäste hinter ihr, die alle dasselbe Problem hatten wie sie und die junge Frau gleichfalls ins Schwitzen bringen würden.

„Heute Abend geht nur noch eine Maschine nach Denver“, sagte die Angestellte, „aber die Touristenklasse ist total ausgebucht.“

Lindsay horchte auf. „Haben Sie denn in der ersten Klasse noch etwas frei?“ fragte sie hoffnungsvoll. Normalerweise gestattete sie sich diesen Luxus nie. In ihren Augen war es absolute Geldverschwendung, erster Klasse zu fliegen, obwohl die Langston AG reich genug gewesen wäre, um sich eine eigene Luftflotte zu leisten. Dies aber war ein Ausnahmefall, der noch dazu auf das Konto von Trent Langston höchstpersönlich ging. Sie dachte nicht daran, für ihren Chef zu sparen.

Und außerdem – warum sollte sie sich nicht einmal verwöhnen lassen? Dies würde ihr fünfter Flug in einer Woche sein. Seit Tagen hatte sie nicht mehr richtig geschlafen oder vernünftig gegessen. Das letzte Mal, dass sie gepflegt gespeist hatte, war vor fünf Tagen gewesen – in einem der besten italienischen Restaurants von New York.

Aber nicht einmal jenen Abend hatte sie genießen können,

denn die plumpen Annäherungsversuche von Moris Samuels hatten ihr den Genuss der vorzüglich zubereiteten Pasta verleidet. David Morrows Agent hatte sie mit dem anzüglichen Spiel seiner Knie und Hände so bedrängt, dass sie vor lauter Verteidigungsmanövern kaum einen Bissen von den Spaghetti primavera genossen hatte. Seitdem hatte sie sich hauptsächlich von Sandwiches und Kaffee ernährt.

Und von Schokolade ... Ein Lächeln huschte über Lindsays Gesicht, denn unwillkürlich schweiften ihre Gedanken wieder zu dem mysteriösen Traummann im Holzfällerhemd. Plötzlich fühlte sie sich heiter und gelöst.

Als die Angestellte vom Monitor ihres Computers aufsah, strahlte Lindsay sie freundlich an. „Nun, wie sieht es aus?"

„Ein Platz ist noch frei." Auch die Stimme der Angestellten klang erleichtert.

„Phantastisch! Ich nehme ihn." Lindsay hatte noch immer ein Lächeln auf den Lippen, als sie mit dem Ticket in der Hand die Halle durchquerte. Nun könnte sie auch endlich einmal die Theorie ihrer Mutter erproben, die behauptete, dass es in den Erste-Klasse-Kabinen der Flugzeuge von attraktiven, interessanten und erfolgreichen Männern nur so wimmelte. Sie hatte Lindsay mehr als einmal ans Herz gelegt, ihre Fluggewohnheiten zu ändern, damit sie endlich den Mann ihres Lebens kennen lernte.

„Dem intelligenten, gut aussehenden Mann, den du brauchst, wird es nicht im Traum einfallen, stundenlang mit angezogenen Knien auf einem schmalen Sitz der Touristenklasse zu hocken und sich von ungezogenen Kleinkindern belästigen zu lassen", hatte Marie Tabor gepredigt.

Lindsays Einwand, dass sie einen Mann weder wollte noch brauchte, ignorierte ihre Mutter. „Er will sich während des Flugs wohl fühlen", pflegte sie zu sagen, wenn sie den Erste-Klasse-Typus beschrieb. „Sobald er Platz genommen hat, wird er sich behaglich zurücklehnen wollen, er wird die Beine ausstrecken und entspannt seinen Imbiss und sein Glas Champagner genießen. Und dann braucht er den Platz natürlich auch, um seine Geschäftspapiere ausbreiten zu können, all die lukrativen Verträge und gelungenen Abschlüsse."

An dieser Stelle machte Marie Tabor für gewöhnlich eine bedeutsame Pause. „Hör auf mit der albernen Sparerei und flieg erste Klasse, Kind! Wenn du schon keinen Mann willst, dann denk doch wenigstens an die beruflichen Vorteile, an all die geschäftlichen Perspektiven. Die Welt des Business ist doch dein Ein und Alles."

„Der Mann, den du beschrieben hast, wird so in sein Aktenstudium vertieft sein, dass er nicht einmal Notiz von mir nehmen wird", hatte Lindsay eingewandt.

„Aber natürlich wird er das! Du bist doch schön! Allerdings könntest du viel mehr daraus machen, Darling. Zum Beispiel diese Schneiderkostüme ... verzeih, aber sie sehen alle gleich aus – trist und langweilig. Und dein Haar ..." – auch diese Litanei wiederholte sich ständig – „ ... du hast so hübsches Haar. Willst du es nicht mal mit einem schicken Schnitt versuchen? Dieser ist so ... nun, verwegen. Dein Haar sieht aus wie – wie mit dem Schaumquirl geschlagen."

Lindsay hatte daraufhin nur geschmunzelt. Sie wusste, dass ihre Frisur nicht viel Stil hatte, dafür war sie aber überaus praktisch. Ihr dunkles rostrotes Haar war kurz geschnitten und bedurfte wegen der kräftigen Naturkrause keiner großartigen Frisierkunst.

„Was hältst du davon, wenn ich es mir pink färben lasse?" hatte sie ihre Mutter geneckt.

„Lindsay – das ist doch absurd!"

„Nicht absurder als deine Idee, ein Erster-Klasse-Ticket sei ein Garantieschein für die große Liebe."

„Versuch es doch einmal, Kind. Tu es für mich."

Nun erfüllte sich also Marie Tabors Wunsch. Der Versuch konnte starten. Lindsay war drauf und dran, ihre Mutter anzurufen, um sie mit der frohen Botschaft zu überraschen. Sie sah auf die Uhr. „Zu spät“, sagte sie zu sich selbst. „Ich werde von Denver aus telefonieren und ihr dann gleich meine Verlobung mitteilen.“

Sie musste sich beeilen. Im Laufschritt hastete sie die Gänge entlang und passierte als Letzte den Ausgang zu ihrer Maschine.

Alle anderen Passagiere saßen bereits auf ihren Plätzen, als sie das Flugzeug betrat. Eine Stewardess wies ihr ihren Platz an. Eilig verstaute sie ihren Bordcase und ließ sich aufseufzend in den Sitz fallen.

Sie wollte sich anschnallen, aber das eine Ende des Sicherheitsgurts schien zwischen den Sitzen eingeklemmt zu sein. Nervös zerrte sie an dem Gurt – ohne Erfolg.

Plötzlich wurde ihre Hand sanft beiseite geschoben. „Warum so ungeduldig?“ ertönte eine wohl bekannte Stimme. „Mit ein wenig Zartgefühl werden wir das gleich haben.“

Lindsay fuhr herum und – blickte in zwei dunkle, lächelnde Augen. Ihr Herz schien einen Schlag auszusetzen.

„Typisch Frau“, neckte er sie, „von Technik keine Ahnung.“ Seine Hand berührte fast ihren Schenkel. Mit angespannten Muskeln, die Hände im Schoß zusammengekrampft, saß Lindsay da und wagte nicht, sich zu rühren.

Trotzdem setzte sie ein kokettes Lächeln auf. „Sie scheinen die Frauen gut zu kennen.“

„Gut genug“, erwiderte er knapp, während die Schließen ihres Gurts ineinander schnappten. Seine Hände streiften ihre Schenkel. „Ich kenne sie genauso gut wie die Mechanik von Sicherheitsgurten.“

Seine Bemerkung machte Lindsay misstrauisch. Einerseits freute sie das unerwartete Wiedersehen, andererseits begann sie sich zu fragen, ob der Mann ein bestimmtes Ziel verfolgte. Es musste eine Erklärung für diese wiederholten Treffen geben, denn an so obskure Dinge wie Schicksalsfügung glaubte sie nicht.

„Sagen Sie, verfolgen Sie mich aus irgendeinem Grunde?“ fragte sie ihn unverblümt und beobachtete sein Mienenspiel genau. Es kam ihr selbst so vor, als hätte sie diesen Satz gerade kürzlich in einem Drehbuch gelesen.

Er lachte leise auf. „Rotschopf, wenn ich mich nicht irre, sind Sie nach mir in dieses Flugzeug gestiegen."

Da hatte er allerdings Recht. Aber hatten clevere Spione, oder was auch immer er war, nicht stets plausible Erklärungen parat?

„Und das Zusammentreffen am Kiosk?" setzte sie ihr Verhör fort.

„Zufall. Oder vielmehr ... Glück ..."

„Und Ihr Erscheinen im Café?"

„Zufall. Purer Zufall."

Lindsay sah ihn prüfend an. Was für ein unglaublich attraktiver und sympathischer Mann er war! Und was für ein unwahrscheinliches Glück sie doch hatte, dass er nun auch noch im Flugzeug neben ihr saß! Hatte sie das große Los gezogen? Oder steckte hinter der Sache mehr, als sie wusste?

„Warum, um alles in der Welt, sind Sie hier?" fragte sie ihn eindringlich.

„Sie werden überrascht sein. Aber ich will genau wie Sie nach Denver fliegen."

„Und warum wollen Sie nach Denver?" Lindsay wusste, wie unmöglich ihr Verhör war, doch sie musste der Sache auf den Grund gehen.

„Ich dachte, ich hätte es Ihnen schon gesagt. Ich will nach Hause ... nach Boulder." Er grinste boshaft. „Und nun sind Sie an der Reihe. Was zieht Sie nach Denver? Geben Sie es zu: Sie haben sich an meine Fersen geheftet."

Lindsay warf ihm einen empörten Blick zu. „Wie kommen Sie denn auf die Idee? Das ist doch eine bodenlose ..."

„Hey, hey, beruhigen Sie sich." Sein leises Lachen sandte einen Schauer über ihren Rücken. „Sie haben angefangen. Ist es nicht erlaubt zu kontern?"

Lindsay stieß einen tiefen Seufzer aus. Sie antwortete nicht, aber im Stillen musste sie ihm Recht geben.

Es war ihm nicht zu verdenken, dass er nach ihrem Kreuzverhör mit denselben Waffen zurückschlug. Noch immer wusste sie nicht, was sie von diesem Mann eigentlich halten sollte. Aber wenn sie sich auf ihre gesunde Menschenkenntnis verließ, dann musste sie zu dem Urteil kommen, dass nichts Bedrohliches von ihm ausging. Abgesehen von seiner fatalen Wirkung auf ihr Herz ...

„Warum sind Sie so nervös?“

Lindsay fuhr zusammen, als die Stimme ihres Nachbarn sie aus ihren Gedanken riss. Seine Worte erschreckten sie mindestens ebenso wie die Attacke jenes Römers, der sie vor Jahren, als sie ahnungslos über die Via Veneto spaziert war, in einen bestimmten Körperteil gezwickt hatte ...

„Ich bin nicht im mindesten nervös“, behauptete sie mit einer Entschiedenheit, die ihm ein belustigtes Lächeln entlockte.

„Dann frage ich mich, weshalb Sie so verkrampft dasitzen. Gleich sterben Ihre Hände ab. Die Knöchel sind schon schneeweiß.“

Das Dröhnen der Triebwerke hatte Lindsay in Panik versetzt. Wie jedes Mal vor einem Flugstart wurde sie von einer unüberwindlichen Angst erfasst. Wenn ihr Sitznachbar geahnt hätte, dass ihre Nerven nun aus zweierlei Gründen zum Zerreißen gespannt waren ... Sie brachte kein Wort heraus.

„Haben Sie etwa Angst vorm Fliegen?“ fragte er besorgt.

„Ich? Was glauben Sie, wie oft ich fliege!“ Lindsay gab sich ganz locker und unbeschwert. Sie mochte ihre Schwäche nicht zugeben. Es gelang ihr sogar, die Hände voneinander zu lösen und – scheinbar entspannt – in den Schoß zu legen.

Sie musste ihre Ängste für sich behalten, denn ihr war klar, dass sie nie wieder ein Flugzeug besteigen würde, wenn sie sie erst einmal offen geäußert hätte.

Als sie sich jetzt ihrem Nachbarn zuwandte, versuchte sie, ein selbstbewusstes Lächeln aufzusetzen. „Wenn ich bei jedem Start die Nerven verlieren würde, hätte man mich schon lange in eine Gummizelle gesperrt.“ Natürlich sagte sie nicht, dass sie sich nie weit von dieser Zelle entfernt sah – besonders in beängstigenden Augenblicken wie diesem, wenn das Flugzeug in rasendem Tempo die Startbahn entlang donnerte.

Sein ungläubiger Gesichtsausdruck verriet, dass ihre Worte nicht überzeugend geklungen hatten. „Dann möchte ich wissen, wovor Sie sich fürchten. Doch hoffentlich nicht vor mir."

„Wohl kaum. Ich habe einen langen, frustrierenden Arbeitstag hinter mir und bin vielleicht etwas überreizt." Dass sie nicht nur wegen ihrer Flugangst feuchte Handflächen und weiche Knie hatte, musste sie ihm nicht unbedingt anvertrauen.

„Aha", sagte er mit verständnisvollem Lächeln. „Das also ist der Grund für die Überdosis Schokolade."

Lindsay lächelte verlegen. „Sie sagen es." Er brauchte nicht zu wissen, dass nicht zuletzt er selbst der Auslöser für ihren Süßwarenkonsum war.

„Warum erzählen Sie mir nicht ein wenig von sich?" bat er. „Es interessiert mich, was eine so hübsche Frau dazu bringt, sich in Kalorienkonflikte zu stürzen."

Lindsay mochte sich noch so sehr wehren, aber der Blick des Mannes schien eine magische Kraft auszuüben. Er befreite sie aus ihrer engen Karrierewelt und ließ sie sogar ihre momentane Angst vergessen. Sie fühlte sich in ein Traumreich versetzt, wo Romantik und Liebe kein Hirngespinst, sondern greifbare Wirklichkeit waren.

Ihr Blut war in Wallung. Ihre Wangen glühten, ihre smaragdgrünen Augen waren von einem tiefen Leuchten erfüllt. Zum ersten Mal seit undenklichen Zeiten fühlte sie sich schön und begehrenswert.

Ein Augenpaar, der Blick eines Fremden hatte eine unfassbare Veränderung in ihr bewirkt. Es war eine berauschende, beinahe erschreckende Erkenntnis.

„Hey", kam es leise, „ich dachte, Sie wollten mir etwas erzählen. Weshalb war Ihr Tag so schlimm?" Sein Lächeln war umwerfend.

Sie lächelte zurück. „So schrecklich erscheint er mir gar nicht mehr", gab sie offen zu. In der Tat – sie hatte nicht einmal gemerkt, wann das Flugzeug vom Boden abgehoben hatte. Der Mann wirkte ganz offensichtlich Wunder.

„Umso besser", sagte er, „dann können wir über erfreulichere Themen reden. Über Sie zum Beispiel. Wer sind Sie? Und warum musste ich ein halbes Leben warten, um Ihnen erst heute zu begegnen?"

„Wahrscheinlich haben Sie an den falschen Plätzen gesucht", meinte sie trocken.

„Das wird es sein. Flughäfen beispielsweise meide ich wie die Pest."

„Ich halte mich nicht nur auf Flughäfen auf."

„Wo hätte ich denn noch nach Ihnen forschen können?"

„Oh, eigentlich überall."

„Das ist mir etwas zu ungenau. Bei so unpräzisen Angaben hätte ich mein Leben lang suchen müssen. Stellen Sie sich vor, wir würden uns erst kennen lernen, wenn wir beide alt und runzlig sind."

„Dann hätten Sie vermutlich kein Interesse mehr an mir", gab Lindsay mit einem koketten Lächeln zurück. Sie kannte sich selbst nicht wieder. Noch nie in ihrem Leben hatte sie sich zu einem so gewagten, direkten Flirt hinreißen lassen.

Er musterte sie aufmerksam. „Da mögen Sie Recht haben. Aber ich glaube, bei diesen Augen könnte ich alles andere übersehen. Und nun erzählen Sie – ich möchte alles über Sie wissen. Dann können wir später unseren Enkelkindern erzählen, dass wir uns in einer Winternacht, hoch über den Wolken und von Sternen umgeben, ineinander verliebt haben."

Lindsay blinzelte, seufzte unhörbar auf und spürte, dass sie sich ein klein wenig verliebte. War es verwunderlich? Nein, denn die Männer, die sie kannte, flüsterten ihr keine romantischen, poetischen Worte ins Ohr, und schon gar nicht in zehntausend Metern Höhe. Sie redeten über Verträge, Millionenbeträge und den Verkauf von Fernsehrechten. Es war wesentlich langweiliger, aber sicherer, so viel sicherer.

„Ich finde, wir sollten zuerst über Sie sprechen", schlug sie vor, „über mich wissen Sie schon eine ganze Menge."

Er schüttelte stur den Kopf. „Abgelehnt. Sie kommen zuerst. Vielleicht finde ich dann heraus, was man anstellen muss, um dieses Leuchten in Ihre Augen und dieses betörende Lächeln auf Ihre Lippen zu zaubern."

Wieder stieß Lindsay einen leisen Seufzer aus. Der Mann war ein Meister in der Kunst zu schmeicheln. Er musste irischer Abstammung sein. Aber was machte es schon? Seine Redekünste taten ihr unendlich wohl, und sie fügte sich willig in das Spielchen.

Eine solche Romanze widerfuhr einem vielleicht einmal im Leben. Man musste sie ausleben, auch wenn sie nur einen Flug lang dauerte. Es war prickelnd und aufregend – ein herrliches Abenteuer in Lindsays prosaischem Alltag.

„Also gut", willigte sie ein und sprach betont nüchtern, als handele es sich um einen bedeutenden Geschäftsabschluss. In Wirklichkeit konnte sie kaum noch klar denken. Sie fühlte sich auf einer rosaroten Wolke schweben, als hätte sie das Glas Champagner, das der Steward eben vor ihr abgestellt hatte, bereits geleert.

„Abgemacht", bestätigte er den sonderbaren Vertrag und ergriff ihre Hand. Die Berührung erfüllte Lindsay mit einem Gefühl unerklärlicher Geborgenheit und Sicherheit, einem Gefühl, das sie fast vergessen hatte. Es war wie damals, als ihr Vater sie in die Luft gestemmt, herumgewirbelt und dann fest in die Arme genommen und an sich gedrückt hatte.

Er hatte es Abend für Abend getan, wenn er von der Arbeit nach Hause gekommen war. Bis zu ihrem neunten Lebensjahr. Bis zu jenem Tag, an dem er gestorben war.

Nach dem Tod ihres Vaters war der ruhende Pol aus Lindsays Leben verschwunden. Seitdem hatte sie sich rastlos und getrieben gefühlt, ohne Halt und Sicherheit. Sie hatte Ängste entwickelt, die sich immer deutlicher herausbildeten. Ihrer Furcht vor dem Alleinsein begegnete sie, indem sie rastlos von einem Ort zum anderen eilte und sich ständig mit Menschen umgab. Aber aus Angst vor einem erneuten Verlust vermied sie es, enge Bindungen einzugehen. So war sie ständig auf der Flucht und lief vor etwas davon, das sie nicht einmal genau benennen konnte. Und dennoch wuchs ihre vage Sehnsucht nach einem festen Halt, die sie mit besessener Arbeit zu betäuben versuchte. Ihre Verlustangst begann, ihr Leben zu bestimmen. Selbst zu ihrer Mutter hielt sie eine emotionale Distanz, um sich vor dem erneuten Schmerz eines jähen Abschieds von vornherein zu schützen.

Lindsay blickte in die Augen des Fremden, der noch immer ihre Hand hielt. Sie fühlte seine Wärme auf sich überströmen, fühlte seine Kraft und seinen Schutz. Schlagartig wurde ihr klar, dass ihre permanente Flucht mit dieser Begegnung ein Ende haben könnte. Doch sie wusste auch, dass sie nicht ohne Widerstand aufgeben würde. Dafür hatte sie viel zu lange und viel zu erbittert ihren einsamen Kampf gekämpft.

Sie war ja nicht einmal imstande, über sich selbst zu sprechen! Auch wenn sie es diesem Mann mit Handschlag versprochen hatte – sie konnte und sie würde sich ihm nicht öffnen. Es war zu gefährlich.

„Sie sind zuerst dran", beharrte sie. „Wer sind Sie?"

Er fragte sich, was sie mit ihrem Versteckspiel bezweckte, drang aber nicht weiter in sie und gab nach. „Na gut – wenn es Ihnen so schwer fällt, Ihr Inkognito zu lüften, dann fange ich eben an. Ich heiße Mark Channing und lebe etwas außerhalb von Boulder in einem behaglichen kleinen Haus."

Lindsay lehnte sich in ihren Sitz zurück und ließ sich von der samtweichen tiefen Stimme davontragen. Sie kam sich vor wie ein Kind, das der Gute-Nacht-Geschichte eines Märchenerzählers lauscht, und befand sich bald in einem wundervollen trance-ähnlichen Zustand.

„Kein Großstadtlärm, kein Mensch stört mich dort", fuhr er fort. „Ich bin von nichts als Natur umgeben, mit der großartigen Gebirgskulisse im Hintergrund. Jetzt im Winter beherrschen die mächtigen Kiefern und Tannen das Bild. Dunkel und geheimnisvoll heben sie sich vor dem weißen Bergpanorama ab. Im Frühjahr verwandelt die Landschaft sich dann in einen riesigen bunten Flickenteppich, wenn überall die ersten wilden Blumen aus dem Boden schießen. Es ist ein wahres Feuerwerk der Natur."

Trotz der leidenschaftlichen Begeisterung, die in der tiefen, ruhigen Stimme mitschwang, fühlte Lindsay ein Gefühl der Beklommenheit in sich aufsteigen. Wie konnte ein Mensch nur in solch einer weltabgeschiedenen Einsamkeit leben?

„Fühlen Sie sich nicht manchmal sehr isoliert?" fragte sie.

„Nein. Sonst hätte ich mir diesen Flecken ja nicht ausgesucht. Außerdem leben in meiner Nachbarschaft ein paar sehr nette und interessante Leute, und die Stadt ist auch nicht allzu weit entfernt. Ich fahre mindestens einmal pro Woche zum Einkaufen hin und treffe mich dann meistens mit Freunden zum Essen oder zu einem Kinobesuch. Das reicht mir vollauf. Im Grunde bin ich jedes Mal froh, wenn ich wieder in meiner Klause bin."

„Sind Sie denn oft auf Reisen?" fragte Lindsay hoffnungsvoll.

„Nur, wenn es unbedingt sein muss. Zum Glück habe ich jetzt erst einmal Ruhe. Die letzten Wochen waren mörderisch. Los Angeles, New York und wieder Los Angeles. Lauter unerfreuliche Angelegenheiten. Das Gespräch mit meinem Agenten steckt mir jetzt noch in den Knochen. Er hat gegen meinen ausdrücklichen Willen Verhandlungen mit einer Filmgesellschaft aufgenommen, und nun muss ich sehen, dass ich aus diesem lächerlichen Vorvertrag wieder herauskomme. Aber ich bin optimistisch. Mit etwas Glück brauche ich Boulders in den nächsten sechs Monaten nicht mehr zu verlassen. Auf keinen Fall möchte ich den Frühling und den Sommer in den Bergen versäumen."

Je länger der Mann redete, desto mehr wuchs Lindsays Unbehagen. Dieser Mark Channing redete von Dingen, die ihr verdächtig bekannt vorkamen. Es war kaum vorstellbar, überlegte sie nun beunruhigt, aber in der Gegend um Denver schien es mehr als nur einen Autor zu geben, der zu genau demselben Zeitpunkt mit einer Filmgesellschaft Katz und Maus spielte.

„Was sind Sie denn eigentlich von Beruf?“ fragte sie so beiläufig wie möglich.

Er lächelte auf eine Weise, dass Lindsay sich fragte, ob sie vielleicht zu indiskret gewesen war.

„Ich schreibe ein wenig.“

„Bücher?“

„Ja, in der Hauptsache“, antwortete er ausweichend.

„Und was noch?“

„Nun, ich habe einige Drehbücher verfasst.“

„Unter Ihrem eigenen Namen?“

„Ja.“

Lindsay atmete erleichtert auf. Gott sei Dank! Mark Channing war also nicht der Mann, auf dessen Spuren man sie gesetzt hatte, um ihn mit allen Mitteln der Überredungs- und Verführungskunst zum Unterschreiben eines Vertrags zu bewegen. Es wäre nicht auszudenken gewesen, wenn sie mit diesem Menschen, der ihr schon halb den Verstand geraubt hatte, geschäftlich hätte verhandeln müssen.

„Drehbücher – wie interessant! Welche Filme haben Sie denn auf dem Gewissen?“ fragte sie aufgeräumt.

Er seufzte, als würde ihn die Frage zu Tode langweilen, und spulte mehrere Titel herunter, die Lindsay nur allzu bekannt waren. Also doch – er war es! Ihre Stimmung sank auf den Nullpunkt.

„Aber ... aber sagten Sie nicht, dass Sie Mark Channing heißen?“ stieß sie hervor.

Er sah sie irritiert an. „Ja. So heiße ich auch.“

„Die Filmdrehbücher, die Sie eben erwähnten, stammen aber von David Morrow.“

„Sie sind ja erstaunlich gut informiert“, wunderte er sich. „David Morrow oder Mark Channing – beides ist richtig. Ich heiße nämlich mit vollem Namen David Mark Channing Morrow. Als Privatmann trage ich nur die Mittelnamen. Es macht vieles nun mal einfacher, wissen Sie.“

„Oh nein!" stöhnte Lindsay auf und vergrub das Gesicht in den Händen. Wie hatte sie nur die Initialen M. C. vergessen können? Oft genug hatte sie sie in David Morrows Namen gelesen.

Dies also war das Ende einer noch nicht begonnenen Romanze – schade! Schluss mit der Träumerei. Jetzt galt es, ein Millionengeschäft unter Dach und Fach zu bringen.

„Was haben Sie denn plötzlich?" fragte Mark Channing alarmiert.

Lindsay versuchte, ein strahlendes Lächeln aufzusetzen, aber es misslang. „Sie lagen mit Ihrem Verdacht gar nicht so falsch, Mr. Channing", sagte sie. „Ich verfolge Sie."

„W... was sagen Sie da?"

„Sie haben richtig gehört. Ich bin im Auftrag der Langston Studios nach Denver unterwegs. Der Vertrag liegt in dem Köfferchen dort unten." Die kleinen weißen Zornesfältchen, die sich um Mark Channings Mund bildeten, ließen nichts Gutes ahnen, und Lindsay bemühte sich, seinem Wutausbruch mit einem noch charmanteren Lächeln zuvorzukommen.

„Ist das nicht ein unglaublicher Zufall?" flötete sie kokett.

Wortlos starrte er sie an. Das Lächeln war gänzlich aus seinen Augen gewichen, ebenso die Grübchen, die Lindsay bereits jetzt schmerzlich vermisste. Nichts Vertrautes war mehr in seiner Miene zu lesen, die nunmehr einer Unheil verkündenden Donnerwolke glich.

„Finden Sie nicht auch, dass es ein unglaublicher Zufall ist?" wagte Lindsay sich noch einmal vor. Beschwörend hob sie die Hände.

Mark Channing sah sie lange an. Dann endlich kam Bewegung in sein Gesicht. Der zornige Ausdruck schwand zusehends, wurde immer weicher und wich schließlich dem altbekannten, vertrauten Lächeln. Und auf einmal begann Mark Channing zu lachen.

Sein plötzlicher Stimmungsumschwung irritierte Lindsay nur noch mehr. „Was ist denn so komisch?" fragte sie aufgebracht.

„Sie."

„Ich?"

Er nickte, brach von neuem in Lachen aus und sah sie kopfschüttelnd an. „Entschuldigen Sie, aber von dieser Überraschung muss ich mich erst mal erholen." Wieder musterte er Lindsay mit einem amüsierten Schmunzeln. „Die Beschreibung meines Agenten wird Ihnen absolut nicht gerecht, Miss Tabor."

Meinen Namen kennt er immerhin, stellte Lindsay befriedigt fest. Er hat sich also zumindest von Moris über unser Gespräch informieren lassen.

„Was hat er denn gesagt?" fragte sie neugierig, nachdem sie eine Weile vergebens auf eine weitere Erklärung Channings gewartet hatte.

Der hob in ohnmächtiger Geste die Hände. „Wenn Sie unbedingt darauf bestehen ... warten Sie, ich will versuchen, es genau wiederzugeben. Er sagte, Sie seien – ich zitiere wörtlich – ‚aggressiver als ein Dobermann'. Und falls Sie überhaupt ein Herz hätten, dann eins aus Eisen. Ihr Verstand – Moment, wie drückte Moris sich noch aus? Ja, Ihr Verstand sei gefährlicher als eine stählerne Fuchsfalle. Er benutzte noch einige andere ziemlich brutale Ausdrücke, die mir entfallen sind. Aber ich denke, Sie können sich ungefähr ein Bild machen."

Channing sah Lindsay von der Seite an und warf ihr einen belustigten Blick zu. „Ich habe es mir gleich gedacht. Sie müssen Moris eine gehörige Abfuhr erteilt haben. Sonst hätte er nicht so auf Sie geschimpft. Er wollte Sie verführen, stimmt's?"

Lindsay verzog verächtlich die Mundwinkel. „Ich musste ziemlich deutlich werden, bis er endlich begriff, dass er bei mir keine Chancen hat", sagte sie.

„Das hat ihn natürlich niedergeschmettert."

„Bestimmt nicht. Ich glaube, dass nichts Ihren Agenten wirklich erschüttern kann."

Channing lachte. „Wahrscheinlich haben Sie Recht. Moris lässt sich von Niederlagen nicht lange entmutigen. Deshalb ist er auch in seinem Job so tüchtig. Und Ihnen ist er im Grunde gar nicht böse. Ich glaube, dass er Sie sehr mag – trotz Ihrer Abfuhr."

Wieder sah Channing Lindsay forschend von der Seite an. „Sonst hätte er wohl kaum gesagt, dass Sie mein Typ wären und dass ich an seiner Stelle mit Ihnen hätte verhandeln sollen.“

„Ich Ihr Typ? Ein zähnefletschender Dobermann?“

Channing lachte aus vollem Halse. „Sagte ich nicht, dass er Sie nicht ganz zutreffend beschrieben hat? Sein verletzter Stolz ließ es wohl nicht zu, diese wunderschönen grünen Augen zu erwähnen …“

Ein Finger strich zärtlich über Lindsays Wange und zeichnete in einer liebevollen Berührung die Linie unterhalb des Auges nach. Lindsay fühlte, wie das Blut schneller durch ihre Adern pulsierte.

„… oder die Art und Weise, wie Sie die Lippen schürzen, wenn Sie nachdenken. Oder dieses herrliche, seidig schimmernde Haar.“

Er ließ ein paar kurze, dicke Haarlocken durch seine Finger gleiten und heftete den Blick auf Lindsays Augen. Eine erregende Wärme durchströmte sie.

„Oder die Tatsache, dass Sie kaum größer als ein Kätzchen sind und bequem in meiner Handfläche Platz hätten?“

Seine weiche Stimme war vor Sinnlichkeit heiser. Sie legte sich in sanften, berauschenden Wellen auf Lindsays Bewusstsein und drohte sie erneut in jenen gefährlichen, hypnoseartigen Zustand zu versetzen, dem sie sich unbedingt entziehen musste.

Oh nein – so ging es nicht! So nicht! Sie sollte diesen Mann dazu bringen, einen Vertrag zu unterschreiben – okay –, aber den Umweg über sein Bett würde sie nicht nehmen.

Wenn sie sich jetzt aber nicht zusammenriss, würde es aber unweigerlich darauf hinauslaufen. Denn im Gegensatz zu dem Widerling Moris vermochte dieser Mark Channing, sie um den Finger zu wickeln. Ein Blick, ein Augenzwinkern genügte, und sie war zu allem bereit.

Wenn sie bedachte, was sie in der letzten Zeit alles unternommen hatte, um ein Treffen mit ihm herbeizuführen, und wie er sie Mal für Mal versetzt hatte! Bis nach New York war sie ihm nachgereist und hatte dort zwei Tage auf ihn gewartet, um schließlich zu erfahren, dass er trotz des zugesagten Gesprächs bereits nach Los Angeles zurückgeflogen war.

Und nun saßen sie in demselben Flugzeug nebeneinander, unwiderstehlich voneinander angezogen. Es war einfach absurd.

Plötzlich löste sich Lindsays Spannung, und sie fing an, unbändig zu lachen. Als sie zur Seite blickte, sah sie, dass es auch um Mark Channings Mundwinkel zuckte.

„Die Macht des Schicksals ist offenbar stärker als die raffinierteste Verhandlungsstrategie", bemerkte sie, als sie sich etwas beruhigt hatte. Dann begann sie von neuem zu lachen.

„Dasselbe dachte ich auch gerade." Mark Channing schüttelte reumütig den Kopf. „Wenn ich das geahnt hätte ...", sagte er.

„Was dann? Hätte ich dann keinen Kaffee bekommen?" spottete sie.

„Miss Tabor", begann er, und seine Stimme klang auf einmal sehr ernst. „Ich hätte Sie zu dem fürstlichsten Dinner eingeladen, das Sie je in einem Flughafenrestaurant eingenommen haben."

Lindsays Herz setzte einen Schlag aus. Wie sollte sie diese Bemerkung deuten? War sie rein persönlich gemeint, oder enthielt sie einen versteckten Hinweis, dass Mr. Morrow alias Channing unter den veränderten Umständen nun doch zu Verhandlungen bereit war?

Ironischerweise war sie sich nicht darüber im Klaren, welche der beiden Interpretationen sie vorzog. Sie entschied sich für die geschäftliche Version – allein schon, um ihr Nervensystem zu schonen.

„Da ist mir ja einiges entgangen", sagte sie, „und zum Dessert hätten Sie den Vertrag unterschrieben, nicht wahr?"

Channing schüttelte langsam den Kopf. „Oh nein" – sein entschlossener Ton machte alle ihre Hoffnungen zunichte – „ich habe keinerlei Interesse an einem Abschluss. Das sagte ich bereits Trent Langston, meinem Agenten, und nun sage ich es auch Ihnen. Nichts und niemand auf der Welt wird mich dazu bewegen, meine Meinung zu ändern, nicht einmal Sie."

„Aber was sollte dann Ihre Bemerkung eben?“ fragte Lindsay irritiert.

„Das will ich Ihnen sagen.“ Seine Stimme sank zu einem heiseren Flüstern herab. „Wenn ich geahnt hätte, was für eine hübsche und bezaubernde Frau Sie sind, dann hätte ich mich schon viel früher mit Ihnen getroffen.“ Er sah Lindsay tief in die Augen. „Aber ich hätte es nur aus einem einzigen Grund getan.“

Lindsay war nicht imstande, seinem Blick auszuweichen. „Und der wäre?“ fragte sie mit zitternder Stimme.

„Um Sie besser kennen zu lernen, Miss Tabor.“

3. KAPITEL

Nachdem Lindsays Herzschlag sich einigermaßen normalisiert hatte und sie wieder etwas klarer denken konnte, hätte sie vor Frustration am liebsten laut geschrien und um sich geschlagen.

Oder – noch besser – ihrem lächelnden Nebenmann eine Ohrfeige versetzt, um nicht länger seine strahlende Miene und seine verführerischen Wangengrübchen ertragen zu müssen.

Channing schien, was sie beide betraf, große Hoffnungen zu hegen, während sie ihre Träume jäh begraben sah.

Vor nicht einmal fünfzehn Minuten hätte sie noch alles darum gegeben, um jene viel versprechenden Worte aus seinem Munde zu vernehmen.

Nun aber, da seine Identität feststand, hätte er sie mit einem anderen Satz weitaus glücklicher gemacht – etwa folgendem: „Wo ist der Vertrag? Ich unterschreibe."

Danach hätte er sie gern mit den betörendsten Komplimenten erfreuen können – doch das Geschäft ging entschieden vor. Ihr beruflicher Ehrgeiz stand weit über ihren ureigenen weiblichen Bedürfnissen, die dieser Mann in ihr geweckt hatte.

Lindsay starrte Mark Channing fassungslos an. „Wollen Sie damit sagen, dass mein mitternächtlicher Flug und womöglich noch die Fahrt in dieses verschneite Bergnest absolute Zeitvergeudung sind?" schnaubte sie.

Sein dreistes Lachen versetzte sie noch mehr in Wut. „Wieso denn Zeitverschwendung?" fragte er mit der unschuldigsten Miene. „Wir können uns ein paar nette Tage machen und uns auf Trent Langstons Kosten kennen lernen. Ich bin mir sicher, dass Ihnen die Berge gefallen werden."

„Ich missbrauche mein Spesenkonto nicht für hoffnungslose Fälle", fuhr sie ihn ärgerlich an. Allmählich entpuppte der Mann sich als genau derjenige, für den sie ihn während ihrer ergebnislosen Verfolgungsjagd quer durch die Staaten gehalten hatte; als ein

Verrückter, ein Chaot, ein unverschämter, unreifer, egozentrischer Macho – wie all die anderen Männer auch.

„Dann muss eben Moris herhalten“, schlug Channing vor. „Er kann sich über zu knappe Spesen nicht beklagen und wird mal etwas springen lassen müssen. Zumal er uns diese Geschichte eingebrockt hat. Es wird ihm eine Lehre sein, wenn er für seine Voreiligkeit zahlen muss.“

Lindsay sah ihn fast feindselig an. „Sie finden das alles sehr komisch, nicht?“

Mark Channing schien nachzudenken. „Komisch?“ wiederholte er, „nein, eigentlich nicht. Ich finde es eher spannend. Ein Abenteuer, das voller Möglichkeiten steckt. Stimmen Sie mir nicht zu?“

Sein umwerfendes Lächeln entwaffnete sie. Nein, er war kein Verrückter, kein egoistischer Draufgänger. Wie konnte man einem Mann mit diesen Augen, mit diesem hinreißenden Charme böse sein?

Lindsay fühlte, wie von neuem eine Welle der Erregung ihren Körper durchlief. Kein Zweifel – ein Wochenende mit Mark Channing barg Möglichkeiten, die sie sich lieber nicht weiter ausmalte ...

Vor Nervosität und innerer Anspannung verkrampfte sie wieder die Hände in ihrem Schoß. Ich werde mir einfach einreden, er sei Moris, sagte sie sich. Dann werde ich ihm widerstehen können.

Sie riskierte einen Blick aus den Augenwinkeln. Nein, unmöglich! Zu einem solchen Gewaltakt reichte ihre Phantasie denn doch nicht aus. Moris Samuels hatte kleine Schweinsaugen, verschwitzte Hände und Gesichtszüge, bei deren Anblick man eine Gänsehaut bekam, während sie den Mann neben ihr nur anzusehen brauchte, um in einen Zustand sinnlicher Erregung zu geraten.

Nun – sie würde Mark Channings Reizen widerstehen, auch wenn der Trick mit Moris Samuels nicht funktionierte.

„Ich glaube, Sie sind von allen guten Geistern verlassen“, sagte sie und registrierte voller Genugtuung, dass ihre Stimme nur unmerklich schwankte. „Sie bilden sich doch nicht etwa ein, dass ich für nichts und wieder nichts ein Wochenende in Denver vertrödele. In einer Stadt noch dazu, in der täglich Kälterekorde gebrochen werden." Lindsay schüttelte sich vor Grauen. „Ich hasse Schnee!"

„Ich lebe in Boulder und nicht in Denver, Miss Tabor."

„Ihr idyllisches Boulder befindet sich Ihren Beschreibungen zufolge in derselben Klimazone wie Denver", konterte sie.

„Ich habe in meinem Haus einen Kamin."

Lindsay warf ihm einen vernichtenden Blick zu. „Das kann ich mir lebhaft vorstellen! Einen Kamin mit einem kuscheligen Schaffell davor, nehme ich an."

„Und ein wunderhübsches, behagliches Gäste..."

„Schon gut, schon gut! Vergessen Sie es, Mr. Channing. Ich werde den Rest der angebrochenen Nacht in einem Hotelzimmer in Denver verbringen und morgen früh mit der ersten Maschine zurück nach Los Angeles fliegen."

„Und was werden Sie am Montag Ihrem Chef erzählen?"

„Genau das, was ich ihm bereits heute Nachmittag sagte, dass Sie an einem Vertragsabschluss nicht interessiert sind."

Channing musterte Lindsay skeptisch. „So wie ich Trent Langston einschätze, wird er sich mit dieser Erklärung nicht zufrieden geben."

„Was heißt Erklärung?" brauste Lindsay auf, „es ist die Wahrheit – oder etwa nicht?" Lindsay machte eine nachdenkliche Pause. „Nein – natürlich wird Trent nicht zufrieden sein", räumte sie ein, „vermutlich wird er mir unterstellen, dass ich irgendeinen Fehler gemacht habe. Von mir aus soll er denken, was er will. Wenn er darauf besteht, mit Ihnen ins Geschäft zu kommen, dann soll er sich doch selbst nach Boulder begeben und Sie höchstpersönlich einer Gehirnwäsche unterziehen."

„Was? So schnell wollen Sie aufgeben?"

„Was heißt ‚so schnell'? Sie tun gerade so, als würden wir zum ersten Mal an Sie herantreten."

„Identifizieren Sie sich dermaßen mit Ihrer Firma, Miss Tabor? Es ist das erste Mal, dass wir beide miteinander reden."

„Was soll denn das heißen?"

„Bleiben Sie übers Wochenende in Boulder, und finden Sie es selbst heraus."

„Sie scheinen mich für eine Masochistin zu halten."

„Nein. Aber ich weiß von Moris, dass Sie ehrgeizig sind. Erfolg bedeutet Ihnen offenbar eine ganze Menge."

„Moris' Urteil trifft nur bedingt zu. Natürlich verbuche ich lieber berufliche Erfolge als Niederlagen. Aber in Ihrem Fall sieht das anders aus. Sie haben des Öfteren klargestellt, dass Sie mich in dieser Drehbuchangelegenheit nicht einmal anhören wollen. Gewiss haben Sie Ihre Gründe, weshalb Sie unter keinen Umständen mit Langston Studios verhandeln wollen. Habe ich Recht?"

„Ja."

„Sehen Sie. Und deshalb sehe ich nicht ein, warum ich mein schönes Wochenende vergeuden soll."

„Immerhin könnten Sie Trent Langston berichten, dass Sie nichts unversucht gelassen haben."

„Er wird entzückt sein", erwiderte Lindsay sarkastisch, „und mir wegen besonderer Tapferkeit im Feld eine Medaille verleihen. Und Sie? Was versprechen Sie sich eigentlich von meinem Bleiben? Das sadistische Vergnügen, mich vor sich kriechen zu sehen?"

„Aber nein! Ich sagte Ihnen doch, dass ich Sie näher kennen lernen möchte. Dieses Wochenende wäre eine einmalige Chance dazu."

Seine Direktheit verschlug Lindsay die Sprache. Warum interessierte er sich ausgerechnet für sie, die Vertreterin eines Konzerns, dem er zutiefst misstraute? Gewiss, sie war einigermaßen attraktiv, aber gab es nicht genug andere gut aussehende Frauen? Allein das Flugzeug war voll davon – voller hübscher weiblicher Wesen, die es nicht abwarten konnten, sich mit Mark Channing im Schnee zu tummeln.

„Warum wollen Sie mich eigentlich kennen lernen?“ fragte sie schließlich und zwang sich, ihm dabei offen ins Gesicht zu sehen.

Mark Channing schüttelte verdrossen den Kopf. „Scheinbar kann ich mich nicht mehr verständlich ausdrücken, aber ich will versuchen, es Ihnen zu erklären. Schon immer habe ich mir gewünscht, mich im mitternächtlichen Himmel in eine Frau mit smaragdgrünen Augen zu verlieben.“

Lindsay sah ihn an wie jemanden, der den Verstand verloren hat. „Sie sind ja wahnsinnig“, murmelte sie.

Er zuckte schicksalsergeben mit den Schultern. „Was wollen Sie? Ich bin Schriftsteller ...“ Da war es wieder – dieses augenzwinkernde, unwiderstehliche Lächeln. „Was ist, kommen Sie nun mit mir nach Hause oder nicht?“

Nach Hause. Zu ihm. Lindsay fühlte sich von einem Taumel ergriffen. „Nein. Wie ich bereits sagte, ist für mich in Denver ein Hotelzimmer reserviert. Dort werde ich übernachten.“

„Und was haben Sie dann vor?“

Lindsay stieß einen tiefen Seufzer aus. In einem Punkt hatte ihr Gesprächspartner Recht. Trent Langston würde vor Wut toben, sobald er erführe, dass sie ihren Auftrag nicht zu Ende ausgeführt hatte. Irgendwie würde es herauskommen – das wusste sie.

„Und dann?“ wiederholte Channing seine Frage. „Was wollen Sie tun?“

„Das werde ich mir noch überlegen.“

Er lächelte zufrieden. „Gut“, sagte er, während die Maschine auf der Landebahn aufsetzte. „Ich werde Sie jetzt in Ihr Hotel begleiten, und morgen früh sehen wir weiter.“

Ein lautes Klopfgeräusch weckte Lindsay aus tiefem Schlaf. Blinzelnd schob sie die dicke Daunendecke zurück, die ihren Körper wohlig umhüllte, und riskierte einen vorsichtigen Blick in die fremde, feindliche Umwelt. Mittlerweile war sie überzeugt, dass sie das Opfer eines nicht enden wollenden Alptraums war. Kaum, dass sie in diesem himmlischen Bett eingeschlummert war, kam irgendein Verrückter daher, um die Qualen der letzten Wochen und Tage fortzusetzen.

Missmutig sah sie zum Fenster. Durch den schmalen Spalt zwischen den Vorhängen drang fahles, kaltes Licht herein. Ein Grauen überlief Lindsay, als sie an den bevorstehenden Tag dachte.

Schnell verkroch sie sich wieder in ihrem behaglichen Nest und zog sich die Decke über die Ohren. Vielleicht war das Klopfen nur Einbildung gewesen. Ja, sie musste sich getäuscht haben. Kein normaler Mensch, und schon gar nicht ein Hotelangestellter, würde einen schlafenden Gast zu dieser frühen Stunde stören.

Gerade als sie in einen angenehmen Halbschlaf hinüberdämmerte, hämmerte es von neuem an ihrer Tür, und eine nur allzu vertraute Stimme rief leise ihren Namen.

Lindsay stöhnte auf und vergrub das Gesicht in den Kissen. Hatte sie nicht richtig vermutet? Ein normaler Mensch wäre nie auf die Idee gekommen, sie zu nachtschlafender Zeit zu wecken. Aber David Mark Channing Morrow – das wurde ihr immer klarer – war alles andere als ein normaler Mensch.

Entweder hatte er einen so abnormalen Stoffwechsel, dass er völlig ohne Schlaf auskam, oder er war ein teuflischer Sadist.

Vermutlich traf das Letztere zu, denn eine Person, die freiwillig an einem Ort lebte, wo man täglich sein Auto aus einer Schneeverwehung freigraben musste, musste psychisch schwer gestört sein. Sicher litt Channing noch unter einigen anderen krankhaften Verhaltensweisen. Er gehörte in ein Sanatorium oder in psychotherapeutische Behandlung, auf keinen Fall jedoch hatte er etwas vor ihrem Hotelzimmer zu suchen.

„Aufstehen, Rotschopf!“ drang die tiefe, heisere Stimme zu ihr hinein. „Oder soll ich reinkommen und Sie wach machen?“

Während Lindsay noch über seinen atemberaubenden Vorschlag nachsann, der zwar unverschämt, aber nicht uninteressant war, sah sie voller Entsetzen, wie der Türknauf sich drehte und die Tür sich einen Spaltbreit öffnete.

Ein Cowboystiefel – Größe fünfundvierzig – kam zum Vorschein und hinterließ auf dem blauen Auslegteppich hässliche Flecken von schmelzendem Schnee.

Dem Stiefel folgte der restliche Mark Channing, der sich freundlich lächelnd mit einem „Guten Morgen“ neben der Tür postierte.

Aufrecht im Bett sitzend, die Steppdecke bis unters Kinn gezogen, starrte Lindsay ihn wutentbrannt an. „Was fällt Ihnen ein?“ erboste sie sich. Schlaftrunken wie sie war, klang ihre Stimme bei weitem nicht so energisch, wie sie sollte. Der Vergleich mit einem Chihuahua-Hündchen drängte sich auf: kläffen und nichts dahinter ...

„Ich wollte Sie zum Frühstück abholen“, sagte Channing ruhig und mit gleich bleibend freundlicher Stimme. Bewundernd ließ er den Blick über Lindsays bloße Schulter gleiten, ehe er weitersprach. „Ich dachte natürlich, dass Sie schon lange angezogen sind.“

„Haben Sie den Verstand verloren?“ schnaubte Lindsay empört. „Es ist mitten in der Nacht!“

Er lächelte. „Habe ich mir's doch gedacht, dass für euch Leute aus Hollywood eine andere Zeitrechnung gilt. Für einen Hinterwäldler wie mich ist es neun Uhr morgens. Höchste Zeit, dass Sie in die Kleider kommen. Sonst wird es zu spät zum Skilaufen.“

Lindsays Blick wanderte erneut zum Fenster, und ihre Miene nahm einen verächtlichen Ausdruck an. „Das ist alles, was eure Sonne hier oben um neun Uhr morgens an Kraft aufzubieten hat?“

„Keine voreiligen Schlüsse, bitte! In den Bergen ist sie viel heller und klarer. Sie hätten den Sonnenaufgang erleben sollen!“

Mark redete sich immer mehr in Begeisterung, während Lindsays Mut bei jedem seiner Worte tiefer sank.

„Sonnenaufgang?“ wiederholte sie mit schwacher Stimme. „Sagten Sie Sonnenaufgang?“

„Es war wunderschön“, schwärmte er, „die Berge leuchteten in allen erdenklichen Farben – vom sanftesten Grau bis zu den kräftigsten Orange- und Rottönen.“

Ganz allmählich registrierte Lindsay den Sinn seiner Worte. „Nein!“ sagte sie entschlossen. „Keine Berge! Kein Schnee! Und vor allem kein Skilaufen!“

„Aber warum denn nicht? Sie werden sehen, wie schön es hier in Colorado ist. Und Skilaufen macht enorm viel Spaß.“

„Mir nicht – stellen Sie sich vor. Wintersport war mir von jeher verhasst.“

„Lassen Sie uns beim Frühstück weiter darüber reden“, meinte er geduldig.

„Da gibt es nichts ‚darüber zu reden‘!“

„Nun, wir werden sehen“, sagte Mark unbeirrt. „Ich schlage vor, Sie ziehen sich jetzt an, und ich helfe Ihnen packen.“

„Packen?“ Lindsay war fassungslos. Channing mochte ein begabter Schriftsteller sein, doch er war nicht nur verrückt, sondern auch noch ohne jegliche Manieren. Zuerst betrat er ungefragt ihr Zimmer, und nun wollte er unter einem läppischen Vorwand ihre persönlichsten Dinge in Augenschein nehmen. Es war ungeheuerlich!

„Mister Channing! Sie werden es nicht glauben, aber ich bin durchaus in der Lage, meinen Koffer selbst zu packen. Und zwar werde ich es tun, bevor ich aus diesem Hotel auschecke und nach Los Angeles zurückfliege. Den Zeitpunkt meiner Abreise, Mr. Channing, bestimme noch immer ich.“

Er lachte erfreut. „Ich habe doch geahnt, dass Sie sich zum Bleiben entschließen würden. Ehrlich gestanden bin ich davon ausgegangen. Okay – Sie packen also selbst. Wie Sie wollen. Aber beeilen Sie sich. Sonst haben wir nichts mehr vom Tag.“

„Ich ... ich verstehe überhaupt nichts mehr ... Warum soll ich packen?“

„Weil Sie zu mir übersiedeln. Die tägliche Hin- und Rückfahrt auf der vereisten Straße zwischen Boulder und Denver wäre viel zu strapaziös für Sie. Und gefährlich, denn Sie sind ja winterliche Straßenverhältnisse offenbar nicht gewohnt.“

Lindsay seufzte auf und zog die Decke fest um ihren

Oberkörper. Ihr Entschluss, nicht zu ihm nach Boulder zu ziehen, stand spätestens seit seinem Einfall, in ihr Zimmer zu kommen, unumstößlich fest. Ob Boulder oder ein Vipernnest – es kam auf dasselbe hinaus. Der Mann war einfach lebensgefährlich.

„Ich bin in diesem Hotel sehr gut aufgehoben", sagte sie eisig, „und ich denke nicht daran auszuziehen."

„Es ist aber leider schon geschehen. Ich habe Sie eben ausgecheckt", gestand Mark und sah sie abwartend an.

„W... was haben Sie?" Der schrille Ton in Lindsays Stimme kündigte einen ihrer höchst seltenen, aber von ihren Mitmenschen äußerst gefürchteten Wutanfälle an. Normalerweise sparte sie sich diese Ausbrüche für jene raren, aber umso unerfreulicheren Situationen auf, in denen Leute auftraten, die sie nie, nie wieder sehen wollte. Und eine solche Situation bahnte sich jetzt an.

Zornfunkelnd blitzte sie Channing an, während sie sich ihren nächsten Satz zurechtlegte.

„Ich habe nur an Ihr Spesenkonto gedacht", kam ihr Channing zuvor. „Sagten Sie nicht gestern im Flugzeug, dass Sie das Geld Ihrer Firma nicht für aussichtslose Fälle verschleudern?" Er kam einen Schritt auf sie zu. „Und diesem lobenswerten Zug habe ich Rechnung getragen. Sie wollen doch Ihrem Chef nicht eine teure Hotelrechnung für ein privates Ski-Wochenende präsentieren ...?"

„Von Skilaufen ist keine Rede!" rief Lindsay aufgebracht, „und erst recht nicht von einem lauschigen Wochenende in Ihrer Schneehütte!"

Ihre Gefühle und Gedanken befanden sich in einem heillosen Durcheinander. Nicht einmal der vorausgeahnte Wutanfall stellte sich ein. Stattdessen sorgte dieser Mensch dafür, dass sie langsam, aber sicher den Verstand verlor.

„Oh, Lindsay", hörte sie ihn mitleidig sagen, „gönnen Sie sich doch ein wenig Spaß. Ein kleines Abenteuer, eine Abwechslung. Ich glaube, es wird Ihnen gut tun."

„Spaß!" stieß sie verächtlich hervor. „Ich kann mir angenehmere Freizeitbeschäftigungen vorstellen. Zum Beispiel einen Spaziergang am Meer bei sommerlichen Temperaturen. Oder einen Besuch im Louvre. Oder einen Abend in einem Dachrestaurant Manhattans bei einem exotischen Cocktail. Von mir aus sogar eine durchtanzte Nacht in einer Londoner Disco oder eine Saharadurchquerung auf dem Kamel. Lieber würde ich eine Schulklasse durch Disneyland führen, als auch nur eine Stunde bei klirrender Kälte durch meterhohen Schnee stapfen, noch dazu auf Skiern. Nein, vielen Dank!"

Mark Channing schüttelte seufzend den Kopf. „Ich sehe schon, mir steht ein gewaltiges Stück Arbeit bevor."

„Es ist nicht Ihr Job, mich zu einem Schnee-Fan zu bekehren, Mr. Channing. Sollten Sie das fälschlicherweise angenommen haben, dann betrachten Sie sich bitte als fristlos entlassen."

Er lächelte hintergründig. „Dann kann ich Ihnen als Alternative nur noch ein Abkommen vorschlagen."

Lindsay brauchte ihn nur anzusehen, um zu wissen, was für eine Art Abkommen er meinte. Er verzehrte sie förmlich mit seinem lüsternen Blick.

Aber als verhandlungserfahrene Anwältin hielt sie sich an die eiserne Regel, den anderen anzuhören, bevor man „nein" sagte.

„Wie lautet Ihr Vorschlag?" fragte Lindsay kühl.

„Sie kommen mit nach Boulder und machen sich ein Bild von dem Leben dort ..."

„Und ...?" unterbrach sie ihn ungeduldig.

„Und ich höre mir Ihre Vorschläge an."

„Das ist glatte Erpressung!"

„Nein, es ist ein Abkommen", berichtigte er sie mit sanfter Stimme.

Natürlich – nach deinen selbst geschneiderten Maßstäben schon, erwiderte sie im Stillen. Dieser Mann schien sein Ziel noch hartnäckiger zu verfolgen als sie das ihre. Es fragte sich, wer der Sieger in diesem unfairen Kampf sein würde.

Lindsay ließ den Blick noch einmal zum Fenster wandern. Das graue Licht war beklemmend. Voller Sehnsucht dachte sie an den nur wenige Flugstunden entfernten Strand von Malibu. Dies wäre ein ideales Wochenende gewesen, um mit dem längst geplanten Windsurf-Kurs zu beginnen. Dahingleiten auf der sanft gekräuselten Oberfläche des Meeres, unter einem strahlend blauen, wolkenlosen Himmel, gekühlt von einer lauen Brise ...

„Was für ein widerlicher Tag“, sagte sie mit kläglicher Stimme.

„Aber der einzige, der uns für die Verwirklichung unseres Abkommens zur Verfügung steht.“

Lindsay musterte Channing mit einem grimmigen Blick. „Ich verstehe immer weniger, warum Sie nicht für Trent Langston arbeiten wollen. Sie beide sind aus demselben Holz geschnitzt.“

„Vielleicht gelingt es Ihnen ja, mich zu überzeugen“, meinte er grinsend. „Lassen Sie es auf einen Versuch ankommen.“

Sie seufzte auf. „Mir bleibt wohl keine andere Wahl.“ Umständlich wickelte sie sich in die Daunendecke und stand, mürrisch vor sich hinmurmelnd, auf.

„Haben Sie etwas gesagt, Lindsay?“

„Jedenfalls war es nicht für Ihre Ohren bestimmt.“ Sie zögerte. „Also gut – packen Sie meine Tasche, wenn Sie möchten. Ich gehe inzwischen duschen.“

In die schwere Decke gehüllt, bewegte Lindsay sich unbeholfen in Richtung Badezimmer. Ärgerlich spürte sie, wie Channings belustigter Blick ihr folgte.

Eine Kapitulation war ohnehin schon demütigend! Warum musste sie ihm nun noch diesen unattraktiven Anblick bieten? Sie hätte sich einen würdigeren Abgang gewünscht – mit majestätisch gesetzten Schritten und stolz erhobenem Haupt.

Wütend schlug sie die Tür hinter sich zu. Seit der Begegnung am Flughafenkiosk hatte sie sich von ihrer schwächsten Seite gezeigt. Wie sollte sie je gegenüber Mark Channing die Oberhand gewinnen?

Nun – zum Glück war ihre anfängliche Verwirrtheit einer wachsenden Wut gewichen. Und Wut war eine hervorragende Waffe, männlichen Verführungskünsten zu widerstehen.

Sie würde stark bleiben – das schwor sie sich. Und sie würde mit seiner Unterschrift unter dem Vertrag nach Hause fliegen und ihn bereits im Flugzeug vergessen haben.

4. KAPITEL

Der Blick der Hostess sagte alles. Sie musterte Mark mit unverhohlener Bewunderung, als er mit Lindsay den Frühstücksraum des Hotels betrat und sich suchend nach einem freien Tisch umschaute. Wäre Lindsay irgendwie an Mark Channing interessiert oder gar mit ihm liiert gewesen, so hätte sie allein dieser ungenierte Blick in rasende Eifersucht versetzt.

So aber empfand sie nur eine Art solidarischen Mitgefühls für die arme Person, die offenbar genauso spontan und eindeutig auf Marks sinnliche, maskuline Ausstrahlung reagierte, wie sie selbst es getan hatte.

Seine Wirkung auf Frauen war verblüffend. Aber war es ein Wunder? Lindsay musste zugeben, dass er trotz seines saloppen Aufzugs – wie am Vortag trug er Jeans, Holzfällerhemd und dazu die derben handgearbeiteten Stiefel – aussah wie ein griechischer Gott, der soeben vom Olymp herabgestiegen war, um sich unter die Sterblichen zu begeben.

„Ich habe einen sehr schönen Tisch für Sie. Dort drüben in der Ecke", zwitscherte die Hostess und schenkte Mark ein strahlendes Lächeln. „Wollen Sie mir bitte folgen?" Mit wippenden Hüften trippelte sie voraus, nicht ohne sich noch einmal lächelnd nach Mark umzusehen.

Der aber blieb auf halbem Weg stehen und zeigte zu einem kleinen Zweiertisch hinüber. „Der Tisch dort wäre mir lieber. Es ist ein Fensterplatz."

„Kein besonders geschickter Schachzug", murrte Lindsay, die ihm widerstrebend folgte. „Soll ich mich an den Balanceakten und Stürzen der Passanten ergötzen?"

„Die Gehwege sind freigeschaufelt und gestreut", erwiderte Mark trocken. „Kommen Sie und sehen Sie selbst."

Lindsay blickte widerwillig nach draußen. „Alles, was ich sehe, sind kleine weiße Flocken, die vom Himmel schweben. Sie wollen mir doch nicht weismachen, dass dort oben jemand sitzt und Rosenblätter ausstreut. Und diese bedauernswerten Menschen da draußen – vermummt und halb erfroren. Die Worte, die sie sprechen, gefrieren in der Luft. Was passiert bloß mit all den vereisten Sätzen, wenn es taut?“

Er sah sie nur wortlos an und führte sie zu dem Tischchen am Fenster.

Kaum hatten sie Platz genommen, als es Lindsay wie Schuppen von den Augen fiel. Channing hatte den Tisch weder wegen seiner Lage noch aus anderen feinsinnigen Gründen ausgesucht. Es war allzu offenkundig, weshalb er diese Wahl getroffen hatte: Der Tisch war so winzig, dass eine Berührung ihrer Knie unvermeidlich war.

Lindsay war außer sich. Er musste geahnt haben, dass diese intimen Berührungen eine verheerende Wirkung auf sie haben würden.

Sie war ihm ausgeliefert, ihm und diesem erregenden Gefühl sinnlichen Begehrens, das sich in heißen Wellen in ihrem ganzen Körper ausbreitete.

Unbehaglich rutschte sie auf ihrem Stuhl hin und her. Es gab keine Ausweichmöglichkeit, es sei denn, sie verdrehte und verrenkte sich auf ihrem Platz und versperrte den anderen Gästen mit den Füßen den Durchgang.

Es gab nur eine Lösung aus dem Dilemma. Sie musste das Frühstück so schnell wie möglich hinter sich bringen, um sich aus ihrer brisanten Lage zu befreien. Aber ein Blick aus dem Fenster versetzte ihr den nächsten Schock. Das Schneetreiben hatte zugenommen, und beim Anblick der wirbelnden Flocken lief ihr ein kalter Schauer über den Rücken.

Zur Hölle mit Trent Langston und Mark Channing! Lindsay war nicht gewillt, sich diesem grauenhaften, menschenunwürdigen Wetter auszusetzen! Irgendwie würde es ihr schon gelingen, ihre Sinne unter Kontrolle zu halten. Was würden ihr Mark Channings Knie schon anhaben? Sie waren nichts als zwei unattraktive Körperteile, die man einfach ignorieren musste.

Ein letzter Blick auf die Straße, und Lindsay änderte entschlossen ihre Strategie. Sie würde aus dem Frühstück eine Hauptmahlzeit machen und es so lange wie nur irgend möglich ausdehnen. Und mit dieser Absicht griff sie zur Karte und traf ihre Auswahl.

Sie musste auf zweierlei achten: erstens auf die Dauer der Zubereitungszeit der Gerichte und zweitens auf die Zeit, die ihr Verzehr in Anspruch nehmen würde.

Schon der Gedanke an die zu erwartenden Platten verursachte ihr Magenschmerzen. Normalerweise frühstückte sie überhaupt nicht, wenn man einmal von dem Becher Kaffee und dem trockenen Croissant absah, die sie allmorgendlich während der Durchsicht neuer Vertragsentwürfe hastig zu sich nahm.

„Bringen Sie mir bitte Porridge, Rührei mit einer Portion Röstkartoffeln, Toast, Marmelade, Käse, ein Glas frisch ausgepressten Orangensaft und eine Kanne Tee“, zählte sie dem Serviermädchen ihre Wünsche auf.

Mark hob überrascht die Augenbrauen, als er die gigantische Bestellung vernahm. Dann schmunzelte er amüsiert. Er schien begriffen zu haben, enthielt sich aber jeglichen Kommentars.

Tja, dachte Lindsay spöttisch, das passt nicht in sein Bild von einer einsfünfundfünfzig großen Frau, die noch vor zwölf Stunden wegen eines lächerlichen Riegels Schokolade um ihre Figur besorgt war. Sollte er denken, was er wollte.

Als sie aufsah und seinen unverschämt wissenden Blick auffing, bestellte sie sich aus lauter Trotz noch eine Portion gebratenen Frühstücksspeck.

„Ich möchte statt Tee eine große Kanne Kaffee“, sagte er ruhig. „Sonst bitte das Gleiche wie die Dame.“

Die Serviererin schrieb mit unbewegter Miene und dachte sich ihr Teil. Wahrscheinlich hielt sie die beiden für zwei Flitterwöchner, die seit Tagen nicht ihre Hochzeitssuite verlassen hatten und jetzt dem Hungertod nahe waren.

Die reizvolle Vorstellung löste abermals ein Feuerwerk sinnlicher Empfindungen in Lindsay aus. Sie hoffte inständig, dass ihr Gegenüber ihr die innere Erregung nicht anmerkte, und suchte krampfhaft nach einem unverfänglichen Gesprächsstoff.

Nachdem die Serviererin entschwunden war, hatten sie kein Wort gewechselt, und sie empfand das wachsende Schweigen als äußerst unangenehm.

Ihr fiel aber partout nichts ein. Sie war ohnehin kein Morgenmensch und ließ für gewöhnlich den Tag ganz langsam angehen. Nach ausreichendem Nachtschlaf, wohlgemerkt ...

Warum sagte er denn nichts? Er schien weder unter der kurzen Nacht noch unter dem beklemmenden Schweigen zu leiden. Im Gegenteil, es sah ganz so aus, als würde er es aus vollen Zügen genießen, still dazusitzen und sie anzusehen.

Ja, zweifellos war er mit der Situation vollauf zufrieden, während sie immer nervöser wurde und, um sich abzulenken, unruhig im Raum umherblickte.

Aber schon bald gestand Lindsay sich widerwillig ein, dass Mark Channing weit und breit die interessanteste, attraktivste und aufregendste Person war, und ihr Blick wanderte unwillkürlich zu ihm zurück.

Für einen kurzen Moment versanken ihre Blicke ineinander. Lindsays Puls begann zu rasen, und ein süßer Schmerz des Verlangens durchzuckte ihren Körper.

Sie konnte noch so sehr ihre Willensstärke beschwören – es half nichts. Der Mann zog sie mit einer magischen, gleichsam hypnotischen Kraft in seinen Bann.

Zum Glück erschien gerade im rechten Augenblick die Kellnerin mit dem überladenen Tablett, und die Situation schlug unvermittelt ins Komische um. Lindsays Mund begann verdächtig zu zucken, als sie die arme Frau bei ihren Bemühungen beobachtete, ihre Ladung auf dem Tischchen unterzubringen. Es sah nicht aus, als würde es ihr gelingen können.

Sie fühlte sich an jene groteske Zirkusszene erinnert, in denen eine unübersehbare Schar von Clowns einer nach dem anderen einem winzigen Auto entsteigt.

Mit geschultem Auge maß die Kellnerin zuerst den Tisch und dann das Tablett. Dann schritt sie zur Tat. Die Blumenvase und der Aschenbecher wurden kurzerhand auf den Nebentisch gestellt. Als Nächstes beförderte die Frau die knusprigen Speckstreifen auf die Platte mit dem Rührei, schob das Geschirr auf engsten Raum zusammen und zwängte Teller und Platten dazwischen. Da kein Millimeter mehr auf dem Tisch frei war, wurden die Schalen mit dem Porridge auf die leeren Frühstücksteller gestellt.

„Kaffee und Tee bringe ich sofort“, murmelte die Kellnerin und überprüfte, bevor sie ging, noch einmal mit Genugtuung ihre Meisterleistung.

„Ich habe einen Bärenhunger“, verkündete Mark und machte sich über das Rührei her, wie ein Holzfäller, der einen harten Arbeitstag hinter sich hat.

Lindsay rührte ihr Ei kaum an.

„Das nenne ich einen frischen Orangensaft!“ lobte er und trank einen kräftigen Schluck. „Man merkt, dass er nicht aus der Dose kommt.“

„Hmm.“ Sie nippte an ihrem Glas.

„Sie sollten mal die Kartoffeln probieren, Lindsay! Köstlich.“

„Eins nach dem anderen, Mr. Channing.“

„Aber Sie essen ja gar nicht. Ihr Rührei ist sicher schon kalt. Greifen Sie tüchtig zu! Sie müssen sich für heute Nachmittag kräftigen. Außerdem dachte ich, Sie seien hungrig ...“

Lindsay knabberte lustlos an einem Speckstreifen, nachdem sie nur einen Löffel von dem Porridge gegessen und die Schale dann aus Platzmangel auf die Fensterbank gestellt hatte. Sie hasste Haferflockenbrei ...

„Ich bin hungrig!“ bestätigte sie, „aber ich bin ein sehr langsamer Esser.“ Sie ließ den Blick über all die schrecklichen „Köstlichkeiten“ auf dem überladenen Tisch wandern, als könnte sie es gar nicht abwarten, sie zu verzehren.

Wenn ich das alles doch nur ein bisschen schneller verputzen könnte! log ihr treuherziger Blick, dem ein hinreißendes Lächeln folgte. Dann trank sie einen Schluck Saft. Einen winzigen Schluck …

Bestürzt stellte sie fest, dass Mark sich in rasendem Tempo durch seine Portionen aß. Rede, Lindsay Tabor! Du musst ihn in eine Unterhaltung verwickeln, sonst ist er gleich fertig. Und dann?

Sie sah aus dem Fenster und erschauerte. Sprich endlich! befahl sie sich aufs Neue. Es ist deine einzige Rettung.

„Darf ich Sie etwas fragen, Mr. Channing?" begann Lindsay mit mühsam geheucheltem Interesse. „Weshalb haben Sie sich ausgerechnet in Boulder niedergelassen? Stammen Sie aus dieser Gegend?"

Er schüttelte den Kopf und verspeiste den letzten Happen Rührei.

Sie machte einen neuen Anlauf. „Wohnen Sie schon lange hier?" „Fast sechs Jahre", antwortete er, bevor er das letzte Stück Speck verputzte.

„Wo sind Sie denn geboren und aufgewachsen?"

Er leerte sein Saftglas in einem Zug und zeigte fragend auf ihres, das noch halb voll war. Sie nickte, und er trank es ebenfalls aus. „New York", sagte er und verstummte wieder.

In diesem Augenblick dankte Lindsay ihrem Schicksal, dass sie keine Journalistin war, die einen Artikel über Mark Channing alias David Morrow schreiben musste.

Ihrer Absicht kam er natürlich sehr entgegen, denn unwissentlich zögerte er mit seiner Wortkargheit den gefürchteten Augenblick des Aufbruchs hinaus.

Wieder spähte Lindsay ängstlich nach draußen und zuckte entsetzt zusammen. Die arktische Außentemperatur hatte das Kondenswasser an der Innenseite der Fensterscheibe in Eis verwandelt. Ungläubig fuhr sie mit dem Finger über die im Sonnenlicht glitzernden gefrorenen Rinnsale.

„Sie machen ein Gesicht, als stünden Ihnen die schlimmsten Qualen bevor“, sagte Mark, der sie beobachtet hatte. „Was haben Sie nur gegen das bisschen Schnee und Eis?“

„Es ist mir einfach zu kalt.“

In seine Augen trat ein warmes Leuchten, als versuchte er, sie für die Kälte dort draußen zu entschädigen. „Dann wissen Sie nicht, wie gemütlich es ist, bei Winterwetter mit einem Glas gutem Kognak vor dem Kamin zu sitzen.“

„Dagegen habe ich auch nichts“, entgegnete Lindsay, „aber Sie wollen mir ja unbedingt das Skilaufen schmackhaft machen.“

„Warten Sie ab, Lindsay, es wird Ihnen gefallen. Und die Wärme des Kaminfeuers genießt man doppelt, wenn man nach Stunden aus der knackigen Schneeluft ins Haus zurückkehrt. Der Körper ist dann wohlig entspannt und müde. Glauben Sie mir, Wintersport belebt und kräftigt.“

Lindsay sah ihn skeptisch an. Offenbar war diesem Mann nicht klar zu machen, dass es nun einmal Menschen gab, die die Begeisterung der Wintersportfanatiker nicht teilen konnten. Zum Glück fiel ihr eine andere plausible Erklärung ein, die ihn überzeugen musste.

„Aber ich habe doch gar nicht die passende Kleidung dabei. Soll ich in Pumps und Kostüm Ski laufen? Ich habe nicht einmal lange Hosen eingepackt.“ Was sie sagte, entsprach sogar der Wahrheit. Außer einem warmen Pullover hatte sie nur noch ein zweites Kostüm und mehrere Seidenblusen in ihrem Gepäck.

„Wo hatten Sie denn bloß Ihre Gedanken, als Sie für diese Reise packten?“ fragte er. „Wussten Sie nicht, was Sie hier erwartet?“

„Oh doch. Ich war der Meinung, mich auf eine Geschäftsreise zu begeben“, erwiderte sie spitz. „Konnte ich ahnen, dass mein Verhandlungspartner seine Besprechungen im Schnee abzuhalten pflegt?“

Mark ignorierte ihre sarkastische Bemerkung. „Lassen Sie nur – es ist halb so schlimm. Das Garderobenproblem werden wir schon lösen. Nicht weit vom Hotel ist ein gutes Sportbekleidungsgeschäft. Dort können Sie sich einkleiden." Er warf einen kurzen Blick auf ihr kaum angerührtes Frühstück. „Essen Sie das noch auf?"

Schuldbewusst schüttelte Lindsay den Kopf. Welch eine sinnlose Verschwendung, wo Millionen von Menschen in Asien und Afrika verhungern mussten. In Gedanken sah sie den vorwurfsvollen Blick ihrer Mutter vor sich. Sie schämte sich.

„Warum haben Sie denn nur so viel bestellt?"

„Weil ... nun, weil ich ..."

„Lassen Sie nur, ich weiß, was Sie sich dabei gedacht haben", schnitt er ihr das Wort ab.

„Aha. Gedankenlesen können Sie also auch."

„Das ist bei Ihnen gar nicht nötig. Ihr Gesicht ist ein offenes Buch." Er beugte sich zu ihr vor. „Lindsay", sagte er seufzend, „geben Sie Ihren Widerstand auf. Wir werden jetzt zusammen nach Boulder fahren und dort Ski laufen. Ich möchte das Erlebnis des ersten Mals mit Ihnen teilen. Und noch vieles mehr ... Hören Sie auf, sich zu sträuben. Merken Sie nicht, dass Sie das Unvermeidliche nur aufschieben?"

Lindsay sah ihn mürrisch an. „Ich frage mich, wieso dieser Unsinn unvermeidlich sein soll."

„Fragen Sie lieber die Götter."

„Eigentlich hatte ich vor, Trent anzurufen. Oder einen Psychologen", konterte sie.

„Die werden Ihnen auch nicht antworten können. Auf diese Frage jedenfalls nicht."

Mit einem Ausdruck unerschütterlichen Selbstbewusstseins lehnte Mark sich in seinen Stuhl zurück. Er schien sich seiner Sache vollkommen sicher zu sein.

Lindsays Irritation wuchs. Woher nahm er diese Gewissheit und Zuversicht? Sie empfand seine stoische Ruhe als hinterhältig und provozierend. „Ich habe Ihnen nun schon wiederholt dieselbe Frage gestellt", sagte sie schließlich unter Aufbietung ihrer ganzen Selbstbeherrschung. „Warum inszenieren Sie dies alles?"

„Sie meinen das Frühstück?"

„Werden Sie nicht komisch! Sie wissen ganz genau, was ich meine. Was Sie tun, grenzt an Entführung." Lindsay zögerte. „Ein Mann wie Sie ... ich meine, Sie sind doch attraktiv ..."

„Vielen Dank!"

„... und intelligent. Es dürfte Ihnen an Verehrerinnen nicht mangeln. Etwas verrückt, gewiss, aber viele Frauen finden das interessant. Ich wette, dass unzählige hübsche junge Frauen aus dem Häuschen gerieten, wenn Sie ein Wochenende in Ihrem abgeschiedenen Blockhaus verbringen dürften."

„Interessiert mich nicht."

„Und warum nicht?" fragte Lindsay, der Verzweiflung nahe.

Er zuckte gleichmütig mit den Schultern, aber dann trat ein sanfter Ausdruck in seine Augen. „Es könnte sein", sagte er mit leiser und rauer Stimme, „dass wir beide zu Tode erschrecken würden, wenn ich dieser Frage weiter nachginge."

„Sie wissen es also nicht." Lindsay sah ihn fassungslos an.

Mark schüttelte den Kopf.

„Aber Sie wirken so selbstsicher, so überzeugt, als kennen Sie ein Geheimnis, aus dem Sie mich ausschließen."

„Sie irren sich, Lindsay. Nur die Götter kennen dieses Geheimnis. Ich weiß nur eins: dass es ein Fehler wäre, Sie gehen zu lassen. Das sagt mir mein Instinkt."

„Gehorchen Sie immer Ihren Instinkten?"

Er antwortete nicht sofort, aber es fiel Lindsay auf, dass sein Gesicht heftige Gefühlsregungen widerspiegelte. „Inzwischen tue ich es", sagte er dann. Seine Stimme klang fast feierlich, und Lindsay hörte in seinen Worten eine tiefe Trauer mitschwingen.

„Sie haben es also früher nicht getan?" fragte sie leise.

„Nein. Ich war zu sehr mit dem Schreiben beschäftigt und habe meinen Instinkten keine Beachtung geschenkt."

„... bis etwas geschah?"

„Ja. Bis etwas geschah." Marks Stimme klang gepresst, und seine Augen blickten starr und ausdruckslos in die Ferne. Lindsay spürte, dass er weit fort war. Sie drang nicht weiter in ihn, wohl wissend, dass ihre Unterhaltung zu einem Ende gekommen war.

Sie hatten Denver hinter sich gelassen und fuhren eine gewundene Landstraße entlang. Mark ließ sich ununterbrochen über die Schönheiten der Landschaft aus und gab detaillierte Erklärungen ab, die Lindsay allerdings wenig nützten, da das Land ringsum in dichtem Nebel lag.

Kurz vor Boulder klarte es auf. Schneebedeckte Berge vor einem blauen Himmel, im Tal das idyllische Städtchen. In der Tat, ein eindrucksvolles, pittoreskes Bild. Doch Lindsay hätte es dennoch lieber als Postkartenfoto bewundert.

Mark hatte, aus Furcht, Lindsay könnte ihm doch noch in letzter Minute entwischen, seine Meinung geändert und sie nicht in Denver eingekleidet, sondern gleich nach dem Frühstück in sein Auto geladen und die Stadt fluchtartig verlassen.

Deshalb führte sie jetzt ihr erster Weg zum Einkaufszentrum von Boulder. Trotz Lindsays Lamento über die unnütze Geldausgabe gelang es Mark, sie mit einem Paar Stiefel, einer warmen Daunenjacke und wattierten Hose, langen Unterhosen, einem Pullover, Wollstrümpfen und -handschuhen und der dazu passenden Mütze auszustatten. Das Wichtigste kam zum Schluss: ein Paar Langlaufskier.

Skeptisch starrte Lindsay auf die langen schmalen Holzbretter und die Skistöcke. Windsurfen, ja, aber auf diesen Marterinstrumenten würde sie sich keine Minute im Gleichgewicht halten.

Als Nächstes ergriff sie die Unterhose und hielt sie mit ausgestreckten Händen hoch. „Dieses hässliche Ungetüm soll Damenunterwäsche sein?“ stieß sie angewidert hervor. „So etwas Unerotisches habe ich noch nicht gesehen!“

Ein boshaftes Leuchten trat in Marks Augen. „Entweder warm oder sexy, Sie haben die Wahl“, sagte er grinsend. „Beides gleichzeitig geht leider nicht.“

„Oh doch!“ widersprach sie. „Natürlich nicht hier, aber in Los

Angeles. Jetzt am Strand von Santa Monica ...“, begann sie laut zu träumen.

„Sie sind aber nun mal in Boulder, meine Liebe.“

„Ja“, seufzte sie. „Ein Fehler, den ich schon jetzt bereue. Ich frage mich, wie ich diese Idiotie begehen konnte.“

„Sie konnten meiner Überzeugungskraft nicht widerstehen, ganz einfach“, meinte Mark mit einem spöttischen Augenzwinkern.

Lindsay entging nicht, dass die Verkäuferin beim Anblick seiner Grübchen beinahe in Ohnmacht fiel. Er muss an derlei Huldigungen gewöhnt sein, dachte sie, denn er nahm keine Notiz von dem auffälligen Verhalten der Frau.

Warum ich, warum ausgerechnet ich? dachte sie voller Selbstmitleid. Wo tausend andere Frauen sich um ein Ski-Wochenende mit ihm reißen würden! Nun ja, eine Stunde im Schnee würde sie in Kauf nehmen. Immerhin hatten sie ein Abkommen getroffen, bei dem sie vielleicht doch noch als Siegerin hervorgehen würde ...

„Ganz recht, Sie haben mich überredet“, bestätigte sie. „Juristisch gesehen war es Nötigung ... Erpressung. Sie erinnern sich hoffentlich noch an unsere Abmachung, Mark Channing. Wann werden wir über den Vertrag reden?“

„Bald.“

„Was heißt bei Ihnen ‚bald‘?“

„Bevor Sie nach Los Angeles zurückfliegen.“

Lindsays Miene erhellte sich. „Heute Abend geht ein Flug.“

„So bald nun auch wieder nicht. Gehen Sie in die Kabine und probieren Sie die Sachen an.“

Ein anerkennendes Lächeln ging über Marks Gesicht, als Lindsay wenig später mit brummiger Miene aus der Kabine trat. „Sehr hübsch“, murmelte er und zog ihr die dicke Strickmütze bis über die Ohren hinunter.

„Das finde ich überhaupt nicht! Ich sehe aus wie eine Leberwurst!“

„Nein, Sie sehen süß aus. Ein richtiger Schneehase.“

„Sie haben eine ziemlich blühende Phantasie!"

„Blühend? Nein! Phantasie, ja. Für einen Schriftsteller unerlässlich ..." Mark wandte sich an die Verkäuferin. „Okay. Wir nehmen die Sachen."

Ehe Lindsay protestieren konnte, hatte er an der Kasse bezahlt, nahm von der Verkäuferin die große Plastiktüte in Empfang und komplimentierte Lindsay zum Ausgang.

„Ich hoffe, das geht auf Moris Samuels Rechnung", sagte sie in eisigem Ton, als sie auf der Straße waren. „Wollten Sie ihm nicht einen Denkzettel verpassen?"

„Das kommt noch. Dies ist ein Geschenk von mir."

„Ich nehme von Ihnen keine Geschenke an!" fauchte Lindsay. „Und schon gar nicht diese unkleidsame Astronauten-Verpackung, die sich Skiausrüstung nennt."

„Aber Lindsay, seien Sie nicht undankbar. Das schickt sich nicht."

„Schickt es sich etwa, eine Dame in einen Marsmenschen zu verwandeln?"

Mark lachte. „Seien Sie ehrlich: Ist Ihnen jetzt nicht wärmer? Sie müssen sich doch wohler fühlen als in Ihrem dünnen Kostüm."

„Hmm. Kann schon sein."

„Na also. Dann erfüllt der neue Anzug ja seinen Zweck." Er öffnete ihr die Wagentür und setzte sich dann ans Steuer. „So", verkündete er fröhlich, „und jetzt starten wir in unser kleines Abenteuer."

5. KAPITEL

Nach einer weiteren Stunde Autofahrt erreichten sie Marks Haus. An Lindsays Maßstäben gemessen, lag es in absoluter Wildnis und Einsamkeit. Das perfekte Motiv für eine Weihnachtskarte, dachte sie, aber kein Ort zum Leben.

Allein diese tiefe, überwältigende Stille! Für einen Schriftsteller mochte sie lebensnotwendig sein, während sie selbst – das stand fest – an solch einem Ort früher oder später verrückt werden würde. Das völlige Fehlen von Geräuschen empfand sie als bedrohlich und beklemmend. Nicht einmal mit einem so interessanten, anstrengenden und aufregenden Mann wie Mark Channing würde sie es hier lange aushalten.

Da Mark es nicht abwarten konnte, sie auf ihre Skier zu stellen, bevor ihr eine neue Ausrede einfiel, hatte sie kaum Zeit, sich sein Haus anzusehen. Aber ihr erster Eindruck war nicht unangenehm.

Die Architektur des Hauses passte sich harmonisch der Landschaft an – so, als wäre es schon immer da gewesen und nicht von Menschenhand erbaut. Der einfache Bau bestand aus roh behauenen Steinen, derben, kaum bearbeiteten Holzbalken und sehr viel Glas.

Der Holzfußboden des großen Wohnraumes war mit bunten handgewebten Indianerteppichen belegt. Nur vor dem Kamin lag das obligatorische Schaffell, dick und zottelig. Genau wie Lindsay vermutet hatte.

Sie warf Mark ein boshaftes, wissendes Lächeln zu. Mit mir nicht, signalisierte sie ihm, bevor sie das kuschelige Lager für intime Stunden aus der Nähe inspizierte. Plötzlich fuhr sie vor Schreck zusammen, denn das Fell begann sich zu bewegen. Langsam erhob es sich, tapste auf Mark zu und leckte ihm zur Begrüßung die Hand. Es war der größte, zotteligste und liebenswerteste Hund, den Lindsay je gesehen hatte.

„Barry, das ist Lindsay“, stellte Mark seinen Gast vor, als der

Hund neugierig zu ihr hinübersah. Er scheint mir freundlich gesinnt zu sein, dachte Lindsay erleichtert, denn Barry wedelte träge mit dem Schwanz und ließ sich ohne Protest von ihr den Kopf kraulen. Dann trottete er, von der anstrengenden Begrüßungszeremonie sichtlich ermattet, zu seinem Platz vor dem prasselnden Kaminfeuer zurück und sank mit einem Seufzer in sich zusammen.

„Ist Barry ein verwunschener Prinz, der sich selbst seine Mahlzeiten zubereitet und das Kaminfeuer anzündet?“ fragte Lindsay. „Lassen Sie ihn immer allein, wenn Sie auf Reisen sind?“

Mark lachte. „Natürlich nicht. Mrs. Tynan kümmert sich um ihn, wenn ich nicht da bin. Sie hat ihn heute zurückgebracht und bei der Gelegenheit auch gleich Feuer gemacht, damit mein Gast es warm hat. So wie ich sie kenne, hat sie auch den Kühlschrank mit Vorräten gefüllt, denn als ich heute Morgen auf dem Weg nach Denver bei ihr hereinschaute, habe ich ihr von meinem bezaubernden Besuch erzählt.“

„Ist Mrs. Tynan Ihre Haushälterin?“

„Um Himmels willen, nein. Sie betreibt einen Gemischtwarenladen, den einzigen weit und breit, etwa eine Meile von hier. Sara Tynan ist ein runzeliges altes Mädchen mit einem Mundwerk, das nie stillsteht. Aber sie hat ein Herz aus Gold.“

Die liebevolle Art, in der Mark Mrs. Tynan beschrieb, ließ vermuten, dass sie in seinem Leben eine ganz besondere Rolle spielte. Trotzdem behagte Lindsay die Idee nicht, dass Mark sie eingeweiht hatte. Sie konnte sich lebhaft vorstellen, dass in einer gottverlassenen Gegend wie dieser hier der Krämerladen der Umschlagplatz für den neuesten Klatsch war. Die ganze Angelegenheit war schon peinlich genug, und sie verspürte nicht die geringste Lust, bei der örtlichen Bevölkerung auch noch zum Gegenstand wilder Spekulationen zu werden.

„Sie haben Mrs. Tynan von mir erzählt?“ fragte sie entgeistert. „So wie Sie sie beschreiben, muss ihr Laden eine bessere Nachrichtenagentur sein.“

„Ich habe weder Ihren Namen noch Ihren Beruf noch Ihre Taillenweite oder Augenfarbe angegeben, sondern nur eine ganz vage Andeutung gemacht", verteidigte Mark sich. „Und denken Sie nur nicht, dass Sara nicht selbst herausgefunden hätte, dass Sie hier sind. Für so etwas hat sie eine Spürnase, zumal sie seit Jahren versucht, mich zu verheiraten. Sicher wird sie bald einen Vorwand finden, Sie kennen zu lernen. Ich wette, dass sie höchst angetan sein wird."

Da war es wieder, dieses seltsam aufregende Gefühl in der Magengrube. Mark hatte es mit der flüchtig hingeworfenen Bemerkung vom Heiraten ausgelöst.

Lindsay ärgerte sich über ihre unkontrollierte, verräterische Reaktion, die Mark hoffentlich entgangen war. Sie wartete ab, bis ihr Pulsschlag sich wieder beruhigt hatte, und sah ihn kühl an. „Mrs. Tynans Begeisterung wird schnell schwinden, sobald sie herausgefunden hat, weshalb ich wirklich hier bin. Sie wird ihren nach Romanzen dürstenden Kundinnen erklären müssen, dass mein einziges Interesse darin besteht, Sie zu einer Unterschrift zu bewegen. Einer Unterschrift unter einen Geschäftsvertrag und nicht unter eine Heiratsurkunde, wohlgemerkt."

Mark sah sie zweifelnd an, als sie ihren Vortrag beendet hatte. „Sind Sie sicher, dass das Ihr einziges Interesse ist?" fragte er mit schmeichelnder Stimme und ging einen Schritt auf sie zu, sodass sie sich auf Tuchfühlung gegenüberstanden.

Augenblicklich war das Magenkribbeln wieder da, und als Mark die Hand hob und ihr sanft über die Wange und die Lippen strich, wurde Lindsay von einem Schwindel erregenden Taumel ergriffen.

Sie brachte keinen Ton heraus und nickte nur schwach.

„Und das soll ich glauben?" Mit einem spöttischen Lächeln wandte er sich ab und ging in die Diele. „Ich bringe Ihren Koffer ins Gästezimmer."

Lindsay stand wie angewurzelt da und starrte ihm nach, wie er mit dem Koffer in der Hand den Flur hinunterging.

Die Berührung seiner Hand brannte wie Feuer auf ihrer Haut. Noch eine solche Liebkosung, und sie wäre verloren. Ein Streicheln, ein Kuss, eine Umarmung ... sie würde Mark Channing nie wieder loslassen, das spürte sie.

Oh nein, Lindsay Tabor, sagte sie zu sich selbst. So weit wirst du es nicht kommen lassen.

Als Mark etwas später ins Zimmer zurückkam, hatte Lindsay sich noch immer nicht vom Fleck gerührt. Er konnte sich denken, warum. „Sie kommen nicht drum herum, Rotschopf, jetzt geht's los", sagte er hintersinnig. „Kommen Sie, wir gehen Ski laufen."

Seine Stimme klang so weich, so verführerisch, so einladend, dass sie in diesem Moment zu allem bereit gewesen wäre. Unter diesem Aspekt erschien ihr das verhasste Skilaufen nun fast schon als die Rettung aus einer Situation, deren sie nicht mehr Herr war.

Trotzdem war es eine Tortur, genau wie sie befürchtet hatte. Nein, es übertraf ihre schlimmsten Vorstellungen. Ihre Nase wurde kalt wie ein Eiszapfen. Dann die Hände und Füße, die ihr nicht gehorchten und sich auf den teuflischen langen Holzbrettern selbstständig zu machen schienen. Immer wieder landete sie auf dem Hinterteil, das nach und nach zu Eis gefror und von den dauernden Stürzen wund wurde.

Jede Minute war eine Qual, aber trotzdem gab Lindsay, die geborene Kämpferin, nicht auf. So schnell würde sie nicht klein beigeben, schon gar nicht vor Mark Channing. Es wäre doch gelacht, so redete sie sich unentwegt ein, wenn sie sich von einem Sport entmutigen ließe, den sogar Kinder spielerisch erlernten.

Dank ihrer Durchhalteparolen machte sie erste winzige Fortschritte. Immerhin gelang es ihr nach einer Weile, sich schrittweise auf den Skiern fortzubewegen. Sobald sie allerdings versuchte, nach den Anweisungen ihres Lehrers in weichen, rhythmischen Bewegungen über den Schnee zu gleiten, geriet ihr Körper unweigerlich aus der Kontrolle. Wild mit den Armen rudernd, ging sie zu Boden, wurde von ihrem unerbittlichen Lehrmeister unverzüglich wieder auf die Beine gestellt, damit sie erneut hinfallen konnte.

Der Sadist hat sein Opfer gefunden, dachte Lindsay sarkastisch.

„Morgen wird es schon viel besser gehen", versuchte Mark sie aufzumuntern und setzte seine Lektion noch eine Weile fort, bis er endlich ein Erbarmen hatte und sie zurück zum Haus schob.

„Wenn ich dann noch am Leben bin", entgegnete Lindsay mit kraftloser Stimme.

Als sie das Haus betraten und vom Kamin her mit einem müden Schwanzwedeln begrüßt wurden, hatte Lindsay nur einen Wunsch: sich neben Barry auszustrecken und mit dem Kopf auf seinem flauschig-weichen Rücken einzuschlafen.

Mark schien ihre Gedanken zu erraten. „Müde?" fragte er lächelnd. „Sie werden jetzt ein heißes Bad nehmen, und dann sind Sie wieder quicklebendig." Er sah sie mit einem bittenden Ausdruck an. „Sie müssen doch zugeben, dass es ein herrlicher Nachmittag war. Allein der Himmel. Solch ein intensives Blau habe ich noch nie gesehen."

„Ich schon", entgegnete Lindsay kühl und rieb sich die erstarrten Hände, „und zwar am Strand von Maui auf Hawaii." In ihren Händen stach es jetzt wie von tausend Nadeln. Der taube Zustand war ihr im Vergleich zu diesem Schmerz noch lieber gewesen.

„Das kann man doch nicht vergleichen."

„Ich finde, doch."

Mark machte ein niedergeschlagenes Gesicht „Hat es Ihnen nicht einmal ein kleines bisschen gefallen? Ich dachte, Sie würden auf den Geschmack kommen ..."

„... nein, ich bin nicht auf den Geschmack gekommen", fiel sie ihm ins Wort. „Wie sollte ich auch? Soll es spaßig sein, stundenlang mit verknoteten Beinen und erfrorenen Gliedmaßen einen Überlebenskampf zu führen?"

„Morgen geht es besser", versprach er von neuem, und als Lindsay seine zerknirschte Miene bemerkte, überkam sie auf einmal doch so etwas wie Schuldgefühl.

Da wollte nun ein attraktiver, erfolgreicher, interessanter und begehrenswerter Mann ihr Freude bereiten, sie an seinem Leben teilhaben lassen, ihr etwas Neues zeigen – und sie benahm sich wie eine ungezogene Göre. Ihre Mutter würde einen Herzanfall bekommen, wenn sie sie so sehen würde. Flieg nur weiter Touristenklasse, würde sie ihr raten. Du verdienst nichts anderes!

Ihrer Mutter zuliebe sann Lindsay nach ein paar freundlichen Worten. ‚Ach, so schlimm war es nun auch wieder nicht", sagte sie, um gleich darauf festzustellen, dass ihr das Kompliment nicht besonders gut gelungen war. Ein wenig mehr Begeisterung sollte schon aus ihren Worten herausklingen. Sie machte einen neuen Versuch. „Es war ... es war weiß draußen. Ja, sehr weiß. Ich liebe Weiß."

Dann verzog sie das Gesicht und nieste. Sie nieste noch einmal, heftiger. Mark sah sie erschreckt an und erntete einen leidenden, vorwurfsvollen Blick.

„Um Gottes willen. Erkälten Sie sich bloß nicht", sagte er besorgt und half ihr schnell aus der feuchten, schneeverkrusteten Jacke. Für einen kurzen Moment trafen sich ihre Blicke. „Dann würde ich Ihnen nie glaubhaft beweisen können, wie schön es hier ist", setzte er leise hinzu.

Lindsay spürte seine Hände hinter ihrem Rücken, als sie sich mit seiner Hilfe aus der Jacke schälte. Die leichte Berührung genügte, um ihr das Blut in die Wangen zu treiben.

Die Schönheit des Ortes wird er mir schwerlich nahe bringen können, dachte sie, und wenn er eine Sauna installiert und mich dort rund um die Uhr schwitzen lässt.

Aber klammerte sie den Ort einmal aus und ließ nur die Nähe dieses Mannes auf sich wirken, dann musste sie zugeben, dass sie sich wie im Paradies fühlte. Eben noch halb erfroren, durchströmte sie jetzt eine himmlische Wärme. Eine süße, berauschende, erregende Wärme, die sie vom Kopf bis in die Zehenspitzen erfüllte.

„Ich lasse Ihnen ein Bad ein", sagte Mark mit rauer Stimme.

Seine Hände lagen auf ihren Schultern, und Lindsay spürte seinen warmen Atem über ihr Haar streichen.

Sie holte tief Luft, schüttelte ihn ungeduldig ab und ging aus dem Zimmer. „Das kann ich auch selber“, rief sie ihm über die Schulter zu. „Ich finde mich schon zurecht.“

„Sie sind wirklich eine selbstständige Frau, alle Achtung“, bemerkte Mark ironisch. Dann stieß er einen tiefen Seufzer aus. „Na gut, wie Sie wollen. Ich kümmere mich inzwischen um das Kaminfeuer und das Abendessen. Handtücher und die üblichen Utensilien finden Sie in dem Holzschränkchen. Ich wünsche einen angenehmen Aufenthalt.“

Die „üblichen Utensilien“ entpuppten sich als ein buntes Sortiment der verschiedensten Schaumbäder. Etwas sonderbar für einen allein lebenden Junggesellen, aber keiner näheren Betrachtung wert.

Lindsay entschied sich für „Fliederduft“, gab eine Verschlusskappe voll in die Wanne und drehte den Hahn auf, aus dem ein kräftiger heißer Strahl rauschte.

Endlich, nachdem sie mehrere Schichten feuchter Kleidungsstücke abgestreift hatte, ließ sie sich mit einem befreiten Seufzer in die riesige Wanne gleiten.

Wohlig streckte sie sich aus und tauchte bis zum Kinn in das heiße Wasser ein, das von duftendem Schaum bedeckt war. Ja, so stellte sie sich das ideale Ende eines anstrengenden Tages vor. Dies entsprach ihrer Vorstellung von Entspannung und Genuss. War sie am Ende gar im Schnee erfroren und ins Paradies eingetreten? Sie schloss die Augen, öffnete sie wieder und ... erblickte über sich den Sternenhimmel. Einen Moment lang war sie völlig verwirrt, bis ihr klar wurde, dass ein Glasdach ihr den märchenhaften Ausblick gewährte. Der reizvolle architektonische Einfall erhöhte den sinnlichen Genuss des Bades. Lindsay hätte stundenlang so daliegen können, eingehüllt von den köstlich duftenden Schaummassen, den Blick zum Nachthimmel gerichtet, von träumerischen, romantischen Gedanken davongetragen.

Was für eine wunderbare, romantische Idee, aus einem Badezimmer einen Raum für Träume zu machen.

Plötzlich durchfuhr Landsay ein Stich der Eifersucht. Sie stellte sich vor, wie Mark sich in dieser riesigen Wanne mit schönen, verführerischen Unbekannten erotischen Badefreuden hingab.

Bist du von allen guten Geistern verlassen, Lindsay Tabor? schalt sie sich. Eifersucht – einfach lächerlich! Channings Privatleben war ihr gleichgültig. Sollte er seine perversen Gelüste befriedigen, mit wem und wie er wollte.

„Hallo, leben Sie noch?“ ertönte auf einmal überraschend seine Stimme hinter der Tür.

Lindsay hatte die unkonventionelle Art, mit der er sich Eintritt ins Zimmer einer Dame verschaffte, noch frisch in Erinnerung und griff schnell nach dem Waschlappen, um damit ihre Brust zu verdecken.

„Natürlich lebe ich noch.“

„Gut. Es war so verdächtig still. Ich hatte Angst, Sie könnten einschlafen. Das Essen ist gleich fertig.“

„Ich komme gleich.“ Lindsay seifte sich eilig ab, spülte mit der Brause den Schaum von ihrem Körper und stieg aus der Wanne. Sie hüllte sich in ein großes flauschiges Badetuch, das über einem beheizten Handtuchständer gehangen hatte, und gab einen zufriedenen Seufzer von sich. Eifersucht, Ärger und Frust hin und her – Mark Channing war ein umsichtiger, fürsorglicher Mann.

Sie frottierte sich schnell trocken und zog einen sehr sexy Spitzenslip und einen dazu passenden BH an. Als sie sich in dem großen Wandspiegel betrachtete, fand sogar sie selbst sich sehr feminin und verführerisch. Aber wollte sie das überhaupt? Sie ging der Frage nicht weiter nach und schlüpfte in die neuen Jeans, die Mark ihr ebenfalls spendiert hatte. Dazu der neu erstandene dicke Pullover, dessen abgestufte Braun- und Rosttöne das kräftige Rotbraun ihres Haars hervorhoben. Ihre Löckchen hatten sich zu einem frechen Wirrwarr gekringelt und gaben ihr ein fast jungenhaftes, verwegenes Aussehen, kombiniert mit einer sinnlichen, herausfordernden Weiblichkeit.

Ein kurzer Bürstenstrich durchs Haar, ein wenig Lippenstift und Augen-Make-up, und sie war mit ihrer Erscheinung zufrieden. Nicht zu viel und nicht zu wenig. Sie verließ das Badezimmer und schlenderte in den Wohnraum, wo Mark sie erwartete.

Er musterte sie mit einem anerkennenden Blick, stand von seinem Sessel auf und ging ihr entgegen, bis sie sich Auge in Auge gegenüberstanden.

Lindsay fragte sich irritiert, ob dies seine gewohnte Pose war, in der er Unterhaltungen führte. Oder war er vielleicht kurzsichtig? Oder wollte er sie ganz einfach nur einschüchtern?

Wie auch immer – irgendwann später würde sie ihm einmal gestehen, dass seine Technik überaus wirkungsvoll war. Wieder zog er sie magisch in seinen Bann und gab ihr keine Chance, sich seiner Anziehungskraft zu entziehen.

Die Gefühle, die er schon in der ersten Minute ihrer Begegnung am Flughafen in ihr entfacht hatte, wurden mit jedem Moment, den sie in seiner Nähe verbrachte, intensiver und beherrschender.

Sekundenlang starrte sie auf seine Brust. Dann hob sie zögernd den Blick und sah ihm ins Gesicht.

„Wie fühlen Sie sich?“ fragte Mark sanft.

„Ausgezeichnet.“ Sie brachte das Wort nur mühsam heraus. Ihre Stimme schien ihr den Dienst zu versagen.

„Sie sehen phantastisch aus.“ Auch Mark litt offenbar unter den ersten Symptomen einer Erkältung. Seine heisere Stimme war kaum hörbar. Er neigte den Kopf und näherte die Lippen bedenklich ihrem Ohr. „Hmm. Und wie wunderbar Sie duften!“

Sein Atem strich wie ein Feuerhauch über ihren Hals, und die leichte Berührung seiner Hände, die locker auf ihren Hüften ruhten, versetzte sie in eine Erregung, wie die heißesten Umarmungen anderer Männer es niemals vermocht hätten.

Ein einziger Schritt nach rückwärts hätte sie befreit. Ein halber Meter Abstand, und Lindsay wäre der Gefahrenzone entkommen. Aber sie blieb direkt vor ihm stehen, mit wild klopfendem Herzen, den Blick in seinen versenkt.

Ihre Blicke lieferten sich ein stummes Duell, das nicht auf ein Ergebnis drängte, sondern lediglich Fragen aufwarf. Beunruhigende, gefährliche Fragen.

„Das Essen wird kalt", sagte Mark schließlich. Seine Stimme war zu einem kaum hörbaren heiseren Flüstern herabgesunken.

„Essen?" fragte Lindsay benommen, als würde sie aus einem Traum erwachen.

Er lachte, und damit löste sich die lähmende Spannung. „Hatten Sie das ganz vergessen? Nun, es wird Ihnen schon wieder einfallen, sobald Sie sich zu Tisch gesetzt haben."

Mark führte sie zum Esstisch, und Lindsay stieß einen Ausruf der Überraschung aus, als sie sah, mit wie viel Sorgfalt und Geschmack er gedeckt war. Auf dem weißleinenen Tischtuch standen zwei Leuchter mit brennenden Kerzen und verbreiteten eine heimelige, romantische Atmosphäre. Das bäuerliche weiße Porzellan und die bauchigen Gläser entsprachen der rustikalen Schlichtheit des Hauses und verrieten Stilgefühl und Sinn für Ästhetik.

Den eigentlichen Blickfang aber bildete die einfache, appetitlich angerichtete Mahlzeit: gebackene Kartoffeln mit Kräuterbutter, ein knackiger gemischter Salat und saftige Steaks, die auf einer Warmhalteplatte brutzelten. Auf der Mitte des Tisches stand eine geöffnete Flasche mit rotem Beaujolais.

Lindsay lief beim Anblick des Mahls das Wasser im Mund zusammen. Erst jetzt wurde ihr bewusst, wie hungrig sie war.

Sie setzten sich zu Tisch, und Mark füllte die Gläser und trank ihr zu. „Ich hoffe, ich habe Ihren Geschmack getroffen", sagte er mit seinem hinreißenden Lächeln. „Ich wäre untröstlich, wenn Sie Ihren Teller genauso hinterließen wie heute Morgen nach dem Hotelfrühstück."

Lindsay hob lächelnd ihr Glas und trank einen Schluck von dem schweren Wein, der wie Öl ihre Kehle hinabrann und ihren Magen angenehm wärmte. Jetzt war ihr Appetit erst richtig geweckt, und mit wahrem Heißhunger machte sie sich über ihr Steak her. Lindsay konnte sich nicht erinnern, wann sie zum letzten Mal mit einem so gesunden Appetit gegessen hatte.

Mit jedem Bissen, mit jedem Schluck Wein wuchs ihr Wohlbefinden. Sie vergaß den Schnee und die Kälte draußen, sie vergaß, dass sie sich in dem einsamsten, abgelegensten, abschreckendsten Winkel der Erde befand, und dann vergaß sie sogar, aus welchem Grund sie eigentlich hierher gekommen war. Mit jeder Minute verfiel sie mehr dem unwiderstehlichen Zauber ihres Gastgebers.

Mark Channing war ein aufmerksamer, unterhaltsamer Gesellschafter – geistreich, intelligent und charmant. Ganz offensichtlich mochte er Lindsay und warb um ihre Zuneigung, obwohl sie noch immer nicht recht verstand, weshalb er sich ausgerechnet um sie bemühte.

Aber warum fragte sie noch – es spielte keine Rolle mehr. Sie war zufrieden, fast glücklich, und sie hatte das merkwürdige Gefühl, als würde sie in dieses Haus gehören. Ein Gedanke, der sie faszinierte und zugleich verwirrte.

Aber Lindsay wollte sich ihre schöne Stimmung nicht mit Grübeleien verderben. Sie beabsichtigte, diesen Moment absoluten Wohlbefindens zu genießen und das Gefühl, schön und begehrenswert zu sein, voll auszukosten.

Als sie mit dem Essen fertig waren, stand Lindsay auf und begann, den Tisch abzuräumen. Aber Mark ließ es nicht zu. „Das hat Zeit bis später", sagte er und schob sie sanft in Richtung Sofa. „Kommen Sie, wir setzen uns vor den Kamin."

Sie ließen sich in die weichen Polster des rostbraunen Daunensofas sinken, und als Mark einen tiefen Seufzer des Wohlbehagens von sich gab, hob Barry leicht den Kopf. Es war seine Art zu zeigen, dass er von ihrer Gegenwart Notiz genommen und nichts daran auszusetzen hatte. Er bewegte sich ein paar Zentimeter vorwärts und bettete sein Haupt auf Marks Füße, um gleich wieder einzunicken.

„Wissen Sie was, Lindsay Tabor?" fragte Mark mit weicher

Stimme und fuhr mit den Fingern spielerisch durch ihre Locken, wobei er wie zufällig ihre Wange berührte.

„Was denn?“ fragte sie mit angehaltenem Atem.

„Sie haben mir noch immer nichts über sich erzählt. Erinnern Sie sich an unsere Abmachung? Jetzt sind Sie an der Reihe.“

„Da gibt’s nicht viel zu erzählen. Moris hat ja bereits alles Wissenswerte über mich gesagt.“

Mark lachte. „Dass das nicht wahr ist, wissen Sie selbst. Die Lindsay Tabor, die sich mir in den letzten vierundzwanzig Stunden präsentiert hat, entspricht seiner Beschreibung nur zum Teil. Nun ja, Sie sind stur, schwierig und sehr klug – in diesen Punkten trifft Moris’ Charakterisierung zu. Aber dass Sie auch humorvoll, warmherzig und ... sehr weiblich sind, das hat er mir verschwiegen.“

„Hören Sie ...“

Marks Finger begannen zärtlich ihren Nacken zu liebkosen. „Warum fällt es Ihnen nur so schwer zuzugeben, dass sich hinter dieser kühlen Fassade der Intellektuellen eine lebenslustige, lebendige Frau mit Gefühlen und Sehnsüchten verbirgt?“

„Es ist keine Fassade“, protestierte Lindsay, „ich bin, wie ich bin.“

„Okay. Vielleicht habe ich mich im Ausdruck vergriffen. Doch ich bleibe dabei, dass Sie mehr Seiten haben als die der knallharten Juristin, die Sie so hartnäckig herauszukehren versuchen. Sie sind eine Frau, Lindsay. Eine Frau mit Feuer im Blut.“

Seine Stimme wurde noch weicher, noch zärtlicher. „Eine schöne, verführerische Frau“, fuhr er fort. „Wissen Sie das nicht?“ Er näherte seine Lippen ihrem Mund. „Eine Frau, die sehr, sehr begehrenswert ist ... Lindsay ...“

Marks dunkle Augen blitzten auf, und Lindsay wünschte sich nichts sehnlicher, als sich in dem Verlangen zu verlieren, das sich in diesen Augen widerspiegelte.

Ihre innere Spannung wuchs ins Schmerzliche. Eine Liebkosung noch, ein Kuss, eine Umarmung, und ihre brennende

Sehnsucht würde sich in einer Explosion von ungeahnter Heftigkeit entladen.

Doch sie durfte ihrem Begehren nicht nachgeben. Es entsprang Gefühlen, die unecht und flüchtig waren, und war Ausdruck einer rein körperlichen Anziehung.

Die Stimme des Verstandes sagte ihr, dass es ein Fehler wäre, sich jetzt von ihren Gefühlen treiben zu lassen. Zum einen verbot es sich, mit einem Mann, mit dem sie geschäftlich verhandeln sollte, eine Affäre einzugehen, und zum anderen – und dies war der weitaus wichtigere Punkt – zum anderen konnte eine solche „Affäre" ihr gefährlich werden.

Lindsay spürte nämlich, dass sie sich bei diesem Mann ernsthaft einlassen könnte, und das kam nicht in Frage. Eine feste Bindung hatte keinen Platz in ihrer Lebensplanung, auch wenn Mark Channing Träume in ihr weckte, die sie bisher aus ihrem Leben verbannt und ausgeschlossen hatte.

Seit ihrer ersten Begegnung am Flughafenkiosk bemühte Lindsay sich verzweifelt, zwischen sich und Mark eine Mauer zu errichten, die er stets von neuem wieder einriss. Ein zärtliches Wort, ein Lächeln genügte, und sie fühlte sich ihm hilflos ausgeliefert. Gleich einem Magier beförderte er Gefühle aus ihrem Unterbewusstsein zutage, die sie bislang erfolgreich geleugnet hatte.

Plötzlich fühlte Lindsay sich in die Tage ihrer Kindheit zurückversetzt, als die Welt noch heil und in Ordnung gewesen war. Wie damals empfand sie die wärmende Geborgenheit, die ihr das Nest der Familie gewährt hatte. Doch jäh zerriss der Schleier der Erinnerung, und der Schmerz des Verlusts überwältigte sie und stürzte sie in die Leere zurück, die sie seit dem Tod des Vaters nicht zu füllen vermocht hatte.

Ihr Gesicht überschattete sich.

„Hey, wo sind Sie?" fragte Mark zärtlich und wischte die Träne fort, die über ihre Wange lief.

Unfähig zu sprechen, den drängenden Tränenstrom zurückhaltend, schüttelte Lindsay den Kopf.

„Ich bin ein guter Zuhörer, Lindsay. Vielleicht erleichtert es Sie, wenn Sie über das, was Sie quält, reden." Mark wartete geduldig, aber Lindsay sagte nichts.

„Lindsay", drang er in sie, „glauben Sie mir, es hilft ..."

„Ich kann nicht", brachte sie schließlich in kläglichem Ton heraus. „Es ist auch nicht der Rede wert, nach all den Jahren ... nein, es ist nicht wichtig ..."

„Wie können Sie das behaupten, wenn es Sie noch immer traurig macht?"

Sie streckte trotzig das Kinn vor. „Weil ich nicht mehr daran denken will! Ich möchte nicht, dass es noch eine Bedeutung hat!"

Mark nahm sie in die Arme und hielt sie ganz fest. Und so verbannte er die Vergangenheit und erfüllte Lindsays Bewusstsein mit der Gegenwart. Augenblicklich fühlte sie sich wieder sicher und beschützt. Es war das verloren gegangene und wieder gefundene Glücksgefühl ihrer Kindheit, das er ihr schon einmal, gestern im Flugzeug, mit seinem warmen Händedruck vermittelt hatte.

Wie war es möglich, dass ein Mensch, den sie kaum kannte, ihr ein solches Vertrauen einflößte? Und wie kam es, dass Mark ihre verborgensten Bedürfnisse erkannte, die sie vor aller Welt geheim gehalten hatte ... und besonders vor sich selbst?

Mark Channing war der erste Mann, nein, der erste Mensch, der hinter der Fassade ihrer Tüchtigkeit, ihres Ehrgeizes, ihres beruflichen Erfolgs ihre Verletzlichkeit entdeckt hatte. Jene tiefe Wunde, die sie so meisterhaft zu verbergen verstand.

Obwohl es ihr jetzt wieder besser ging und sie sich in Marks Armen spürbar beruhigt hatte, war er noch immer um sie besorgt. In seinem Blick lag ein tiefes Mitgefühl, als wüsste er um ihre Trauer. „Es wäre schön, wenn es so einfach wäre", sagte er leise, „mit dem Willen die Vergangenheit zu bezwingen ... Aber manchmal gehorcht der Wille nicht."

„Es muss aber möglich sein."

„Nein“, widersprach er sanft und schüttelte gedankenverloren den Kopf. So konnte nur jemand mitfühlen, der genauso litt, der Ähnliches durchgemacht hatte. Aus seinem Gesichtsausdruck sprach die Erfahrung eigenen Leids. „Es ist nicht so einfach, wie Sie sich und mir weismachen wollen, Lindsay. Möchten Sie nicht doch darüber reden?“

„Ich möchte schon, aber ich kann nicht.“ Was sie sagte, entsprach der Wahrheit, denn sie wusste instinktiv, dass Marks Mitgefühl ehrlich sein würde. Doch sie war sich über ihre komplizierten Gefühle selbst nicht richtig klar, und es fiel ihr sehr schwer, sie auszudrücken.

„Man muss nur einen Anfang finden“, sagte Mark, als hätte er ihre Gedanken gelesen. „Sobald die ersten Worte heraus sind, kommen die anderen wie von selbst. Der Anfang ist immer am schwersten.“

„Nein. Wenn man noch nicht einmal weiß, wo das Problem liegt, was man eigentlich loswerden will, dann fällt einem nicht einmal das erste Wort ein. Ich wüsste gar nicht, wie und wo ich beginnen sollte.“

„Wissen Sie, dass dies ein idealer Ort ist, um seine Gedanken zu ordnen und Probleme zu durchdenken? Nutzen Sie die Gelegenheit. Vielleicht entwirren Sie das Knäuel.“

Mark hauchte einen Kuss auf Lindsays Stirn und drückte sie fest an sich. „Gehen Sie jetzt schlafen. Was Sie jetzt brauchen, ist vor allem Schlaf. Morgen ist ein neuer Tag. Ein Tag zum Nachdenken und zum Reden.“

Lindsay blickte ihn voller Erwartung an. Mark lächelte zärtlich und nahm den Arm von ihrer Schulter. „Gehen Sie schlafen“, sagte er noch einmal.

Wie berauscht ging sie den Flur hinunter, von den widersprüchlichsten Gefühlen heimgesucht.

Auf der einen Seite war sie Mark dankbar, dass er sich die Stimmung des Abends nicht für ein flüchtiges Vergnügen zunutze gemacht hatte. Andererseits hatte er, ohne es zu ahnen, ihre verdrängten Ängste und seelischen Konflikte an die Oberfläche befördert. Sie wusste schon jetzt, dass ein Wochenende in dieser friedlichen, stillen Oase nicht ausreichen würde, um all dies zu verarbeiten.

Und als wäre das nicht genug, hatte er zudem Bedürfnisse in ihr geweckt, die sie jahrelang nicht hatte wahrhaben wollen und in ihrem Innern verschlossen hatte.

Die Entdeckung ihrer Sinnlichkeit, dieses plötzliche hungrige Begehren nach körperlichen Zärtlichkeiten erschreckte sie.

War vielleicht das Wiederaufleben ihrer Trauer mit dem anderen – dem Erwachen ihrer weiblichen Sinne – eng verknüpft? Mark Channing hatte Emotionen in ihr ausgelöst, die sie zutiefst aufwühlten und die sie noch nicht deuten konnte.

Plötzlich fühlte Lindsay sich verloren und allein gelassen. Sie blieb mitten im Flur stehen und drehte sich um.

Mark saß vornübergebeugt auf dem Sofa und starrte ins Feuer. Er schien mit seinen Gedanken weit, weit fort zu sein, in seiner eigenen Welt, Lichtjahre von ihr entfernt. Sein Gesicht spiegelte Schmerz und Trauer wider, deren Ursache sie nicht kannte.

Am liebsten wäre Lindsay zu ihm gegangen, um ihn in die Arme zu nehmen und zu trösten, so wie er sie getröstet hatte. Aber sie kannte ihn schon viel zu gut, um zu wissen, dass Stolz einer seiner stärksten Wesenszüge war.

Was immer ihn niederdrückte, er musste seine Bürde allein tragen. Bis er bereit wäre, sich ihr anzuvertrauen und die Last mit ihr zu teilen. Er würde sein Geheimnis nicht so leicht preisgeben, das ahnte sie. Genauso wenig wie sie ihres.

6. KAPITEL

Schon im ersten Morgengrauen erwachte Lindsay. Sie hatte nur oberflächlich und unruhig geschlafen, zu sehr hatten sie die Ereignisse des vergangenen Tages aufgewühlt. Stundenlang hatte sie sich im Bett herumgewälzt und darüber nachgegrübelt, warum sie eine solch panische Angst davor hatte, sich mit dem attraktiven, intelligenten, mit allen Vorzügen gesegneten Mark Channing auf eine Romanze einzulassen.

In diesem Zusammenhang fragte sie sich ebenfalls, weshalb sie in ihrem bisherigen Leben generell einen großen Bogen um Männer gemacht hatte. Es hatten sich nicht wenige um sie bemüht, aber sie hatte sie alle zurückgewiesen.

Jahrelang hatte sie sich eingeredet, dass eine feste Beziehung sie nur beim Aufbau ihrer Karriere behindern würde. Doch wenn sie ehrlich war, galt diese Erklärung schon lange nicht mehr, denn mittlerweile hatte sie sich beruflich etabliert und war erfolgreich. Wenn sie gewollt hätte, hätte sie genügend Zeit für ein Privatleben erübrigen können. Wenn sie gewollt hätte ...

Gewiss, vor Jahren hatte sie die eine oder andere kurze Affäre gehabt, aber weder hatten ihr die Männer noch die körperlichen Intimitäten etwas bedeutet. Es war ihr nicht schwer gefallen, allein zu bleiben. Flucht vor Nähe war zu ihrer Lebensform geworden.

Bei Mark Channing allerdings, das wusste sie schon jetzt, würde ihr die Trennung schwer werden. Lindsay wurde nachdenklich. Musste sie denn bei jeder beginnenden Beziehung den Abschied schon miteinbeziehen? Die Vorstellung war ihr offenbar so selbstverständlich geworden, dass nichts anderes mehr für sie in Frage kam.

Mark hatte Recht. Es war höchste Zeit, dass sie über die Ursache ihrer Ängste nachdachte. Vielleicht würde sie eine Erklärung finden, und eventuell könnte sie dann sogar mit Mark darüber reden, damit er sie besser verstand.

Aber auch ihn wollte sie näher kennen lernen. Sie wusste so gut wie gar nichts über ihn, doch spätestens seit gestern Abend war Lindsay sicher, dass auch er ein ungelöstes Problem mit sich herumtrug.

Fragen über Fragen. Fragen, an die sie vor gut vierundzwanzig Stunden noch keinen einzigen Gedanken verschwendet hätte.

Lindsay schlug die Bettdecke zurück und stand auf. In Erinnerung an den trüben grauen Himmel von Denver trat sie ans Fenster und lugte durch einen Spalt zwischen den Jalousien nach draußen.

Der Himmel war von goldglänzenden Streifen durchzogen, und die aufgehende Sonne hatte die Schneelandschaft in ein Märchenland aus Millionen glitzernder Diamanten verwandelt.

Lindsay sah auf die Uhr. Kurz vor sieben. Sie horchte auf Geräusche, aber es war still im Haus. So wie sie Mark einschätzte, war er sicher schon lange draußen.

Es war unglaublich und erstaunte sie selbst, doch Lindsay verspürte Lust auf einen Morgenspaziergang im Schnee. Nicht nur das, sie ertappte sich bei dem Gedanken, dass sie es noch einmal mit dem Skilaufen versuchen müsste. Sie schmunzelte in sich hinein. Ihr Gehirn musste gestern in dem Frost Schaden genommen haben, anders konnte sie sich ihren Sinneswandel nicht erklären.

Nach einer Blitzdusche schlüpfte sie schnell in ihren Skianzug, der wunderbarerweise über Nacht getrocknet war. Dann schlich sie auf Zehenspitzen über den Flur, um Mark nicht zu wecken, falls er wider Erwarten doch noch schlafen sollte.

Im Wohnzimmer war es kalt, denn das Kaminfeuer war bis auf einige schwach glimmende Scheite erloschen. Lindsay überlegte, ob sie frisches Holz holen und ein neues Feuer machen sollte, doch dann sah sie ihn.

Mark lag schlafend auf dem Sofa, noch immer in seinen Jeans und in demselben karierten Hemd wie am Abend. Das zerzauste Haar hing ihm in die Stirn, und seine Wangen wirkten durch den dunklen Bartschatten eingefallen.

Sein Anblick rührte Lindsay und weckte in ihr das Bedürfnis, sich um ihn zu kümmern. Irgendwie wirkte er schutzbedürftig und verletzlich, wie er da auf dem viel zu kurzen Sofa zusammengerollt lag. Welche schweren Gedanken mochten ihn beschäftigt haben, dass er noch stundenlang aufgesessen hatte, bis er schließlich vom Schlaf übermannt worden war?

Lindsay holte eine Felldecke aus ihrem Zimmer und breitete sie behutsam über ihn. Sekundenlang ließ sie die Hand auf seiner Schulter ruhen, doch sie widerstand der Versuchung, seine Wange zu streicheln, und ging schnell hinaus.

Als sie die Haustür öffnete und sich hinausstehlen wollte, war Barry plötzlich an ihrer Seite und sah schwanzwedelnd mit seinen schwarzen Knopfaugen zu ihr auf.

„Na, Barry, willst du mit?“ flüsterte sie und tätschelte seinen struppigen Kopf. „Okay, dann komm.“

Sie zog den Reißverschluss ihrer Jacke zu und schnallte sich die Skier an, die an die Hauswand gelehnt waren. Schon nach den ersten vorsichtigen Schritten blies ihr ein eisiger Windstoß ins Gesicht und nahm ihr beinahe den Atem. Aber sie zog sich die dicke türkisfarbene Strickmütze über die Ohren und marschierte tapfer weiter, fest entschlossen, sich weder vom Wind noch von der Eiseskälte abschrecken zu lassen.

Und wenn das Wetter noch so abscheulich war, sie würde das Skifahren lernen, während Mark sanft und selig auf seinem Sofa schlummerte. Er würde sich wundern.

Barrys Fröhlichkeit und sein urplötzlich entfesselter Bewegungsdrang steckten sie an. Obwohl ein höllischer Muskelkater sie quälte, war Lindsay wild entschlossen, den neuen, nun schon gar nicht mehr so verhassten Sport zu erlernen.

Zuerst das eine Bein vorgeschoben, und dann das andere. Im Gleichtakt dazu die Arme mit den Skistöcken. Das Gelände hinter dem Haus erwies sich als ideales Übungsfeld.

Und auf einmal ging es wie von selbst. Plötzlich stapfte sie nicht mehr ungelenk und schwankend wie ein Tanzbär durch den Schnee, sondern glitt elegant über die Oberfläche.

„Barry, ich hab's!" rief sie aufgeregt. Prompt kam der Hund angelaufen und umsprang sie fröhlich kläffend, wie um ihr zu gratulieren.

Sie waren noch mitten in ihrer ausgelassenen Freudensfeier, als Mark verschlafen den Kopf aus der Hintertür steckte. „Was ist denn das für ein Lärm?" fragte er, die Stimme noch heiser vom Schlaf.

Lindsay fuhr lachend zu ihm hin, ließ die Skistöcke fallen und schlang die Arme um seinen Hals. „Ich kann's, Mark! Ich bin richtig Ski gelaufen!"

Mark nahm sie in die Arme und drückte sie an sich. „Es ist gar nicht mehr so schlimm, wenn man es einmal kapiert hat, nicht wahr?" sagte er lächelnd.

„Es ist herrlich!" erwiderte Lindsay begeistert. Doch als sie seinen selbstgefälligen Gesichtsausdruck bemerkte, versetzte sie ihm schnell einen Dämpfer. „Naja, herrlich nun auch wieder nicht", sagte sie mit verlegenem Lächeln, „aber irgendwie ... toll."

„Habe ich das nicht ..."

„Psst! Kein Wort!" warnte sie. „Wenn Sie jetzt mit Ihrem triumphierenden ‚Hab' ich dir's nicht gleich gesagt?' kommen, binde ich Ihnen dieses Paar Skier um den Hals."

„Okay, okay, ich sag ja gar nichts", versprach Mark mit gestellt furchtsamer Stimme. „Ich ziehe es vor, Ihre Arme an meinem Hals zu spüren."

Lindsay wich erschrocken zurück, denn erst jetzt merkte sie, wozu sie sich in ihrem Überschwang hatte hinreißen lassen.

„Oh nein!" Mark schüttelte den Kopf und hielt sie fest. „Sie haben den Anfang gemacht. Jetzt werden Sie doch wohl nicht kneifen und mich im Stich lassen." Er zögerte. „Da wäre allerdings eine Kleinigkeit, die mich stört ..."

„Und die wäre?"

„Ich friere mich zu Tode. Entweder Sie lassen mich schnell meine Jacke holen, oder Sie kommen mit ins Haus."

Lindsay lachte schallend. „Wie schnell die Fronten doch wechseln können!"

„Nicht wahr?“ setzte er trocken hinzu. „Also, wie soll es weitergehen? Sie entscheiden.“

„Gut. Dann ziehen Sie sich an und kommen Sie zu uns heraus. Barry und ich amüsieren uns viel zu gut, um den Spaß jetzt schon zu beenden.“

„Barry?“

Lindsay sah sich suchend um. Der Hund war verschwunden. „Merkwürdig, er war doch eben noch ...“

Mark wies lächelnd hinter sich ins Wohnzimmer, wo Barry bereits wieder an seinem angestammten Platz lag und vor sich hindöste.

„Verräter!“ murmelte Lindsay verächtlich. „Er war so ein lustiger Begleiter. Doch jetzt habe ich ja Sie. Kommen Sie gleich? Ich will unbedingt weiterüben.“

Der ganze Tag verlief in derselben heiteren, verzauberten Stimmung, in der er begonnen hatte. Während ihres Skitrainings plauderten Mark und Lindsay über die verschiedensten Themen, nur zwei wurden geflissentlich umgangen: Bücher und Filme. Als hätten sie gewusst, dass dies unweigerlich zu einer unangenehmen Diskussion über den Vertrag geführt und somit die harmonische Eintracht zerstört hätte.

Auf irgendeine Weise – über Waldtiere, Umweltschutz, Fernsehserien und Pressefreiheit – kamen sie auf Politik zu sprechen. Dann auf Frauen in der Politik und auf Karrierefrauen im Allgemeinen.

Eine Äußerung Marks zu diesem Thema versetzte Lindsay in Rage. Er behauptete nämlich, dass viele allzu ehrgeizige Karrierefrauen Gefahr liefen, ihre Weiblichkeit zu verlieren ...

Als Reaktion auf diese unerhörte Diffamierung bückte Lindsay sich, formte einen dicken Schneeball, rief Mark und wartete, bis er sich nach ihr umdrehte. Dann zielte sie und traf mitten in sein Gesicht.

„Na warte ... !“ drohte er, schüttelte sich den Schnee aus dem Haar und fuhr sich mit dem Ärmel über das schneebespritzte Gesicht. Seiner Miene nach zu urteilen, beabsichtigte er nicht, sie für ihren Meistertreffer zu beglückwünschen, als er drohend auf sie zukam.

Lindsay versuchte zu flüchten, aber als ihr klar wurde, dass man sich auf Skiern nur sehr schwer rückwärts bewegen konnte, und sie es schließlich mit einem Wendemanöver versuchte, war es zu spät.

„So, Sie kleine Rebellin. Das werden Sie mir büßen!" verkündete Mark und pflanzte sich drohend vor ihr auf.

„Ich – eine Rebellin? Ha! Ich bin eine Frau, die ihren Beruf sehr wohl mit einem ausgefüllten Privatleben in Einklang bringen kann", trumpfte sie auf. Vorsichtshalber behielt sie für sich, dass ihr erfülltes ‚Privatleben' in gelegentlichen Kinobesuchen mit einer Freundin und aus unzähligen einsamen Fernsehabenden bestand. „Und abgesehen von der grauenvollen Unterwäsche, die Sie mir verpasst haben, betrachte ich mich durchaus als sehr weiblich", fuhr sie fort.

„Oh, ist das wahr?" spottete Mark und fuhr noch näher auf sie zu. „Lassen Sie mich das nachprüfen."

„Nicht nötig. Ich gebe Ihnen mein Wort darauf."

„Tss, tss", schnalzte er entrüstet, „und Sie wollen Anwältin sein?"

„Was soll denn das nun wieder?"

„Nun – als Juristin sollten Sie wissen, dass Behauptungen durch Beweise belegt werden müssen. Ohne Beweise nützt das klügste Plädoyer nichts."

Lindsays Augen verengten sich. „Und an was für einen Beweis haben Sie gedacht, wenn ich fragen darf?"

„An einen Kuss, zum Beispiel. Ja, an einem Kuss von Ihnen könnte ich vermutlich feststellen, ob Sie so weiblich sind, wie Sie behaupten."

Lindsay wurde von einer Welle heißer Erregung erfasst bei diesem sinnlichen Vorschlag. „Von meiner Weiblichkeit war überhaupt nicht die Rede", widersetzte sie sich Marks Attacke.

„Oh doch! Sie haben sogar als Erste davon gesprochen.“

„Das ist nicht wahr! Sie haben dieses Thema aufgebracht.“

„Ich habe nur ganz allgemein die mangelnde Weiblichkeit bei gewissen Vertreterinnen Ihres Geschlechts beklagt“, korrigierte Mark sie lächelnd. „Sie aber haben es persönlich genommen. Und nun sollten Sie auch einen Schritt weitergehen und Ihre These durch einen überzeugenden Beweis untermauern.“

„Sie verfolgen doch nur eine ganz egoistische Absicht!“

„Aber wieso denn? Ich dachte, ein Kuss könnte ein Genuss für uns beide sein. Oder wollen Sie Ihre Weiblichkeit in Frage stellen lassen?“

Lindsay fühlte sich herausgefordert. „Wird es auch bestimmt bei einem Kuss bleiben?“ fragte sie stockend.

Mark nickte. „Ich denke schon“, meinte er trocken. „Für den Anfang dürfte es genügen.“

„Also gut, ich ...“

Ehe Lindsay ihren Satz beenden konnte, hatte Mark sich über sie geneigt. In einer federleichten Berührung strich er mit dem Mund über ihre Lippen. Dann ließ er die Zunge über die zarte Haut ihres Mundes gleiten, als wolle er ihn Stück für Stück ertasten und erforschen, bis ihre Lippen sich unter der sinnlichen Liebkosung teilten. Leise aufseufzend erwiderte sie seinen Kuss, und als er ihre wachsende Bereitschaft spürte, umarmte er sie und küsste sie mit einer Heftigkeit, die sie völlig benommen machte.

Lindsay fühlte sich leicht und schwerelos, als schwebte sie durch erdenferne Glücksgefilde, in denen Zeit und Raum aufgehoben waren. Von ihren Empfindungen berauscht, wünschte sie, der Kuss würde ewig dauern.

Doch unversehens löste Mark seine Lippen von ihren, und dann fühlte sie sich tatsächlich emporgehoben. „Lassen Sie das! Sie Wahnsinniger, lassen Sie mich herunter!“ rief sie lachend. Ihre Beine baumelten ohne Halt in der Luft, und die Skier klapperten aneinander wie lockere Dachschindeln im Wind. „Was soll das, was haben Sie denn mit mir vor?“

„Ich bringe Sie jetzt hinein. Die Beweisaufnahme wird im Haus fortgesetzt."

„Nein!" protestierte sie. „Wenn Sie unbedingt noch mehr Beweise benötigen, dann geht es auch hier draußen."

Er musterte sie belustigt und stellte sie unverzüglich wieder auf die Füße. „Wenn das so ist ..."

Lindsays Augen weiteten sich vor Entsetzen, als Mark den Reißverschluss ihrer Jacke aufzog und seine Hände ihrem Oberkörper näherte. „Was ... was tun Sie da?" murmelte sie mit rauer Stimme.

„Ich habe mich geirrt, als ich dachte, ein Kuss würde genügen", stellte er lakonisch fest, während er ihre Brüste berührte. „Dies ist ein noch viel eindeutigerer Beweis."

Die aufreizende Berührung weckte in Lindsay nie gekannte Lustgefühle. „Sie sagten doch, ein Kuss wäre Beweis genug", stieß sie atemlos hervor, in einem verzweifelten Versuch, die Selbstbeherrschung zu bewahren. Wenn Mark sie noch eine Minute länger diesem sinnenbetörenden Taumel aussetzte, dann könnte sie für nichts mehr garantieren. Sie musste ihn bremsen, jetzt sofort.

Lindsay wusste, es fehlte nicht viel, und sie würde ihn anflehen, seine Liebkosungen fortzusetzen. Mehr noch, sie würde ihn ins Haus zerren und ihm zeigen, was weibliche Verführungskünste waren.

„Ein Kuss und nicht mehr. So war es abgemacht", wiederholte sie mit schwacher Stimme.

„Da hatte ich noch keine Ahnung, dass der Kuss nur die Spitze des Eisbergs war", murmelte Mark und begann, ihren Pullover hochzuschieben.

Ein Rest ihres Kampfgeistes flackerte auf. „Wenn Sie so weitermachen, werde ich tatsächlich gleich zum Eisberg", kündigte sie drohend an.

Mark lachte hoffnungsvoll. „Sie wollen also hineingehen?"

„Ja", erwiderte Lindsay mit ihrem strahlendsten Lächeln. „Ich gehe ins Haus, und Sie bleiben hier. Wälzen Sie sich im Schnee, bis

Sie wieder bei Verstand sind. Es dürfte der berühmten kalten Dusche gleichkommen, die ein Mann wie Sie offenbar zuweilen nötig hat."

Gekränkt verzog Mark das Gesicht. „Allmählich kann ich mir vorstellen, wie Moris zumute gewesen ist, als Sie ihm Ihre Abfuhr erteilten", sagte er niedergeschlagen. „Sie sind ja wirklich grausam und herzlos, dazu ehrgeizig und von kaltem Karrierestreben besessen. Ein typisches Opfer der Berufswelt."

„Denken Sie ja nicht, dass Sie mich in Ihr Bett bugsieren können, indem Sie mich bei meiner weiblichen Eitelkeit packen, Mark Channing", versetzte Lindsay gereizt. „Ich schlafe höchstens mit Ihnen, wenn ich es will, wenn ich dazu bereit bin und Lust dazu habe."

Als sie Marks Augen aufleuchten sah, wurde ihr bewusst, welch eine verräterische und verfängliche Erklärung sie ungewollt abgegeben hatte.

„Sie werden also mit mir schlafen?" fragte er gespannt. „Wann?"

„Wenn die Hölle zufriert", versprach sie mit einem viel sagenden Blick zu den Eiszapfen, die von den Zweigen hingen. Dann bückte sie sich, um sich von ihren Skiern zu befreien, und verschwand kurz darauf ohne ein weiteres Wort im Haus.

Im Verlauf des restlichen Tages blieb Mark auf Abstand, obwohl er reichlich Gelegenheit gehabt hätte, Lindsay zumindest „versehentlich" im Vorbeigehen, beim Kochen, beim Lunch oder gemeinsamen Abwasch zu streifen oder zu berühren. Nichts von alledem geschah, und Lindsay fragte sich insgeheim, was er mit seiner veränderten Taktik bezweckte.

Den Nachmittag verbrachten beide lesend auf dem Sofa vor dem Kamin. Aus der Stereoanlage erklang gedämpfte klassische Musik, und Lindsay empfand das einträchtige Schweigen als verbindend und wohltuend. Von Zeit zu Zeit schaute sie über den Rand ihrer Zeitschrift, um Mark, der völlig in seine Lektüre vertieft war, unauffällig zu betrachten.

Lindsay konnte sich nicht entsinnen, sich jemals in der Gegenwart eines Mannes so wohl und entspannt gefühlt zu haben. Ganz davon abgesehen, hatte sie seit einer Ewigkeit nicht so viel Zeit für sich gehabt wie jetzt. Unverplante, freie Zeit zum Verschwenden, zum Nichtstun, zum Nachdenken und Zu-sich-selbst-Kommen. Dieses Wochenende war ein ungeahntes, wunderbares Geschenk. Lindsay empfand weder ein Bedürfnis nach Gesprächen noch nach Zerstreuung und Unterhaltung. Marks Gegenwart genügte, um sie mit Ruhe und Zufriedenheit zu erfüllen.

Als sie später gemeinsam das Abendessen vorbereiteten, gerieten sie in Streit über die fachgemäße Zubereitung von grünem Salat. Während Mark die Blätter mit dem Messer zerschneiden wollte, bestand Lindsay darauf, dass man sie nur mit den Fingern zerpflücken dürfe. Da sie sich nicht einigen konnten, bereitete jeder den Salat auf seine Weise zu.

„Okay, sie schmecken beide gleich", gestand Lindsay widerwillig ein, als sie bei Tisch Marks Produkt probierte. „Aber ich bin sicher, dass Craig Claiborne und Julia Child, die kulinarischen Wächter der Nation, beim Anblick klein gehobelter Salatfetzen entsetzt wären. Im ‚Vierjahreszeiten' bekäme man so etwas jedenfalls nicht vorgesetzt."

„Wir sind aber nicht im ‚Vierjahreszeiten'", konterte Mark, „und Ihre beiden Küchenkoryphäen würde ich nie zu mir zum Essen einladen. Kulinarische Snobs haben an meinem Tisch nichts zu suchen."

Lindsay lenkte ein. „Nun, dieser Eintopf würde bestimmt ihre Anerkennung finden. Stammt der von Ihnen?"

„Natürlich. Vorgekocht und eingefroren."

„Was ist denn alles dran?"

„Mohrrüben, Kartoffeln, Zwiebeln, halt das Übliche ..."

Lindsay spießte ein Stück Fleisch auf ihre Gabel. „Und das hier? Rind kann es nicht sein."

„Ist es auch nicht. Es ist Rehfleisch."

Fast wäre Lindsay die Gabel aus der Hand gefallen. Der Schock stand ihr im Gesicht geschrieben. „Reh? Sie essen Rehfleisch? Die niedlichen kleinen Bambis?"

„Ach du liebe Zeit! Gehören Sie etwa zu diesen sentimentalen Städtern, die das Jagen von Wild für eine Barbarei halten?"

„Allerdings! Wie können Sie so grausam sein und ein kleines unschuldiges Reh töten!"

„Ich töte keine ‚kleinen unschuldigen Rehe'", erwiderte Mark gereizt. „Ich töte ausgewachsene Tiere. Und zwar nicht aus Spaß am Schießen und Jagen, sondern einzig und allein zum Zweck der Nahrungsbeschaffung."

Lindsay schüttelte sich vor Abscheu. „Trotzdem ist es grausam."

„Gestern Abend haben Sie mit dem größten Genuss ein Beefsteak verzehrt. Ohne ein Wort des Protestes ..."

„Das ist etwas völlig anderes."

„Können Sie mir erklären, wieso? Die Kuh hatte nicht einmal eine Chance zu fliehen."

„Hören Sie bitte auf. Ich möchte nicht länger darüber reden."

Mark lachte spöttisch. „Natürlich! Weil Sie wissen, dass das, was Sie sagen, unlogisch ist."

„Genau. Und ich stehe dazu. Ich bin ein unlogischer Gefühlsmensch. Typisch weiblich. Ich dachte, Ihnen gefiele das. Ist dies nicht Beweis Nummer drei?"

„Oh nein! Dies ist etwas vollkommen anderes. Mit Weiblichkeit hat es absolut nichts zu tun, und das wissen Sie auch."

Lindsay sagte nichts. Selbstverständlich hatte Mark Recht, aber da sie diese Runde ohnehin verloren hatte, wollte sie ihm keinen weiteren Triumph gönnen. „Könnten wir nicht das Thema wechseln?" schlug sie vor, nachdem sie schweigend ihren Teller geleert hatte.

„Gern. Sind Sie fertig? Kommen Sie, wir setzen uns hinüber", willigte Mark ohne Umschweife ein. „Worüber wollen Sie reden?"

Lindsay setzte sich auf das äußerste Ende der Couch. „Über Sie. Sie sagten, dass Sie erst seit einigen Jahren hier in Boulder leben. Wo waren Sie vorher? Was haben Sie gemacht?"

„Ich bin viel herumgereist. Wissen Sie, als Schriftsteller kann man überall leben. Den größten Teil der Zeit verbrachte ich in Europa, die Kindheit meist in einem kleinen Alpendorf in der Schweiz. Aber ich habe auch einen unvergesslichen Sommer auf Bali verlebt, und einen anderen auf einer winzigen karibischen Insel."

Lindsay hörte aufmerksam zu, und dann endlich wagte sie die Frage, die sie schon lange auf dem Herzen hatte: „Ganz allein?"

„Manchmal, nicht immer", war die knappe Antwort.

Lindsay spürte, dass er nicht gewillt war, sich weiter über dieses Thema auszulassen. Trotzdem fasste sie noch einmal Mut. „Mark, darf ich Sie etwas fragen?"

Er musterte sie ernst, dann nickte er. „Fragen Sie."

„Haben Sie schon einmal geliebt?"

„Ich bin neununddreißig Jahre alt. Genügt Ihnen das als Antwort?"

„Nein. Ich glaube, Sie wollen mir ausweichen."

Mark versuchte es mit einem Lächeln, aber es gelang ihm nicht so wie sonst. „Lindsay, hat nicht ein kluger Mensch einmal gesagt, dass nur die Gegenwart zählt?"

„Ja. Wahrscheinlich war es jemand, der nicht über die Vergangenheit reden wollte."

„Sehr weise, nicht wahr?"

„Nein, das finde ich nicht. Prägt die Vergangenheit nicht in starkem Maße die Gegenwart?"

Ein Lächeln ging über Marks Gesicht. „Welch eine kluge Bemerkung, Lindsay Tabor! Und damit wären wir wieder bei Ihnen. Erzählen Sie mir etwas über Ihre eigene Vergangenheit."

Wie geschickt er den Spieß wieder umgedreht hatte! Lindsay schüttelte fassungslos den Kopf.

„Sie wollen nicht? Wovor haben Sie eigentlich Angst?" fragte Mark, als er die Abwehr in ihrem Blick las.

„Ich habe keine Angst. Das bilden Sie sich nur ein."

„Meinen Sie? Wenn das so ist, dann kommen Sie doch ein bisschen näher zu mir ..."

Lindsay senkte den Blick und zögerte – einen winzigen Moment zu lange.

Mark lachte leise. „Einbildung oder nicht – ich bleibe bei meiner Behauptung: Sie haben Angst."

Trotzig reckte Lindsay das Kinn vor. „Ich soll Angst haben, nur weil ich mich nicht auf eine oberflächliche Wochenendbeziehung einlassen will? Sehr interessant und aufschlussreich, Mr. Channing."

„Es wäre weder oberflächlich noch einfach ein Bettabenteuer, Lindsay. Das wissen Sie so gut wie ich."

Lindsay stieß einen Seufzer aus. „Na gut, vielleicht haben Sie sogar Recht. Und womöglich ist das der Grund für das, was Sie Angst nennen. Ich will mich eben nicht fest binden."

„Warum nicht? Weshalb kapseln Sie sich so von der Welt ab? Sie tun es ja mehr als ich!"

„Wie kommen Sie denn auf diese absurde Idee? Ich soll mich abkapseln, wo ich ständig in der Weltgeschichte herumreise und mehr unterwegs bin, als mir lieb ist?"

„Genau das ist es ja! Sie sind allein ..."

„J... ja."

„Und einsam. Warum, Lindsay? Sie sind eine attraktive und intelligente junge Frau. Kontaktfreudig und gesellig. Wieso haben Sie solch ein Leben gewählt? Und versuchen Sie nicht wieder, sich herauszureden, denn ich bin ziemlich sicher, dass Sie sich nicht von ungefähr für diese Lebensform entschieden haben. Zwei Tage lang habe ich Sie jetzt beobachtet, Lindsay. Sie haben eine undurchdringliche Mauer um sich errichtet, an der sich vor mir gewiss schon andere Männer den Kopf eingerannt haben. Sie leben in einer unsichtbaren Festung. Warum diese selbst gewählte Isolation, frage ich Sie."

„Weil ... weil ich schon sehr früh erkannt habe, dass man auf keinen Menschen zählen kann", antwortete Lindsay betont sachlich, obwohl ihr innerer Schmerz sie fast zerriss. „Man kann sich nicht einmal auf jene verlassen, die man am allermeisten liebt", fügte sie leise und unsicher hinzu.

Mark ergriff ihre Hand und sah Lindsay zärtlich und mitfühlend an. „Jemand muss Sie sehr verletzt haben. Wer war es? Wer ist schuld, dass Sie zu niemandem mehr Vertrauen haben?"

Lindsays Augen füllten sich mit Tränen. Als wäre es erst gestern gewesen, sah sie in aller Deutlichkeit die fremden Männer vor sich, die damals wie düstere Schicksalsboten in ihr Haus gekommen waren, um ihrer Mutter die Nachricht von dem Flugzeugabsturz zu überbringen. Keine Überlebenden. Ihr Vater war tot. Er hatte sie einfach verlassen. Sie und ihre Mutter.

„Es war nicht seine Schuld", sagte sie wie zu sich selbst. „Es war Unrecht von mir, ihm Vorwürfe zu machen. Aber in meinem kindlichen Unverständnis habe ich mir lange eingeredet, dass er uns absichtlich im Stich gelassen hat."

„Wer?"

„Mein Vater."

„Er hat seine Familie verlassen?"

Lindsay schüttelte weinend den Kopf und berichtete stockend von dem traumatischen Erlebnis ihrer Kindheit, das sie bis auf den heutigen Tag quälte.

„Auf einmal war er nicht mehr da", schloss sie, „der Mensch, der mir am meisten bedeutet hatte. Oh, wie habe ich ihn geliebt! Und wie habe ich ihn nach seinem plötzlichen Verschwinden gehasst. Es tat so furchtbar weh."

„Ich kann verstehen, wie sehr Sie unter diesem Verlust gelitten haben", sagte Mark leise. Er zog Lindsay in die Arme und streichelte zärtlich ihre Wange. „Es tut mir so Leid, kleine Lindsay."

Und wieder fühlte sie sich beschützt und geborgen wie einst. Marks Kraft floss auf sie über und linderte ihren Schmerz. „Nun habe ich auch die Erklärung für alles", hörte sie ihn mit seiner tiefen weichen Stimme sagen. „Seit dem Tod Ihres Vaters haben Sie Ihr Leben – bewusst oder unbewusst – so eingerichtet, dass nie wieder ein Verlust Sie treffen konnte. Stimmt das?"

Plötzlich fiel es Lindsay wie Schuppen von den Augen. Mit erschreckender Klarheit hatte Mark analysiert und ausgesprochen, was sie zwar geahnt, aber nie zu Ende gedacht hatte. Nie hatte sie sich den Grund für ihre Flucht eingestanden. Und so hatte sie auch stets von neuem ihre panische Angst vor dem Fliegen bezwungen, jedes Mal halb wahnsinnig vor Angst, denselben Tod zu sterben wie ihr Vater.

„Stimmt es, was ich gesagt habe, Lindsay?" wiederholte Mark ruhig seine Frage.

„Vermutlich", antwortete sie ausweichend, obwohl sie wusste, dass er sie bis auf den Grund ihrer Seele erkannt hatte.

„Ich verstehe Sie so gut, Lindsay", sagte er sanft, „aber statt sich zu schützen, schaden Sie sich nur. Sie können nicht dauernd unter einer Glasglocke leben. So vermeiden Sie vielleicht Schmerzen, doch Sie schneiden sich auch vom Leben ab."

„Das ist nicht wahr!" versuchte Lindsay erneut zu protestieren. „Ich arbeite hart, und die Arbeit macht mir Spaß. Ich habe Freunde, gehe aus ..."

„... und verbringen Ihre Nächte allein", ergänzte Mark.

„Was spricht dagegen?" begehrte sie auf. „Ich brauche niemanden, der die Nächte und das Bett mit mir teilt."

„Das habe ich auch einmal gedacht, bis mir klar wurde, dass ich gar nicht mehr lebte. Ich existierte zwar, aber ich lebte nicht. Geben Sie Acht, Lindsay, dass es Ihnen nicht genauso ergeht. Beginnen Sie zu leben, ehe dieses Strahlen in Ihren Augen erlischt. Es wäre ein Jammer."

Die Intensität und der Ernst seiner Worte wühlten Lindsay in einer Weise auf, dass sie zu keinem klaren Gedanken mehr fähig war. Sie fühlte sich ausgelaugt und kraftlos.

„Ich denke, ich sollte jetzt besser schlafen gehen", sagte sie mit schwacher Stimme.

Wie am vorhergegangenen Abend unternahm Mark auch jetzt keinen Versuch, sie zu halten. Wieder drückte er ihr nur einen liebevollen Kuss auf die Stirn. „Gute Nacht, Liebes."

Als Lindsay zusammengerollt in ihrem Bett lag, vermisste sie schmerzlich Marks Nähe und Wärme. Zum ersten Mal in ihrem Leben empfand sie das Alleinsein als unnatürlich und bedrückend. Es zog sie mit einer Macht zu diesem Mann hin, die ihr unheimlich war.

Wie konnte sie sich dieser Kraft entziehen? Weglaufen? dachte sie, als sie in einen unruhigen Halbschlaf verfiel. Ja, Flucht wäre die einzige Lösung. Morgen würde sie packen und abfahren.

Es war leichter gedacht als getan. Denn bevor Lindsay die Flucht ergreifen konnte, musste sie ihren Auftrag erledigen. Aber als ahnte Mark ihre Absicht, ignorierte er ihre Bemühungen vollkommen, das Gespräch auf den Vertrag zu lenken. Die Schachzüge, die er sich ausdachte, um sie abzuschmettern, hätten den Trainer eines Tennishelden mit Stolz erfüllt. Lindsay aber wurde zusehends ungeduldiger. Der Tag ging vorüber, ohne dass sie ihrem Ziel auch nur einen Schritt näher kam.

Endlich, als sie nach dem Lunch beim Kaffee saßen, entschloss sie sich zu einem Frontalangriff. Sosehr sie diesen letzten Tag mit Mark genoss – jetzt galt es, im Klartext zu reden.

„Mark“, begann Lindsay in resolutem Ton, „Sie scheinen vergessen zu haben, dass wir beide eine Vereinbarung getroffen haben. Sie versprachen, den Vertrag zu lesen, wenn ich einwilligte, das Wochenende in Boulder zu verbringen. Nun, das Wochenende ist vorbei, und ich muss unbedingt nach Los Angeles zurück. Trent Langston erwartet mich.“

„Sie brauchen ihn nur anzurufen und zu sagen, dass Sie länger bleiben“, antwortete Mark ungerührt.

Phantastisch! Das also war das Ergebnis ihres Ultimatums! Es hatte nicht den geringsten Eindruck gemacht. Trent anrufen! Ihr Chef würde sie bis zum Sommer hier oben schmoren lassen, wenn er es für nötig hielt. Hauptsache, es sprang etwas dabei heraus. Langstons fixe Idee war nun einmal das Drehbuch von David Morrow, und wenn er einmal von einer Idee besessen war, dann war ihm kein Cent zu schade, um sie in die Realität umzusetzen.

Nein, ihr Boss würde ihr nicht helfen. Sie musste selbst zusehen, wie sie sich aus der Affäre zog.

„Mark, bitte, ich muss zurück. Ich habe wichtige Dinge zu erledigen.“

„Etwas Persönliches?“ erkundigte er sich neugierig. „Ist da etwa ein anderer Mann im Spiel?“

Aus seiner forschen Formulierung schloss Lindsay, dass er sich bereits für den Mann Nummer eins in ihrem Leben hielt. Obwohl sie sich über seine selbstgefällige Äußerung ärgerte, antwortete sie wahrheitsgemäß mit „Nein“.

„Sie sollten inzwischen wissen, dass ich allein bin“, setzte sie kühl hinzu. „Aber Ihnen scheint nicht bekannt zu sein, dass es außer Männern noch andere Dinge im Leben einer Frau gibt. Zu Hause wartet eine Menge Arbeit auf mich. Sie hat sich angesammelt, während ich wie eine Geheimagentin hinter Ihnen herjagte.“

„Was beschweren Sie sich? Es geht Ihnen doch prächtig, seit Sie mich gefunden haben. Oder etwa nicht?“

Lindsay wich seinem durchdringenden Blick aus. Mark hatte das Problem beim Namen genannt. Jetzt, da sie die Trennung herbeizuzwingen suchte, erkannte sie, wie sehr sie Mark vermissen würde. Sie wünschte sich sehnlichst, dass er ein Teil ihres Lebens würde, und gleichzeitig wehrte sie sich heftig gegen diesen Wunsch. Denn noch immer hatte sie Angst vor einer emotionalen Bindung. Auch wenn sie jetzt die Ursache ihrer tiefen Ängste kannte, so konnte sie doch nicht von einem Tag zum anderen ihre fest verwurzelten Verhaltensmuster ändern.

„Ich bin nicht hier, um mich zu amüsieren“, sagte sie schroff.

Mark lächelte. „Lindsay, warum denken Sie immer nur an Ihre Arbeit? Sie muten sich zu viel zu.“

„Unsinn! Ich weiß schon, was ich mir zumuten kann.“

„Da bin ich nicht so sicher. Wenn ich nur an Freitagabend denke ...!“ Er schüttelte betrübt den Kopf. „Sie sahen aus wie ein Häufchen Elend. Ein Bild des Jammers.“

„Dann wundert es mich, warum Sie es ausgerechnet auf mich abgesehen hatten", erwiderte Lindsay spitz.

„Genau deshalb! Ich wollte diese wunderschönen grünen Augen einmal strahlen sehen."

„Nichts leichter als das", antwortete sie mit einem betörenden Lächeln. „Sobald ich den Vertrag unterschrieben in meinen Händen halte, werden Sie vom Strahlen meiner Augen geblendet sein. Sie haben das verdammte Ding noch nicht einmal gelesen. Wann werden Sie es endlich tun?"

„Wenn die Zeit gekommen ist."

Lindsay verdrehte die Augen. „Sie machen mich noch wahnsinnig! Ich kann doch nicht ewig hier bleiben", rief sie verzweifelt aus. „Ich habe in Los Angeles einen Job, Mark. Auf meinem Schreibtisch stapelt sich die Arbeit."

„Wollen Sie meine Meinung hören?" antwortete er ungerührt. „Sie beabsichtigen zu flüchten."

„Wovor denn?"

Er bannte sie mit seinem Blick, und sie las in seinen vor Leidenschaft brennenden schwarzen Augen die Antwort. „Das müssen Sie schon allein herausfinden", sagte er. „Sie brauchen nur etwas nachzudenken." Dann nahm er seine Jacke, rief Barry und verließ das Haus, um einen langen Spaziergang zu machen.

7. KAPITEL

Der Vertrag wurde weder gelesen noch unterschrieben, und so blieb Lindsay auch noch die Nacht zum Dienstag. Wie an den Abenden zuvor hatten sie geplaudert, gegessen, Backgammon gespielt, vor dem Kamin gelesen – das Zusammensein genossen. Nichts weiter ...

Als Lindsay Dienstagmorgen erwachte, hörte sie das Klappern von Marks Schreibmaschine. Augenblicklich überkam sie ein Gefühl der Einsamkeit. Sie fühlte sich aus seinem Leben ausgeschlossen. Ihr war, als hätte er ein „Bitte-nicht-stören"-Schild an die Tür seines Arbeitszimmers gehängt. Zum ersten Mal seit ihrer Ankunft in Boulder empfand Lindsay die Weltabgeschiedenheit von Marks Domizil als bedrohlich und beklemmend.

Nichts und niemand war mehr da, der sie hätte unterhalten und beschäftigen können. Um sie herum breitete sich eine gähnende Langeweile aus. Es war keiner da, außer einem trägen, ständig schlafenden Hund und einem Egozentriker, der sie vergessen zu haben schien.

Lindsay sprang aus dem Bett und ging ans Telefon. Ein Anruf bei Trent, und er würde sie erlösen.

„Wo zum Teufel stecken Sie?" begrüßte Trent sie barsch, nachdem sie eine geschlagene Viertelstunde gewartet hatte, bis er ihren Anruf in sein Büro hatte durchstellen lassen.

„Wo soll ich schon sein?" schimpfte sie, „seit Tagen versuche ich, Ihren idiotischen Auftrag auszuführen."

„Das soll ich glauben? In Denver sind Sie jedenfalls nicht. Ich habe hinter Ihnen her telefoniert, als Sie sich weder meldeten noch zur Arbeit erschienen. Aber der Rezeptionist des Hotels, das Sie gebucht hatten, informierte mich, dass Sie bereits Samstag früh wieder abgereist seien. Was hat das zu bedeuten?"

„Ich bin nicht abgereist, Trent ..."

„Hören Sie, Lindsay, mir ist nicht nach Spielchen zumute!"

„Und mir erst recht nicht. Wenn Sie wüssten, was ich für Ihre ehrenwerte Firma durchstehe! Ihr reizender Oscarpreisträger hält mich in seinem Haus fest!"

Auf der Stelle wurde Langstons Stimme sanft und freundlich. „Ach so ist das", sagte er erfreut. „Sie sind große Klasse, Lindsay." Er schien überglücklich, dass wieder einmal ein Unternehmen nach seinen Vorstellungen gelaufen war.

„Sie kapieren überhaupt nichts, Sie Dummkopf!" fauchte Lindsay ihn an. „Ich sitze hier in der absoluten Wildnis und bin zur Untätigkeit verdammt, während Ihr umworbenes Genie sich in seinem Büro verbarrikadiert hat und wie ein Wilder auf seine Schreibmaschine einhämmert."

„Schreibt er das Drehbuch für unseren Film?" fragte Langston hoffnungsvoll.

„Mit Sicherheit nicht."

„Und der Vertrag?"

Lindsays Stimme triefte vor Sarkasmus. „Sie glauben doch nicht im Ernst, dass ich dann noch hier wäre ..."

„Nun, Schätzchen, man kann nie wissen", bemerkte Langston anzüglich.

Normalerweise hätte Lindsay eine solche Bemerkung nicht ungestraft durchgehen lassen. Sie nahm ihrem Chef gegenüber kein Blatt vor den Mund, und er schätzte ihre Zivilcourage. Sie waren ebenbürtige Partner und konnten es durchaus miteinander aufnehmen. Umso erstaunter war Langston, als er Lindsays flehende Stimme vernahm.

„Bitte, Trent, lassen Sie mich nach Hause kommen."

„Natürlich, Kind. Sobald Sie den Vertrag in der Tasche haben, nehmen Sie das nächste Flugzeug. Fliegen Sie von mir aus erster Klasse ..."

„Ich möchte sofort abreisen, Trent. Haben Sie je David Mark Channing Morrows Bekanntschaft gemacht?"

„Ja. Ich habe mich einmal auf einer Premierenparty kurz mit ihm unterhalten. Sehr sympathisch."

„Sympathisch", äffte sie Langston höhnisch nach. „Der Kerl ist stur wie ein Maultier. Stellt sich absolut taub. Ich habe alles versucht, ihn wenigstens zum Lesen des Vertrags zu bewegen. Zwecklos! Vielleicht lässt sich etwas machen, wenn Sie ihm einen schneebedeckten Berg schenken."

„Warum nicht? Klappern Sie die Makler ab und versuchen Sie, etwas Preiswertes aufzutreiben."

„Trent, das sollte ein Scherz sein!"

„Sehr komisch. Sparen Sie sich Ihre Scherze für andere Gelegenheiten. Mir ist es verdammt ernst. Sie müssen bleiben, bis Sie es geschafft haben. Ich weiß doch, wie tüchtig Sie sind."

Lindsay seufzte vernehmlich. „Dann weisen Sie die Buchhaltung an, meine Rente auszurechnen und mir den Pensionierungsbescheid zuzuschicken."

„Keine Angst, Kindchen, Sie werden dort oben nicht alt. Ich weiß doch, wie sehr Sie die Kälte hassen. Machen Sie's gut, und bis bald ..."

„Trent!"

Es knackte in der Leitung. Langston hatte aufgelegt. Mitleidslos und unbarmherzig. Leute wie er machten ihr Vermögen ganz bestimmt nicht, indem sie Rücksicht auf ihre Angestellten nahmen.

Schicksalsergeben bereitete Lindsay in der Küche ihr Frühstück zu und trug das Tablett ins Wohnzimmer. Suchend ließ sie den Blick über Marks voll gestopfte Bücherregale wandern, bis sie einen vor Jahren erschienenen Bestseller entdeckte, den sie schon immer hatte lesen wollen.

Das Frühstück vor sich auf dem niedrigen Couchtisch, ließ sie sich auf dem Sofa vor dem Kamin nieder. Zu ihren Füßen lag Barry, der Kaffee duftete verlockend, und das prasselnde Feuer verströmte eine wohltuende Wärme. Die Umstände waren wie geschaffen für einen herrlichen, entspannenden Ferientag.

Aber statt das unerwartete, kostbare Geschenk zu genießen, blieb Lindsay innerlich nervös und angespannt. Und es lag weder an Marks Verhalten noch an ihrer Wut auf Trent noch am Nichtzustandekommen des Vertrags. Es lag schlicht und einfach an ihrer Unfähigkeit, untätig zu sein. Sie hatte keine Erfahrung darin, hatte nie gelernt, im Nichtstun Entspannung zu finden.

In ihrem bisherigen Leben hatte sie es peinlichst gemieden, war von einer Konferenz zur nächsten, von einem Termin zum anderen gehetzt, hatte sich tagtäglich mit Arbeit betäubt, bis sie todmüde in irgendeinem Hotelbett eingeschlafen war.

Das Buch, ein entsetzliches Gebräu aus Sex, Gewalt, Reichtum und Machtkämpfen, langweilte sie maßlos. „Unerträglich", sagte sie laut und legte es beiseite.

Lindsay legte sich auf den Boden und versuchte es mit Gymnastik. Vom Skilaufen noch arg mitgenommen, gab sie nach einigen Übungen wieder auf. Auf dem Kaminsims entdeckte sie ein Kartenspiel und legte sich Patiencen. Keine ging auf.

Völlig frustriert ging sie schließlich wieder in ihr Zimmer, zog die verhasste Winterunterwäsche und den Skianzug an und ging ins Freie. Zu ihrer eigenen Überraschung fühlte sie sich an der frischen Luft augenblicklich besser und von allen trüben Gedanken befreit.

Sie verließ das Grundstück und marschierte die Landstraße hinunter, in der Hoffnung, auf Mrs. Tynans Laden und damit auf menschliche Gesellschaft zu stoßen.

Tatsächlich hatte sie das kleine Geschäft nach etwa zwanzig Minuten erreicht. Sie stampfte sich den Schnee von den Stiefeln und ging hinein. Ein alter, bärtiger Mann saß pfeiferauchend vor einem bullernden Kanonenofen, und hinter dem Tresen war eine Frau damit beschäftigt, eine riesige Einkaufstasche mit Lebensmitteln zu füllen. Ihre Kunden, ein junges Paar, waren offensichtlich Skiurlauber, denn sie erkundigten sich nach dem Weg zu einer nahe gelegenen Hütte. Und die Frau konnte niemand anders als Sara Tynan sein.

„Sie sehen ja halb erfroren aus", sprach der Alte Lindsay an und wies einladend auf einen freien Stuhl neben dem Ofen. „Setzen Sie sich, junge Frau, und wärmen Sie sich auf."

„Vielen Dank."

Er musterte sie einen Augenblick. „Sie sind sicherlich Mark Channings Freundin“, sagte er dann in seiner breiten Mundart, „und Sie sind noch hübscher, als die Leute sich erzählen.“

Es hatte also schon die Runde gemacht – genau wie Lindsay es sich gedacht hatte. Im Grunde konnte ihr der Dorfklatsch gleichgültig sein, aber sie fühlte sich trotzdem bemüßigt, den Alten zu korrigieren.

„Ich halte mich wegen geschäftlicher Besprechungen bei Mr. Channing auf“, erwiderte sie steif.

„Hm.“ Der Mann lächelte milde. „So nennt ihr jungen Leute das also heutzutage. Nun, ich finde nichts dabei, wenn zwei Leute, die sich mögen, zusammenleben. Und hier oben schert sich sowieso niemand darum, was der andere tut. Das versuche ich jedenfalls seit zehn Jahren der guten Sara klar zu machen.“

Er warf der drahtigen kleinen Frau hinter dem Ladentisch einen bedeutungsvollen Blick zu, doch sie ignorierte ihn völlig. Der Alte zuckte gleichmütig mit den Schultern. „Na ja, wahrscheinlich ist es besser, wenn das alte Mädchen allein bleibt“, murmelte er.

Jetzt traf ihn ein vernichtender Blick. „Es ist auf jeden Fall besser, als mit dir zu leben, Josh Davis. Es reicht schon, dass du meinen Laden mit deiner Pfeife verpestest. Mein Haus wirst du mir nicht auch noch voll qualmen!“ giftete Mrs. Gynan ihren Verehrer an. Dennoch klang ihre Stimme nicht unfreundlich. Zweifellos empfand sie eine gewisse Zuneigung für Josh Davis.

„Hmm. Du weißt nicht, was dir entgeht“, knurrte er, „na ja, selbst schuld. Gut, dass diese jungen Leute nicht denselben Fehler machen. Jedenfalls hoffe ich, dass sie klüger sind als du.“

„Kümmere dich gefälligst um deine eigenen Angelegenheiten, Josh!“ polterte Sara. Dann kam sie hinter ihrem Ladentisch hervor und gab Lindsay die Hand. „Ich bin Sara Tynan. Guten Tag und willkommen in unserer Einöde. Geben Sie nichts auf Joshs Gerede. Sein Mundwerk war schon immer flinker, als er denken kann.“

Lindsay lächelte und stellte sich ebenfalls vor. Sie fand die Frau mit dem freundlichen, runzligen Gesicht und den fröhlichen kornblumenblauen Augen auf Anhieb sympathisch. Sicher konnte Sara Tynan eigensinnig und widerborstig sein, doch Lindsay spürte instinktiv, dass sie eine humorvolle und warmherzige Frau war, die zudem selbstlos und hilfsbereit war. Sie wusste nicht, warum, aber sie wünschte sich, dass die Sympathie auf Gegenseitigkeit beruhte. Vielleicht, weil es für Mark eine Rolle spielen würde.

„Ich bin wirklich nur geschäftlich hier", sagte sie noch einmal nachdrücklich.

„Wie schade." Sara Tynans Stimme klang enttäuscht. „Und ich hatte gehofft, dass Mark endlich jemanden gefunden hätte, der sich um ihn kümmern würde. Sie sind die erste Frau, die ihn hier oben besucht. Ich dachte, Sie seien diejenige, welche ... Mark braucht so dringend eine Frau, damit er wieder weicher und menschlicher wird."

Hörte Lindsay richtig? Sie sah Mrs. Tynan fragend an. Mark war doch nicht hart. Vielleicht etwas eigenbrötlerisch, aber doch sanft, freundlich und einfühlsam.

Sie wollte widersprechen, bremste sich jedoch noch rechtzeitig. So nett dieses alte Pärchen war – ihr Urteil über Mark Channing ging niemanden etwas an. Schon gar nicht zwei nach Neuigkeiten dürstende Dorfbewohner.

„Was haben Sie denn so Wichtiges hier oben zu tun, kleines Fräulein?" fragte Josh unverblümt. „Sind Sie von einem Verlagshaus von der Ostküste?" So wie er das Wort „Ostküste" aussprach, musste New York sich für ihn um einen Ort des Grauens handeln.

„Nein. Ich komme aus Los Angeles. Dort arbeite ich als Anwältin für eine große Filmgesellschaft. Wir möchten, dass Mark für uns eins seiner Bücher zum Drehbuch umschreibt."

„Ach, ich halte nicht viel von Filmen", war Joshs Kommentar. „Es ist viel interessanter, Menschen aus Fleisch und Blut zu beobachten. Das ist das wirkliche Leben."

„Warum gibst du es nicht ehrlich zu, Josh?" stichelte Sara. „Deine Lieblingsbeschäftigung ist, in der Nachbarschaft herumzuspionieren und über andere Leute zu tratschen."

„Das ist nicht wahr, Sara Tynan! Du bist selbst eine ganz schöne Klatschbase, besonders letzten Winter, als der Schneesturm sämtliche Telefonleitungen lahm gelegt hatte und jedermann auf dich als einzige Nachrichtenquelle angewiesen war. Erinnerst du dich ...?"

„Ach, sei still, Josh!" schnitt Sara ihm das Wort ab. Sie wechselte schnell das Thema. „Welches von Marks Büchern soll denn verfilmt werden?" wandte sie sich an Lindsay. „Ich kenne sie alle."

„‚Samtschwarze Nächte."

Saras Lächeln schwand, und mit steinerner Miene blickte sie Lindsay an. „‚Samtschwarze Nächte'? Damit werden Sie kein Glück haben, liebes Kind. Ich an Ihrer Stelle würde die Finger davon lassen."

„Aber wieso denn?" fragte Lindsay irritiert.

„Das fragen Sie Mark lieber selbst. Ich kann es Ihnen nicht sagen. Mit diesem Buch hat es seine eigene Bewandtnis. Das ist alles, was ich weiß. Es hat ihn unglaublich beschäftigt."

„Wie kommen Sie darauf?"

„Nun, er hat nicht mit mir darüber gesprochen, aber ich habe aus seinem sonderbaren Verhalten meine Schlüsse gezogen. Wissen Sie, normalerweise lässt Mark sich nicht zweimal bitten, wenn die Buchhandlung im Ort ihn zu einer Signierstunde oder zu einem Diskussionsabend einlädt."

Lindsay merkte an Saras liebevollem, zärtlichem Ton, wie viel sie von Mark hielt, und dass zwischen diesen beiden so grundverschiedenen Menschen eine ganz besondere Beziehung bestehen musste. Wenn die Frau sie doch nur ins Vertrauen ziehen würde, damit auch sie Mark besser verstehen würde ...

„Erzählen Sie weiter", bat Lindsay Sara, als diese nachdenklich schwieg.

„Sobald Marks Roman ‚Samtschwarze Nächte' erschienen war und die ersten Exemplare in den Schaufenstern lagen, verbarrikadierte er sich in seinem Haus – genauso übrigens, wie er es nach seinem Einzug getan hatte. Er wollte keinen Menschen sehen oder sprechen. Ich brachte ihm wie gewöhnlich seine Lebensmittel und die Post hinauf, aber er ließ mich nicht über die Schwelle seines Hauses treten. Er nahm mir die Sachen mit einem höflichen Dankeschön an der Tür ab und zog sich sofort wieder zurück. Sonst hatte er mich immer hereingebeten und mit mir Tee getrunken und geplaudert. Damit war es nun vorbei. Als hätte das Buch ihn krank gemacht. Er war schlimm dran, Liebes, glauben Sie mir. Ich könnte ihn nicht noch einmal so leiden sehen. Am besten, Sie rühren das Thema gar nicht mehr an, Miss Tabor."

Allmählich begann Lindsay zu verstehen. Nur eines begriff sie nicht: Warum schrieb und veröffentlichte jemand ein Buch, wenn es ihn derart belastete?

„Und wie lange hat es gedauert?" fragte sie, nachdem sie eine Weile nachdenklich geschwiegen hatte. „Ich meine – wie lange hat er sich so abgekapselt?" Ein Gefühl des Mitleids überwältigte sie, als sie sich Mark in seiner Hütte vorstellte, einsam und verloren, ohne menschlichen Trost seinen schweren Gedanken ausgeliefert. Hätte sie ihn damals schon gekannt, sie wäre für ihn da gewesen, hätte ihn umsorgt und versucht, ihm die schwierige Zeit zu erleichtern.

Lindsay wunderte sich über sich selbst. Noch nie in ihrem Leben hatte sie das Bedürfnis gehabt, einem Mann zur Seite zu stehen, ihm Schutz und Fürsorge zu gewähren. Es war eine ebenso überraschende Erfahrung wie dieses neue Gefühl der Geborgenheit und Wärme, das Mark ihr mit seinem zärtlichen Trost vermittelt hatte.

Saras Stimme riss sie aus ihren Gedanken. „Es dauerte genau drei Monate, bis er wieder der Alte war", erinnerte sie sich. „Eines Tages tauchte er hier in meinem Laden auf, heiter und bei bester Laune, als wäre nichts geschehen. Er holte seine Post und seine Zeitungen ab, kaufte ein, und wir hielten wie gewohnt unser Schwätzchen. Von dem Tag an war er wieder wie früher, bis vor einigen Wochen, als dieser Brief von seinem Agenten kam. Ich habe ihn beobachtet, während er ihn noch hier im Laden las. Seine Stimmung wechselte von einer Sekunde zur anderen. Sie hätten sein Gesicht sehen sollen! Er schoss wie von Furien gehetzt aus dem Laden."

Lindsay ahnte, von welchem Brief die Rede war. Es musste Moris' Mitteilung vom Angebot der Langston-Studios gewesen sein, den Roman „Samtschwarze Nächte" zu verfilmen. Die Nachricht hatte Mark in die Flucht geschlagen und ihre eigene Irrfahrt quer über den Kontinent eingeleitet.

„Ich glaube, ich sollte mich jetzt auf den Rückweg machen", sagte Lindsay unvermittelt. Sie musste unbedingt mit Mark reden und ergründen, was es mit diesem Buch auf sich hatte. „Samtschwarze Nächte" musste eine geheimnisvolle schicksalhafte Bedeutung für ihn haben. Merkwürdig genug: Sein eigenes Werk schien ihn zu bedrohen und in Panik zu versetzen.

Sara sah stirnrunzelnd zum Fenster hinaus. „Es sieht ganz so aus, als würden wir noch mehr Schnee kriegen. Warten Sie noch eine Minute. Ich werde Ihnen eine Tasse Tee machen, damit Sie sich schön aufgewärmt auf den Rückweg machen können."

„Vielen Dank, Miss Tynan. Aber ich gehe lieber jetzt gleich. Ein andermal gern."

„Heißt das, dass Sie doch noch eine Weile hier bleiben?" fragte Sara Tynan hoffnungsvoll. „Das würde uns sehr freuen, nicht wahr, Josh? Vielleicht haben Sie und Mark Lust, demnächst mal zum Abendessen vorbeizukommen."

Lindsay lächelte höflich. „Danke für die Einladung. Ich werde es ihm ausrichten", versprach sie. Sara Tynan sollte sich nur nicht allzu viele Hoffnungen machen, denn bevor sie und Mark wie ein trautes Paar Nachbarschaftsbesuche abstatteten, gäbe es mit Sicherheit noch einiges zu regeln.

Tatsächlich begann es auf dem Rückweg zu schneien. Von dem immer dichter werdenden Schneegestöber umwirbelt, ließ Lindsay sich noch einmal Mrs. Tynans Erzählung durch den Kopf gehen.

Hätte sie den Inhalt von „Samtschwarze Nächte“ gekannt, dann wäre sie des Rätsels Lösung vielleicht schon auf der Spur. Aber sie hatte keine Zeit mehr gehabt, sich das Buch vor ihrer Abreise zu besorgen. Und – das fiel ihr erst jetzt auf – es stand nicht einmal neben Marks anderen Romanen in seinem Bücherregal.

Schon nach wenigen Minuten musste Lindsay sich so stark auf den Weg konzentrieren, dass sie nicht länger an Mark und sein rätselhaftes Buch denken konnte. In kürzester Zeit war die Landstraße von einer dicken Schicht Neuschnee bedeckt, und Lindsay hatte Mühe, durch den dichten Vorhang der wirbelnden Flocken die Wegmarkierungen zu erkennen, die ihr auf dem Hinweg aufgefallen waren. Obwohl sie noch nie einen Schneesturm erlebt hatte, war sie nicht sonderlich beunruhigt. Zwar war ihr ziemlich kalt, doch in der Gewissheit, bald Marks Haus zu erreichen, ertrug sie es tapfer. Zuversichtlich marschierte sie weiter.

Plötzlich hörte Lindsay jemanden ihren Namen rufen. Als sie Marks Stimme erkannte, schlug ihr Herz schneller. Sie antwortete, und wenig später kam auch schon Barry kläffend auf sie zugerannt. Ungestüm sprang er an ihr hoch und leckte ihr vor Wiedersehensfreude das Gesicht.

„Barry!“ protestierte sie lachend, „nicht so stürmisch!“ Während sie sich noch gegen die Liebkosungen des Hundes wehrte, stand plötzlich Mark neben ihr, als wäre er aus dem Nichts aufgetaucht.

„Hallo“, begrüßte sie ihn fröhlich, ohne seine finstere Miene zu bemerken.

„Wo zum Teufel waren Sie?“ fuhr er sie an und packte sie so grob bei den Armen, dass sie trotz der dicken Kleiderschichten den Druck seiner Finger bis auf die Haut spürte.

Sie sah ihn überrascht an, und erst jetzt fiel ihr sein panischer Gesichtsausdruck auf. In seinem Blick lag die nackte Angst, und aus seinem Gesicht war jegliche Farbe gewichen.

„Lassen Sie mich los“, sagte Lindsay ärgerlich. „Sie tun mir weh! Was ist denn los mit Ihnen?“

Augenblicklich ließ er die Arme sinken, sah Lindsay etwas schuldbewusst an und stieß dann einen tiefen Seufzer aus. Es war ein Seufzer der Erleichterung, und allmählich wich der Ausdruck des Schreckens aus seinem Gesicht und machte einem befreiten Lächeln Platz.

„Alles in Ordnung?“ fragte er sie besorgt.

„Natürlich. Ich bin okay. Was soll denn sein?“

„Seit wann sind Sie schon unterwegs?“ setzte er sein sonderbares Verhör fort.

„Nicht sehr lange. Sie waren so sehr mit dem Schreiben beschäftigt, dass ich mich zu einem Spaziergang entschloss.“

„Zu einem Spaziergang!“ brauste er auf. „In diesem verdammten Blizzard?!“

„Als ich losging, schneite es noch nicht.“

Er schien gar nicht hinzuhören. „Sie hätten sich verirren können.“

„Ach wo! Ich wusste die ganze Zeit, wo ich war. Von Mrs. Tynans Laden findet wohl auch eine verwöhnte Kalifornierin den Weg im Schnee zurück“, bemerkte Lindsay bissig. Sie lächelte. „Sara Tynan und Josh Davis sind übrigens ein köstliches Paar. Ehe ich's vergesse – Mrs. Tynan hat Sie ... hat uns ... zum Abendessen eingeladen.“

„Wie nett“, kommentierte Mark geistesabwesend. Dann sah er Lindsay eindringlich an, und wieder entdeckte sie diesen Ausdruck großer Besorgnis in seinem Blick. „Bitte, Lindsay“, beschwor er sie, „gehen Sie nie wieder aus dem Haus, ohne mir vorher Bescheid zu sagen.“

Zuerst hatte Lindsay ein schlechtes Gewissen. Doch dann, als sie daran dachte, wie auch Mark sie an diesem Morgen allein gelassen hatte, packte sie die Wut.

Was fiel diesem Mann ein? Statt sich für sein unhöfliches Benehmen zu entschuldigen, empfing er sie mit einer Strafpredigt. Es war beinahe schon ungeheuerlich.

„Ich bin eine erwachsene Frau und kann sehr gut auf mich selbst aufpassen."

„Sie haben keine Ahnung, Lindsay. Sie wissen nicht, was auf solch einem harmlosen kleinen Ausflug alles passieren kann. Sie kennen die Gegend und die Wetterverhältnisse nicht. Bei einem Schneesturm wie diesem kann man sich im Handumdrehen verirren. Tun Sie mir den Gefallen und gehen Sie nicht mehr allein spazieren. Bitte ..."

„Den Teufel werde ich tun!" brauste sie auf. „Ich werde tun und lassen, was ich will. Und wenn mir nach einem Spaziergang zumute ist, dann gehe ich spazieren." Sie warf Mark einen feindseligen Blick zu. „Was soll ich denn machen, wenn Sie sich einigeln und arbeiten? Was kann man denn hier schon anfangen? Ich fühle mich zur Untätigkeit verdammt. Irgendwo muss ich mich beschäftigen – dafür bin ich sonst viel zu aktiv. Ich bin es nicht gewohnt, herumzusitzen und Däumchen zu drehen!"

Ihre ganze Wut und Frustration entlud sich in einem endlosen Lamento. Dass Mark ihr ruhig und gelassen zuhörte, machte sie nur noch ärgerlicher. Zornig blitzte sie ihn aus ihren grünen Augen an.

„Lindsay", sagte er schließlich, jetzt wieder mit sanfter und weicher Stimme. „Es tut mir furchtbar Leid, dass Sie heute Morgen sich selbst überlassen waren. Aber wenn ich einen Einfall habe, dann muss ich ihn zu Papier bringen – sonst geht er mir wieder verloren. Ich hatte nicht einmal gehört, dass Sie aufgestanden waren, und dachte die ganze Zeit, Sie würden endlich einmal ausschlafen. Erst als ich nach Ihnen schauen wollte, merkte ich, dass Sie fort waren. Und dann dieser Blizzard! Ich hatte keine ruhige Minute mehr."

Mark lächelte versöhnlich. „Verstehen Sie doch, Lindsay, ich war in Sorge um Sie. Wie können Sie annehmen, dass ich Ihnen Vorschriften machen will?"

„Es hörte sich aber ganz so an", erwiderte Lindsay immer noch verärgert. Sie fand sein väterliches Gehabe anmaßend und albern.

„Sie kennen sich hier nicht aus“, erklärte er von neuem. „Ich hätte ja nicht einmal gewusst, wo ich Sie hätte suchen können.“

Plötzlich schien alles über Lindsay zusammenzubrechen. Es war einfach zu viel – die emotionsgeladene Atmosphäre, neue, unerklärliche Gefühle, die beklemmende Isolation, ein ungewohntes Klima und schließlich und endlich Mark Channings hartnäckige Weigerung, mit ihr zu verhandeln. Sie hielt es nicht mehr aus.

„Ich hasse alles hier“, stieß sie hervor. Und obwohl sie Mark ansah, wie sehr sie ihn mit ihren Worten verletzte, fuhr sie unbarmherzig fort: „Ich will nach Hause! So bald wie möglich!“

Marks langer, trauriger Blick traf sie bis ins Herz, aber sie hielt ihm stand und ließ sich nichts von ihren Gefühlen anmerken.

„Na gut“, seufzte er, „ich halte Sie nicht auf.“

„Oh doch, das tun Sie. Ich kann nicht eher zurück, bis Sie den Vertrag nicht wenigstens gelesen haben. Das hat mein Chef mir heute Morgen klar und deutlich gesagt.“

„Sie haben mit ihm telefoniert?“

„Ja.“

„Sie würden also nur aus einem einzigen Grund hier bleiben?“

Lindsay konnte seinen traurigen Blick kaum noch ertragen, aber sie nickte nachdrücklich. „Ja. Was für einen Grund sollte es sonst noch geben?“ log sie.

„Also schön. Gehen wir. Ich werde mir das verdammte Ding ansehen. Es scheint ja Ihr einziger und größter Wunsch zu sein.“

„Ja, allerdings ...“

Lindsay konnte sich über ihren Sieg nicht einmal freuen.

8. KAPITEL

„Okay“, sagte Mark eine halbe Stunde später mit tonloser Stimme. „Ich habe ihn gelesen. Gründlich. Jeden Paragraphen. Ist dieser durchtriebene Bestechungsversuch Trent Langstons oder Ihr eigenes Machwerk?“

„Es ist kein Bestechungsversuch“, protestierte Lindsay. Doch als Mark skeptisch die Augenbrauen hochzog, begann sie blitzschnell zu überlegen, wie offen sie mit ihm sein konnte.

Normalerweise hielt sie sich an das ungeschriebene Gesetz der Verhandlungsstrategie, dass ein Käufer dem Anbieter nicht zeigte, wie sehr er an dessen Ware interessiert war.

Bei Mark Channing verhielt es sich anders, denn er wollte ja gar nichts verkaufen. Statt lange hin- und herzupokern, konnte sie die Karten ebenso gut gleich offen auf den Tisch legen.

Sie setzte ihr charmantestes Lächeln auf. „Glauben Sie mir, Mark, Trent Langston will Sie weder bestechen noch hat er irgendwelche andere Hintergedanken. Seit dem Erscheinen von ‚Samtschwarze Nächte‘ ist er von der Idee besessen, einen Film aus dem Roman zu machen. Und was liegt dann näher, als dass er Sie als Drehbuchautor gewinnen will? Eigentlich dürfte ich es Ihnen nicht sagen, doch ich vermute, dass Sie es ohnehin wissen: Sie können verlangen, was Sie wollen – Langston wird Ihnen nichts abschlagen.“

„Dann soll er mir den Mond vom Himmel holen.“

„Das ist doch lächerlich! Sehen Sie denn gar nicht, wie viele Vorteile in dem Geschäft stecken?“ Verzweifelt suchte Lindsay nach Argumenten, obwohl sie wusste, dass sie auf verlorenem Posten kämpfte. Es war klar, dass Mark seine Entscheidung schon lange gefällt hatte. Den Vertrag hatte er nur ihr zu Gefallen gelesen.

„Und welche Vorteile wären das?“ fragte Mark. „Geld habe ich genug. Für meine Ansprüche jedenfalls genügt es. Zweitens bin ich viel zu gern hier, als dass ich Lust hätte, mich monatelang in Hollywood oder an irgendwelchen Drehorten aufzuhalten. Bliebe drittens der Ruhm. Ich will nicht überheblich erscheinen, aber ich denke, dass ich schon jetzt ein angesehener und etablierter Buch- und Filmautor bin und einen Namen habe. Frage: Wo ist für mich der Vorteil bei dem Geschäft?"

Lindsay überlegte fieberhaft, wie sie Mark überzeugen könnte. Schließlich versuchte sie es mit dem Scherz von dem eigenen Ski-Berg. Doch Mark verzog das Gesicht nicht einmal zu einem Lächeln.

Er blieb dabei: kein Vertrag mit den Langston-Studios. „... und auch keinen mit einer anderen Filmgesellschaft", fügte er hinzu, „falls Sie das befürchten sollten."

„Aber warum ...?" wagte sie zu fragen.

„Weil ‚Samtschwarze Nächte' eine ganz persönliche Bedeutung für mich hat", sagte er mit gepresster Stimme. Seine Lippen waren nur noch zwei dünne Striche, und sein harter Gesichtsausdruck ließ keine weiteren Fragen zu.

Doch Lindsay gab noch nicht auf. Zwar fiel es ihr zunehmend schwerer, Mark zu etwas zu drängen, was für ihn offensichtlich mit Unglück und Kummer verbunden war. Wäre es nach ihr gegangen, hätte sie schon lange das Handtuch geworfen und Mark gebeten, die ganze Sache zu vergessen. Doch ihr beruflicher Ehrgeiz und ihr Pflichtgefühl gegenüber Trent ließen keine persönliche Rücksichtnahme zu. So versuchte sie es ein letztes Mal mit ihrer Überredungskunst.

„Ich verstehe", sagte sie gedehnt, „aber wäre nicht gerade Ihre persönliche Betroffenheit ein Grund, das Drehbuch zu diesem Roman zu schreiben? Ich bin sicher, dass Trent Ihnen sogar die künstlerische Leitung bei der Produktion des Films überlassen würde ..."

„Verstehen Sie denn immer noch nicht?" explodierte Mark und warf den Vertrag wütend auf den Tisch. „Ich pfeife auf die künstlerische Leitung. Ich pfeife auf Ihr lukratives Angebot und alle Ihre lockenden Versprechungen!" schrie er aufgebracht. Dann wurde er ruhiger. „Hören Sie gut zu, Miss Tabor", sagte er kühl und kontrolliert. „Schauen Sie mich an, damit Ihnen kein Wort entgeht. ‚Samtschwarze Nächte' wird nicht verfilmt. Weder von den Langston-Studios noch von irgendeiner anderen Filmgesellschaft! Habe ich mich jetzt deutlich genug ausgedrückt?"

Seine beißenden, sarkastischen Worte brachten Lindsay beinahe aus der Fassung. Sie konnte nicht mehr. Wäre sie durch ihren Beruf nicht so hart im Nehmen geworden, wäre sie in Tränen ausgebrochen.

Doch statt ihren Gefühlen freien Lauf zu lassen, holte sie zum Gegenschlag aus. „Dann möchte ich verdammt noch mal wissen, warum Moris Samuels sich überhaupt auf Gespräche mit uns eingelassen hat. Der Mann ist schließlich Ihr Agent. Oder führt er etwa hinter Ihrem Rücken Verhandlungen, von denen Sie nichts wissen?"

Mark lächelte müde. „So ungefähr verhält es sich", gab er zu. „Sie haben Moris ja kennen gelernt – sobald es um eine sechsstellige Zahl geht, hat er nur noch seine Prozente im Kopf und vergisst alles andere. Er hat ohne meine Zustimmung verhandelt."

Lindsay starrte Mark ungläubig an. „Dann gab es also gar keine Gegengebote anderer Studios?"

„Um Himmels willen – nein! Hat Moris das etwa Trent Langston erzählt?"

„Natürlich. Warum wäre mein Boss wohl sonst so hysterisch? Er hat Angst, dass die Konkurrenz ihn mit höheren Geboten aussticht. Und das ausgerechnet bei einem Projekt, das ihm dermaßen am Herzen liegt."

„... was Moris offensichtlich weiß", ergänzte Mark. „Sonst hätte er nicht so hoch gepokert und diesen unglaublichen Vertragsentwurf ausgehandelt. Ich beginne zu verstehen ..."

„... und ich ebenfalls", sagte Lindsay kopfschüttelnd. „Trotzdem – nur zu meiner Vergewisserung: Ihr reizender Agent wusste also, dass ‚Samtschwarze Nächte' für Verträge aller Art tabu ist?"

„Ich habe es ihm ungefähr dreitausendmal gesagt. Doch als

Trent ihn auf die Verfilmung ansprach, konnte er der Verlockung nicht widerstehen." Mark zuckte bedauernd mit den Schultern. „Ich habe beiden – sowohl Moris als auch Langsten – meinen Standpunkt sehr deutlich klar gemacht, das können Sie mir glauben. Aber diese beiden Füchse geben nicht so leicht auf, und Sie sind das arme Opfer. Offenbar haben die beiden sich geeinigt, Sie als Köder zu mir zu schicken. Sie dachten wohl, bei einer hübschen Frau würde ich eher nachgeben."

Lindsay stöhnte auf. „Und ich Idiot habe mir eingebildet, dass Trent mich wegen meiner fachlichen Kompetenz mit dieser Mission betraut hat. Was für eine bodenlose Gemeinheit!"

„Es tut mir Leid für Sie, Lindsay." Marks Stimme war jetzt voller Mitgefühl. „Sie wissen, ich mag Sie persönlich sehr gem. So gern, dass Trents und Moris' Rechnung eigentlich aufgehen müsste. Aber nichts und niemand – nicht einmal ein ganzer Harem – könnte mich von meinem Entschluss abbringen. Das Buch bleibt unangetastet."

Lindsay musterte ihn schweigend. So demütigend das Ergebnis dieses Gesprächs für sie auch war – irgendwie waren sie und Mark sich näher gekommen. „Mark", begann sie mit weicher Stimme, „was für ein Geheimnis birgt dieses Buch? Es muss eine schreckliche Bedeutung für Sie haben."

Sie musste es wissen – nicht für Trent Langston, nicht für das Filmstudio oder um einen weiteren beruflichen Erfolg verzeichnen zu können, sondern für sich selbst und ihre Beziehung zu diesem Mann.

Marks Augen weiteten sich in ungläubigem Staunen. „Haben Sie den Gegenstand Ihres verdammten Vertrages nicht einmal gelesen? Das ist ja nicht zu fassen!"

Lindsay sah ihn schuldbewusst an. „Nein", gestand sie kleinlaut. „Ich hatte wegen meiner hektischen Reiserei leider keine Gelegenheit dazu."

Mark schüttelte müde den Kopf. Dann stand er von seinem Stuhl auf und ging langsam den Flur hinunter, bis er in seinem Arbeitszimmer verschwand. Kurz darauf kam er mit dem Buch in der Hand zurück. „Hier, lesen Sie es“, sagte er ruhig, als er es ihr reichte. „Dann unterhalten wir uns weiter. Ich mache jetzt einen Spaziergang. Die frische Luft wird mir gut tun.“

Mit einem beklommenen Gefühl sah Lindsay durch das Fenster der schemenhaften Gestalt nach, die in dem fahlen Zwielicht dieses düsteren Wintertages im Nichts verschwand. Sonderbar – mit dem Wechsel des Wetters hatte sich eine dunkle Stimmung auf die unbeschwerte Heiterkeit, auf die zarten Anfänge der Freundschaft und des Vertrauens gelegt, die sich zwischen ihr und Mark entwickelt hatten. Sie fragte sich, ob es ihnen nach diesem Bruch je gelingen würde, die anfängliche Harmonie wiederherzustellen.

Dann verscheuchte sie die sinnlosen Grübeleien, nahm das Buch und machte es sich auf dem Sofa bequem. Von der ersten Seite an war sie von dem Stil gefesselt, der voller Zärtlichkeit und Intensität war. Die beiden Hauptpersonen waren mit so viel Einfühlungskraft und Liebe beschrieben, dass Lindsay mit ihnen lebte, ihre Romanze, ihre Konflikte und Abenteuer mit ihnen teilte.

Das Buch war so mitreißend geschrieben, so angefüllt mit spannungsreicher Handlung und der gesamten Palette menschlicher Gefühle, dass Lindsay gut verstehen konnte, weshalb Trent es unbedingt haben wollte.

Der Kern der Handlung war eine altmodische, leidenschaftliche Liebesgeschichte, um die sich spannende Verwicklungen, atemberaubende Abenteuer, zu Herzen gehende menschliche Episoden und komische Begebenheiten rankten.

Lindsay war so in ihre Lektüre vertieft, dass sie Marks Kommen nicht bemerkt hatte. Sie blickte lächelnd auf, als er ein Sandwich und eine Tasse Kaffee vor ihr auf den Tisch stellte und dann wieder in sein Arbeitszimmer ging.

Sie las die ganze Nacht hindurch. Als sie die letzte Seite aufschlug, brach die Morgendämmerung an.

Lindsay klappte das Buch zu und blieb zusammengekauert in der Sofaecke sitzen. Die Tränen strömten ihr übers Gesicht.

Sie wusste, dass sie Marks eigene Lebens- und Liebesgeschichte gelesen hatte, die er nur geringfügig zum Romanhaften verfremdet hatte. Das tragische Ende zerriss ihr das Herz. Es erklärte alles.

Es erklärte Marks Weigerung, seine persönliche Tragödie für die Kinoleinwand freizugeben. Es erklärte seine melancholischen Stimmungen, wenn er grübelnd dasaß und in eine andere Welt eintauchte. Und es erklärte sein Verständnis und Einfühlungsvermögen für Lindsays eigene persönliche Situation.

Genau wie sie hatte er einen schmerzlichen Verlust erlitten. Er hatte die Person verloren, die er liebte, und dennoch hatte er die Kraft gefunden weiterzuleben. Und diese Kraft hatte er ihr vermitteln wollen.

„Nun, haben Sie es durch?“ hörte sie Mark plötzlich fragen. Er sah blass und übernächtigt aus. Instinktiv wusste sie, dass auch er nicht geschlafen hatte.

„Es tut mir so Leid“, sagte sie leise, „ich hatte ja keine Ahnung ...“

Er zuckte mit den Schultern. „Sie haben getan, was Sie tun mussten. Schließlich ist es Ihr Job.“

„Nein, das meine ich nicht. Ich meine diese Geschichte. Es ist schrecklich! Sie müssen sie sehr geliebt haben.“

Er nickte. Sein Mund war zusammengepresst, und seine Augen blickten stumpf ins Leere. „Ja. Ich habe sie geliebt.“

„Wollen Sie mir nicht von ihr erzählen?“

„Es steht alles im Buch.“

„Nein, nicht alles, Mark“, widersprach sie sanft. „Wissen Sie noch, was Sie mir sagten? ‚Es ist nicht überwunden, solange man noch darüber weint‘.“

„Ich weine nicht mehr. Schon lange nicht mehr.“

„Mag sein. Aber trotzdem leiden Sie noch. Der Schmerz in Ihrem Blick verrät es. Denken Sie, ich hätte es nicht gesehen? Nacht für Nacht, wenn ich schlafen ging, sind Sie hier zurückgeblieben und haben abwesend ins Feuer gestarrt. Sie trauern noch immer, Mark. Auch jetzt sehe ich wieder diese Schatten in Ihrem Gesicht. Bitte, reden Sie es sich von der Seele."

Er antwortete nicht, und Lindsay sah ihn einen langen Moment schweigend an, bis ihre Blicke ineinander versanken. „Ich liebe dich, Mark. Ich möchte alles von dir wissen, damit ich dich verstehen kann."

Er reagierte nicht. Es war, als hätte er ihr Geständnis, das sie unerhört viel Mut gekostet hatte, gar nicht vernommen. Doch sie verübelte ihm sein Schweigen nicht. Sie wartete. Sie würde warten, bis die Trauer aus seinem Gesicht verschwand.

Dann, nach einer Ewigkeit, ließ er sich schwer neben ihr auf das Sofa fallen. Wortlos starrte er in die Flammen. Lindsay ließ ihn gewähren. Ruhig saß sie neben ihm und bezwang den Wunsch, ihn in die Arme zu nehmen. Es war wichtig, ihm Zeit zu lassen.

Schließlich begann Mark zu sprechen. Stockend, in unzusammenhängenden, unbeholfenen Sätzen. War dies derselbe Mann, der sonst so brillant und geschliffen zu plaudern verstand? Der Schriftsteller, der mit der Kunst der Sprache seinen Lebensunterhalt verdiente?

Nein, es war der Mensch Mark Channing. Ein verletzlicher, trauernder Mann, der Lindsay sein Innerstes preisgab. Die Worte kamen zuerst langsam und zögernd, dann fließender. Sie formten sich zu einer Geschichte, die noch nie geschrieben worden war und nie geschrieben werden würde.

„Ich lernte Alicia in der Schweiz kennen. Sie war die zauberhafteste Frau, der ich je begegnet war. Wir haben uns vom ersten Tag an verstanden. Alicia war klug, sanft, sensibel und unternehmungslustig. Sie respektierte mein Bedürfnis, von Zeit zu Zeit allein zu sein. Aber wenn wir zusammen waren, kostete sie es voll aus. Wir liebten uns, wir redeten stundenlang, unternahmen die aberwitzigsten Dinge und konnten herumalbern wie die Teenager.

Sie konnte so wunderbar lachen. Immer war sie heiter und gut gelaunt. Ich glaube, ich habe sie nie weinen sehen, und ich erinnere mich nicht, dass sie jemals unfreundlich zu mir war. Sie steckte voller Unternehmungsgeist und verrückter Ideen. Es gab nichts, was sie nicht mitgemacht hätte.

Die Winter verbrachten wir in der Schweiz, denn sie war eine begeisterte Skiläuferin, und ich hatte Zeit und Muße zu schreiben. Im Sommer machten wir herrliche Reisen. Wir waren glücklich."

Obwohl Lindsay spürte, welch tiefe und intensive Gefühle die Erinnerung in Mark wachrief, fühlte sie sich nicht zurückgesetzt. Sie empfand nur Trauer – Trauer darüber, dass diese beiden Menschen ihr Leben nur so kurze Zeit teilen durften. Wie unsagbar glücklich mussten sie gewesen sein. Mark hatte die Einmaligkeit ihrer Liebe in seinem Buch so wunderbar beschrieben, dass Lindsay nachempfinden konnte, was ihnen ihre seltene Beziehung bedeutet hatte.

Und da sie selbst – und zum ersten Mal in ihrem Leben – eine Liebe in sich entstehen spürte, konnte sie Marks Leiden und seine Trauer ermessen, nachdem sein Glück so grausam zerstört worden war. „Wie geschah es?" fragte sie behutsam. „War es so wie in ‚Samtschwarze Nächte'?"

„Ja. So ungefähr."

Sie berührte ihn leicht an der Schulter. „Möchtest du lieber nicht mehr darüber sprechen?" Das vertrauliche Du kam wie von selbst über ihre Lippen. Bei der Intimität, die während dieser wenigen Minuten zwischen ihnen entstanden war, war es fast selbstverständlich.

Mark zögerte. Beinahe hätte er die Rettungsleine ergriffen, die sie ihm zuwarf. Aber er überwand sich. „Doch. Du hattest Recht. Ich muss darüber reden. Mit dem Buch habe ich es nicht verarbeitet, obwohl ich es mit dieser Absicht geschrieben habe."

Lindsay wartete geduldig, bis er weitersprach.

„Eines Morgens – ich saß in meinem Studio und schrieb – kam Alicia herein, um mir zu sagen, dass sie Ski laufen gehen würde. Ich nickte abwesend und blickte kaum auf, als sie ging. Hätte ich richtig hingehört, hätte ich sie von ihrem leichtsinnigen Vorhaben abgehalten, denn sie hatte eine Piste erwähnt, die nicht ungefährlich war. Alicia lief zwar für ihr Leben gern Ski, doch für diese Strecke nicht gut genug.

Aber wie gesagt war ich viel zu sehr mit meiner Arbeit beschäftigt. Das Buch stand kurz vor dem Abschluss, und ich steckte gerade in einer sehr produktiven Arbeitsphase, die ich nicht unterbrechen wollte.

Irgendwann gegen Nachmittag sagte mir mein Instinkt, dass Gefahr in der Luft lag. Doch ich ignorierte die warnende Stimme und schrieb wie ein Besessener weiter. Ich kam so gut voran wie lange nicht. Nur noch wenige Seiten, und das Buch wäre beendet. Ich freute mich schon darauf, abends mit Alicia mein Werk zu feiern."

Mark stand auf und wanderte unruhig im Zimmer auf und ab. Wie ein gefangenes Tier, das aus seinem Käfig auszubrechen versucht. Plötzlich schlug er so heftig mit der Faust gegen die Wand, dass die Deckenlampe leise klirrte. „Wie konnte ich nur so egozentrisch sein, so dumm und so blind!" brach es aus ihm heraus. „Wäre ich sie doch nur suchen gegangen, als mein Gefühl mir sagte, dass etwas nicht stimmte. Vielleicht hätte ich sie noch retten können."

Jetzt erinnerte Lindsay sich wieder an die Bemerkung, die er vor ein paar Tagen gemacht und die sie nicht verstanden hatte. Er hatte gesagt, dass er im Gegensatz zu früher wieder seinen Instinkten gehorchte. Ein weiteres Puzzleteil in dem unvollständigen Bild war gefunden.

„Was geschah, Mark?"

„Sie kam von der Piste ab. Jedenfalls nahm man das später an. Und dann kam der Schneesturm." In seine Augen trat wieder derselbe verzweifelte Ausdruck, der sie nach ihrem Ausflug zu Mrs. Tynans Laden so irritiert hatte. Ein Puzzleteilchen mehr fügte sich in das Bild.

„Alle Skiläufer waren zu der Berghütte zurückgefahren, als es zu schneien begann. Nur Alicia wollte unbedingt noch eine Tour fahren. Niemand konnte es ihr ausreden, und niemand wagte, sie mit Gewalt zurückzuhalten. Denn wenn sie sich einmal etwas in den Kopf gesetzt hatte, dann war sie nicht zu bremsen.

Sobald ihre Begleiter wieder unten im Dorf waren, kamen sie zu mir und erzählten mir, dass Alicia allein oben zurückgeblieben sei. Ich wollte sofort hinauf und sie holen, aber inzwischen schneite es so stark, dass die Bergwacht mir den Aufstieg verbot. Wir warteten und warteten, und mit jeder Minute, die verstrich, verringerten sich Alicias Überlebenschancen."

Marks Stimme klang gebrochen. In sich zusammengesunken stand er da. Er hatte Lindsay noch immer den Rücken zugekehrt, und sie sah, wie sein Körper von lautlosem Schluchzen geschüttelt wurde. „Alicia starb im Berg. Ganz allein."

Lindsay stand auf, um Mark zu trösten. Sie legte eine Hand um seine Schulter und führte ihn behutsam zum Sofa zurück. Die Hand fest um seine geschlossen, war sie es jetzt, die ihm Kraft und Trost gab.

„Ich verließ die Schweiz, sobald man Alicia gefunden hatte", fuhr Mark fort, nachdem er sich wieder gefasst hatte. „In ihrer Heimat in Vermont habe ich sie dann beerdigt. Und anschließend kaufte ich dieses Haus, um mich zu verkriechen. In den ersten Monaten hauste ich hier wie ein Tier im Winterschlaf. Ich ging nicht aus und vermied jegliche Kontakte. Sara Tynan war der einzige Mensch, der sich um mich kümmerte. Sie wusste nichts von dem Unglück, aber sie sorgte mit eiserner Entschlossenheit dafür, dass ich nicht zum verschrobenen Einsiedler verkam."

Zum ersten Mal lächelte Mark. „Sara Tynan ist wie eine alte Glucke. Ob man will oder nicht – unter ihrer Obhut muss man sich einfach zum Leben entschließen. Sie lässt einen nicht aus den Augen. Als sie eines Morgens wieder anklopfte und mir ein frisches selbst gebackenes Landbrot brachte, entschloss ich mich, in mir Ordnung zu schaffen und neu anzufangen. Ich begann, ‚Samtschwarze Nächte' zu schreiben. Nur so – das wusste ich ganz sicher intuitiv – könnte ich meine Seele retten."

Mark sah Lindsay mit schmerzvollem Lächeln an. „Jetzt weißt du, warum ich das Buch nicht verfilmen lassen will. Es ist Alicias Geschichte, und ich lasse es nicht zu, dass auf der Leinwand eine kitschige Love Story daraus wird."

„Meinst du nicht, dass du das durch deine Mitarbeit verhindern könntest?" wandte Lindsay ein.

Mark schüttelte den Kopf. „Ich könnte es, aber ich will es nicht. Alicia ist jetzt fünf Jahre tot. Es ist Zeit, dass ich sie in Frieden ruhen lasse. Ich wusste es in dem Moment, in dem ich dich sah. Die Begegnung mit dir hat Gefühle in mir geweckt, die ich für immer verschüttet glaubte. Und diesen neuen Gefühlen will ich mich jetzt zuwenden, statt einer Erinnerung nachzuhängen, die der Vergangenheit angehört."

Lindsay sah nachdenklich vor sich hin. Sie fühlte, dass sich in ihrer beider Leben eine Veränderung anbahnte, und gleichzeitig wurde ihr klar, dass sie ihren Auftrag vergessen konnte.

„Ich werde es Trent sagen. Er wird sich damit abfinden müssen, dass es mit dem Vertrag nichts wird", sagte sie ruhig.

Ihre Blicke trafen sich und versanken ineinander. Als Lindsay das Leuchten in Marks Augen sah, schlang sie die Arme um seinen Hals und schmiegte sich voller Hingabe an ihn. Sie hielt all die Liebe für ihn bereit, die sie ein Leben lang zurückgehalten hatte.

Ohne ein Wort zu sprechen, hielt Mark sie eng umschlungen. Liebevoll und sanft begann er sie zu streicheln. Als er die Hand unter ihren Pullover schob und Lindsay seine weichen Berührungen auf ihrer Haut spürte, begann ihr ganzer Körper vor Erwartung zu vibrieren.

Seine Hand wanderte langsam höher und legte sich auf ihre Brust, die sich vor Erregung spannte. Die rosigen Knospen wurden hart, und als er mit dem Daumen leicht darüber hinstrich, durchfuhr sie ein heißer Strom brennenden Begehrens.

Mark sah Lindsay unentwegt an. Doch als sie scheu zur Seite blickte, um ihre Verletzlichkeit und ihr Verlangen vor ihm zu verbergen, deutete er dies auf seine Weise.

„Lindsay, ich will nicht dein Mitleid", sagte er zärtlich.

„Wer spricht denn von Mitleid? Ich meine es ernst, Mark. Ich liebe dich."

Ihre Lippen teilten sich, und Mark senkte seinen Mund darüber und streichelte sie mit kleinen, verführerischen und erregenden Berührungen. Als er ihre Bereitschaft spürte, wurde sein Kuss drängender und leidenschaftlicher. Er schob die Zunge zwischen ihre Lippen, und mit lockenden, weichen Bewegungen erkundete er die warme Höhlung ihres Mundes.

Lindsay erwiderte seine Liebkosungen ohne Vorbehalte. Alles um sie herum versank in einem rosigen Nebel, und willig drängte sie sich ihm entgegen.

„Kleiner Rotschopf, ich brauche dich so sehr", flüsterte Mark und strich mit dem Mund über ihre Wangen und ihren Hals. Seine Hände setzten währenddessen ihr verführerisches Spiel fort. Als sie von den Brüsten abwärts über ihre Hüften und Schenkel glitten und sich dem Zentrum ihrer Sinnlichkeit näherten, wuchs Lindsays Begehren ins Unerträgliche.

Noch nie zuvor hatte sie so empfunden. Es erschien ihr wie ein Wunder, dass ihr Körper plötzlich von innen heraus, von einem verborgenen Mittelpunkt her mit sinnlichem Leben erfüllt wurde. Sie fühlte sich von einer süßen Wärme durchströmt, die in kleinen tanzenden Flammen explodierte.

Ihre vagen Sehnsüchte, jene neuen und unbekannten Gefühle, die seit ihrer ersten Begegnung am Flughafen immer stärker geworden waren, mündeten nun, da sie in seinen Armen lag, in einen einzigen Wunsch. Und sie wusste, dass Mark der erste und einzige Mann sein würde, der ihren Traum von wahrer Liebe und Leidenschaft erfüllen konnte. Denn geträumt hatte sie davon, obwohl sie es so hartnäckig geleugnet hatte.

Ja, sie wollte diesen kraftvollen männlichen Körper erkunden und in allen Einzelheiten kennen lernen. Sie wollte ihn überall berühren und fühlen und seine sinnliche Kraft erleben.

In der Vereinigung mit Mark wollte sie das mystische Wunder

der Liebe erleben, die Mann und Frau zu einem vollkommenen Ganzen zusammenfügt. Eine Liebe, die sie noch nie erfahren hatte.

„Komm mit, Mark. Ich möchte mit dir schlafen. Trage mich in dein Bett und liebe mich."

Er schüttelte den Kopf. Leidenschaft brannte in seinen Augen. „Nein, Darling. Wir werden uns hier im Schein des Feuers lieben. Deine Haut leuchtet in dem warmen Licht so wunderschön, wie schimmerndes Perlmutt."

Er zog Lindsay behutsam den Pullover über den Kopf. Jeans und Unterwäsche folgten in einem verführerischen Striptease, der Lindsays Erregung noch steigerte.

Als sie nackt in den Kissen lag, beugte er sich über sie und küsste und streichelte sie überall. Lindsay bäumte sich auf. Ihr nach Liebe ausgehungerter Körper verlangte nach stärkeren, intensiveren Liebkosungen. Er drängte nach Erfüllung, ohne dieses Gefühl genau zu kennen.

Lindsay hob die Arme und begann, mit zittrigen Fingern Marks Hemd aufzuknöpfen. Aber er hielt ihre Hand fest und drückte auf jede Fingerspitze einen sanften Kuss. „Noch nicht", flüsterte er mit rauer Stimme. „Noch nicht ..."

Seine Augen waren dunkel wie die Nacht, so dunkel, dass man sich darin hätte verlieren können, wären nicht diese winzigen tanzenden Lichtflecken gewesen, die Lindsay wie Leitsterne durch das berauschende Labyrinth seiner Zärtlichkeiten führten.

Marks Hände setzten ihre erotischen Spielereien fort. Sie strichen an ihren Beinen entlang, verharrten kurz an der Innenseite ihrer Schenkel, und plötzlich berührten sie das Zentrum ihrer weiblichen Sinnlichkeit.

Als Mark den sensibelsten Punkt ihres Körpers zu liebkosen begann, durchschoss Lindsay eine heiße Flamme. Instinktiv begann sie, das Becken rhythmisch zu bewegen. Eine schmerzende Sehnsucht ließ sie vor Verlangen aufstöhnen. „Mark, bitte, komm zu mir", flehte sie und drängte sich ihm lustvoll entgegen.

„Liebes, warte. Erst bist du an der Reihe. Ich will dich glücklich sehen", flüsterte er und fuhr mit seinen Zärtlichkeiten fort, bis sie vor Lust zu vergehen glaubte. „Lass dich fallen, Liebling. Gib dich ganz deinen Gefühlen hin."

Lindsay wand sich hin und her und konnte die lustvolle Qual kaum noch ertragen. Unter seinen drängender werdenden Liebkosungen trieb sie der erlösenden Erfüllung entgegen, und die Welt um sie her versank hinter einem Schleier des Vergessens. Nichts hielt sie mehr zurück. Die lähmende Angst vor ihren eigenen Gefühlen wurde von einer Welle übermächtiger Lust fortgespült. Und plötzlich schien ihr Inneres in einem funkelnden Feuerwerk zu explodieren, und mit einem leisen Aufschrei erreichte sie den Gipfel sinnlicher Lust.

Langsam trieb sie in die Wirklichkeit zurück und öffnete die Augen. Mark sah sie an. Er lächelte. Ob er wusste, dass er ihr Gefühlsbereiche eröffnet hatte, in die sie noch nie eingedrungen war? Er hatte ihr die höchsten Sinnenfreuden verschafft, ohne an sich selbst zu denken. Verdiente sie einen Mann, dem das Vergnügen der Frau wichtiger war als die eigene Befriedigung?

Diesmal ließ Mark Lindsay gewähren, als sie ihm das Hemd von den Schultern streifte. Sie entkleidete ihn in demselben aufreizend langsamen Tempo, wie er es bei ihr getan hatte. Der Anblick seines durchtrainierten, kraftvollen Oberkörpers entfachte von neuem ihr Verlangen. Für sie war Mark der Inbegriff maskuliner Sinnlichkeit.

Mark bog die Hüften in die Höhe, als sie ihm die Jeans auszog und dann – nach kurzem Zögern – den Slip herunterstreifte. Lindsay ließ die Hand über seine behaarte Brust, den flachen festen Bauch und Unterkörper wandern, bis sie sich seiner pulsierenden Männlichkeit näherte.

Mark erbebte unter ihren Berührungen. Sein Atem beschleunigte sich, und als Lindsays Zärtlichkeiten gewagter wurden, konnte er sich nicht länger beherrschen und zog sie ungestüm an sich.

Ihr Verlangen nacheinander kannte keine Grenzen mehr. Als

Lindsay Marks Gewicht auf ihrem Körper spürte, fieberte sie ihm verlangend entgegen. Obwohl noch im letzten Moment ein Fünkchen von Angst und Zweifel ihren sinnlichen Rausch trübte, gab sie sich ihm willig hin.

Als sie ihn in sich aufnahm, stieß sie einen leisen Schrei des Schmerzes und der Wollust aus, und durch die halb geöffneten Augen sah sie, wie Mark sie überrascht anblickte. Ihre heftige Reaktion schien ihn irritiert zu haben, und eine Sekunde lang zögerte er.

Dann aber legte er die Hände um ihr Becken und zog sie zu sich heran. Er drang tief in sie ein, bis er sie ganz ausfüllte.

Aufstöhnend schloss sie die Augen, berauscht von dem Glücksgefühl, mit ihm vereint zu sein. Als Mark begann, sich in ihr zu bewegen, wurde Lindsay von einem Sinnestaumel erfasst, wie sie ihn noch nie erlebt hatte. Sie versank in einem tosenden Strudel der Empfindungen, und instinktiv erwiderte sie die rhythmischen Bewegungen seiner Hüften.

Der Rhythmus wurde schneller und heftiger, und so trieben sie beide dem Höhepunkt der Leidenschaft entgegen.

Lindsays Erregung wuchs ins Unerträgliche. Es war, als sei in ihrem Innern eine Feder zum Zerreißen gespannt, die jeden Moment zerspringen und sie in ungeahnte Höhen emporschleudern konnte.

Als Marks Lippen sich um eine ihrer harten Brustspitzen schlossen und er sie aufreizend mit der Zunge umkreiste, war dieser Moment nicht mehr fern. Lindsays ganzer Körper vibrierte vor Leidenschaft. Die Empfindungen, die sie durchströmten, ließen sie alles um sie her vergessen. Sie umklammerte Marks Rücken und krallte die Finger in seine Haut. Dann glitten ihre Hände an seinen Hüften entlang. Sie zog seinen Unterkörper eng an sich heran, um seine Bewegungen zu steuern.

Und plötzlich schnellte die Feder auseinander. Lindsays Körper erschauerte in der Ekstase der Erfüllung. Mark hielt still, bis ihr Glücksrausch abgeebbt war. Dann drang er von neuem mit tiefen, gleichmäßigen Bewegungen in sie ein, bis auch er den Gipfel der Lust erreichte und aufstöhnend über ihr niedersank.

„Oh, Mark“, murmelte Lindsay vor Glück benommen. „Ich hatte keine Ahnung, wie schön es sein kann. Durch dich habe ich die Liebe entdeckt.“

„Wirklich? Dann bin ich also gewissermaßen der erste Mann in deinem Leben“, sagte er mit zärtlichem Lächeln und ließ sich mit Lindsay in den Armen auf die Seite rollen.

„Ja. Im Grunde war ich bis heute noch Jungfrau“, gestand sie scheu. „Du bist der erste Mann, dem ich mich mit Leib und Seele hingegeben habe. Und der Erste, der mich glücklich gemacht hat. Abgesehen von ein paar nichts sagenden College-Erlebnissen habe ich ohnehin seit Jahren keinen Mann mehr angerührt. Den Grund kennst du. Schlimm?“ fragte sie etwas verschämt.

„Wieso schlimm? Im Gegenteil, kleiner Rotschopf“, sagte Mark liebevoll und zog sie an sich. Eng aneinander geschmiegt lagen sie da. „Ich bin stolz. Welcher Mann kann schon von sich behaupten, der erste und einzige im Leben einer Frau zu sein?“

„Der Einzige? Wie soll ich das verstehen?“ fragte sie schläfrig.

„Ich erkläre es dir später, Darling“, flüsterte Mark und bettete ihren Kopf behutsam in die Höhlung seiner Schulter. „Liegst du bequem so?“

Lindsay antwortete nicht. Sie war eingeschlafen.

9. KAPITEL

„Wo waren wir stehen geblieben?" fragte Mark, als sie eng umschlungen erwachten. „Ach ja, jetzt fällt es mir wieder ein. Wann heiraten wir?" Er ließ die Finger liebkosend an Lindsays Rücken entlangfahren. „Sag jetzt bloß nicht, dass dies zu plötzlich kommt. Es würde nicht für deine Intelligenz sprechen."

Lindsays Herz setzte einen Schlag aus. Wie gern hätte sie spontan „Ja" gesagt. Denn sie liebte Mark. Sie liebte ihn mit der ganzen Kraft ihres Herzens. Seit einigen Stunden wusste sie mit absoluter Sicherheit, obwohl sie es schon all die Tage vorher geahnt hatte, dass sie sich seiner magischen Anziehungskraft nicht wieder würde entziehen können. Einem Mann wie ihm würde sie nie wieder begegnen. Er hatte ihr eine neue Welt eröffnet, hatte sie an Dinge herangeführt, für die sie bisher keine Augen gehabt hatte. Durch ihn hatte sie sich selbst kennen gelernt, ihre Ängste entdeckt und überwunden. Sogar das Skilaufen hatte er ihr schmackhaft gemacht – eine Tatsache, die an Wunder grenzte ...

Kein Zweifel, durch Mark war für sie das Leben unendlich reich geworden. Er hatte ihr einen neuen Weg gezeigt.

Und dennoch – konnte sie sicher sein, dass er sie liebte? Würde nicht seine unvergessene Liebe zu Alicia ihre Beziehung überschatten?

In ihrem tiefsten Innern nagte der Verdacht, dass sie Mark zufällig zu einem Zeitpunkt über den Weg gelaufen war, an dem er beschlossen hatte, seine selbst auferlegte Isolation zu beenden. Er hatte noch nicht einmal gesagt, dass er sie liebte.

Sein Heiratsantrag konnte ebenso gut dem verständlichen Bedürfnis entspringen, nicht länger allein zu leben. Sie hatten zusammen geschlafen, hatten sich auch nachts, nachdem er sie in sein Bett hinübergetragen hatte, noch mehrere Male leidenschaftlich geliebt. Vielleicht genügte es ihm, wenn sie körperlich harmonierten. Aber liebte er sie?

Es war zu früh. Weder war sich Lindsay seiner Gefühle sicher noch wusste sie, ob sie selbst schon zu einem solch entscheidenden Schritt bereit war. Ihre Angst, sich emotional zu binden, war noch lange nicht überwunden.

Was wäre, wenn sie Mark verlieren würde? Wie würde sie reagieren? Gewiss, sie war nicht mehr das kleine Mädchen, das über dem Verlust eines geliebten Menschen einen tiefen seelischen Schaden erlitten hatte. Sie war älter und reifer geworden und sicherlich in der Lage, Schicksalsschläge besser zu verkraften als damals. Trotzdem war sie nicht weniger verletzlich. Eine Trennung von Mark würde sie innerlich zerreißen – das wusste sie.

„Hey – bist du wieder eingeschlafen?“ Mark stupste Lindsay zärtlich.

„Keine Angst, ich bin hellwach. Deine Frage hat dafür gesorgt.“

„Und? Wie lautet die Antwort?“

Lindsay zögerte noch immer, unfähig, sich zu einer klaren Entscheidung durchzuringen. Weder ein „Ja“ noch ein „Nein“ wäre die richtige Antwort.

„Könnten wir ... könnten wir nicht eine Weile probeweise zusammenleben?“ schlug sie vor, obwohl ihr bewusst war, dass auch diese lose Form schon ein großes gefühlsmäßiges Risiko einschloss. „Über das Wo und Wie müssten wir sowieso noch reden. Immerhin habe ich einen Beruf.“

Marks Liebkosungen hörten abrupt auf, und er sah Lindsay ungläubig an. „Darf ich fragen, wie du dir dieses Zusammenleben vorstellst?“ fragte er. „Du in Los Angeles und ich in Boulder. So etwa wird es aussehen, nicht wahr?“

„In Los Angeles bin ich nur ganz selten. Meistens reise ich in der Weltgeschichte herum.“

„... was die Sache nur noch komplizierter macht.“

„Nein, warum?“ Nachdenklich schürzte Lindsay die Lippen. „Ich sehe da keine Probleme. Denver ist genau wie Los Angeles ein Verkehrsknotenpunkt. Von allen Orten der Welt aus leicht erreichbar.“

„Aha – ich verstehe. Du wirst also, wann immer deine Flugroute, deine Zeit und Trent Langston es erlauben, bei dem guten alten Mark Channing Zwischenstation machen."

Der Sarkasmus in seiner Bemerkung war unüberhörbar, aber Lindsay ignorierte ihn. „Warum denn nicht?" sagte sie. „Es gibt viele Paare, die mit solchen ‚Pendler-Verhältnissen' gut leben können."

„Das sind alles Leute, die zu engen Beziehungen nicht fähig sind", bemerkte Mark trocken.

Obwohl Lindsay seine Behauptung mangels Erfahrung nicht beweiskräftig widerlegen konnte, nahm sie sie nicht widerspruchslos hin. „Das ist nicht fair, Mark! Es gibt auch andere Gründe für solche Lebensformen. Zum Beispiel berufliche."

Ihre letzte Bemerkung überhörte er. „Nicht fair? Mag sein, aber gib zu, dass ich der Wahrheit ziemlich nahe gekommen bin. Du hast Angst vor einem festen Zusammenleben. Die Möglichkeit, du könntest dich zu stark engagieren, schreckt dich ab. Habe ich Recht?"

„Sagte ich dir nicht, dass ich dich liebe?"

„Was sind Worte, Lindsay? Lass Taten folgen. Zeig, dass du Mut zu einer Bindung hast."

„Es ist zu früh!" versuchte Lindsay sich zu wehren. „Außerdem scheinst du vergessen zu haben, wie sehr mir dieses Klima zusetzt. Ganz abgesehen von der Einsamkeit."

Statt zu antworten, sah Mark sie verlangend an und begann, Lindsay mit verführerischen Liebkosungen zu reizen. Während er mit der einen Hand die sensibelsten Stellen ihres Rückens streichelte, ließ er die andere über ihre Brüste gleiten. Seine Finger spielten zärtlich mit den rosigen Knospen, bis sie hart hervorstanden. Die intimen Berührungen erregten Lindsay aufs höchste. Lustvoll stöhnte sie auf und drängte sich verlangend an Mark.

„Ist Einsamkeit nicht das, was Flitterwöchner sich wünschen?" flüsterte er dicht an ihrem Ohr, während er mit den Fingerkuppen über ihre Schenkel strich.

„Mark!“ stieß sie keuchend hervor. „Hör bitte auf. Du bist unfair ...“

„Ich versuche nur, dich zumindest in einem Punkt zu überzeugen. In einem sehr wichtigen Punkt, wie ich finde ...“

„Willst du damit sagen, dass meine Argumente nebensächlich sind?“

„Meins ist das bessere. Trotzdem kannst du mir deinen Standpunkt gern noch einmal erläutern. Ich bin ganz Ohr, Frau Anwältin.“

„Mir ist nicht zum Scherzen zumute, Mark. Sei doch einmal realistisch! Du sprichst von Flitterwochen – gut und schön. Aber früher oder später wird uns der Alltag einholen. Und das bedeutet Arbeit. Du wirst schreiben, und ich ...? Was soll ich hier tun? In Saras Laden in einem Schaukelstuhl sitzen und mit Josh die Frühjahrskataloge für Sämereien studieren?“

Mark schmunzelte. „Natürlich nicht! Du kannst doch auch arbeiten.“

„Und wie stellst du dir diese Arbeit vor? Ich bin Angestellte einer großen Filmgesellschaft und reise sehr viel. Du scheinst das einfach nicht wahrhaben zu wollen.“

„Du könntest doch auch etwas anderes tun. Etwas, was man zu Hause machen kann.“

„Hast du einen Vorschlag?“

„Im Moment noch nicht. Aber du bist intelligent und flexibel. Schau dir doch mal die Stellenanzeigen in den Zeitungen an.“

„Eine phantastische Idee!“ schnaubte Lindsay ärgerlich, rückte von ihm ab und wickelte sich fest in ihre Bettdecke, damit er sie nicht länger mit seinen Zärtlichkeiten irritieren konnte. „Ich soll mir einen neuen Job suchen, nachdem ich mich endlich in meinem Beruf etabliert habe?“

„Nun, allzu viel Spaß scheint er dir nicht zu machen“, erwiderte Mark ungerührt. „Vielleicht wäre ein Wechsel gar nicht schlecht.“

Ohne es zu ahnen, hatte er wieder einmal ganz beiläufig eine

Wahrheit ausgesprochen, vor der sie hartnäckig die Augen verschlossen hatte. War es nicht so, dass sie mit diesem hektischen und nervenaufreibenden Job nur sich selbst etwas beweisen wollte? Hatte sie nicht absichtlich die Rolle der weltläufigen Karrierefrau gespielt, um ihre Einsamkeit und Kontaktscheu zu überdecken? Wenn sie ehrlich war, ist sie nur vor sich selbst weggerannt. Vielleicht war es an der Zeit, auch hier eine Bilanz zu ziehen.

Aber selbst wenn Mark Recht hatte, so würde Lindsay sich von ihm zu keiner Entscheidung zwingen lassen. Ihre wirtschaftliche Selbstständigkeit war ihr viel zu wichtig, als dass sie leichtfertig ihren hoch qualifizierten Beruf aufgegeben hätte. Eine berufliche Neuorientierung würde sie sich reiflich überlegen.

Sie sah Mark finster an. „Die Entscheidung musst du schon mir überlassen."

„Ja, das denke ich auch. Dann müssen wir eine andere Lösung finden. Ich schlage ein kleines Abkommen vor."

Schon wieder ein „Abkommen ...!" Seine Kompromissvorschläge kannte sie mittlerweile. Er hätte einen besseren Anwalt abgegeben, als sie es war. Sie jedenfalls war seinen Waffen nicht gewachsen.

„Was ist es denn diesmal?" fragte sie misstrauisch.

„Wir versuchen es einen Monat nach deinem Plan."

„Einen Monat? Das kann nicht dein Ernst sein! Du kennst meine Arbeit inzwischen. Es ist sehr gut möglich, dass ich den ganzen nächsten Monat unterwegs bin. In Cannes, New York oder wer weiß wo ..."

„Dann geht es also nicht", sagte er schulterzuckend.

Lindsays Misstrauen wuchs. „Ich habe den Verdacht, du willst mich in eine Falle locken."

„Ganz und gar nicht", beteuerte Mark unschuldig, obwohl es in seinen Augen verdächtig blitzte. „Aber wenn der Versuch schief geht, wird mein Vorschlag realisiert."

„Und der wäre?"

„Ich sagte es bereits: Wir heiraten."

Damit waren sie wieder am Ausgangspunkt der Diskussion angelangt. „Nennst du das eine Lösung?" fragte Lindsay. „Damit sind doch meine Reisen nicht beendet."

Er lächelte boshaft. „Doch. Das ist ein wichtiger Teil des Abkommens. Wenn wir heiraten, bleibst du hier."

„Mark! Hast du mir überhaupt nicht zugehört?" brauste Lindsay auf.

„Doch. Mir ist kein Wort entgangen."

„Und dennoch stellst du mich vor die plumpe Alternative, zwischen dir und meinem Beruf zu wählen?"

„Warum denn nicht? Stell dir vor, du hättest dich in einen Mann in einer kleinen Stadt irgendwo in Maine verliebt. Was hättest du getan? Hin- und hergependelt, deinen Job aufgegeben oder den Mann fallen gelassen?"

„Was für eine absurde Annahme! Ausgerechnet Maine, wo ich keinen Menschen kenne."

„Bis vor ein paar Tagen kanntest du auch in Boulder keine Seele. Du wusstest nicht einmal, dass der Ort existiert. Da das Schicksal – oder der Zufall – dich nun einmal hierher geführt hat, musst du dich wohl oder übel entscheiden. Es gibt Momente im Leben, wo man Prioritäten setzen muss."

„Das ist die arroganteste, überheblichste und chauvinistischste Bemerkung, die ich je gehört habe!" empörte Lindsay sich. „Was bildest du dir ein, mich über Prioritäten zu belehren! Warum sollte ich wohl meinen Beruf aufgeben, in ein gottverlassenes Nest ziehen und von morgens bis abends die Wände anstarren, während du dich absonderst und nach Herzenslust schreibst? Du könntest deinem Beruf an jedem beliebigen Ort nachgehen. Warum bist du zu keinem Kompromiss bereit? Es wäre logischer, wenn du umziehen würdest."

„Das stimmt", gab Mark zögernd zu, „aber ich hasse nun mal Los Angeles. Was soll ich dort, da du ohnehin je kaum zu Hause, sondern unterwegs bist?"

„Du kannst mit mir reisen", schlug Lindsay vor. „Dann sind wir immer zusammen. Mit einem Notebook kannst du sogar im Flugzeug schreiben."

„Sehr witzig!"

„Es ist nicht weniger absurd als deine Zumutung, alles aufzugeben und das Hausmütterchen zu spielen", sagte Lindsay gereizt. Sie stieß einen resignierten Seufzer aus. „Merkst du nicht, dass wir in einer Sackgasse sitzen? Es hat keinen Zweck, Mark. Keiner von uns beiden ist bereit, ein Zugeständnis zu machen. Ich will nicht nach Boulder, du willst nicht nach Los Angeles. Du brauchst mich an deiner Seite, und ich will nicht auf meine Unabhängigkeit verzichten. Für einen Scheidungsrichter wäre dies ein Musterbeispiel für ‚unvereinbare Gegensätze'."

„Du liebe Güte", sagte Mark mit gespieltem Schrecken. „Wir sind noch nicht einmal verheiratet, und du sprichst schon von Scheidung."

„Spaß beiseite, Mark", erwiderte Lindsay ernst. „Siehst du denn nicht, dass es niemals funktionieren würde?"

„Nein. Ich bin überzeugt, es würde gut gehen."

„Nur, wenn ich nachgeben würde."

„In ein oder zwei Punkten – was ist das schon?"

„Für mich eine ganze Menge. Und nun erzähl mir doch bitte, worin dein Kompromiss bestehen würde."

„Nun ... also ... ich ..."

„Dachte ich mir's doch!" triumphierte sie.

Plötzlich ging ein strahlendes Lächeln über sein Gesicht, und seine hinreißenden Grübchen hatten dieselbe Wirkung auf Lindsay wie am allerersten Tag. „Darf ich aus dem Wirrwarr unserer Unterhaltung schließen, dass du der Grundidee, nämlich mich zu heiraten, zustimmst?"

„Nein, natürlich nicht!"

„Warum streiten wir dann darüber, wo und wie wir nach unserer Eheschließung leben werden?"

Sie erwiderte sein Lächeln. „Weil es unverbindlich ist, nehme ich an. Ein harmloser Schlagabtausch."

„Das denkst du! Muss ich deutlicher werden, damit du begreifst, wie ernst es mir ist? Willst du wissen, warum ich nicht nach Los Angeles ziehen will? Weil unsere Kinder nicht im Smog ersticken sollen. Oder möchtest du, dass sie unter einer giftigen Dunstglocke aufwachsen und nie die Berge und den blauen Himmel hinter den Abgasschwaden sehen?"

„Nicht unbedingt. Aber du willst sie an einem Ort groß werden lassen, wo es Stunden dauert, bis ihre blau gefrorenen Händchen aufgetaut sind!"

„Endlich nimmt unser Gespräch vernünftige Formen an", freute sich Mark.

„Das nennst du ‚vernünftig'?"

„Ja, in gewisser Weise schon. Etwas verdreht, aber durchaus von Vernunft geleitet."

Lindsay schüttelte den Kopf. „Da sieht man, was dieses Klima anrichtet! Dein Verstand läuft Zickzack – das ist das ganze Problem."

„Falsch! Ich verliere den roten Faden nicht aus den Augen. Kommen wir zum Hauptthema zurück, zu unserer Heirat."

„Ich sehe keinen Sinn darin."

‚Aber wir lieben uns doch. Ist das nicht Grund genug?"

Lindsay sah ihn groß an. „Sag das bitte noch einmal ..."

„Wir lieben uns. Du liebst mich, und ich liebe dich", sagte Mark mit feierlichem Nachdruck. Seine Worte kamen mit solcher Überzeugung, dass Lindsay ihn wie elektrisiert anstarrte.

„Du liebst mich?" fragte sie ungläubig.

„Natürlich. Würde ich dich sonst fragen, ob du meine Frau werden willst? Was dachtest du denn?"

„Nun, ich dachte, du seist des Alleinseins müde ..." – sie lächelte viel sagend – „... was ich absolut verstehe. Ich fange ja schon nach ein paar Tagen an, hier durchzudrehen. Ich könnte verstehen, wenn du diesen Zustand beenden wolltest."

„Oh, Lindsay! Dachtest du wirklich, ich könnte aus einem vorübergehenden Einsamkeitsgefühl heraus so weit gehen? Meine

Isolation könnte ich auch auf andere Weise beenden. Aber gleich heiraten? Ohne zu lieben? Das wäre ja Wahnsinn!"

„Es ist Wahnsinn, Mark. Allmählich dreht sich mir der Kopf. Ich bin gekommen, um mit dir einen Vertrag auszuhandeln, und nun ist es genau umgekehrt. Das ist zu viel für mich."

„Macht nichts. Ich bringe meine Frauen gern aus dem Gleichgewicht."

„‚Meine Frauen'", murmelte Lindsay empört.

„Ich meinte ‚meine Frau'", korrigierte Mark sich. „Dich, Lindsay." Er wollte sie küssen, aber sie entzog sich ihm. „Du bist die Einzige, Lindsay, ich schwöre es! Es gibt nur dich."

„Schon gut. Wie viele fragst du denn so ungefähr monatlich?"

„Bitte, Lindsay. Du bist die Erste" – er zögerte – „nach Alicia."

„Oh ..." Plötzlich quälten Lindsay Schuldgefühle. Sie war zu weit gegangen. „Verzeih mir, Mark", murmelte sie und umarmte ihn. „Es tut mir Leid."

„Du brauchst dich nicht zu entschuldigen", sagte er mit heiserer Stimme. „Sag einfach ‚Ja'."

„Ich kann nicht."

Mark löste sich aus ihrer Umarmung und sprang mit einem Satz aus dem Bett. „Okay", sagte er leichthin, „wir werden ja sehen."

Sie warf ihm einen bewundernden Blick zu, als er in der ganzen Pracht seiner männlichen Nacktheit ins Bad ging. „Okay?" murmelte sie fragend, außerstande, den Blick von seinem Körper zu lösen. „Okay – was soll das heißen?"

„Wir werden Sara einen Besuch abstatten. Sind wir nicht ohnehin bei ihr eingeladen? Sie wird dich schon zur Vernunft bringen."

„Mark Channing. Dies ist unsere Angelegenheit. Kein Dritter wird uns hineinreden."

„Wart's nur ab. Sara mag dich. Sie lauert schon lange auf eine Ehekandidatin für mich. Und ich bin sicher, dich wird sie nicht so leicht ziehen lassen. Du wirst sehen."

Lindsay konnte nicht sagen, wie Mark ihren Widerstand gebrochen hatte. Tatsache war, dass sie eine Stunde später Hand in Hand mit ihm durch den Schnee stapfte, in dieselbe Richtung, in die sie vor zwei Tagen allein gegangen war.

Selbst durch die dicken Handschuhe fühlte sie seine Körperwärme, die wie eine geheimnisvolle Energie auf sie überströmte. Sie spürte die Eiseskälte kaum, und auch die meterhohen Schneewehen zu beiden Seiten der Straße sah sie nicht. Marks hypnotische Fähigkeit, einen alles um sich herum vergessen zu lassen, war einer Frau, die seinem Heiratsantrag widerstehen wollte, nicht gerade zuträglich.

Sara und Josh warfen sich ein verschwörerisches Lächeln zu, als Lindsay und Mark einträchtig den Laden betraten. Sie schienen sich wie zwei Ehestifter zu fühlen, die sich an ihrem gelungenen Werk erfreuten.

„Hallo, ihr beiden", begrüßte Josh sie jovial. „Tretet näher und macht die Tür zu. Die Kälte friert einem ja den ..."

„Josh!" drohte Sara mit warnender Stimme. Dann wandte sie sich an Lindsay und Mark. „Was für eine nette Überraschung", sagte sie überschwänglich. „Setzt euch an den Ofen. Ich mache uns einen Tee. Oder – wie wär's mit heißer Schokolade?"

„Schokolade klingt sehr verlockend", seufzte Lindsay, „wenn es nicht zu viel Arbeit macht ...?"

„Ganz und gar nicht. Außerdem weiß ich, wie gern Mark sie trinkt."

Lindsay fing Marks triumphierenden Blick auf. Offenbar wollte er ihr signalisieren, dass ihre gemeinsame Vorliebe für Kakao einen Pluspunkt mehr auf der Pro-und-Contra-Skala ihrer Romanze ergab. Und aus Saras zufriedenem Lächeln schloss er, dass auch sie es so sah. Sie schien die beiden für das ideale Paar zu halten, das merkte man.

„Nun, was hat euch aus der warmen Hütte gelockt?" wollte Josh wissen. „Die Post und die Zeitungen, stimmt's?"

„Unter anderem." Mark sah Lindsay von der Seite an und

schmunzelte. „Vor allem wollte ich Sara um einen Gefallen bitten."

„So?" rief die aus einem der hinteren Räume. „Was ist denn?"

„Ich möchte, dass Sie für mich um Lindsays Hand anhalten."

Josh schlug sich begeistert aufs Knie. „Sara, hast du das gehört? Das ist mal eine gute Neuigkeit!" Er lehnte sich in seinem Schaukelstuhl zurück und musterte Lindsay neugierig.

„Mark!" protestierte sie schwach. Vor Verlegenheit war sie rot geworden.

„Doch, genau deshalb sind wir hier", beharrte Mark.

„Das ist nicht wahr. Wir wollten Sara und Josh nur einen Besuch abstatten."

„Du vielleicht. Ich bin mit anderen Absichten hergekommen. Sara, hiermit ernenne ich Sie zu meiner Brautwerberin."

Sara steckte den Kopf um die Ecke. „Wir leben im zwanzigsten Jahrhundert, junger Mann! Können Sie nicht für sich selbst sprechen?"

„Lindsay erhört mich ja nicht."

„Und was bringt Sie auf die Idee, ich könnte sie überzeugen?"

„Nun, ich dachte, Sie könnten vielleicht besser als ich meine Vorzüge rühmen", meinte Mark, „so ähnlich wie mein Agent, wissen Sie?"

„Von Agenten habe ich genug", mischte Lindsay sich ein. „Bringe nicht wieder Moris ins Spiel, sonst verlasse ich dich sofort."

„Wer spricht denn von Moris, Lindsay? Eine delikate Angelegenheit wie diese gehört in die Hände einer Frau. Bitte, Sara. Ich weiß, Sie schaffen es."

„Ich denke, Miss Tabor wird schon ihre Gründe haben, warum sie ‚Nein' gesagt hat", ertönte Saras Stimme aus dem Nebenraum. „Vielleicht hat sie Sie von einer Seite erlebt, die wir noch nicht kennen. Oder – noch einfacher – sie liebt Sie nicht."

„Natürlich liebt sie mich", entgegnete Mark entrüstet. „Sie ist nur störrisch wie ein Maulesel."

„Störrisch!" Lindsay funkelte ihn ärgerlich an. „Ist man störrisch, nur weil man sich weigert, sein Leben radikal zu ändern?"

„Was heißt das?" fragte Josh.

„Es heißt zum Beispiel, dass sie Schnee und Kälte hasst", sagte Mark trocken.

„Das kann ich ihr sogar nachfühlen. Meine Knochen wären auch für etwas mehr Wärme dankbar", bemerkte Josh hintersinnig.

„Deine Knochen sind auch ein ganzes Stück älter als ihre", zeterte Sara, die mit einem voll beladenen Tablett wieder im Verkaufsraum erschien und es auf dem Tresen abstellte. Sie reichte den dreien ihre dampfenden Kakaobecher und pflanzte sich vor Josh auf. „Was hindert dich alten Griesgram, nach Florida oder Arizona zu ziehen? Dort kannst du nach Herzenslust in der Sonne schmoren."

„Würdest du denn mitkommen?" fragte Josh.

„Ganz bestimmt nicht. Mir gefällt es hier. Was soll die Frage überhaupt?"

„Du weißt verdammt gut, dass ich ohne dich nicht von hier wegziehe, Sara Tynan. Nicht nach so vielen langen Jahren."

„Dann sei still und wärme dir deine arthritischen Hände an meinem Ofen. Und Mark und Lindsay redest du gefälligst nicht mehr in ihre Angelegenheiten. Lass sie ihre Probleme allein lösen."

Josh schritt zur Gegenattacke. „So gut scheinen sie das aber nicht zu können, wenn sie sich sogar hierher bemühen und dich um Rat fragen", murrte er. „Ausgerechnet dich", fügte er boshaft hinzu.

„Was willst du damit sagen, Josh Davis?" Saras Stimme nahm einen drohenden Ton an, und ihre blauen Augen blitzten kampflustig auf.

„Dass du dein eigenes Leben in Ordnung bringen solltest, bevor du bei anderen Leuten Schicksal spielst."

„Da muss ich ihm allerdings Recht geben", kam Mark Josh zu Hilfe, als er Saras bitterbösen Blick auffing.

„Mark Channing, wenn Sie sich auf Joshs Seite schlagen, dann werde ich Lindsay die schlimmsten Gräuelgeschichten über Sie erzählen“, drohte Sara.

„Auf Joshs Seite?“ Mark tat verwundert. „Und ich dachte, dass wenigstens ihr beide euch einig wärt.“

„Von wegen“, höhnte Sara, „aber das gehört nicht hierher. Wir kommen vom Thema ab. Wollen Sie meinen Rat hören, Mark? Wenn Sie wollen, dass Lindsay Sie heiratet, dann müssen Sie sie von Ihrer Liebe überzeugen.“

„Sie weiß, dass ich sie liebe.“

„Sind Sie sicher, dass sie Sie auch liebt?“

Lindsay hatte das unbehagliche Gefühl, dass man ihre Anwesenheit völlig vergessen hatte. Nur Josh warf ihr einen mitfühlenden Blick zu.

„Sie liebt mich. Das sagte ich doch schon.“

Sara schüttelte den Kopf. „Dann verstehe ich nicht, wo das Problem liegt.“

„Das Problem ist Ihr geliebter, dickköpfiger Schriftsteller-Freund, Mrs. Tynan“, rief Lindsay aufgebracht dazwischen. „Er ist zu keinem Kompromiss bereit. Ich soll ihm alles opfern.“

„Aha. Ich verstehe. Was zum Beispiel?“

„Zum Beispiel meinen Beruf. Dann will er, dass ich zu ihm ziehe und den Rest meines Lebens bis zu den Knien im Schnee verbringe.“

„Im Sommer liegt hier kein Schnee“, konterte Mark.

„Könnt ihr denn nicht im Sommer in Boulder und im Winter in Kalifornien wohnen?“ schlug Sara vor. „Das wäre doch ein für beide annehmbarer Kompromiss, oder nicht?“

Lindsay nickte.

„Aber ich liebe den Winter hier oben“, beklagte Mark sich sofort.

Lindsay hob resigniert die Hände. „Da sehen Sie es. Verstehen Sie jetzt, was ich meine?“

„Ich glaube, ja.“ Sara wandte sich Mark zu und nahm ihn ins Verhör. „Was lieben Sie mehr: Lindsay oder Boulder im Winter?“

Lindsay ergötzte sich an Marks verlegenem Gesichtsausdruck. „Tja, nun sitzt du in der Zwickmühle, nicht wahr? Wie fühlst du dich?“

„Ziemlich ungemütlich.“ Er versuchte, ein Lächeln aufzusetzen, aber es misslang ihm gründlich.

„Dann möchtest du vielleicht jetzt lieber gehen?“

„Ja, ich denke schon“, sagte er mit kläglicher Stimme.

Lindsay lächelte Sara dankbar zu. „Vielen Dank, Mrs. Tynan.“

Sara lächelte zurück. „Keine Ursache, Liebes. Kommen Sie jederzeit wieder. Sie sind immer willkommen.“

Sie verabschiedeten sich und traten in die Kälte hinaus. Eine ganze Weile gingen sie schweigend nebeneinander her.

„Du wirst also abreisen?“ fragte Mark schließlich beklommen.

„Ja. Ich denke, es ist an der Zeit, dass ich meine Sachen packe. Obwohl ...“ ein kleines Lächeln umspielte ihre Lippen ...

„Ja?“ fragte Mark hoffnungsvoll. Seine Augen leuchteten auf.

„So viel ist es ja gar nicht. Es hat Zeit bis morgen früh.“

10. KAPITEL

Es war eine Nacht voller Zärtlichkeit und Leidenschaft. Mark liebte Lindsay mit einer unglaublichen Hingabe und Intensität. Sie hatte zwar keine Vergleichsmöglichkeiten, doch instinktiv wusste sie, dass die Gefühle, die Mark in ihr entfachte, einmalig und unwiederholbar waren. Zwischen ihnen bestand eine ganz besondere, perfekte Harmonie, eine erotische Anziehung, die eine wilde, berauschende Sinnlichkeit in ihr auslöste. Mit keinem anderen Mann würde sie je solch ekstatische Gefühle erleben.

Als das schwache Licht der Morgendämmerung ins Zimmer fiel, las Lindsay eine tiefe Traurigkeit in Marks Blick. Sie war nicht weniger unglücklich als er, aber in einem stundenlangen Gespräch hatte sie ihm klar machen können, dass es für sie zu früh für eine endgültige Entscheidung war. Ihre explosive Begegnung hatte sie beide an einen Wendepunkt in ihrem Leben geführt, und nun brauchte jeder von ihnen Zeit, die Dinge für sich zu klären. Und jeder musste auf seine Weise versuchen, den Weg zu dem anderen wieder zu finden.

„Ach Lindsay, wenn du erst einmal abgereist bist, wirst du mich bald vergessen haben", prophezeite Mark, der auf dem Bettrand saß und Lindsay beim Packen zusah. „Ich glaube nicht, dass du zurückkommst. Es ist viel zu kompliziert für dich."

„Warum nicht? Wenn wir zusammengehören, wird sich auch ein Weg finden. Und wenn nicht, dann ..." Sie sprach den Satz nicht zu Ende, denn die Vorstellung von einer Zukunft ohne Mark war ihr plötzlich unerträglich.

Also war das, was sie am meisten befürchtet hatte, bereits eingetreten. Ein faszinierender Mann hatte sie derart in seinen Bann gezogen, dass sie sich ihm nicht mehr entziehen konnte. Mark war ein Teil ihres Lebens geworden, und auch die größte Entfernung würde nichts daran ändern.

Am liebsten hätte Lindsay sich in seine Arme geworfen und

wäre wieder zu ihm ins Bett gekrochen. Wie undenkbar schön wäre es jetzt gewesen, neben ihm zu liegen, die Wärme seiner Haut zu spüren und von seiner Kraft und Liebe erfüllt zu werden. Sie wünschte sich in diesem Moment nichts sehnlicher, als bei ihm zu bleiben und nie von ihm fortzugehen.

Aber sie wusste, dass es falsch wäre. Sie mussten zuerst ihre Differenzen bereinigen und sich über die Zukunft einigen – sonst würde es irgendwann für einen von beiden ein böses Erwachen geben. Sie war sicher, dass sich eine Lösung finden würde. Zwei Menschen, die sich so liebten wie sie beide, konnten nicht auf Dauer getrennt bleiben.

Die Fahrt zum Flughafen schien eine Ewigkeit zu dauern. Die Straßen waren spiegelglatt, und Mark musste beim Fahren seine ganze Konzentration aufbieten. Er hielt mit den Händen das Lenkrad umklammert, aber Lindsay ahnte, dass seine verspannte Haltung nicht allein der gefährlichen Straßenlage zuzuschreiben war.

Offenbar hatte er genauso viel Angst vor dem Abschied wie sie, auch wenn er nicht darüber redete. Die Spannung, die von ihm ausging, sprach für sich. Seit ihrem Besuch bei Sara und Josh war er in sich gekehrt und wortkarg gewesen. Nicht einmal während der Liebe, auf dem Gipfel der Leidenschaft, hatte sich seine emotionale Spannung gelöst. Mit beinahe verzweifelter Heftigkeit hatte er von ihr Besitz genommen, wieder und wieder, als wollte er die glückliche Stimmung ihrer ersten Liebesnacht beschwören. Aber trotz der atemberaubenden sinnlichen Höhepunkte, trotz der ekstatischen Wildheit, mit der ihre Körper sich vereinigt hatten, war danach keine Ruhe über ihn gekommen.

Lindsay litt maßlos unter der spannungsgeladenen Atmosphäre, unter der Wortlosigkeit ihres quälenden Abschieds.

In der Flughafenhalle begleitete Mark sie zu ihrem Schalter und ließ sie dann für einen Moment allein. Plötzlich – sie stand noch in der Schlange – reichte jemand von hinten über ihre Schulter und hielt ihr einen Riegel Schokolade vor die Nase. Als Lindsay sich umdrehte und den großzügigen Spender anlächelte, traten ihr unversehens Tränen in die Augen. Sie wollte sie fortzwinkem, aber es war zu spät – Mark hatte sie schon entdeckt.

„Geh nicht", bat er sie sanft, während er ihr die Tränen von der Wange wischte.

„Ich muss, Darling." Sie streckte die Hand aus und streichelte ihn zärtlich. Vergeblich suchte sie die geliebten Grübchen in seiner Wange.

„Du musst gar nichts. Du willst." Sein Blick war ernst, ohne die Spur eines Lächelns.

„Ich bitte dich, Mark, fang nicht wieder damit an. Wir haben alles immer wieder beprochen, und du weißt, dass ich nicht anders kann. Kannst du dir noch immer nicht vorstellen, was es bedeutet, alles Gewohnte mit einem Schlag aufzugeben? Ich bin dazu nicht fähig, und wenn ich mich dazu zwingen würde, würde es uns am Ende nur beide unglücklich machen."

Mark stieß einen herzzerreißenden Seufzer aus. „Wirst du mich auch nicht vergessen?" fragte er leise.

Die Verletzlichkeit, die aus seinen Worten klang, erfüllte Lindsay mit grenzenloser Rührung. „Wie könnte ich dich jemals vergessen?" sagte sie mit sanftem Spott, „schließlich hast du mir das Skilaufen beigebracht."

Er lächelte, und Lindsay entdeckte die Spur eines Grübchens. „Wieso ist das plötzlich ein Pluspunkt?"

Sie schlang die Arme um seine Mitte und schmiegte sich dicht an ihn. Gierig nahm sie seinen Duft und seine Wärme in sich auf, um die Erinnerung daran tief und für lange Zeit in sich einzuschließen. „Weil ich dich liebe, Mark."

Er küsste sie auf den Mund, und sobald sie die leichten Liebkosungen seiner Zunge spürte, durchströmte ein brennendes Verlangen ihren Körper. „Ich werde dich nicht vergessen", flüsterte sie. Dann löste sie sich aus seinen Armen und ging schnell durch die Kontrollsperre und zu ihrer Abflughalle. Sie konnte die Tränen kaum noch zurückhalten.

Als sie im Flugzeug saß, versuchte Lindsay sich einzureden, dass der brennende Trennungsschmerz mit der Zeit abnehmen würde. Selbst wenn ihre Liebe zu Mark andauern würde, so würde diese rasende, schmerzende körperliche Sehnsucht sicherlich abklingen und einem warmen, beständigen Gefühl tiefer Zuneigung weichen.

Sobald sie wieder in ihrem alten Leben Fuß gefasst hätte, würden die Erinnerungen verblassen, und sie hätte wieder ihren Frieden.

Lindsay hatte sich getäuscht. Schon nach wenigen Tagen in Los Angeles vermisste sie Mark so schmerzlich, dass sie in ihrer Arbeit, ohne die sie angeblich nicht existieren konnte, kaum noch Befriedigung fand.

Zwar zog es sie nicht nach dem verschneiten Boulder zurück, aber sie sehnte sich nach den behaglichen Abenden zu zweit vor dem Kaminfeuer, nach den langen, ruhigen Gesprächen mit Mark und nach seinen zärtlichen Umarmungen. Sie sah seine dunklen Augen vor sich, seine hinreißenden Grübchen, wenn er lachte, und den Ernst in seinem Blick, wenn sie sich liebten.

Seine häufigen Anrufe und ihre langen Mitternachtsgespräche, die mit schläfrigen Gutenachtwünschen und sehnsüchtigen Liebesworten endeten, verstärkten ihre Einsamkeitsgefühle, statt sie zu mildern.

Lindsay nahm ihre Reisen wieder auf, flog zu Verhandlungen, nahm dringende Termine wahr und focht für Trent Langstons Firma Abschlüsse und Verträge durch. Aber es war nicht wie früher.

Nach einem Monat endlich musste sie sich eingestehen, dass es kein Zurück mehr gab. Es war zu spät, der Bindung auszuweichen, denn sie steckte schon viel zu tief darin.

Unabhängigkeit und Schutz vor emotionalem Verlust konnten keine Lebensinhalte mehr sein, wenn man die Liebe kennen gelernt hatte. Nicht einmal Sonnenschein und warme Seebrisen bedeuteten

Lindsay noch etwas, da sie sie nicht gemeinsam mit dem geliebten Mann genießen konnte. Und mit jeder weiteren Nacht, die sie allein in einem Hotelzimmer verbrachte, litt sie mehr unter ihrer Einsamkeit.

Dennoch war sie noch immer nicht bereit, Mark zuliebe all das aufzugeben, was sie sich in jahrelanger Arbeit aufgebaut hatte. Lindsay wusste, dass sie ohne ihren Beruf unausgefüllt wäre, denn alles in allem fand sie ihn doch interessant und befriedigend. Nicht einmal Trent Langston konnte sie mehr aus der Fassung bringen, obwohl er ihr seit dem Fiasko in Boulder schlimmer zusetzte als je zuvor.

Wie erwartet war er nach ihrer Rückkehr tagelang ungenießbar gewesen, aber dann schien er seine Enttäuschung überwunden zu haben und überhäufte Lindsay von neuem mit immer verantwortungsvolleren Aufgaben.

Sie arbeitete mehr denn je, sodass ihr weder Zeit zum Grübeln noch für die geplanten Stippvisiten in Boulder blieb.

Vielleicht war es besser so, denn allmählich wuchs der Verdacht in ihr, dass Marks Interesse nachgelassen hatte. Er hatte sie kein einziges Mal mehr gebeten, nach Boulder zu kommen. Zunächst hatte sie dies auf seinen verletzten Stolz zurückgeführt, aber war es nicht ebenso gut möglich, dass seine Liebe zu ihr die wenigen Wochen der Trennung nicht überdauert hatte?

Ihre prophetischen Worte fielen ihr ein: „... es wird sich zeigen, ob wir wirklich zusammengehören ..."

Als Lindsay an einem Montagmorgen nach einem einsamen, verregneten Wochenende in ihrer Wohnung ins Büro kam, fand sie auf ihrem Schreibtisch die Nachricht vor, dass sie sich umgehend bei Trent melden solle. Es sei sehr dringend.

Da für ihren Boss alles „dringend" war, ignorierte sie die Notiz eine Weile und sah ihre Post durch. Dann rief sie Trent in seiner Chefetage an. „Was gibt's?" fragte sie gleichgültig.

„Warum melden Sie sich erst jetzt?" polterte er sofort los. „Sie müssen sofort nach New York fliegen."

„Daher komme ich doch gerade“, protestierte Lindsay. „Vor noch nicht einmal drei Tagen war ich dort.“ Da sie das Wochenende damit vertan hatte, längst fällige Rechnungen zu überweisen und ihre Wäsche zu waschen, hatte sie sich ein paar ruhige Tage mehr zu Hause erhofft.

Trent tat, als hätte er ihren Protest nicht gehört. „Janice hat Sie auf den Elf-Uhr-dreißig-Flug gebucht“, teilte er ihr mit, „und heute Abend werden Sie sich mit Moris Samuels zum Dinner treffen. Er sieht wieder Chancen. Anscheinend will David Morrow nun doch mitspielen.“

„Oh nein!“ stöhnte Lindsay. „Nicht wieder das! Nicht noch einmal ...“

„Lindsay!“

„Ich weiß hundertprozentig, dass David Morrow nichts von einem Vertrag wissen will“, sagte sie mit Nachdruck. „Ausnahmsweise würde ich sogar darauf wetten. Moris Samuels ist seiner Profitgier zum Opfer gefallen. Sie hat ihn völlig blind für die Realität gemacht. Der Mann weiß nicht, wo die Grenzen sind. Trent, Sie glauben doch nicht im Ernst, dass ich mich noch einmal für diesen aussichtslosen Fall über den Kontinent jagen lasse.“

„Lindsay, haben Sie einen neuen Job im Auge?“ fragte Trent scheinheilig.

Sie verstand seine versteckte Drohung, machte sich aber nichts daraus. „Nein. Ich bin mit dem hier ganz zufrieden. Meistens jedenfalls“, setzte sie betont hinzu.

„Na also. Dann packen Sie besser Ihre Sachen und machen sich auf die Reise. Und beeilen Sie sich. Sonst versäumen Sie noch die Maschine.“

„Wollen Sie wissen, was bei diesem Meeting herauskommen wird? Nichts! Absolut nichts“, prophezeite Lindsay wütend. „Außer, dass ich Moris Samuels‘ Finger brechen werde, falls er wieder wie beim letzten Mal meine Knie betätschelt. Der Mann ist ein Polyp mit mindestens fünfzig Saugarmen.“

„Lindsay!“ donnerte Trent.

„Okay, okay. Ich fliege, wenn es Ihnen Spaß macht, Ihr Geld für teure Flugtickets zu vergeuden."

„Keine Sorgen. Ich besitze Aktien der Fluggesellschaft."

„Das hätte ich mir eigentlich denken müssen", konterte Lindsay und knallte den Hörer auf.

Zwölf Stunden später saß sie in einem exklusiven Restaurant in Manhattan, ihr gegenüber Marks Agent. Sie hatte sich so hingesetzt, dass sie außer Reichweite für Moris war, und es gelang ihr auch, seine lüsternen Blicke zu ignorieren. Wenn schon nichts bei diesem Gespräch herauskam, so wollte sie wenigstens das sicherlich vorzügliche Dinner genießen – angefangen bei Weinbergschnecken über Coq au vin bis zum Schokoladendessert.

Doch ehe sie bestellen konnte, kam ein Kellner mit einem Telefon zu ihrem Tisch und stöpselte es ein. „Für Sie, Madam. Sie sind doch Miss Tabor, nicht wahr?"

„Ja, ganz recht."

„Ein Ferngespräch für Sie."

In Erwartung von Trents polternder Stimme nahm Lindsay den Hörer ab. Es sah ihm ähnlich, sie sogar noch beim Essen zu stören, nur um sich nach dem Stand der Dinge zu erkundigen.

„Hallo", rief sie nicht gerade freundlich in den Hörer.

„Was, zum Teufel, treibst du schon wieder in New York?"

„Oh Mark, wie nett, dass du anrufst", sagte sie überrascht, und ihre Stimme nahm einen sanfteren Ton an.

„Sagtest du nicht, dass du die ganze Woche in Los Angeles sein würdest?"

„Ja, aber Trent hat mir einen Strich durch die Rechnung gemacht. Ich sitze hier mit einem reizenden Freund von dir zusammen. Rate mal, mit wem."

„Doch nicht etwa mit Moris?" fragte Mark ungläubig.

„Mit wem sonst? Er will mit mir verhandeln. Angeblich hast du dir die Sache anders überlegt ..."

„Den Teufel habe ich! Gib mir den Halunken bitte."

Mit einem betörenden Lächeln reichte Lindsay Moris den Hörer. „Ihr Klient wünscht, mit Ihnen zu sprechen“, flötete sie.

Moris erblasste unter seiner Sonnenbank-Bräune, während er Mark schweigend zuhörte. Nur hin und wieder murmelte er Worte der Entschuldigung und abgerissene Sätze. Schließlich gab er Lindsay mit ergebener Miene den Hörer zurück.

„Wie lange bleibst du noch in New York?“ wollte Mark von ihr wissen.

„Wahrscheinlich noch einen Tag. Mindestens ...“

„Ist das sicher?“

„So sicher, wie etwas für einen Leibeigenen von Trent Langston nun mal sicher sein kann“, schränkte sie ein. „Er hat mich noch mit einigen kleinen Recherchen beauftragt. Warum fragst du?“

„Du fehlst mir – das ist alles.“

Lindsay senkte die Stimme. „Ich vermisse dich auch“, antwortete sie im Flüsterton. „Ich kann dir gar nicht sagen, wie sehr.“

„Gute Nacht, kleiner Rotschopf. Pass auf dich auf.“

„Gute Nacht, Liebster.“

Von nun an war Moris wie umgewandelt. Er benahm sich Lindsay gegenüber als ein ausgemachter Kavalier. Nach dem Dinner begleitete er sie artig zu ihrem Hotel und entschuldigte sich bei ihr, dass sie die weite Reise umsonst gemacht hatte.

„Ich werde Trent anrufen und ihm alles persönlich erklären“, versprach er.

„Eine gute Idee. Das erspart mir seine Standpauke“, sagte Lindsay erleichtert. Insgeheim fragte sie sich, wie Mark dieses Wunder einer völligen Persönlichkeitsveränderung bewirkt hatte ... „Gute Nacht, Moris.“

In ihrem Schlüsselfach an der Rezeption lagen drei Nachrichten. Ein kurzer Blick genügte, um zu erkennen, dass sie alle drei von Trent waren. Vermutlich wieder „sehr dringend“.

Diesmal gehorchte Lindsay ihrem Instinkt und warf die Zettel in den Papierkorb. Dann duschte sie und ging schlafen.

Zwanzig Minuten später wurde sie von dem schrillen Läuten des Telefons geweckt.

„Hallo?" murmelte sie schlaftrunken.

„Lindsay, sind Sie es?"

Trent! Sobald sie seine Stimme erkannt hatte, war sie hellwach. „Natürlich bin ich es", brummte sie. „Wen erwarten Sie denn sonst in meinem Zimmer?"

„Warum haben Sie mich nicht zurückgerufen?"

„Weil ich keine Lust hatte."

„Keine Lust! Was glauben Sie eigentlich, wofür ich Sie bezahle?" schrie er aufgebracht. Dann besann er sich und wurde ruhiger.

„Na ja, schon gut", sagte er versöhnlich. „Setzen Sie sich in das nächste Flugzeug und kommen Sie nach Los Angeles zurück."

Lindsay hätte aufheulen können. „Trent, was ist denn nun schon wieder los? Ich bin doch gerade erst angekommen. Sollte ich nicht noch ..."

„Das hat Zeit", fiel er ihr ins Wort. „Ich brauche Sie hier."

„Und was ist diesmal so brandeilig, dass es nicht noch ein paar Tage warten kann?"

„Morrow ist in der Stadt."

Augenblicklich saß Lindsay kerzengerade in ihrem Bett. „Was?"

„David Morrow hält sich in Los Angeles auf. Ich habe ihn heute Abend in einem Restaurant gesehen. Sie müssen sofort kommen und ihn unterschreiben lassen, bevor er es sich wieder anders überlegt."

„Trent, es gibt nichts zu unterschreiben."

„Was soll das heißen? Haben Sie und Moris sich etwa nicht geeinigt?"

„Natürlich nicht. Da war nichts, worüber man sich hätte einigen können. Lassen Sie sich das morgen von Moris erklären. Ich möchte jetzt weiterschlafen."

„Sie sollen es mir erklären, und zwar sofort!" befahl Langston mit Donnerstimme. „Nun, verschieben wir es auf morgen. Die Hauptsache ist, dass Sie so bald wie möglich zurückkommen und sich mit Morrow treffen. Und lassen Sie Ihren ganzen Charme spielen! Sie sollten inzwischen wissen, wie man an ihn rankommt." Er hatte aufgelegt, ehe Lindsay etwas erwidern konnte.

Noch nie hatte Lindsay eine Order ihres Chefs so gern ausgeführt wie diese. Sie war lange vor der Abflugzeit am Flughafen, und dann, als es endlich so weit war, vergaß sie zum zweiten Mal in ihrem Leben ihre panische Angst vor dem Fliegen. Alle fünf Minuten sah sie während des langen Fluges auf ihre Uhr, voller Ungeduld, Mark endlich wiederzusehen.

Vom Flughafen aus fuhr sie geradewegs mit dem Taxi zu den Langston-Studios. Zu ihrer großen Enttäuschung fand sie keine Nachricht von Mark auf ihrem Schreibtisch vor, und als sie ihre Sekretärin befragte, erfuhr sie, dass er am Vortag nur einmal angerufen und sich nach ihrem Aufenthaltsort erkundigt hatte. Immerhin wusste sie nun, wie er sie in dem französischen Restaurant aufgespürt hatte. Das half ihr aber nicht weiter. Wo steckte Mark?

Ratlos ging Lindsay in ihr Büro, setzte sich an den Schreibtisch und überlegte. Dann wählte sie seine Nummer in Boulder. Eine freundliche weibliche Stimme meldete sich: das Mädchen vom Anrufbeantwortungsdienst. „Er hat nicht hinterlassen, wo er ist", gab sie zur Auskunft, „aber ich bin sicher, dass er sich irgendwann meldet, um sich die Anrufe durchsagen zu lassen, die für ihn gekommen sind."

„Dann richten Sie ihm bitte aus, dass Lindsay angerufen hat. Er kann mich in meinem Büro erreichen."

Ungefähr zwei Stunden später ertönte der Summton der Gegensprechanlage. „Ein Anruf von Mr. David Morrow", verkündete Lindsays Sekretärin.

Ohne ihr übliches „Dankeschön" drückte Lindsay die Blinktaste auf ihrem Telefon und riss den Hörer vom Apparat. „Hallo, Mark."

„Hallo." Seine Stimme klang alles andere als erfreut. Seinem Ton nach zu urteilen war er extrem müde und schlecht gelaunt.

„Wolltest du nicht noch mindestens einen Tag in New York bleiben?" fragte er gereizt.

„Ja, das war geplant, aber Trent hat mich zurückbeordert, weil du in Los Angeles bist. Du hättest mir übrigens gestern ruhig verraten können, von wo aus du angerufen hast. Warum hast du es mir verheimlicht?"

„Weil es völlig belanglos war. Schließlich warst du ein paar tausend Kilometer entfernt."

„Nun, jetzt bin ich wieder da, und ich habe riesige Lust, in einem verschwiegenen kleinen Restaurant mit dir zu essen." Der sinnliche Klang ihrer weichen Stimme hätte jedes männliche Wesen angelockt. „Das Lokal, das mir vorschwebt, ist ein Geheimtipp. Phantastische Küche und ein herrlicher Blick aufs Meer."

„Klingt sehr verlockend. Leider muss ich dich enttäuschen."

„Und warum?"

„Weil ich in New York bin. Ich wollte dich überraschen."

Lindsay fehlten die Worte. „Nun, die Überraschung ist dir gelungen", sagte sie nach sekundenlangem Schweigen.

„Und wie lange, glaubst du, bleibst du diesmal in Los Angeles?"

„Bis Trent herausfindet, dass du in New York bist, nehme ich an."

„Du wirst ihm kein Wort sagen!" beschwor Mark sie. „Und du wirst in den nächsten vierundzwanzig Stunden kein Flugzeug besteigen. Auch nicht, wenn die Chinesen euch ihre Mauer als Hintergrund für einen Agenten-Krimi anbieten. Bleib, wo du bist!"

„Gibt es irgendeinen besonderen Grund?" fragte sie betont beiläufig.

„Ich habe Pläne."

„Klingt interessant. Darf man Näheres erfahren?"

„Noch nicht. Aber ich bin überzeugt, dass sie dir gefallen werden. Sie haben auch etwas mit dir zu tun ..."

„Mark, du machst mich neugierig ..."

„Versprichst du mir also, dort zu bleiben, bis ich komme?"

„Ich werde mich nicht von der Stelle rühren."

„Mir wäre es lieber, wenn du mich bei dir zu Hause empfängst", flüsterte er mit rauer Stimme. „Möglichst in einem sexy Negligee."

„Mark ..."

„Ja, Darling?"

„Oh, Mark, ich liebe dich."

„Und ich dich, Rotschopf. Glaub mir, diesmal werden wir es schaffen. Mein Plan ist einwandfrei."

„Meinst du?" kam es zögernd.

„Wenn ich es sage ..."

„Mark!"

„Keine Widerrede! Das letzte Kapitel ist schon geschrieben."

11. KAPITEL

Lindsay nahm zwei Stufen auf einmal, als sie zur Chefetage hinaufstürmte. Sie lächelte grüßend zu Janice, der Sekretärin, hinüber und wartete nicht darauf, dass diese sie bei Trent ankündigte. Ohne zu klopfen, öffnete sie die Tür zu seinem Büro.

„Habe ich Sie nicht eben mit einem dringenden Schreiben ins Besetzungsbüro geschickt?" knurrte Trent, ohne aufzublicken.

„Sie verwechseln mich, verehrter Chef", säuselte Lindsay. „Ich bin nicht Janice, sondern einer Ihrer anderen fliegenden Boten."

Trents Kopf fuhr hoch, und mit einem strahlenden Lächeln begrüßte er sie, nicht ohne sie wie stets mit seinen durchdringenden stahlblauen Röntgenaugen von oben bis unten kritisch zu mustern.

„Sie sind also zurück. Großartig! Nun, was gibt es Neues? Haben Sie sich schon mit Morrow verabredet? Wann werden Sie sich treffen? Ich will diesen Vertrag, ist das klar?"

„Ja. Sie haben es oft genug gesagt", antwortete Lindsay kühl.

„Und?"

„Nichts: und ... Ich möchte Sie nur darüber in Kenntnis setzen, dass ich mir für den Rest der Woche freinehme." Ungerührt beobachtete Lindsay, wie seine freundliche Miene sich von einer Sekunde zur anderen verdüsterte. „Ich brauche ein paar Tage Erholung", fuhr sie fort.

„Nichts da!" explodierte Langston. „Es gibt keinen Urlaub! Sie werden sich mit Morrow treffen, haben Sie verstanden?"

„Gewiss werde ich mich mit ihm treffen", antwortete Lindsay mit ungewohnter Heiterkeit und bereitete ihre Flucht vor, indem sie sich schrittweise rückwärts der Tür näherte.

„Na, dann ist ja alles in Ordnung. Warum haben Sie das nicht gleich gesagt?" Trent strahlte wieder. „Nehmen Sie sich so viele freie Tage, wie Sie wollen."

Lindsay verfluchte ihn innerlich. Trents abrupte Stimmungsschwankungen waren das Schlimmste an ihm. Sie hasste es am allermeisten, wenn er die Rolle des gnädigen Diktators spielte. Plötzlich wurde sie von der unwiderstehlichen Lust gepackt, sein aufgeblasenes Ego anzukratzen.

Vom Vorzimmer aus steckte sie noch einmal den Kopf durch die Tür. „Eines sollten Sie auf jeden Fall noch wissen, Trent."

Er sah sie erwartungsvoll an. „Ja?"

„Dieses Treffen mit Mark ... ahm, mit Morrow, hat rein privaten Charakter."

Noch von der Treppe aus hörte Lindsay sein lautes Fluchen, und sie lachte triumphierend in sich hinein. Endlich einmal hatte sie es ihm richtig gegeben. In der Tat – sie und Trent Langston waren ebenbürtige Partner ...

Eine Stunde später hatte Lindsay einen Großeinkauf getätigt, zu dem sie normalerweise eine Woche gebraucht hätte. Die Kartons und Tüten, die sie in ihre Wohnung schleppte, enthielten außer Lebensmitteln für eine verhungerte Kompanie die gewagteste Seiden- und Spitzenwäsche, die sie je erstanden hatte.

Sie stellte eine Flasche Wein kalt, nahm ein duftendes Schaumbad, cremte sich dick mit einer kostbaren Körperlotion ein und kuschelte sich wohlig in ihr Bett. Sofort schlief sie ein.

Mitten in der Nacht wurde Lindsay vom Läuten der Türglocke wach. Sie schlüpfte in eine spitzenbesetzte Satinrobe, spähte durch den Spion und sah Mark an der gegenüberliegenden Wand des Etagenflurs lehnen. Er sah müde und zerschlagen aus. Und unglaublich begehrenswert.

„Hey, Mister", schnurrte sie mit tiefer, erotischer Stimme, nachdem sie die Tür einen Spalt geöffnet hatte. „Schon lange in der Stadt?"

„Gott sei Dank, du bist da", murmelte er mit einem Seufzer grenzenloser Erleichterung. „Noch einen Flug würde ich nicht lebend überstehen. Die letzten beiden Flüge, die ich deinetwegen genommen habe, waren anstrengend genug."

„Und ob ich da bin", sagte sie mit derselben verführerischen

Stimme. „Kommst du nun rein, oder reicht deine Kraft dazu nicht mehr aus?“

Erst jetzt schien Mark ihrer gewahr zu werden. Er verschlang sie förmlich mit den Blicken, und eine glühende Sinnlichkeit verdunkelte seine Augen. „Ich glaube, ich habe mich gerade eben um Jahre verjüngt“, murmelte er, während er sie vom Kopf bis zu den Füßen begehrlich musterte. „Sag mal, hast du noch irgendetwas unter diesem aufreizenden Gewand an?“

Lindsay lächelte betörend. „Nein. Nicht ein Stück.“

Mit zwei langen Schritten war Mark bei ihr und schloss sie stürmisch in die Arme. Während er mit dem Fuß die Tür hinter sich zustieß, beugte er sich über ihr Gesicht und küsste sie. Sein brennender, hungriger Kuss drückte seine viel zu lange zurückgehaltene Sehnsucht und seine ganze angestaute Leidenschaft aus.

Lindsay drängte sich verlangend an ihn. Die Liebkosungen seiner Hände auf ihrer satinbedeckten Haut erregten sie maßlos, und hingebungsvoll erwiderte sie das sinnliche Spiel seiner Zunge. Dann fühlte sie seinen Mund auf ihrem Hals brennen, sie spürte, wie seine Zunge über ihre Brust glitt, und ein Schauer des Begehrens durchlief ihren Körper.

Lindsay hielt den Atem an, als Mark den Gürtel ihres seidenen Überwurfs löste. Der fließende Stoff glitt an ihrem Körper hinab und bildete zu ihren Füßen einen seidigen türkisfarbenen See, der von bizarren Spitzengebilden wie von Schaum gekrönt war.

„Ich liebe dich, du grünäugige Nixe“, murmelte Mark und bedeckte ihre Brust mit unzähligen kleinen Küssen. „Ich liebe dich, und ich will dich haben.“

Lindsay bog in Erwartung heißerer Liebkosungen den Körper zurück. Aber nichts geschah. Verwirrt öffnete sie die Augen, um festzustellen, dass Mark so gut wie eingeschlafen war. Sie wunderte sich, dass er überhaupt noch auf den Beinen stand – so todmüde sah er aus.

„Komm mit, Darling“, sagte sie zärtlich und ohne sich ihre Enttäuschung anmerken zu lassen. „Du gehörst ins Bett.“

„Ja, aber ich will mit dir ... ich möchte dich ..."

„Später, Liebster. Wir haben alle Zeit der Welt."

Sie hatte einige Mühe, ihm das Hemd, die Stiefel und die Jeans auszuziehen, bevor er aufs Bett fiel und auf der Stelle einschlief. Lächelnd beobachtete Lindsay ihn eine Weile. Dann rollte sie sich in einem frei gebliebenen Eckchen zusammen und schmiegte sich an ihn, den Kopf an seiner Schulter.

Sie hatte sich ihr Wiedersehen zwar etwas anders vorgestellt, aber allein schon Marks Anwesenheit machte sie zuversichtlich. Sie wusste: Ihre Zeit würde kommen.

Und sie kam.

Ganz früh am Morgen, es war noch vor der ersten Dämmerung, erwachte Lindsay von einer federleichten Berührung. Sie hielt die Augen geschlossen, doch sie wusste, dass es Mark war, der liebkosend über ihre Brüste strich. Auf diese Liebkosung hatte sie gestern Nacht vergeblich gewartet. Sie hatte ihr entgegengefiebert, weil sie sich an ihre magische Wirkung erinnerte.

Die Magie war noch immer dieselbe. Augenblicklich begann ihr Körper unter Marks sanften Zärtlichkeiten zu vibrieren. Sie öffnete die Augen. Der Kontrast seiner gebräunten Haut und ihrer beinahe alabasternen Körperfarbe wirkte auf sie fast noch erregender als die Berührung selbst. Dann versuchte sie, die Reaktion ihres Körpers nicht länger zu beachten und sich nur auf Mark zu konzentrieren. Wie er sie liebkoste, wie das Feuer des Begehrens in seinen Augen brannte, wie er mit seinen sensiblen Händen die zartesten und empfindsamsten Stellen ihres Körpers erkundete, um ihr Vergnügen zu bereiten. Es war mehr als eine erotische Huldigung an ihre Weiblichkeit. Es war eine Bekundung innigster Sanftheit.

Denn er liebte sie.

Und sie liebte ihn.

Dann legte er sich auf sie, und mit einem verhaltenen Schrei höchsten Lustempfindens nahm Lindsay ihn in sich auf, willig und bereit. Sie gab sich ihm ganz hin, überließ sich, ohne zu denken, dem Rhythmus der Liebe und versank in einem tosenden Wirbel beglückender Empfindungen.

Als ihre Lust sich zu einer unerträglichen Spannung gesteigert hatte und sie vermeinte, sich dem Moment der Erfüllung zu nahen, hielt Mark plötzlich inne, und die Welle verebbte.

Dann begann er von neuem, trieb sie erneut dem Gipfel der Lust entgegen, um seinen Rhythmus plötzlich wieder zu verlangsamen und so den Augenblick des Glücks noch eine Weile hinauszuzögern.

Schließlich hielt sie es nicht länger aus. Drängend bäumte sie sich auf, bog ihm das Becken entgegen. „Bitte“, flehte sie, „Mark, bitte.“

„Habe ich dir gefehlt?“ fragte er heiser.

„Ja, oh ja!“ stöhnte Lindsay und grub die Hände in seinen Rücken. „Ich habe dich wahnsinnig vermisst.“

„Das wollte ich nur hören“, sagte er seufzend und begann, sich wieder schneller in ihr zu bewegen. Seine Bewegungen nahmen an Heftigkeit zu. Er hob ihr Becken hoch und presste es an seinen Unterkörper, während er mit den Lippen und der Zunge ihre harten Brustspitzen streichelte.

Wo immer er sie berührte, entfachte er eine heiße Glut von Empfindungen, bis ihr ganzer Körper schließlich wie Feuer brannte. Lindsay war sicher, dass nichts mehr dieses Gefühl steigern könnte, bis eine neue, nie gekannte Berührung ihre Erregung noch verstärkte.

Dann endlich überschritten sie gleichzeitig die Grenze und entschwebten gemeinsam auf einer großartigen Reise in ein Reich des Glücks und der Schwerelosigkeit. Langsam, ganz langsam kehrte sie auf die Erde und in die Wirklichkeit zurück.

Lindsay spürte, dass etwas Ungeheuerliches mit ihr geschehen war. Sie hielt Mark noch immer eng umschlungen und sah ihn schweigend an. Ihre Blicke sagten viel mehr, als innigste Worte hätten ausdrücken können.

Schließlich ließ Mark sich auf die Seite rollen, und Lindsay schmiegte sich an ihn. Sie sprach als Erste: „Mark?“

„Hm.“

„Sagtest du nicht, du hättest einen Plan? Wie geht es nun weiter?“

„Einen Plan?“ Er spielte den Ahnungslosen. „Ich glaube, der bestand darin, dich wieder in meinem Bett zu haben.“

„Vergiss nicht – wir befinden uns in meinem Bett!“

„Das läuft auf dasselbe hinaus.“

Lindsay starrte ihn mit einem misstrauischen Blick an. „Wenn das alles ist – wenn dies wirklich die Quintessenz deines so hochtrabend angekündigten Plans ist, David Mark Channing Morrow, dann beweg dein Hinterteil augenblicklich aus meinem Bett!“

„Ich finde es herrlich, wenn du die Hartgesottene spielst.“

„Ich spiele nicht, Mister. Wenn du nicht sofort redest, mache ich meine Drohung wahr und werfe dich hinaus.“

Mark lachte schallend und zog sie an sich. „Was willst du tun?“ hänselte er sie. „Sag das noch einmal.“ Zärtlich liebkosten seine Lippen ihr Ohr.

„Dich vor die Tür setzen“, wiederholte Lindsay mit bebender Stimme. Sie bemühte sich um einen resoluten Ton, obwohl sie ihr neu erwachendes Verlangen nach ihm kaum bezähmen konnte.

„Und wie, wenn ich fragen darf?“ Er streichelte ihren Rücken und dann die weichen Innenseiten ihrer Oberschenkel.

„Das ... das wirst du schon sehen“, erwiderte sie stockend und versuchte vergeblich, seine verführerischen Zärtlichkeiten zu ignorieren.

Er lachte leise. „Deine fürchterliche Drohung macht mir Angst, kleiner Rotschopf. Ich werde meinen Plan also wohl oder übel enthüllen müssen. Obwohl ...“ – er bedeckte ihr Gesicht, ihren Hals und ihre Brust mit leichten, brennenden Küssen – „. .. obwohl ich mir gerade jetzt eine interessantere Beschäftigung vorstellen könnte ...“

„Mark! Rede endlich!“

„Nun, ich habe einen kleinen Vertrag entworfen."

„Du meinst ... du meinst ... einen Ehevertrag?"

„Ja, so kann man es wohl nennen. Da du Expertin für alle Arten von Verträgen bist, dachte ich mir, dies sei die angemessenste Form, zu einer Einigung zu gelangen."

Lindsay sah ihn skeptisch an. Was führte er im Schilde? Natürlich hielt sie eine Menge von Verträgen, aber sie bezweifelte, ob sie für etwas so Intimes und Privates geeignet waren. Auf jeden Fall fehlte ihr die Erfahrung auf diesem Gebiet.

„Ich wüsste gern die näheren Einzelheiten dieses Vertrags."

Mark stützte den Kopf auf den Ellenbogen und sah lächelnd zu Lindsay hinab. Dann begann er. „Punkt eins: Ich habe mir überlegt, dass Los Angeles vielleicht doch nicht so übel ist, wie ich immer dachte."

„Ja", brachte Lindsay tonlos heraus und wartete ungeduldig und mit angehaltenem Atem auf die Fortsetzung.

„Deshalb wäre ich bereit, für eine gewisse Zeit im Jahr zu dir zu ziehen – unter einer Bedingung natürlich: dass du mich heiratest."

Lindsay konnte es nicht glauben. „Oh, Mark, träume ich auch nicht?"

„Nein, du bist wach und lebendig, und ich liege leibhaftig und im Vollbesitz meiner geistigen und körperlichen Kräfte neben dir im Bett. Brauchst du Beweise?" Er beugte sich über sie und wollte sie küssen, doch sie schob ihn fort.

„Mark, weiter!"

„Okay. Du hattest Recht, als du einmal sagtest, ich könnte überall schreiben. Deshalb will ich es mit Los Angeles versuchen. Es sei denn, der Smog verstopft mir die kleinen grauen Zellen ..."

Lindsay zog ihn zu sich herunter und gab ihm einen spontanen Kuss. „Ich kann also weiterarbeiten?"

„Bis wir Kinder haben. Und damit wären wir bei Punkt zwei angelangt."

„Kinder?"

„Ja. Ich habe an drei gedacht, aber ich bin zum Verhandeln bereit …"

„Wie großzügig von dir. Vielen Dank."

„Keine Ursache."

„Und die anderen Paragraphen?" drängte Lindsay.

„Der dritte ergibt sich praktisch aus Punkt eins: Wenn ich zustimme, einen Teil des Jahres in Los Angeles meine Lungen zu vergiften, dann musst du dich natürlich bereit erklären, die übrige Zeit nach Boulder zu kommen."

„Und an welche Jahreszeit hast du gedacht?" fragte sie misstrauisch. „Doch nicht etwa an den Winter?"

„Nun, du musst nicht den ganzen Winter dort sein, aber wenigstens um Weihnachten herum."

Diese Formulierung war Lindsay für eine Vertragsklausel viel zu vage, und sie verwandelte sich von der hoffnungslos verliebten Braut schnell wieder in die kühl denkende Anwältin.

„Ich verlange, dass du den Zeitraum klar definierst. Dann können wir weiterreden."

„Die Dauer kannst du selbst bestimmen", gestand Mark ihr zu. „Hauptsache, du bist über Weihnachten in Boulder."

„Ich wusste gar nicht, dass du so sentimental bist", bemerkte sie neckend.

„Wieso sentimental? Ich weigere mich ganz einfach, Weihnachten unter Palmen am Strand zu liegen. Für mich gehören Schnee und Tannen dazu."

„Hm", war ihr ganzer Kommentar.

„Du scheinst nicht viel davon zu halten", meinte Mark enttäuscht, „reizt dich nicht der Gedanke, am Weihnachtstag eine Schlittenpartie zu machen?"

„Nein, ganz und gar nicht."

„Oder vor dem Haus einen Schneemann zu bauen?"

„Auch nicht." Lindsay dachte schaudernd an den Tag zurück, an dem sie und Mark zusammen einen Schneemann gebaut hatten. Zwar war er mit seiner Karottennase und dem schelmischen

Grinsen sehr niedlich geworden, aber sie erinnerte sich noch jetzt sehr gut an ihre halb erfrorenen Hände und Füße.

„Und wie würde es dir gefallen, am Weihnachtsmorgen vor dem knisternden Kaminfeuer deine Geschenke auszupacken und dann noch einmal ins Bett zu kriechen? Ganz behaglich und gemütlich – und natürlich mit deinem Ehemann ..."

Lindsays Augen begannen zu leuchten. „Jetzt sprichst du endlich meine Sprache."

„Der letzte Teil scheint dir am meisten zuzusagen", vermutete Mark mit einem unzweideutigen Lächeln.

„Du hast Recht: Er gefällt mir mehr und mehr."

„Wenn das so ist, brauchst du den Winter nicht zu fürchten. Du wirst nicht einmal merken, dass du in Boulder bist", versprach Mark.

Lindsay lächelte glücklich. „Nein, wahrscheinlich nicht", seufzte sie.

„Siehst du. Dann steh auf und pack deinen Koffer."

„Was ist denn jetzt in dich gefahren, Mark Channing?"

„Offenbar lässt dein Boss dir nicht einmal Zeit, ab und zu auf den Kalender zu schauen", scherzte Mark. „Sonst wüsstest du, dass in ein paar Tagen Weihnachten ist."

Lindsay zog die Stirn kraus und schien nachzurechnen. „Du meine Güte! Das kann doch nicht wahr sein! Tatsächlich ..."

„.Du weißt also, was du zu tun hast. Am besten fängst du gleich an zu proben, damit der Text dann auch sitzt. Ich weiß doch, was für Schwierigkeiten du mit dem Ja-Sagen hast."

„Mark, soll das heißen ..."

„... dass wir nächstes Wochenende heiraten", fiel er ihr ins Wort. „Jeder Widerstand ist zwecklos. Sara und Josh haben alles vorbereitet."

„Ach nein! Du warst dir deines Sieges wohl sehr sicher ...", meinte Lindsay mit gespielter Entrüstung.

„Liebling, es war reine Überlebensstrategie. Ich weiß, dass ich es ohne dich nicht mehr lange aushalten würde. Ich brauche dich."

Mit der unschuldigsten Miene sah er sie an, nur seine Mundwinkel zuckten verdächtig. „Und da ich annahm, dass du mir ohnehin etwas zu Weihnachten schenken würdest ...“

„Ich verstehe“, sagte Lindsay trocken. „Darf ich dann auch zwei bescheidene Wünsche anmelden?“

„Und die wären?“

„Erstens: Was hältst du davon, wenn wir diesen Vertrag schriftlich niederlegen und beide unterschreiben? Ich meine ... der Sicherheit halber.“

Die Grübchen in Marks Wangen vertieften sich. „Darüber lässt sich reden. Und der zweite Wunsch?“

„Eine Generalprobe für den Weihnachtsmorgen. Stell dir die Katastrophe vor, wenn die Premiere nicht klappt.“

Er lachte. „Du meinst sicher den Teil nach der Übergabe der Geschenke. Sind wir da nicht schon perfekt?“

„Ich glaube, eine Probe mehr kann nicht schaden.“

„Frohe Weihnachten!“ flüsterte Mark Lindsay zu, als sie eine Ewigkeit später glücklich und erschöpft nebeneinander lagen.

Ein sanftes Lächeln ging über Lindsays Gesicht. Sie wusste, es würde das schönste Weihnachtsfest ihres Lebens werden.

Und sie wusste sogar schon ein Geschenk für ihre Mutter: ein Flugticket nach Denver. Natürlich erster Klasse.

- ENDE -

Band-Nr. 25086
6,95 € (D)
ISBN 3-89941-113-7

Nora Roberts

Die MacGregors 2

Affäre in Washington
Es ist Liebe auf den ersten Blick zwischen der Künstlerin Shelby und dem Senator Alan MacGregor. Aber sie hat sich geschworen, niemals einen Politiker zu heiraten ...

Stunde des Schicksals
Wird Daniel MacGregor überleben? Während seine Frau Anna auf eine Nachricht wartet, wandern ihre Gedanken in die Vergangenheit – wie ihre Liebe begann ...

MIRA®

Nora Roberts
Die MacGregors (Band 1)
Band-Nr. 25080
6,95 € (D)
ISBN 3-89941-103-X

Nora Roberts
Schatten über dem Paradies
Band-Nr. 25081
6,95 € (D)
ISBN 3-89941-106-4

Heather Graham
Zwischen Liebe und Gefahr
Band-Nr. 25082
6,95 € (D)
ISBN 3-89941-107-2

Nora Roberts
Sommerträume
Band-Nr. 25059
6,95 € (D)
ISBN 3-89941-074-2

Nora Roberts
Irische Herzen
Band-Nr. 25065
8,95 € (D)
ISBN 3-89941-086-6

Nora Roberts
Cordina's Royal Family
„Ein königliches Juwel“
Band-Nr. 25072
6,95 € (D)
ISBN 3-89941-094-7

Nora Roberts
Love Affairs IV
Band-Nr. 25074
7,95 € (D)
ISBN 3-89941-096-3

Sandra Brown
Wenn die Liebe erwacht
Band-Nr. 25057
6,95 € (D)
ISBN 3-89941-072-6